KB210233

삼개주막

기담회5

고즈넉
이엔티

삼개주막
기담회5

1쇄 발행 2025년 4월 2일

지은이 오윤희
펴낸이 배선아
펴낸곳 고즈넉이엔티

출판등록 2017년 3월 13일 제2022-000078호
주　　소 서울특별시 강서구 마곡중앙2로 15, 테크노타워2차 311-312호
대표전화 02-6269-8166 **팩스** 02-6166-9199
이 메 일 gozknockent@gozknock.com
홈페이지 www.gozknock.com
블 로 그 blog.naver.com/gozknock
페이스북 www.facebook.com/gozknock
인스타그램 www.instagram.com/gozknock

ⓒ 오윤희, 2025
ISBN 979-11-6316-632-0 (03810)

내지 이미지 Designed by Freepik
Illust. 서화

잘못된 책은 구입하신 서점에서 교환해 드립니다.
이 책은 저작권법에 따라 보호받는 저작물이므로 무단 전재와 복제를 금합니다.
이 책의 전부 또는 일부 내용을 재사용하려면 사전에 저작권자와 본사의
서면 동의를 받아야 합니다.

선노미는 기담 수집하는 일을 멈추지 않았다.
방방곡곡의 사연 가진 이들이 죄다 모이는 주막엔 기이한 이야기가
끊이질 않았으니 기담을 차곡차곡 모으기에 이보다 더 좋은 데는 없었다.
그렇게 사람들이 털어놓고 간 수많은 기담은 선노미가 머릿속에 그리고
붓으로 정리한 종이 속에 차곡차곡 쌓여갔다.

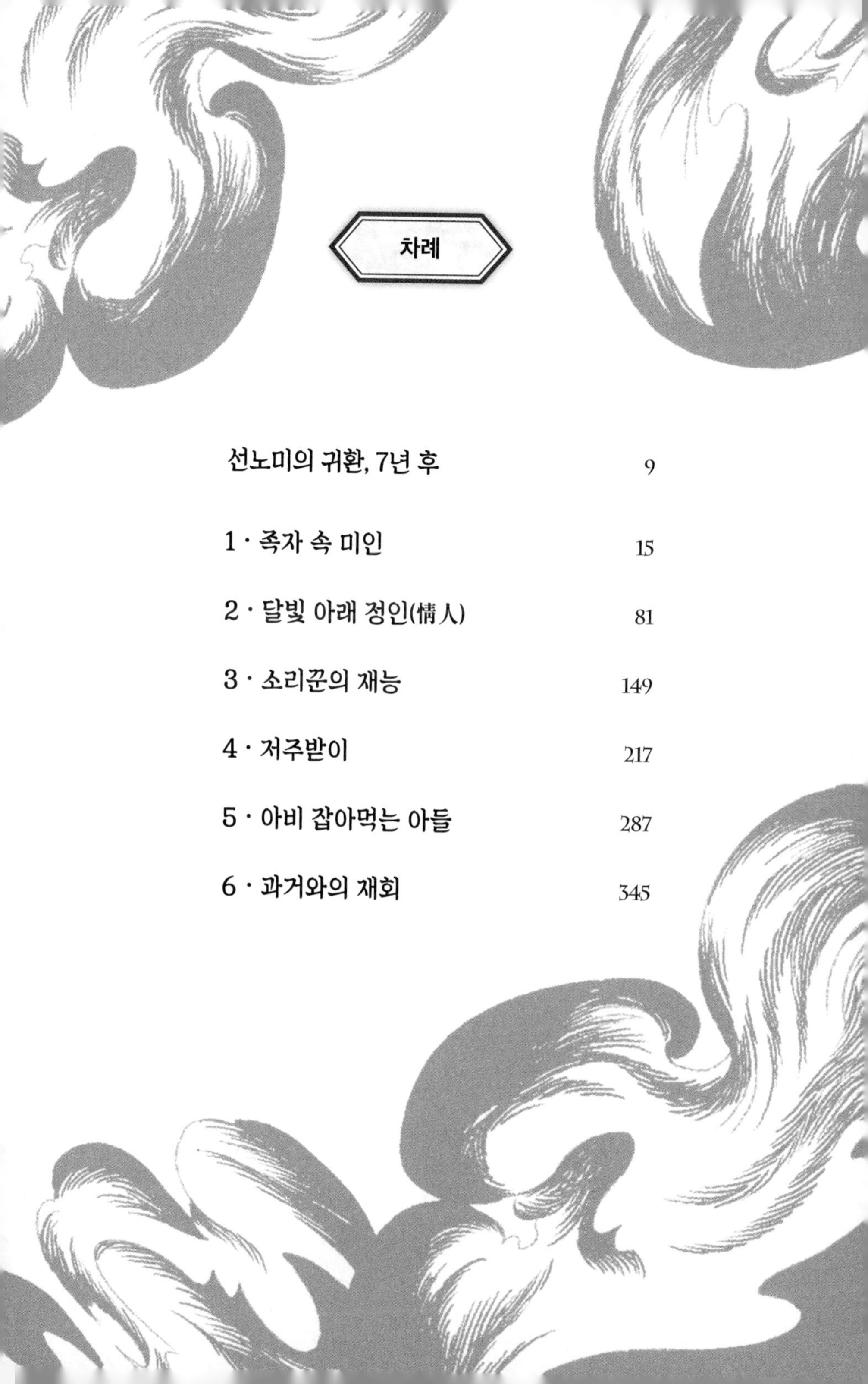

차례

선노미의 귀환, 7년 후

삼개주막은 한양 도성에서 서남쪽으로 십 리쯤 떨어진 마포나루 어귀에 있었다. 마포나루, 혹은 삼개나루라고도 불리는 이곳은 한강을 거슬러 오는 장삿배들로 언제나 북적거렸다.

지방에서 장삿배로 물건 실어오는 상인들은 물론이고, 과거시험 보러 괴나리봇짐 두툼하게 메고 상경한 가난한 선비들도 하룻밤 노곤한 몸을 누이기 위해 삼개주막을 찾았다.

그래도 며칠씩 머무는 투숙객들보다 잠시 허기를 달래거나 술로 목을 축이느라 들르는 이들이 더 많았다. 하루 종일 대패로 나무를 밀다 목에 먼지가 껴 컬컬해진 제재소 일꾼, 강화에서 올라온 새우젓과 생선을 지게에 지고 만리재 고개를 넘어 칠패시장에 내다 파느라 얼굴이 꺼멓게 탄 새우젓 장수들이 주막의 단골이었다. 이들은 안마당에 깔아놓은 너른 평상에 앉아 육포를 안주 삼아 술잔을 기울이거나, 뜨끈한 장국에 밥을 말아 훌훌 넘기며 피로를 풀었다.

이 주막의 주모는 이제 스물을 갓 넘긴 젊은 여자다. 세상 물정도 웬만큼 알고 주정꾼들 능글맞은 농도 능숙하게 받아치는 나이 지긋한 주모가 예사인지라, 젊은 주모가 장사하는 삼개주막은 그것만으로도 제법 눈길을 끌었다.

주막의 오랜 단골들은 젊은 주인장이 원래 주막을 운영했던 주모 김씨의 큰딸 복이라는 사실을 잘 알았다. 무뚝뚝하고 말수 적어도 속정 깊었던 어머니 김씨. 그 밑에서 주막 잔심부름하며 자란 복이는 열여섯에 이웃 마을 기름장수네로 시집갔다가 3년도 안 돼 남편이 병으로 죽는 바람에 친정으로 돌아왔다. 어릴 때부터 병약했다는 복이 남편은 신혼 때도 걸핏하면 앓아눕는 바람에 아기도 갖지 못했다.

'복이'라는 이름에 걸맞지 않게 혼인 생활은 박복했지만, 돌아온 친정에서 익숙한 주막 일을 도우며 신산했던 마음의 안정을 되찾았다. 그러다 지난해 주모 김씨가 고뿔이 악화돼 폐렴으로 갑자기 세상을 뜨자 아예 주막의 안주인으로 눌러앉았다.

비록 나이는 어려도 태어나 자란 데가 주막이라 복이는 일에 능숙했다. 어머니 손맛을 빼닮아 장국밥이나 술국이 예전 그 맛 그대로 맛깔스러웠다. 공짜 안주를 달라 보채며 염치없는 소리하는 단골에게 '그럼 저는 뭐 밑지고 장사하라는 거예요?' 하며 살짝 눈을 흘기면서도 슬쩍 국수 몇 가닥을 더 말아 내오거나 머릿고기 몇 점을 더 얹어주곤 하는 인심도 어머니와 영락없었다. 다만 달랐다면 입에 자물쇠를 걸어 잠근 듯이 과묵했던 김씨와 달리 복이는 곧잘 손님들 대화에 끼어들어 장단을 맞출 줄 알았다는 것이다. 천성이 명랑하고 사근사근해 주막 분위기는 자연스레 이전보다 밝아졌다.

젊은 주모도 주모지만, 삼개주막은 일꾼 선노미가 있어 더 특별했다. 장작을 패고, 석쇠에 생선을 굽고, 객방을 정리하고, 안주 훔쳐 먹는 불량 손님까지 감시하며 온갖 잡일을 도맡아 하는 선노미는 복이의 오라비다.

빈말로도 미인이라 할 수 없는 복이와 달리 어지간한 기생 뺨칠 만큼 그 오빠는 외모가 고왔다. 그를 먼발치서 훔쳐보며 한숨짓는 동네 처자들도 적지 않았다. 훌쩍한 키에 단단하지만 호리호리한 몸, 티 없이 하얀 피부와 섬세한 이목구비도 그렇지만, 정작 처자들 가슴을 흔드는 건 사연이라도 품은 듯이 우수 깃든 그의 분위기였다. 하지만 올해 스물하고도 두 살이나 된 선노미는 도통 연애나 혼례에는 관심도 없고 누이와 주막 일에만 전념했다.

그런 선노미를 두고 쉬쉬하는 소문이 떠돌았다. 어린 시절 '연암'이라는 괴짜 양반 나리와 함께 '기담회'인지 뭔지를 열다가 그게 인연이 돼 사절단 일행으로 청나라까지 다녀왔는데, 중간에 무슨 사연인지 사절단과 헤어져 행방불명이 됐다고 했다.

아들이 이국땅에서 실종됐다니 주모 김씨의 절망이 이만저만이 아니었지만, 워낙 억척스러운 성격이라 정신 줄을 놓지는 않았다. 대신 아침저녁으로 정화수를 떠놓고 아들이 무사히 돌아오기만을 간절히

빌고 또 빌었다.

처음엔 연암도 행여나 선노미가 돌아왔을까, 수시로 주막을 찾았지만 반년이 지나고 나니 더는 실망한 주모 얼굴을 볼 면목이 없었는지 발길을 끊고 말았다.

일 년쯤 지나 다들 선노미가 이젠 이 세상 사람이 아니라고 포기할 무렵, 거짓말처럼 그가 돌아왔다. 거지꼴을 하고서.

돌아온 선노미는 어쩐지 그간 있었던 일에 대해선 입을 꾹 다물었다. 여러 번 다그쳐 묻던 주모 김씨도 아들이 무사히 돌아온 것만으로도 감지덕지해 더는 내막을 캐묻지 않았다.

남의 말 하기 좋아하는 사람들은 선노미가 청나라에서 악덕 상인에게 유괴됐다가 탈출했다는 둥, 귀신에게 홀려 세월 가는 것을 잊었다는 둥 입방아를 찧어댔다. 하지만 진실은 그 누구도 알지 못했다. 선노미 본인을 제외하고는.

주모는 연암에게도 아들의 귀환을 알리려 했지만, 그는 이미 어디론가 이사를 가버려 연락이 닿지 않았다. 그렇게 연암이 주축이 됐던 기담회도 흐지부지돼버렸다.

하지만 그 뒤로도 선노미는 기담 수집하는 일을 멈추지 않았다. 방방곡곡의 사연 가진 이들이 죄다 모이는 주막엔 기이한 이야기가 끊이질 않았으니 기담을 차곡차곡 모으기에 이보다 더 좋은 데는 없었다. 예전에 그랬듯이 먼발치서 주워듣기도 했지만, 객들의 편지를 대신 써주면서도 기이한 사연을 들었다. 주막의 사내가 언문을 안다는 소문이 난 탓에 인근의 글 모르는 사람들이 서신을 부탁하러 종종 찾는 일이 생긴 탓이다.

특히나 유별난 기담을 얻을 때면 선노미는 그 내용을 종이에 따로 적어 정리했다. 선노미가 왜 그토록 기담에 집착하는지는 가족들조차 연유를 몰랐다. 다만 행방불명되었을 때와 관련이 있을 것이라 짐작만 할 뿐이었다. 아들의 별난 취미를 못마땅하게 여긴 김씨와 달리, 복이는 장가도 못 간 오라비가 그걸로나마 적적한 마음의 위안을 얻으면 된다며 너그럽게 봐줬다.

주모가 된 뒤로는 아예 거들기까지 했는데, 기이한 이야기를 들려주는 손님에겐 하룻밤 공짜로 재워주었던 것이다. 그게 어찌어찌 입소문이 나서인지 기이한 이야깃거리가 있는 주머니 가벼운 손님들까지 일부러 삼개주막을 찾곤 했다.

그렇게 사람들이 털어놓고 간 수많은 기담은 선노미가 머릿속에 그리고 붓으로 정리한 종이 속에 차곡차곡 쌓여갔다.

1 · 족자 속 미인

행색이 조금 특이한 나그네 둘이 삼개주막을 찾은 건 해가 떨어져 어슴푸레 땅거미가 질 무렵이었다.

하나는 지팡이를 짚은 맹인이었다. 나이는 마흔 갓 넘었을까. 눈이 안 보이는 것 말고는 사지는 멀쩡해 보였다. 거기다 온화한 얼굴에 담긴 푸근한 미소에서 그의 느긋한 성품이 엿보였다.

그의 동행은 이십 대 후반쯤 되어 보이는데, 깡마른 체구에 어딘지 모르게 성마른 인상이었다. 아마도 젊은 사내가 맹인을 인도하며 여행 중인 듯했다.

"기이한 이야기를 하면 여기서 하룻밤 공짜로 묵어갈 수 있다고 들었는데, 사실입니까?"

젊은 사내가 부엌에서 뛰어나온 복이에게 물었다. 그는 그렇게 운을 떼놓고도 영 미심쩍어 하는 표정이었다.

"아유, 잘 찾아오셨네. 맞아요, 하룻밤 주무시고 가시려우?"

복이가 사근사근하게 굴며 둘을 서둘러 평상에 앉혔다.

"먼 길 오시느라 피곤하실 텐데 일단 장국이라도 한 그릇씩 하시겠어요?"

"그거 좋겠구려. 안 그래도 냄새가 구수해 식욕이 동했는데."

맹인이 복이 말에 반색했다. 젊은 사내는 아직 허기질 때가 아닌지 시큰둥하게 고개만 까닥거렸다.

"히야, 이거 국물 맛이 일품일세."

김이 모락모락 나는 장국을 한술 입에 떠 넣고는 맹인이 감탄사를 터트렸다.

"그러게요. 고기 살점도 꽤 실하게 들어 있고."

뚱한 얼굴로 상을 받은 젊은 사내도 입맛에 맞는지 무뚝뚝한 표정이 조금 누그러졌다.

"그런데 주모는 연세가 꽤 젊으신 것 같소?"

장국에 밥을 말면서 맹인이 복이에게 물었다.

"어머, 어떻게 아셨어요?"

"목소리를 들으면 알지. 안 보이면 되려 귀가 밝아지니까."

맹인이 뜨거운 밥을 후후 불어 입에 넣더니 연신 맛이 좋다며 감탄했다.

"그런데 주모는 어째서 기이한 이야기 같은 걸 좋아하시오?"

맹인 곁에서 조용히 수저를 놀리던 젊은 사내가 물었다.

"제가 아니에요, 그런 걸 좋아하는 건."

복이가 장작을 패던 선노미를 돌아보았다.

"오라버니, 하룻밤 주무시고 싶다는 손님들이야. 기이한 이야기를 알고 계신대."

선노미도 그제야 두 사내를 보려고 고개를 들었다. 맹인은 미동도 없었지만, 젊은 사내는 선노미의 외모에 흠칫 놀란 것 같았다.

"…오라버니라고?"

젊은 사내가 눈을 크게 뜨고 복이와 선노미를 번갈아 보았다. 남매라면서 어찌 저리 다를까, 생각하는 것처럼. 그러다 새초롬해진 복이와 눈이 마주치자 허둥지둥 시선을 아래로 깔았다.

"기이한 이야기를 알고 계신다고요?"

이마의 땀을 닦아내며 선노미가 조금 떨어진 곳에 자리를 잡았다. 곱상한 외모에 비해 목소리는 낮고 울림이 깊었다.

"어이쿠, 이거 굉장한 미청년이시구만."

맹인이 선노미 쪽으로 턱을 들곤 말했다. 모두 놀란 얼굴로 그를 보았다.

"그걸 어떻게 아십니까? 목소리만 듣고 생긴 걸 가늠할 순 없을 텐데."

"자네 반응 때문이지. 화들짝 놀라 헉, 숨을 삼키지 않았나. 그리 짐작해보면 상대가 아주 추하거나, 아주 잘났다는 건데 아무래도 후자일 것 같았지."

맹인은 젊은 사내에게 별것 아니라는 듯 대꾸했다.

"정말 감이 좋으시네요."

복이가 놀랍다는 얼굴을 했다.

"아까 말하지 않았소. 눈이 안 보이면 다른 능력이 대신한다고. 그래서 딱히 불편할 일도 없다오. 물론 먼 길 갈 때는 이렇게 도움이 필요하지만."

맹인이 턱으로 마주 앉은 젊은 사내를 가리켰다.

"하지만 그런 때 말고는 안 보이는 게 하등 장애가 될 때는 없소. 그래서 눈이 보였으면, 하는 욕망도 없고."

"정말이십니까?"

가만 듣고만 있던 선노미가 물었다.

"정말이냐니, 왜? 내가 거짓말하는 것 같소?"

느긋하던 맹인의 목소리가 조금 높아졌다.

"앞이 안 보이는 사람을 얼마나 봤다고 그러시오?"

"앞이 안 보이는 사람들만 모여 사는 마을에 가본 적이 있습니다. 아주 오래전 일이지만요."

선노미가 아련한 눈길로 허공을 쳐다보며 대답했다. 씁쓸한 심정이 묻어 있었다.

처음 들은 얘기인지 복이가 힐끗 오라비를 쳐다봤다. 선노미는 못 본 척 말을 이었다.

"어르신께서 거짓을 말씀하셨다는 게 아닙니다. 그저 자신이 가지지 못한 걸 욕망하는 게 인간의 본성이 아닐까 싶어서요."

변명이 아니라 진심에서 나온 말이라는 걸 알아차렸는지 맹인도 고까워하는 마음을 푸는 듯했다. 문득 생각이 났는지 갑자기 품에서 주섬주섬 무언가를 끄집어냈다. 여기저기 누렇게 빛이 바랜 두루마리 족자였다.

맹인이 족자를 펼쳐 선노미 앞에 내밀었다.

"이게 뭡니까?"

"무엇이 보이시오?"

맹인이 대답은 않고 다짜고짜 물었다.

족자엔 서늘한 기운을 품은 미인이 그려져 있었다. 연한 옥색 저고리에 물빛 치마를 받쳐입은 차림새. 짤막하게 올라간 저고리와 속옷을 여러 겹 껴입어 잔뜩 부풀린 치마 모양을 보건대 이 여인은 기생인 듯했다.

새카맣게 빛나는 삼단 같은 머리채를 한쪽으로 틀어 올리고 나비를 조각한 옥비녀를 꽂고 있었다. 하지만 정작 눈길을 끄는 건 화려한 옷차림이나 머리 장식이 아니라 얼굴이었다.

이목구비가 반듯한 미인인데 그 초상은 어딘지 모르게 기이하고 섬뜩한 구석이 있었다. 창백한 얼굴에선 생기가 느껴지지 않았다. 하지만 대신 해쓱한 얼굴엔 뭐라 콕 집어 골라낼 수 없는 여러 감정이 뒤엉켜 복잡하게 어려 있었다. 그중 하나를 골라내라면, 아마도 허무함일 것 같았다.

텅 빈 듯한 검은 눈동자 역시 묘하게 활력을 잃었다. 뜨고는 있지만, 아무것도 보지 못할 것 같은 그 눈에 담긴 쓸쓸함이 유독 마음에 닿았다. 한창 피어오를 젊은 여인 특유의 생동감 대신 깊은 공허함이 묘한 대조를 이루는데 그게 오히려 여인의 미색을 돋보이게 했다. 그저 잘 그린 게 아니었다. 그림에 감식안이 없는 선노미조차 예사로운 작품이 아니라는 걸 느꼈다.

그림 속 여인의 등 뒤로는 지는 해가 처연하리만큼 붉은빛을 내며 스러져갔다. 저무는 석양은 여인의 얼굴에 떠오른 공허함과 잘 어울렸다. 곧 사라질 아름다움이기에 오히려 더 강렬한 인상이었다. 지는 해가 이 세상과 작별을 고하며 내뿜는 붉은 기운이 모든 걸 집어삼킬 것만 같았다.

"아름답지만… 기이한 그림이네요."

선노미가 솔직한 감상을 중얼거리듯 말했다.

"어쩐지 섬뜩해요. 저 석양, 꼭 피 같잖아요."

복이가 불쑥 끼어들었다가 남의 그림을 함부로 말한 것 같았는지 아차, 하는 표정으로 입을 다물었다.

선노미도 공감했다. 석양의 붉은빛은 여느 그림 속에서 보던 것과 달랐다. 채도가 놀라우리만치 선명하고 강렬했다. 그래서 거칠게 느껴지기도 했지만, 동시에 사람의 온기처럼 따뜻한 감각도 불러일으켰다.

희한한 일이라며 선노미가 다시 찬찬히 그림을 들여다보는데, 갑자기 그림 속 여인이 스르르 움직이는가 싶더니 저를 향해 고개를 돌렸다.

생긋, 여인이 미소를 지었다. 그것도 한없는 허무함에 빠진 얼굴과 어울리지 않게 색기를 띤 고혹적인 미소였다. 그런데도 묘하게 어우러져 더할 나위 없이 매력적이면서 동시에 괴기스럽게 느껴졌다.

"어, 이, 이건…."

선노미가 저도 모르게 그림에서 한 발짝 물러섰다. 살아 움직이는 그림이라니.

예전에도 비슷한 걸 본 적 있지만, 그래도 온몸에 소름이 쫙 끼쳤다.

"무언가를 보셨소?"

맹인이 선노미에게 귀를 쫑긋 세우며 물었다.

"그림 속 여인이… 절 보고 미소를 지었습니다."

맹인은 그럴 줄 알았다는 듯 고개를 끄덕였다.

젊은 사내도 덤덤하게 구는 걸 보니 어처구니없이 들릴 법한 말이 전혀 놀랍지 않은 모양이었다.

"그리고 또 다른 건?"

선노미는 맹인의 재촉에 다시 한번 그림을 들여다봤다.

여인이 다시 미소를 짓자 순간 선노미는 정신이 아득해졌다. 기이한 미소에서 도무지 눈을 뗄 수가 없었다.

여기로 와. 네가 원하는 걸 보여줄게.

귓가로 감미로운 목소리가 스며들었다. 꿀처럼 달콤하지만 거북한 여운이 남는 끈적한 목소리였다.

'내가 원하는 것? 그게 대체 뭐지?'

여인의 미소에 마음이 홀렸던 선노미는 귓가에 속삭인 달콤한 목소리 때문에 오히려 정신이 번쩍 들었다. 내가 원하는 것. 그건 선노미가 꽤 오랫동안 찾아 헤맸지만, 아직 발견하지 못한 것이기도 했다. 하지만 목소리가 선노미에게 말을 걸기 전까지는 스스로도 그 사실을 깨닫지 못했다.

"또 무엇을 보셨소?"

맹인이 채근하듯 물었다.

"미소 말고는… 아무것도 못 봤습니다."

"그러시군."

맹인은 안도인지 실망인지 모를 표정을 지었다.

무슨 영문인지 몰라 선노미는 복이는 어떤지 보았다.

복이는 금방이라도 울 것 같은 표정이었다. 새하얗게 질린 얼굴이 겁에 질린 것 같기도, 슬픈 것 같기도 했다. 누이의 눈에 자신이 보지 못한 무언가 보인 게 아닐까 싶었다.

"아무것도 안 보였다면, 당신은 꽤나 행복한 사람일 거요. 지금 삶에 만족해 더는 바라는 게 없다는 뜻일 테니."

"그게 무슨 뜻입니까?"

맹인은 선문답 같은 말을 했다.

"이건 사람들이 가지지 못했지만, 간절히 갖고 싶어 하는 걸 보여주는 그림이니까."

"갖고 싶은 걸 보여주는 그림?"

선노미와 복이가 동시에 맹인이 한 말을 따라했다.

"그렇소."

맹인이 더듬듯이 선노미 쪽으로 고개를 돌렸다.

"가지지 못한 걸 욕망하는 게 인간의 본성이라고 하셨지? 어쩌면 그 말대로인지도 모르오. 그래서 그걸 보여주는 이 그림이 저주받은 거고."

"하지만…."

복이가 머뭇거리다 말했다.

"갖고 싶은 걸 보여준다고 해서 나쁠 건 없잖아요? 그렇다고 왜 저주받은 그림이 되는 거죠?"

"글쎄올시다."

맹인이 말할 채비를 하듯 팔짱을 꼈다.

"거기에 대한 답을 알려면 일단 이 족자에 얽힌 사연부터 들으셔야겠군. 어차피 오늘 묵을 방값을 대신할 얘기도 이 족자에 얽힌 기담이니."

거기까지 말하고 맹인은 다시 족자를 말아 곁에 두었다.

"주모, 여기 탁주라도 한 잔 갖다 주겠소? 이야기가 길어질 테니 간간이 목이라도 축여야 할 성싶어서."

"잠시만 기다리세요."

복이가 치맛자락을 옆구리에 말아 끼고 부엌으로 종종걸음을 쳤다.

"그러고 보니 내 소개도 안 했구려. 이렇게 만난 것도 인연인데 통성명이라도 합시다. 나는 공철이고, 이쪽에 앉은 친구는 일동이오."

맹인이 젊은 남자를 더듬듯이 가리키며 말했다. 선노미도 제 이름을 대고 나자, 마침 딱 알맞게 복이가 탁주에 안주로 돼지고기 수육 몇 점을 곁들여 술상을 내왔다.

"카, 오랜만에 마셔서 그런지 술맛도 기가 막히는군."

탁주를 한 모금 들이켜고 나서 공철은 허공으로 고개를 들고 그림에 얽힌 이야기를 시작했다.

족자 그림을 그린 이는 은뫼라는 화가였다. 은뫼를 아는 이들은 그를 천재, 괴짜, 혹은 둘을 합쳐 '괴짜천재'라 불렀다. 그렇게 불릴 만한 연유가 있었다. 은뫼의 그림 실력만큼은 누구나 다 인정했지만, 그림에 대해선 호불호가 뚜렷하게 갈린 탓이다.

은뫼는 아름다운 풍경이나 꽃 위에 앉은 나비 같은, 흔히 그리는 대상을 소재로 삼지 않았다. 그가 유달리 집착했던 건 단 하나, 바로 죽음이었다.

은뫼가 즐겨 그린 건 죽어서 싸늘하게 식은 개나 새, 추위와 굶주림에 길에서 생을 마감한 걸인, 혹은 돌림병으로 목숨을 잃고 거적때기에 둘둘 말려 동구밖에 버려진 사체였다.

한때는 생명이 깃들어 있었지만, 이제는 한 점 고깃덩어리로 변해

버린 육신을 그린 은뫼의 그림엔 더할 나위 없는 쓸쓸함과 슬픔이 배어 있었다. 불쾌하다며 눈을 돌리기 십상이지만, 한번 그의 그림을 유심히 본 이들은 오래도록 눈을 떼지 못했다. 고독이랄지, 비애랄지, 허무랄지 은뫼의 그림에 감도는 어두컴컴한 정서는 사람들 마음속 깊은 곳의 무언가를 건드렸기 때문이다. 그건 수려한 풍경이나 즐겁게 뛰노는 귀여운 동물을 그린, 그저 '아름다운' 그림들을 감상할 때는 결코 느낄 수 없는 감정이었다.

그래서 어떤 이들은 은뫼의 그림을 높이 평가한 반면, 대부분은 질색했다. 세상에 아름다운 것들이 많고 많은데 왜 병적인 그림만 그리냐며 힐난하는 이들이 적지 않았다. 그래도 은뫼는 개의치 않았다. 그저 예쁘고 보기 좋은 건 한낱 허울 좋은 장식품에 불과해. 진짜 예인이라면 사람들 마음속 깊은 감정을 끌어내야지. 은뫼는 그렇게 생각했다.

은뫼가 끌어내고 싶었던 감정의 매개체는 바로 죽음이었다. 죽음이야말로 인간이라면 모두가 피할 수 없는 숙명이자 근원적인 두려움이니까. 그래서 외면하고 싶겠지만 한편으론 강렬하게 갈망하게 되는 것이 바로 죽음이니까.

처음엔 이미 죽은 이들을 그리는 것만으로 만족했다. 사실 그것마저 쉬운 일은 아니었다. 소재를 찾는 데 제약이 심했다. 하지만 '죽음을 그리는 화가'라고 어찌어찌 입소문이 나자 망자의 마지막 모습을 그려달라는 의뢰가 알음알음 들어왔다. 그렇게 해서라도 두 번 다시 볼 수 없는 사람을 기억하고 싶은 사별자들의 의뢰였다.

은뫼는 일이 들어오는 족족 모두 받았다. 원하던 일이었으니까. 하지만 그럴수록 그것만으로는 만족할 수 없었다.

죽음이란 정지되거나 완결된 상태가 아니다. 그건 진행의 과정이다. 그러니 진정한 죽음이란 이미 혼이 사라지고 뻣뻣하게 굳은 몸을 의미하는 게 아니다. 육신 안에 갇힌 생명이 서서히 사라져 마침내 우리 몸이 빈껍데기가 되기 전까지의 시간, 그것이 바로 죽음이다. 나는 그걸 그리고 싶다!

한번 은뫼의 가슴속에 똬리를 튼 강렬한 욕망은 움이 트기 시작하자 햇빛과 거름을 받아 쑥쑥 크는 식물처럼 날로 커져만 갔다. 그렇게 자란 식물의 줄기가 목을 움켜쥐듯 통제하기 어려워졌고, 간신히 욕망을 버텨내느라 지쳐갔다.

은뫼가 결국 그러한 갈망 앞에 무릎을 꿇은 날은 집 없이 떠도는 개나 고양이, 혹은 날개가 부러져 날지 못하고 땅 위에서 퍼덕거리는 새의 목을 꺾어가며 죽어가는 과정을 그리곤 했다.

이렇게 잠깐이나마 욕망은 해소되었지만, 잠시의 갈증을 푸는 데 지나지 않았다. 그런 미물들은 삶의 희로애락도, 사후세계에 대한 두려움도 알지 못한다. 그러니 그것들의 죽음이 인간만큼이나 복잡하고 심오할 수 없었다.

'내가 그리고 싶은 건 죽음을 목전에 둔 인간이야. 인간의 몸에서 생명이 빠져나가는 순간, 죽음이 육신을 서서히 집어삼키는 그때를

그리고 싶다!'

이런 생각이 머리를 스쳐 갔고, 그것은 은뫼에겐 일생의 과제가 됐다. 자신이 목표하는 그림을 그릴 수 있다면 이제까지 그렸던 것과는 차원이 다른, 일생일대의 걸작이 될 게 분명했다. 그런 예술품을 남길 수 있다면 무슨 짓이라도 할 수 있을 것 같았다.

하지만 그건 하고 싶다고 무턱대고 실행에 옮길 수 있는 일이 아니었다. 이미 죽어 있는 육신이 아니라, 생명이 꺼져가는 산 사람을 찾는 건 백 배는 더 어려웠다.

어찌어찌 연이 닿아 중병을 앓는 환자들과 대면한 적도 있었다. 그들에게서 죽음이 덮쳐오는 모습을 볼 수 있을 거라 기대하기도 했다. 그러나 은뫼가 목격한 건 살고자 하는 강렬한 사투였다. 마지막의 마지막 순간까지, 죽음이 제 목숨줄을 완전히 끊어놓는 바로 그 순간에 이르기까지 인간이란 존재는 이토록이나 게걸스럽게 삶을 구걸하고 매달릴 수 있다는 걸 은뫼는 그때 깨달았다.

이래서야 바라는 걸 그릴 수 없다. 누군가를 내 손으로 죽이고 그 죽어가는 걸 곁에서 지켜보지 않는 이상은.

그런 결론에 이르자 깊은 좌절감이 몰려왔다. 자신이 원하는 예술적 목표에 도달하려면 살인을 할 수밖에 없다는 뜻이니까. 작품을 위해 무슨 일이든 할 각오가 되어 있다지만 그건 너무도 무모한 짓이었다.

그 뒤로 은뫼는 그 꿈을 어느 정도 놓아버렸다. 물론 그렇게 포기한다고 갈망이 사라지는 건 아니었다. 이따금 뜨거운 열망이 속에서 꿈틀거릴 때마다 은뫼는 술로 식혀보려 했다. 그런다고 마음속 병증을 완전히 치유할 수 없다는 건 은뫼 본인이 가장 잘 알았다. 자연히 괴로움만 깊어갔다.

그날도 은뫼는 기방에 틀어박혀 채워지지 않은 욕구의 항아리에 술을 들이붓고 있었다. 그런 은뫼 곁에 누가 슬며시 다가와 앉았다.

"화가라 하셨지요?"

고개를 들어보니 어여쁜 기생이 미소를 흘리며 요염한 자태로 앉아 있었다. 나이는 열일곱, 열여덟 됐을까. 틀어 올린 풍성한 머리에 나비를 장식한 옥비녀를 꽂고, 연한 옥색 저고리 아래엔 펑퍼짐하게 밑이 퍼지는 물빛 치마를 입었다.

기녀는 제법 고왔지만, 미녀라고 할 순 없었다. 하지만 '그림 같은 미녀'에게선 볼 수 없는 묘한 매력이 감돌았다. 완벽한 아름다움이 아니라 불완전한 미(美)가 서툴게 빚어내 더욱 야릇하고 위태로운 매력이었다.

"계향이라 합니다. 제 술 한잔 받으시지요."

계향이라는 기생이 은뫼의 빈 잔에 술을 따랐다. 얼떨결에 술을 받은 은뫼는 그대로 잔을 쭉 들이켰다.

"무슨 그림을 그리십니까?"

계향이 호기심 어린 눈으로 물었다.

"그냥, 이것저것."

은뫼가 대충 얼버무렸다.

"초상화도 그리시나요?"

이번에도 은뫼는 애매하게 고개만 끄덕였다. 그러자 계향이 눈을 빛내며 바짝 다가와 앉았다.

"혹시 제 그림도 그려주실 수 있습니까?"

그저 부탁하는 시늉이 아닌 것 같아 은뫼는 의아한 눈초리로 바라봤다. 기생이 손님 비위를 맞추려고 빈말을 하는 게 아니었다. 표정이나 눈빛이 사뭇 진지했다.

"자네 정도 되는 인물이라면 굳이 나 말고도 그림을 그려주겠다는 사람이 줄을 설 텐데?"

딱히 흥미가 생기지 않아 은뫼가 좋은 말로 거절하려는데 계향이 고개를 흔들었다.

"저는 장안의 이름난 명기(名妓)가 아니라서요. 아는 화가 나리도 없고요."

"서두르지 말고 천천히 찾아보면…."

계향이 갑자기 고개를 모로 돌리더니 콜록거리기 시작했다. 한번 터진 기침은 좀처럼 가라앉지 않았다. 한참이나 기침과 씨름하던 계향이 품에서 하얀 천을 꺼내 입을 가렸다. 곧 눈처럼 흰 천에 붉은 꽃 같은 얼룩이 점점이 번졌다.

"혹시 자네…."

붉게 물든 핏방울들을 보자 은뫼의 머릿속에 스치고 지나가는 게 있었다. 새하얗다 못해 파란 기운이 도는 창백한 피부, 갸름한 게 아니라 수척했던 가녀린 얼굴선, 열 때문인지 발갛게 달아오른 뺨과 입술. 그저 매력적이라고만 여겼는데, 그게 아니라 폐병에 걸렸다는 걸 깨달은 것이다.

"이젠 아시겠지요. 저한테는 남은 시간이 얼마 없다는걸요."

각혈이 잠시 멎자 계향은 은뫼를 서글픈 눈으로 보았다.

"딱히 내세울 것도, 행복할 것도 없는 삶이었습니다. 하지만 이대로 사라지려니 너무 허무하고 적적해서요."

감정이 북받치는지 입을 틀어막았다가 다시 은뫼를 똑바로 쳐다봤다.

"제가 죽고 나면 부모 형제도, 지아비와 자식도 없는 저를 누가 기억이나 해주겠습니까. 그러니 하다못해 제 모습 그린 그림이라도 하나 남겨두고 싶습니다. 그게 제가 이 세상에 잠시 머물렀다는 유일한 증거가 될 테니까요."

은뫼가 새삼스럽게 계향을 찬찬히 뜯어봤다. 고운 얼굴이지만 자잘한 결점이 눈에 띄었다. 얼굴 좌우가 조금 비대칭에다 코가 다소 길고 자세히 보면 이마 위에 작은 수두 자국도 있다. 하지만 그럼에도 계향이라는 소재는 은뫼의 마음을 사로잡았다.

한창 꽃다운 나이에 걸맞은 풋풋한 아름다움. 거기에 젊은 나이에 어울리지 않는 우수와 허무가 함께 배어 있었다. 그건 죽음을 낯설게 여기지 않는 자들만이 가지는 특징이었다. 생과 사의 상반된 매력을 함께 가진 계향은 충분히 그릴 만한 가치가 있을 것 같았다.

"알았네. 그려주지."

은뢰가 말했다.

"정말이십니까?"

계향이 반색했다가 조심스럽게 눈치를 살폈다.

"그런데… 얼마면 될까요? 부탁해놓고 이런 말씀 드리기가 송구스럽지만, 사실 가진 돈이 많진 않아서요."

"그런 건 걱정 말게. 이렇게 만난 것도 인연인데 돈은 안 받겠네."

"하지만…."

"작은 선물이라 생각하게."

은뢰는 그렇게 못 박았다. 이런 기회는 쉽게 오지 않는다. 오히려 자신이 고맙다고 해야 할 판이었다. 다 떠나 살날이 얼마 안 남은 불쌍한 젊은 여자에게 돈까지 받으며 그릴 생각은 없었다.

"감사합니다."

그제야 계향이 깊이 머리를 숙였다.

말이 나온 김에 둘은 이만 술자리를 파하고, 은뢰가 홀로 묵는 객주 방으로 들었다.

짐 속에서 화구를 끄집어내 계향에게 벽을 등지고 서 있으라 한 뒤 화선지를 펼치고 먹을 갈았다.

스윽, 은뢰가 능숙한 솜씨로 붓을 움직였다. 타고난 재능에 숙련된 경험이 더해져 그의 필치엔 망설임이 없었다. 붓이 종이를 훑고 지나간 자리에 여인의 가늘고 고운 몸의 곡선이 드러났다.

스으윽, 다시 붓이 종이 위를 달리자, 이번엔 가녀린 얼굴 윤곽이 떠올랐다. 그다음엔 날렵한 버선코, 풍성한 치맛자락, 칠흑같이 검고 탐스러운 머리채…. 마치 요술이라도 부린 것처럼 은뫼는 한 자루 붓으로 살아있는 계향을 실제보다 더 생생하게 옮겨놓았다.

"정말 솜씨가 좋으시네요."

계향이 곁눈질로 힐끗 보더니 놀라워했다.

"집중해야 하니 가만히 있게. 지금부터가 제일 중요하니까."

은뫼는 무뚝뚝하게 대답했다. 한껏 예민해진 탓이었다.

대략적인 형태는 완벽히 잡았으니 이젠 제일 중요한 계향의 표정과 분위기를 그림 속에 되살려야 했다. 피어나는 젊음과 그 젊음을 좀 먹어가는 병, 허무와 우수가 어우러진, 생과 사가 혼재하는 계향의 복잡미묘한 아름다움을. 그런데 계향은 그런 것도 모르고 바보처럼 기쁨과 호기심에 들떠 작업을 망칠 기세였다.

"하지만 사실인걸요. 솔직히 부탁드릴 때만 해도 이렇게 훌륭한 화가실지는 생각도 못 했어요."

계향이 일부러 간드러진 목소리로 말했다. 어릴 때부터 기방에서 배운 교태일 테지만, 은뫼는 조금씩 짜증이 치밀었다. 싸구려 같은 짓을 하다니. 그 때문에 네 특유의 허무한 분위기가 다 사라져버렸잖아. 그게 사라진 너는 그저 평범한 기녀에 불과해. 난 고작 그렇고 그런 기녀 따위나 그리려고 널 여기로 데리고 온 게 아니란 말이야!

"빌어먹을! 그 입 좀 다물지 못 해!"

조바심이 난 은뫼는 버럭 소리를 질렀다. 계향이 눈을 동그랗게 떴다. 겁을 집어먹었는지 몸을 뒤로 빼더니 발작적으로 기침을 해댔다.

콜록, 콜록, 콜록.

격하게 어깨를 떨던 계향이 품에서 천 조각을 꺼냈다. 이번에도 몇 점의 핏방울이 하얀 천을 붉게 물들였다. 그렇지 않아도 새하얀 얼굴이 어쩐지 조금 더 창백하게 보였다. 핏기가 가신 얼굴과 선명하게 대조되는 핏방울. 그건 계향이 그만큼 죽음에 가까워졌다는 징표였다.

'죽음에 가까워졌다고?'

머릿속을 스친 생각에 은뫼는 저도 모르게 눈이 확 뜨였다.

애초에 계향에게 마음이 끌린 건 젊고 싱싱한 육체에 뿌리내린 죽음의 흔적에 깊이 매료되었기 때문이다. 하지만 죽음의 한 단면, 옷으로 치자면 옷자락 끄트머리 따위를 그리는 것과 죽음 그 자체를 그리는 건 아예 차원이 달랐다. 만약 저 살날이 길지 않은 계향을 여기서 죽여버리고 그 생명이 빠져나가는 과정을 그림으로 남긴다면 내가 평생을 찾아 헤매던 꿈을 이룰 수 있지 않을까!

생명이 빠져나가는 육신, 죽음이 삶을 서서히 삼켜버리는 그 과정의 허무함과 쓸쓸함을 표현하고 싶다는 꿈을.

'아니야, 안 돼!'

은뫼는 머릿속에 떠오른 끔찍한 생각을 떨치려는 듯 세차게 고개를 저었다. 그건 살인이야. 아무리 그림이 소중해도 애먼 생명을 내 손으로 앗아버릴 순 없어. 하지만….

계향은 이미 죽음에 한 발을 걸쳐두고 있다. 앞으로 살아봤자 고작 서너 달, 혹은 반년이 고작일 것이다. 이제껏 살면서 제법 많은 폐병 환자들을 봐왔으니 그 정도는 짐작할 수 있다. 그 남은 몇 달간의 삶이 과연 계향에겐 그렇게 소중할까? 제 말로도 별로 내세울 것도, 행복할 것도 없는 삶이라 하지 않았던가!

앞으로 병세가 더 심해지면 그 삶은 더욱 고달파질 것이다. 육신은 고통스럽고, 손님을 받기 힘들어지면 입에 풀칠하기도 어려워진다. 그야말로 가파른 내리막이다. 그 몇 달간 꾸역꾸역 비루한 목숨을 연장하느니 차라리 내 그림 속에서 불멸의 존재가 되는 게 더 낫지 않을까? 그렇게 두고두고 세상 사람들에게 기억된다면 그거야말로 계향이 바랐던 바가 아닐까? 그러니 이건 오히려 그녀를 위하는 일이다.

스스로 궤변인 줄 알면서도 은뫼는 그렇게 몰아가는 생각을 떨쳐버릴 수 없었다. 오히려 떨치려 할수록 더욱 사로잡혔다.

'지금뿐이야. 이 기회를 놓쳐버리면 두 번 다시 네가 원하는 그림을 그릴 수 없을지도 몰라. 이대로 기회를 놓쳐버릴 거야?'

그래도 한 줄기 양심이랄지 이성 같은 것이 은뫼의 무모함을 가로막고 있었는데, 그마저 속삭이는 목소리에 맥없이 녹아내렸다. 그게 귀신의 목소리인지 유혹에 흔들린 저 자신인지 따져보기도 전에 은뫼는 계향에게 몇 발짝 다가갔다.

그래, 어쩌면 이게 절호의 기회인지 모른다. 함께 여기 온 걸 아는 사람은 아무도 없다. 밤새 계향이 안 보여도 어차피 손님과 같이 있겠거니 생각해 찾는 이도 없을 것이다. 그러니 하늘이 주신 둘도 없는 이 기회를 놓쳐선 안 된다.

"걱정 마세요. 이젠 기침이 거의 멎은 것 같…."

계향은 미처 말을 다 맺지 못했다. 은뫼의 투박한 손이 그녀의 가느다란 목덜미를 꽉 눌렀기 때문이다.

"왜, 왜, 이러시는…."

계향이 발버둥쳤지만, 억센 은뫼의 손아귀에서 벗어나지 못했다. 작고 가녀린 데다 병마에 시달려 체력도 약하니 얼마 버티지 못했다. 맹렬하게 팔다리를 버둥거리던 계향은 움직임이 멎었다.

물 밖으로 나온 물고기 마냥 살기 위해 본능적으로 입술을 뻐끔거리며 공기를 찾았다. 말을 하고 싶은 모양이었지만, 한마디도 입 밖으로 나오지 못했다.

끄윽, 끄윽.

숨이 막힌 계향의 목에선 가느다란 신음만 새어나올 뿐이었다.

초점이 서서히 흐려지는 눈으로 계향이 은뫼를 보았다. 그 눈에 어린 감정은 공포나 원망이 아니었다. 생명을 잃어가는 눈이 담은 건 체념이었다. 죽음이 자신을 덮칠 것이라는 걸 직감한 자의 체념. 거기에 쓸쓸함, 비애, 덧없음과 회한까지. 은뫼는 계향의 눈빛이 머금은 감정들을 하나도 빠짐없이 머릿속에 똑똑히 아로새겼다.

계향의 몸이 내용물이 들지 않은 빈 자루처럼 늘어졌다. 이젠 아무것도 보이지 않고, 아무것도 느낄 수 없는 모양이었다. 두 눈은 텅 비어 보였다. 하지만 숨이 다 끊어지진 않았는지 아직도 팔다리가 미세하게 떨렸다. 은뫼가 목덜미를 움켜쥔 손에 마지막 힘을 주었다.

흐읍, 계향은 몸을 부르르 떨더니 더는 움직이지 않았다. 드디어 숨이 멎은 것 같았다. 이제껏 지탱하던 생명선이 끊어지고 나니 오히려 평화로워 보였다. 계향은 이제 고통에서 해방되었다. 서서히 식어가는 몸에서 고통과 번뇌가 체온과 함께 천천히 사라지는 게 화가 은뫼의 눈에 보이는 것 같았다.

은뫼는 허겁지겁 화구로 다가가 붓을 집어 들었다. 그의 손이 신들린 듯 종이 위를 정신없이 내달렸다. 붓이 스치고 지나간 자리에 은뫼가 평생토록 그리고 싶었던 화두가 생명을 얻어 숨쉬기 시작했다. 조금 전 목숨을 잃은 계향의 몫을 대신이라도 하듯.

눈으로 보고 머리에 새긴 것을 그대로 찍어낸 것처럼 화폭에 계향의 표정이 생생하게 되살아났다. 숨 쉬는 것도, 눈을 깜빡이는 것도 잊고 그림에 몰두하면서 은뫼는 제 의지가 아니라 그보다 더 강력한 힘이 자신을 인도하는 것 같다고 느꼈다.

"해냈다!"

여인의 초상을 완성한 은뫼는 환희에 차서 그림을 내려다보았다.

자신이 그렸지만, 그림에서는 결점을 찾아낼 수 없었다. 이런 그림은 평생 두 번 다시 그릴 수 없을 것이다. 이거야말로 어디 내놔도 부끄럽지 않을 걸작이라 자부하며 은뫼는 그림을 다시 한번 찬찬히 들여다보았다.

그런데 자꾸 보니 어딘가 아쉬웠다. 초상 자체는 완벽한데 텅 빈 배경이 너무 밋밋해 보였다. 완벽한 초상에 걸맞은 배경이 되려면 그에 못지않게 강렬해야 한다. 그저 수려하기만 한 산수풍경은 오히려 사족이 될 뿐이다. 무엇을 그려야 할까.

문득 계향이 바닥에 떨어뜨린 하얀 천 조각에 시선이 닿았다. 새하얀 색깔과 대비되는 강렬한 붉은 핏자국. 죽음을 예고하는 불길한 그 색깔.

은뫼는 순식간에 깨달았다. 저 강렬한 적색이야말로 계향의 표정에 담긴 깊은 허무를 가장 잘 살릴 배경이다. 그러니 저 피처럼 붉은 노을을 그림 속에 구현해내야 한다. 하지만 어떻게 만들까. 저렇게 강렬한 색상을 표현할 수 있는 안료가 과연 이 세상에 존재할까.

유황을 수은에 가열해 섞어 만든 붉은 비단색 비홍(緋紅)을 써볼까. 아니, 내가 표현하고 싶은 거침을 나타내기엔 너무 곱다. 그렇다면 은주(銀朱)에다 연지를 넣은 복숭아꽃 색깔 도홍(桃紅)은 어떤가. 그것도 아니다. 세련되긴 하지만 쓸데없이 색기가 들어가니까. 살코기의 적색인 육홍(肉紅)은 너무 거칠고, 잇꽃을 갈아 만든 연지는 강렬함이 부족하다. 대체 내가 표현하고 싶은 그 빨강은 무엇으로 표현해야 하나.

한참 동안 머리를 싸매던 은뫼는 눈을 번쩍 떴다.

내가 그리고 싶은 빨강은 오로지 피로밖엔 표현할 수 없다. 저 그림 소재였던 계향의 피!

미쳤다 싶은 생각이 들면서도 은뫼는 멈출 수 없었다. 뜻대로 결과가 나오지 않을지도 모른다. 하지만 시도해보기 전까진 알 수 없다. 이미 죽은 계향이 두 번 죽는 것도 아니다.

마음을 굳힌 은뫼는 벼루를 들고 시신에 다가갔다. 벼루로 계향의 머리를 찍으려다 그는 죽은 여인의 공허한 눈과 마주쳤다. 이제 아무것도 볼 수 없을 테지만 텅 빈 눈은 마치 자신을 비난하는 것만 같았다. 그 눈을 보면서 창백하리만치 깨끗하고 새하얀 피부를 훼손하려니 죄책감이 느껴졌다. 정작 죽일 때도 느낄 수 없었던 감정이었다.

하지만 그는 마음을 다잡았다. 눈을 질끈 감고 벼루를 높이 쳐들어 머리를 찍었다. 깨진 머리에서 선혈이 줄줄 흘러나왔다. 눈이 시릴 만큼 강렬하게 붉은 피는 아직 온기를 머금고 있었다.

머리를 타고 흘러내린 피 웅덩이에 붓을 찍어 은뫼는 정신없이 종이에 색을 입혔다. 무아지경에 빠져들자 더 이상 죄책감도 들지 않았다. 공포는 더더욱 느낄 수 없었다. 기이한 황홀감에 사로잡힌 이 순간의 은뫼에게 세상은 그림과 저 자신뿐인 것 같았다.

얼마나 시간이 흘렀을까, 드디어 그림이 완성되었다. 죽어가는 여인의 번뇌와 허무함을 담은 초상과 찬란히 몸을 태우며 사라져가는 석양.

이보다 더 완벽한 조화는 생각할 수 없었다. 만약 시간을 되돌린대도 은뫼는 똑같은 선택을 할 것만 같았다. 이런 명작을 남길 수만 있다면 목숨을 바쳐도 아깝지 않았다.

공철이 이야기를 끊고 잠시 숨을 골랐다. 아무도 말이 없었다. 너무 놀라워 다들 할 말을 잃은 것 같았다.

"세상에! 너무한 거 아니에요?"

화들짝 깨어나듯 복이가 소리쳤다.

"대관절 그림 따위가 뭐 그리 중요하다고 죽어가는 여자를 그렇게나 잔인하게…."

차마 말을 잇지 못하고 복이는 고개를 흔들었다.

"그림 따위라니. 주모, 사람의 인생은 고작해야 몇십 년에 불과하지만 위대한 화가가 남긴 그림은 몇백 년을 살아남지 않는가. 인간보다 생명력이 강한 게, 아니 어쩌면 영원히 살 수도 있는 게 예술이네."

주막 뒤편에서 혼자 술을 홀짝이던 초로의 남자도 이야기를 엿들었는지 슬며시 끼어들었다.

"그건 내 알 바 아니고, 다들 그렇게 정신 나간 생각이나 하고 있으면 사람 목숨이 어디 남아나겠어요? 사람 생명보다 중요한 게 어딨나요? 제가 일자무식이어도 그건 압니다."

복이가 눈꼬리를 치켜뜨며 뾰족하게 쏘아붙였다.

그 서슬에 눌렸는지 남자도 입을 다물었다.

"그건 그렇고 그 은뫼라는 화가는 어찌 됐습니까?"

어수선한 틈에 선노미가 물었다.

"어찌 되긴. 사형당했지요."

당연한 거 아니냐며 공철이 대답했다.

"그런 짓을 하고 멀쩡할 리가 있었겠습니까."

죽은 계향을 발견한 건 객주의 주인이었다. 식객이 밥도 안 먹고 두문불출하길래 궁금해 방문을 열었던 주인은 처참한 시신과 얼빠진 은뫼를 발견하고 말 그대로 경악했다.

주인의 고발로 곧장 포졸들이 들이닥쳐 은뫼를 체포했다. 은뫼는 저항없이 순순히 붙잡혔다. 어쩐지 뒷일 같은 건 안중에도 없는 것 같았다. 범죄를 숨기지도 않았고 사체를 처리하지도 않은 것이다.

"망나니한테 목이 잘렸다고 하더만."

공철은 입맛이 쓴지 탁주를 한 모금 벌컥 마셨다.

"이젠 알 것 같습니다. 저 그림이 아름답지만, 왜 그렇게 기괴하고 불길해 보였는지요."

선노미가 수긍하자 공철도 고개를 끄덕였다.

"그렇지. 여인의 한이 서린 그림이니."

사람의 집념은 몸서리쳐질 만큼 무서울 때가 있다. 어떤 집념은 그걸 발휘한 사람보다 오랫동안 살아남기도 한다. 복수심으로, 원망으로, 한으로 얼굴을 바꾸면서.

기담을 모으며 선노미는 그런 사례를 많이 봐왔다. 죄를 짓고 살아선 안 된다는 건 아마도 이런 이유 때문일지도 모른다.

"이걸로 끝이 아니겠지요? 저 그림이 조화를 부렸을 테지요?"

선노미가 물었다. 저주받아 마땅한 행위는 또 다른 저주를 부른다.

그렇게 끝없이 저주의 고리가 이어진다. 더 강력한 힘이 개입해 그 연쇄를 끊어버리기 전까지.

"당신 말대로요."

공철이 허탈하다는 듯 고개를 떨구었다.

불길한 그림은 그걸 보는 사람들을 그림 속으로 끌어들였다. 그리고 제일 처음 그림에 혼을 뺏겨버린 건 계향과 은뫼를 처음 발견한 객주 주인이었다.

객주 주인 순연은 처음엔 기분 나쁜 그림을 처분해버릴 생각이었다. 하지만 은뫼가 잡혀가며 남긴 말에 생각을 바꾸었다.

"그 그림 절대 버리지 마시오. 천금과 맞바꿀 만한 귀한 그림이니."

오래 은뫼를 알고 지낸 순연은 그가 성격은 괴팍해도 뛰어난 화가라는 건 알았다. 어지간해선 제 그림에도 만족 못 하던 은뫼의 말이니 값이 나갈 게 분명했다. 회화에 문외한이지만 순연이 보기에도 족자 속 그림엔 압도하는 힘이 깃들어 있었다. 기분 나쁠 정도로.

그동안 은뫼가 외상으로 올려둔 밥값이 꽤 됐다. 자기 객주에서 살인까지 저질렀으니 피해도 막심했다. 그러니 그림을 내다 팔면 얼추 손해를 벌충할 수 있을 것 같았다. 내다버리느니 그 편이 낫겠다고 순연은 생각했다.

'그 사람도 대체 어쩌자고 그런 엄청난 짓을 저질러서는….'

순연은 은뫼의 유품이기도 한 족자 속 그림을 물끄러미 바라보며 속으로 중얼거렸다.

그나저나 볼수록 묘한 그림이다. 여자의 시신이 떠올라 토악질이 날 것 같아 고개를 돌리고 싶은데도 희한하게 눈을 뗄 수 없다. 눈길을 잡아끌어 놓아주질 않는다. 그 때문에 천금과 맞바꿀 만한 귀한 그림이라 했을까.

생긋, 갑자기 그림 속 미인이 순연을 보며 미소를 지었다. 순연은 눈을 비볐다. 어찌 된 일인가. 그림이 살아 움직일 순 없을 텐데. 내가 헛것을 본 건가.

생긋, 미인이 또 웃어 보였다. 매혹적인 눈웃음에 교태가 흘렀다. 추파를 던지는 것만 같았다. 역시 헛것이 아니었다. 그림 속 미인은 순연을 유혹하고 있었다.

"으아아아!"

순연이 저도 모르게 비명을 지르며 족자를 저만치 던져버렸다. 등골이 서늘해지며 머리칼이 쭈뼛해졌다. 저 족자는 귀신이 든 거야. 그러지 않고서야 어찌 이런 일이 벌어질까. 그럼에도 순연은 구석에 처박힌 족자에서 눈을 뗄 수 없었다.

여기로 와. 네가 원하는 걸 보여줄게.

정신이 혼미한 순연의 귓가로 달콤한 여인의 목소리가 들렸다. 마치 꿀처럼 귓가에 끈적하게 달라붙었다. 손대기라도 하면 질척이는 감각이 느껴질 것만 같았다.

'내가 원하는 것?'

휘이이익, 어디선가 서늘한 바람이 불어오는가 싶더니 정신을 차리자 순연은 어느새 그림 속에 들어가 있었다.

눈앞에 보이는 건 무릉도원이었다. 사방에 복사꽃이 흐드러지게 피어 있었다. 연분홍 꽃잎으로 사방이 물들었는데, 진달래, 살구꽃, 철쭉, 개나리, 벚꽃, 매화까지 한꺼번에 어우러져 천지가 온통 꽃밭이었다. 감미로운 꽃내음이 푸릇푸릇한 풀냄새와 뒤섞여 바람결에 맴돌았다.

'여긴 어디지?'

계절을 가리지 않고 꽃이 이렇게 다 한꺼번에 피는 게 가능할까 싶으면서도 꽃길을 거니는 순연의 발걸음은 가벼웠다. 이렇게 꽃구경을 하는 게 얼마 만인가. 먹고 사는 게 바빠 동네 어귀에 피는 꽃도 못 봤다. 그런데 이렇게 만발한 꽃이라니. 그야말로 눈이 호사하는구나.

꽃밭 너머론 높이가 가늠 안 될 만큼 까마득한 산이 우뚝 솟아 있었다. 산 중턱에 고리처럼 구름을 휘감은 게 그야말로 절경이었다. 양 사방에 꽃길이 펼쳐진 숲, 저 멀리엔 높은 산이 보이는데 눈앞엔 너른 호수가 펼쳐져 있었다. 바닥이 비쳐 보이도록 투명한 호수에 이름 모를 물고기들이 유유히 헤엄쳐 다녔다. 살랑살랑 부는 바람에 숲속 나뭇잎들이 마치 춤을 추듯 한들거렸다.

'아아, 낙원이 따로 없구나!'

순연은 가슴을 부풀리며 맑은 공기를 들이마셨다. 땀과 여독에 찌든 숙박객들의 퀴퀴한 냄새만 맡다가 이렇게 대자연의 향기를 들이켜니 온몸의 피로가 말끔히 가시는 것 같았다. 봄 날씨처럼 온화하고, 바람까지 적당히 곁들여져 이 이상 기분 좋을 수가 없었다.

따듯한 햇살이 얼굴을 부드럽게 어루만졌다. 온몸이 노곤해지며 갑자기 졸음이 몰려왔다. 여기저기서 지저귀는 새 울음소리와 잔잔한 호수에서 한 번씩 잔물결이 이는 소리, 바람에 잎사귀가 흔들리는 소리를 들으며 순연은 그대로 깊은 잠에 빠졌다.

얼굴 위를 포르릉 날아가는 나비의 날갯짓에 눈을 떠보니 산해진미가 차려진 상이 놓여 있었다. 순연은 놀라 눈이 휘둥그레졌다. 갈비, 소금에 절여 말린 민어가 있는가 하면 귀한 타락죽도 보인다. 쇠고기를 볶아 끓인 황복기탕에 차돌배기를 푹 고아 경단처럼 뭉쳐 조린 차돌조리개도 있다. 게다가 편육을 얹고 배와 잣을 올린 냉면까지.

배에서 꼬르륵거리는 소리가 절로 났다. 순연은 허겁지겁 음식을 맛보았다. 이것도, 저것도 어느 것 할 것 없이 다 별미였다. 이런 고급진 음식을 배부르게 먹어보기는 태어나 처음이었다.

양껏 배를 채우고 입가심으로 후식까지 야무지게 챙겨 먹었다. 후식은 찹쌀가루 반죽을 송편처럼 빚어 안에 팥과 밤 소를 넣고 기름에 지진 주악이었다. 꿀과 조청을 바른 겉면은 윤기가 반지르르 흘러 한눈에 보기에도 먹음직스러운데 감칠맛까지 일품이었다. 엿기름과 꿀로 만든 유밀과, 단호박 찰떡에 대추를 얹어 장식한 약과까지 다 먹고 나니 행복한 포만감에 눈물이 날 것 같았다.

아, 이런 호사는 태어나 처음이다. 아름다운 풍경을 보며 왕이나 먹을 진미를 배부르게 먹으며 유유자적할 수 있다니. 어린 시절 부모님을 여의고 하루도 제대로 허리 펼 날 없이 일에 찌들어 먹고 살아야 했던 순연으로서는 꿈같은 일이었다. 문득 자신이 평생토록 원했던 것이 바로 이런 삶이었음을 비로소 깨달았다. 아무런 걱정 근심 없이 일하지 않아도 낙원 속에서 유유자적할 수 있는.

어때, 좋지?

순연의 귓가에 다시 달콤한 목소리가 달라붙었다.

여기서 계속 살고 싶지 않아?

여기서 계속 산다고? 순연은 정신이 번쩍 들었다. 혹할 만하지만 이건 현실이 아닌데. 이건 그림 속에서 만난 가상인데. 만약 내가 여기 계속 머무르고 싶다면 현실로 돌아가지 못하는 건가?

휘이이익, 어디선가 불어오는 바람에 순연은 눈을 질끈 감았다. 눈을 떠보니 더러운 벽지에 손님들 땀 냄새가 뒤섞인 초라한 객주로 돌아와 있었다.

'하아, 꿈이었구나.'

순연이 안도인지 실망인지 모를 한숨을 내쉬었다. 조금 전 보고 겪었던 게 꿈만 같았다. 하지만 꿈은 아니다. 아름다운 풍경은 눈에 아로새겨져 있고, 배 터지게 먹은 산해진미로 여전히 아랫배는 묵직하다. 그러니 분명 꿈은 아니었다.

만약 진짜 겪은 일이라면, 다시 그곳엘 가고 싶다고 순연은 생각했다. 매일 눈 뜨면 닥치는 비루한 현실보다 비록 가상이라도 무릉도원이 펼쳐진 그곳이 훨씬 더 좋았으니까. 거기서 고달픈 현실을 잠시나

마 잊고 싶었다.

여기서 계속 살고 싶지 않아?

문득 귓가에 들렸던 달콤한 목소리가 귓전에 되살아났다. 불가능한 줄 알면서도 달콤한 목소리의 꼬드김을 쉽게 떨쳐버릴 수 없었다.

그 뒤로 순연은 틈만 나면 그림을 들여다봤다. 그때마다 어김없이 족자 속 여인이 말을 걸듯 웃어 보였고, 순연은 가상의 세상으로 넘어갔다. 거긴 매일 반복해야 하는 노동도, 비위를 맞출 골치 아픈 손님도, 으스대는 양반 나리도 없었다. 추위나 배고픔도, 질병과 걱정거리도 없이, 모든 게 아름답기만 했다.

갈수록 순연은 유혹을 뿌리칠 수 없었다. 탐욕스럽게 가짜 세계를 갈구하는 제 모습을 돌아보며 흠칫 놀랄 때도 있지만, 어쩔 수 없었다.

대체 과연 누가 거부할 수 있겠는가! 보잘것없고 힘든 현실에 지쳤을 때 이런 즐거운 낙원을 손에 쥐여준다면.

행여 누가 자신을 비난한다면 순연은 그렇게 대꾸해주고 싶었다.

하지만 사람들이 보기에 순연은 이상해 보이기만 했다. 하루에도 몇 시간이고 멀거니 그림만 들여다보며 넋 놓고 있었으니.

누가 억지로 말을 붙이거나 하면 마지못한 얼굴로 고개를 들곤 했다.

“이보게, 정신 차려. 허구한 날 그림만 보고 있으면 어쩌잔 말인가. 현실을 봐야지, 현실을.”

처음엔 지인들의 말이 일리가 있다고 생각했다. 그다음엔 귀찮게 느껴졌다. 그러다 어느 때부터 어떤 충고도 더는 귀에 들리지 않았다. 현실? 내가 살아있는 것 같고, 살고 싶은 데가 현실 아닌가? 그렇다면 저 무릉도원이 현실이 안 될 것도 없지.

여기서 계속 살고 싶지 않아?

꿀처럼 달콤하고 끈적거리는 목소리는 언젠가부터 귓가에서 떨어지지 않았다. 그래, 계속 살고 싶어. 할 수만 있다면 이 객주로 돌아오지 않고 계속 그곳에 머무르고 싶다고.

순연이 그림만 들여다보는 시간이 길어지자 걱정하던 사람들도 더 이상 그를 찾지 않았다. 귀신 들린 그림에 정신이 나갔다며 혀를 차는 사람들도 있었다. 객주 주인이 미쳤다고 소문이 나자 손님들은 발길을 끊었고, 결국 순연은 외톨이가 되었다.

하지만 그는 개의치 않았다. 자신에겐 무릉도원이 있으니까. 진짜보다 더 진짜 같은 무릉도원이.

순연은 그림에 탐닉해 점차 밥 먹는 것도, 씻는 것도, 자는 것도 잊어버렸다. 하지만 그 역시 상관없었다. 무릉도원엔 산해진미가 넘쳐나고, 꽃과 나비와 새를 벗 삼아 잠들었다. 현실에선 갈수록 피폐해졌지만 순연 본인만 그 사실을 깨닫지 못했다.

여기서 계속 살고 싶지 않아?

무릉도원에서 객주로 돌아가야 할 즈음, 순연의 귓가에 어김없이 달콤한 속삭임이 들렸다. 순연도 더는 망설이지 않았다. 안 돌아간들 어때, 고작해야 비루한 현실을 버리는 것뿐인데. 여기서 살고 싶어 한들 무슨 무서운 일이 벌어지겠어?

"그래, 여기 있을래. 돌아가고 싶지 않아."

순연이 쾌재를 부르듯 큰 목소리로 말했다.

갑자기 새 지저귀는 소리가 그쳤다. 산들거리는 바람에 나뭇가지가 흔들리는 소리도 멈추고, 감미로운 꽃내음과 복사꽃의 환한 자태가 사라졌다.

휘이이익, 어디선가 바람이 불어오는가 싶더니 세상이 온통 새까맣게 변했다. 순연을 둘러싼 건 오직 시커먼 어둠뿐이었다.

순연은 앙상하게 말라 뼈에 가죽만 붙은 몰골로 발견됐다. 집 밖으로 나오지 않아 걱정돼 찾아온 이웃이 죽은 지 며칠이나 지난 순연을 발견했다. 악취가 진동하는데 그는 죽어서도 놓지 않겠다는 듯 족자를 품에 꼭 껴안고 있었다.

족자에 얽힌 사연을 아는 이들은 하나같이 불길한 물건이라고 손대길 꺼렸다. 그렇다고 저주받은 물건을 태우거나 찢어버리기도 찜찜해 순연의 뒤처리를 맡은 지인들이 그림을 타지의 고물상에 넘겨버렸다. 비록 은뫼가 말한 것처럼 천금을 주고 팔진 못하고 헐값만 받은 게 고작이지만.

고물상 주인은 장사 수완이 꽤 좋은 사람이었다. 남들이 재수 없다고 손사래를 칠 만한 그림에 얽힌 사연을 그럴듯하게 포장해 '무릉도원을 보게 해주는 미인도'라고 선전했다. 그러나 그의 말에 혹했다가도 족자를 본 사람들은 기분 나쁜 그림이라며 발길을 돌렸다. 그런데 딱 한 사람, 고물상이 구매한 금액에 몇 푼을 더 얹어 그림을 사 간 사람이 있었다. 바로 졸부 해춘이었다.

운 좋게 장사가 대박을 쳐 졸부가 된 해춘은 이제 평생 먹고사는 걱정은 할 필요가 없었다. 생계를 해결하고 나니 못 가진 결핍을 채우고 싶어졌다. 그중 하나가 풍류였다. 딱히 배운 게 없는데도 자신과 달리 멋을 즐길 줄 아는 이들이 해춘은 내심 부러웠다.

그 방편으로 삼을 만한 걸 찾아낸 게 그림이었다. 그림들을 수집하다 보면 전국의 이름난 화가들이 찾아올 테고, 그들과 교류하면 풍류가 생길 것 같았다.

그런 차에 우연히 눈에 띈 게 바로 여인의 초상을 그린 족자였다. 기이한 그림의 매력에 해춘은 단박에 마음을 뺏겼다. 웃돈까지 얹어 사온 해춘은 방에 들자마자 족자를 벽에 걸었다.

넋을 놓고 바라보던 해춘은 어쩐지 그림 속 여인 역시 자신을 쳐다보는 느낌이 들었다.

'설마 그럴 리가! 살아있는 사람도 아닌 그림이 어떻게 그럴 수 있겠어.'

대수롭지 않게 넘기려던 해춘은 여인의 텅 빈 눈동자와 시선이 마주치자, 흠칫 놀랐다.

생긋, 그림 속 여인이 해춘을 보고 웃었다. 교태가 담뿍 담긴 고혹적인 미소. 착각이라고 하기엔 너무도 생생했다.

헛것을 봤나 싶어 해춘은 눈을 비볐다. 원래는 웃음기 없던 그림 속 여인이 지금은 자신을 유혹하는 것처럼 눈꼬리와 입꼬리에 색기 어린 미소를 흘리고 있었다.

여기로 와. 네가 원하는 것을 보여줄게.

이번엔 달콤하고 끈적한 목소리가 들렸다. 여인의 농염한 미소만큼이나 목소리도 매혹적이었다. 꿀 같은 여인의 목소리가 해춘의 귓전에 눅진하게 달라붙었다.

'내가 원하는 것이라고?'

휘이이익, 미처 정신을 차리기도 전에 갑자기 덮친 서늘한 바람에 해춘은 놀라 눈을 질끈 감았다. 다시 눈을 떠보니 제 방이 아니었다.

"아까부터 뭘 그리 골똘히 생각하고 계세요?"

고개를 돌리자 옆에 한 여인이 다소곳이 앉아 있었다. 아는 여인이었다. 해춘이 남몰래 짝사랑하는 동네 아낙 점례. 친분 있는 어물전 봉구의 아내인 점례를 해춘은 꽤 오랫동안 연모해왔다.

"다, 당신이 왜 여기 있는 거요?"

해춘이 얼떨떨해서 점례에게 물었다. 남녀가 한방에 오붓하게 있는 걸 봉구에게 들켰다간 큰일인데.

"왜라니요, 서방님. 그런 말씀을 하시다니 제가 싫어지셨어요?"

점례가 농담이라도 들었다는 듯 해춘을 보고 해맑게 웃었다. 이따금 봉구네 어물전에서 해춘과 마주칠 때마다 보여주던 친근한 미소였다.

"서방님이라니, 갑자기 그게 무슨 소리요? 당신 서방은 봉구잖소?"

해춘이 당황해하는 걸 보며 점례가 걱정스러운 얼굴을 했다.

"이를 어째. 좀 전에 벽에 머리를 세게 부딪히시더니 헛소리를 하시네."

"…내가? 머리를?"

귀신에 홀린 것 같은 기분으로 해춘은 점례가 한 말을 멍하니 곱씹었다.

"봉구라니, 그런 사람은 들어본 적도 없어요. 제가 부부의 연을 맺은 건 바로 서방님이라고요."

해춘은 입을 딱 벌린 채 점례를 물끄러미 보았다. 마치 꿈만 같았다. 꿈에도 그리던, 하지만 결코 가질 수 없다 여긴 여자가 내 아내라니. 만약 이게 꿈이라면 깨고 싶지 않았다.

"다, 당신이 정말 내 아내가 맞소?"

해춘이 재차 물었다. 점례가 한동안 그를 뚫어지게 보더니 새초롬하게 웃었다.

"지금 농담하시는 거죠? 짓궂기도 하시지."

장난이라 여겼는지 점례가 곱게 눈을 흘겼다.

"그래도 이젠 그만하세요. 자꾸 마누라를 낯선 사람처럼 대하시면 저도 서운하다고요."

해춘은 뭐라 말하려다 말고 입을 다물었다. 무슨 말을 어떻게 해야 할지 알 수 없었다. 점례가 제 아낙인 이 상황이 몹시도 가슴 두근거리고 행복했다.

"마, 마누라…."

해춘이 점례의 고운 손을 덥석 움켜쥐었다. 만약 이게 꿈이라면 이 달콤한 순간이 끝나기 전에 평소 하고 싶었지만 할 수 없었던 걸 꿈에서나마 실컷 해보고 싶었다.

점례는 부끄러운 듯 고개를 숙였지만 손을 빼진 않았다. 해춘의 심장이 거세게 날뛰는 소리가 귀에까지 들릴 것 같았다. 점례가 별안간 해춘의 가슴팍에 제 머리를 기댔다. 여러 번 해봐서 너무나 익숙하다는 듯이.

점례의 따뜻한 온기가 가슴팍에 전해지자 해춘은 가슴이 두근거리다 못해 터져버릴 것 같았다. 하지만 이 불편한 기분이 결코 싫지 않았다. 싫기는커녕 짜릿하리만치 황홀했다.

"피곤하실 텐데 잠자리에 드시겠어요?"

이미 밤이 깊었는지 방안엔 이부자리가 펴져 있었다. 해춘은 잠자리에 몸을 눕혔다. 점례 역시 조금 떨어진 곳에 몸을 뉘었다.

해춘이 곁에 누운 점례를 끌어당겨 품에 안았다. 따뜻하고 부드러운 점례의 몸이 느껴졌다. 어루만져 피부의 감촉을 느끼고, 따뜻한 몸에 입술을 갖다 댔다. 점례는 나긋하게 해춘의 손길을 받아들였다. 언제나 그랬다는 듯이 자연스럽게. 정말 부부라도 된 것처럼.

'꿈이라면 깨지 말았으면 좋겠다.'

짜릿한 황홀감에 해춘은 또다시 생각했다.

어때, 좋지?

아까 들었던 달콤한 목소리가 다시 귓전에 울렸다.

여기서 계속 살고 싶지 않아?

해춘으로선 너무도 가슴 설레는 말이었다. 하지만 이건 현실이 아니다. 꿈인지 뭔지 모르겠지만 이게 실제가 아니라는 건 분명하다. 점례는 봉구의 아내니까. 그러니 점례와의 이런 일탈도 여기, 지금 이때가 아니고선 불가능하다.

휘이이익, 갑자기 서늘한 바람이 몸을 덮치는가 싶더니 눈을 뜨자 해춘은 다시 현실로 돌아와 있었다. 조금 전까지 몸을 맞대고 있던 점례도, 부드러운 감촉과 따듯한 온기도 모두 온데간데없었다. 휑한 방에서 자신을 마주 보는 건 벽에 걸린 족자 속 서늘한 미인뿐이었다.

'대체 이게 어떻게 된 거지?'

아쉬운 마음을 억누를 길 없어 해춘은 족자를 빤히 들여다보았다. 족자 속에 답이 있는 것처럼. 하지만 그림 속 여인은 지금은 해춘이 아무리 눈길을 줘도 꼼짝하지 않았다.

어때, 좋지?

여기서 계속 살고 싶지 않아?

조금 전 들었던 달콤하고 끈적한 목소리만 귓가를 맴돌았다. 할 수만 있다면 점례가 제 아내인 그곳으로 돌아가고 싶다고 생각하며 해춘은 벽에 걸린 그림을 넋 놓고 바라봤다.

날이 갈수록 해춘이 그림에 정신 줄을 놓는 시간은 길어졌다. 매번 그런 건 아니지만, 그림에 홀려 있을 때 그림 속 여인은 해춘을 향해 미소를 지었고, 가상의 세계에서 다시 눈을 뜨면 항상 점례가 제 아내였다. 그는 다정한 그녀와 그 이상한 세계에서 달콤한 시간을 즐겼다.

그러다 현실로 돌아와 봉구네 어물전에서 어쩌다 점례와 눈이 마주치기라도 하면 어색하기 그지없었다. 그녀와의 야릇한 잠자리가 떠올라 얼굴이 화끈거렸다.

점례도 나와 한 짓을 알고 있을까. 행여나 싶어 눈치를 살폈지만, 그녀는 여느 때와 다를 바가 없었다. 예의를 차리지만 거리를 두고 대했다. 가게 손님이고 남편의 지인일 뿐인 사람. 보아하니 점례는 다른 세상에서 일어난 일 따위는 까맣게 모르는 눈치였다.

해춘은 실망스러웠다. 생각해보면 당연하건만 현실에서도 달라지는 게 있을지 모른다고 막연히 기대했다. 역시 그건 꿈이거나 망상에 지나지 않았단 말인가.

적적한 마음이 들 때면 현실에선 가질 수 없는 점례에 대한 욕망이 끓어올라 다시 족자 속 그림이 안내하는 세상으로 떠났다. 원하는 걸 가질 수 있고, 욕망이 모두 이뤄지는 가상으로.

두 세상을 넘나드는 시간이 길어질수록 해춘은 어느 게 진짜이고, 어느 게 가짜인지 구별하기 어려워졌다. 어떨 때는 자신의 아내인 점례가 무슨 사정인가로 봉구의 마누라 흉내를 내는 게 아닌가 싶을 때도 있었다.

처음엔 말도 안 된다고 여겼지만 언젠가부터는 딱히 말이 안 될 것도 없어 보였다. 점례는 내 여자다. 나를 서방님이라 부르고, 나를 위해 밥을 짓고, 밤이면 나와 함께 잠자리에 드는 사람이다. 점례의 목소리, 살 내음, 감촉은 가짜라기엔 너무도 생생하게 온몸의 감각에 아로새겨져 있다. 그러니 점례는 내 아내가 분명한데, 대체 어쩌다 봉구의 마누라 노릇을 하고 있을까.

"서방님이 자주 들르는 어물전 주인 있죠? 그 얼굴이 까맣고 눈 밑에 사마귀 있는 사람."

언젠가 밥상을 앞에 놓고 점례가 했던 말이 언뜻 머리를 스쳤다.

"그 사람이 걸핏하면 절 음흉한 시선으로 훑어봐요. 아무래도 질이 나쁜 것 같으니 어울리지 마세요."

그때 점례가 일러준 사람은 봉구가 분명했다. 그렇다면 혹시 흑심을 품은 봉구가 점례를 납치해 협박이라도 한 걸까? 맞아, 그랬을 게 틀림없다. 봉구란 놈은 음흉하고 욕심이 많은 놈이니까.

어떻게 그런 일이 가능한지는 몰랐다. 그러나 세상엔 이해 못 할 일도 적지 않으니 봉구가 내 아내를 뺏어가는 것도 불가능하진 않을 것이다. 그런데… 그게 정말 말이 되는 일일까?

긴가민가하던 생각이 시간이 흐를수록 확신으로 바뀌어갔다. 한번 다르게 보기 시작하니 어물전에서 무덤덤하게 대하는 점례가 무언의 신호를 보내는 것처럼 느껴졌다. 전 당신의 아내예요, 아시죠? 하고.

봉구 그 나쁜 놈 때문에 점례가 어쩔 수 없이 남의 여편네 노릇을 하고 있다고 생각하니 피가 거꾸로 솟는 기분이었다. 감히 내 마누라를 넘보다니! 협박 당해 못 할 짓을 계속해야 하는 불쌍한 점례를 생각해서라도 하루빨리 봉구의 손아귀에서 그녀를 구해야 했다.

"만약 다른 사내가 절 건드리려고 하면 어떻게 하시겠어요?"

언젠가 그 세상에서 나란히 잠자리에 들었을 때 점례가 속삭였다.

"그러기만 해봐. 누가 됐든 간에 당장 요절을 내버려야지."

점례는 그의 대답이 만족스러운지 해춘의 어깨에 제 머리를 기댔다. 그런 점례가 너무 사랑스러워 해춘은 점례를 품에 꼭 껴안았다.

혹시 그때 그녀는 자신에게 무언가를 전하려 했던 게 아닐까?

어느 날 문득 머리를 스친 생각에 해춘은 정신이 번쩍 들었다. 왜 그동안 깨닫지 못했을까. 점례는 내게 계속 신호를 보내고 있었는데. 나는 눈 뜬 장님이나 마찬가지였구나.

해춘은 제 아둔함이 한없이 원망스러웠다. 하지만 이미 지나간 과거를 후회하며 자책해본들 소용없었다. 어떻게 점례를 봉구의 손아귀에서 빼내오느냐! 그것만이 중요했다.

봉구가 잠시 가게를 비운 틈을 타 데리고 도망쳐야겠다고 결심했다. 모아둔 재물이 적지 않으니 봉구가 찾지 못할 곳으로 떠나면 된다. 이렇게 우물쭈물하고 있을 시간이 없다. 점례와 나는 눈빛만으로도 통하는 사이니 하자는 대로 따라와 줄 것이다.

기회를 노리던 해춘은 봉구가 외출한 틈을 타 점례가 홀로 지키는 어물전으로 뛰어들었다. 점례는 갑자기 들이닥친 해춘을 보고 화들짝 놀랐다.

해춘은 다짜고짜 손목을 잡아끌었다.

"아니, 지금 뭐 하시는 거예요? 이 손 놓으세요!"

점례가 기겁하며 손을 뿌리쳤다.

"점례, 왜 그러는 거야? 봉구가 볼까 봐 그래? 봉구는 당분간 안 돌아와. 그러니 지금밖에 시간이 없다고. 서둘러, 어서!"

"그게 무슨 소리예요? 가긴 어딜 가요? 이 양반이 진짜!"

점례는 당황하고 겁먹은 얼굴이었다.

"갑자기 왜 이러는 거야. 이러다간 봉구가 들이닥칠 거라니까."

해춘은 속이 탔다. 어쩌면 점례는 봉구가 어디선가 지켜볼지도 모른다고 생각해 겁을 먹고 있는 것인지도 몰랐다.

"괜찮아, 걱정할 거 없어. 나만 믿으라고. 그러니…."

점례는 고개를 저으며 뒷걸음질 쳤다. 마치 무섭고 징그러운 걸 피하듯이. 해춘은 답답한 나머지 점례의 손을 확 움켜쥐었다.

"이 손 놔요. 아니면 소리 지를 거예요!"

"자네야말로 왜 이러는 거야. 나라니까, 자네 서방!"

점례가 꺄악, 하고 비명을 질렀다. 이렇게 나올 줄은 몰라 해춘은 머리를 한 대 얻어맞은 것처럼 얼떨떨하기만 했다. 소란에 달려온 동네 사람들이 둘을 에워싸고 숙덕거렸다.

"아니, 훤한 대낮에 이게 뭐 하는 짓거리야?"

귀에 익은 목소리가 들렸다. 벌써 돌아왔는지 봉구가 몰려든 사람들을 밀치고 들어왔다. 얼마나 화가 났는지 얼굴이 시뻘겋게 달아올라 있었다.

"네 이놈! 예전부터 내 마누라를 이상한 눈초리로 힐끔거리더니 기어이 사고를 치는구먼. 나 없는 사이에 무슨 짓을 하려고 든 거야!"

봉구가 해춘을 금방이라도 두드려 팰 듯이 노려보며 씩씩거렸다.

"네 마누라라고? 점례는 내 마누라야. 남의 마누라를 뺏어간 주제에 큰소리를 쳐?"

해춘도 지지 않고 봉구를 노려보며 으르렁거렸다.

"이 인간이 미쳤나! 무슨 헛소리를 하고 자빠졌어."

봉구는 기가 막히는지 헛웃음을 터뜨렸다. 자신을 비웃는다고 생각하니 해춘은 피가 거꾸로 솟는 것 같았다.

"헛소리라고? 그렇게 말하면 넘어갈 줄 알았나 보지, 이 뻔뻔하고 파렴치한 놈아!"

해춘이 목에 핏대를 세우며 악을 썼다.

"가만 보니 이거 완전히 돌았네. 나 참 살다 살다 별꼴을 다 보겠네."

봉구가 고개를 절레절레 젓더니 모여든 사람들에게 '무슨 구경거리 났소? 돌아가요' 하고 소리쳤다. 점례한테는 '당신도 여기서 더 험한 꼴 보지 말고 들어가 쉬어' 하고 다독였다.

점례는 어물전을 나가려다 해춘을 힐끗 돌아봤다. 둘의 눈이 마주쳤다. 점례는 잔뜩 주눅이 들고 겁먹은 얼굴이었다.

도와줘요!

해춘의 귀에 입 밖으로 내지 않은 점례의 목소리가 들렸다.

이대로라면 우린 두 번 다시 만날 수 없어요. 그러니 빨리 날 구해줘요!

해춘의 머릿속으로 점례와 보낸 시간들이 스치고 지나갔다. 점례의 손길, 애정이 담뿍 담긴 시선, 달콤한 입맞춤. 그 꿈같은 경험을 두 번 다시 할 수 없다고 생각하니 절망감에 당장이라도 발밑이 푹 꺼질 것 같았다.

어때, 좋지?

여기서 계속 살고 싶지 않아?

해춘의 귓가에 달콤하고 끈적한 목소리가 되살아났다. 그래, 점례를 떠나보낼 순 없어. 점례와 부부가 된 세상에서 계속 살고 싶어. 어떤 대가를 치르더라도.

해춘은 속으로 그렇게 중얼거렸다.

그러려면 저자를 없애는 수밖에 없어!

달콤한 목소리가 다시 해춘의 귀에 대고 속삭였다. 오싹해진 해춘은 몸이 벌벌 떨렸다. 목소리가 한 말이 맞다. 점례를 구해내려면, 언제까지고 제 아내로 곁에 두려면 방해물을 없애는 수밖에 없다. 자신이 뭘 하려는 건지 미처 깨닫기도 전에 해춘은 어물전 구석에 생선 손질하는 칼을 집어들고 봉구에게 달려들어 목을 그었다.

동맥이 잘린 봉구의 목에서 피가 분수처럼 솟구쳤다. 족자의 그림에 그려진 노을처럼 눈이 시리도록 선명하고 강렬한 피가 바닥을 붉게 물들였다. 비명 소리가 터져나왔다.

쓰러져 부르르 떨던 봉구는 얼마 후 더는 움직이지 않았다. 눈꺼풀이 열린 봉구의 텅 빈 눈이 족자 속 여인처럼 허무해 보였다.

"어, 어째서…."

온몸을 사시나무처럼 떨던 점례가 봉구 곁에 털썩 주저앉아 오열하기 시작했다.

"살인자! 살인자!"

통곡하던 점례가 해춘을 노려보며 소리쳤다.

해춘은 피가 얼어붙는 것 같았다. 점례의 악에 받친 비난이 날카로운 칼이 되어 제 가슴을 찔렀다. 봉구의 피가 튀어 축축한 손에는 그를 찌를 때의 감각이 아직도 생생하게 남아 있었다.

어때, 좋지?

넋이 나간 채 서 있는 해춘의 귓전에 달콤한 목소리가 끈적하게 달라붙었다.

"해춘은 바로 붙잡혀 얼마 후에 사형당했소. 그 무렵엔 정신이 완전히 나갔는지 자기가 진짜 점례와 부부라는 둥, 그림이 봉구를 죽이라고 시켰다는 둥 헛소리만 해대는 통에 자신이 사형수라는 처지도 모르는 것 같았지만."

공철이 씁쓸하게 해춘의 최후를 들려주었다. 자리엔 한동안 무거운 침묵이 감돌았다.

"은뫼가 피로 그린 그림이 무고한 사람들의 피까지 빨아들였군요."

선노미는 안타까운 심정을 담아 말했다. 사연을 다 알고 보니 그림 속의 처연한 석양이 어쩐지 더 으스스하게 느껴졌다. 그렇게 사람들 피를 부른 건 한 맺힌 여인의 복수였을까, 아니면 멈춰야 할 때를 몰랐던 한 화가의 이기적인 아집이었을까.

"이 그림 더러 왜 저주받은 그림이라 하셨는지 그 이유는 잘 알겠습니다."

선노미가 말문을 열었다.

"하지만 가지지 못한 걸 바라는 게 잘못이라고는 생각지 않습니다."

뜻밖의 말이었는지 공철이 보이지 않는 눈을 가만히 선노미에게 향했다.

"앞서도 말씀드렸지만 가지지 못한 걸 바라는 건 인간의 본성이잖습니까. 때로는 그 마음이 삶의 원동력이 되기도 하고요. 하지만."

선노미가 한 번 헛기침을 한 뒤 다시 말을 이었다.

"문제는 다들 멈춰야 할 때를 몰랐던 거지요. 은뫼도, 순연도, 해춘도요."

"아직 젊은 양반이 생각이 깊으시구려."

듣고만 있던 공철이 입을 열었다.

"당신보다 두 배 가까이 더 산 나도 거기까진 생각을 못 했는데."

"그 뒤에 그림은 어떻게 됐나요?"

다음 얘기가 궁금했는지 복이가 물었다.

"어찌어찌 다른 사람들 손에 넘어갔다가 팔리길 반복하면서 전국을 떠돌게 됐소."

"그 이후엔 아무런 사고도 없었고요?"

공철이 고개를 저었다.

"그랬다면 다행이게. 다들 그림을 보고 홀려서 순연처럼 식음을 전폐하거나, 해춘처럼 현실과 환상을 구분하지 못해 사고를 치곤 했지."

그림을 둘러싸고 기이한 일들이 연이어 일어나자 중앙 관아에선 그림을 수거해 오라고 지방으로 사람을 내려보냈다. 하지만 수거하러 간 이들 역시 그림에 홀려버리기 일쑤였다.

결국엔 관리 하나가 그림을 볼 수 없는 맹인에게 족자를 수거하게 하고, 곁에 안내할 사람을 붙이는 게 어떠냐는 의견을 내놓았다. 앞을 볼 수 없다면 그림에 홀릴 일도 없을 테니까.

그 의견이 받아들여져 공철이 그림을 가져오고, 일동이 길 안내를 맡게 되었다. 공철은 행여라도 일동이 그림에 넋이 나가는 일이 없도록 항상 족자를 품에 꼭꼭 지니고 다닌다고 했다.

"관아에 제출한 뒤에 그림은 어떻게 되나요?"

"글쎄, 그것까진 나도 들은 바 없소. 사람들 손이 닿지 않도록 어디 깊숙한 곳에 숨겨둘 거라는 얘기도 있고, 스님이나 무당을 불러 원혼을 달랜 뒤 없애버릴 거라는 얘기도 있고. 나야 심부름꾼이니 그것까진 알 바 없지만."

"다행히 한양까지 무사히 왔으니 이제 이 일도 거의 끝나갑니다."

일동이 한마디 거들었다. 후련한 표정을 보니 맹인을 안내하며 먼 길을 걸어온 여정이 그리 순탄치만은 않은 모양이었다.

"그러니 이 그림과도 곧 이별이겠지요."

공철이 시원섭섭하다는 얼굴로 중얼거리며 족자를 품 안에 집어넣었다.

어느새 해가 기울기 시작했다. 선노미와 복이가 여운에 젖어 생각에 잠기는 동안 등 뒤로 족자 속 그림처럼 선명한 핏빛 노을이 푸른 하늘을 온통 붉은색으로 물들였다.

춘삼월이라 가는 길마다 만개한 벚꽃이 반겼다. 시선이 닿는 곳마다 연분홍 하늘하늘한 꽃잎이 나뭇가지에 매달려 자태를 자랑하기 바빴다. 그러다 산들바람이 불면 바람에 나부껴 깃털처럼 공중을 떠돌다 지칠 무렵이면 비처럼 바닥에 우수수 떨어져 내렸다.

"벚꽃이 아주 장관이네요."

일동이 저도 모르게 탄성을 내뱉었다. 빨리 일을 마치고 싶은 마음에 공철의 등을 떠밀어 아침 일찍 서둘러 삼개주막을 나왔다. 바삐 발걸음을 재촉하다 꽃으로 뒤덮인 풍경을 보니 조급한 마음도 조금 느슨해지는 것 같았다. 피곤이 몰려오는지 일동은 한바탕 기지개를

켰다.

"노곤한데 잠시 여기서 쉬었다 갈까."

일동의 마음을 알아채고 공철이 슬며시 말을 건넸다.

"그러실까요?"

일동이 대번에 반색했다.

"겸사겸사 꽃구경도 하면 되겠네요."

구경이라는 말은 자신에게만 해당되었지만 의식하지 못하고 일동은 오랜만에 환하게 웃었다.

일동이 흩날리는 벚꽃 나무 아래서 쉬며 풍경에 취한 동안 공철은 조금 떨어져 앉아 이마에 맺힌 땀을 닦아냈다. 벚꽃 잎이 날아와 공철의 손등에 살포시 내려앉았다.

연약하고 부드러운 감촉. 아마도 벚꽃이라는 건 굉장히 가냘프고 상처 입기 쉽게 생긴 모양이었다. 촉감으로는 그 정도를 유추하는 게 고작이었다. 태어나 단 한 번도 세상 구경을 못 했으니 그 이상은 상상할 수 없었다.

'보고 싶다.'

나른하고 평온했던 마음속에서 갑자기 그런 열망이 스멀스멀 기어 나왔다. 아주 오래전 봉인해 가슴 깊은 곳에다 묻어둔 열망. 한 번씩 그게 가슴을 비집고 나올 때면 공철은 다시 눌러놓는라 애를 먹었다. 괜찮아, 보이지 않아도 들을 수 있어. 느낄 수도 있어. 그걸로 충분하잖아.

하지만 충분하지 않다는 건 공철 본인이 제일 잘 알았다. 그래도 어찌하랴. 아무리 바라도 어차피 가질 수 없는 것을. 그러니 필요하지 않다고, 원하지 않는다고 스스로를 속이는 수밖에 없었다.

'자신이 가지지 못한 걸 바라는 건 어쩌면 인간의 본성이 아닐까요?'

어제 주막에서 만난 젊은 청년은 그렇게 말했다. 그래, 어쩌면 그 말이 맞는지도 모른다. 당연할지도 모를 일을 이제껏 나는 잘못인 양 숨기려 했다. 앞이 보였으면 좋겠다는 열망을 입 밖에 내는 걸 부끄러워했다. 그랬다간 자신이 발가벗겨지는 것 같아 두려웠다. 사실은 좀 더 솔직해도 되었을 텐데.

풀내음만 맡았던 푸릇푸릇한 숲이 보고 싶다. 가을이면 유난히 더 청명하다는 푸른 하늘이 보고 싶다. 지저귀며 날아가는 새들이 보고 싶다. 태어나 단 한 번도 보지 못한 내 얼굴도 보고 싶다. 그리고….

공철은 품 안에서 족자를 꺼내 펼쳤다. 족자를 내려다봐도 눈에 보이는 건 아무것도 없었다. 그저 다른 곳을 볼 때와 마찬가지로 눈앞엔 무한한 암흑만 펼쳐져 있을 뿐이다. 공철은 탄식하듯 한숨을 쉬었다.

이 그림의 기이한 이야기를 처음 들었을 때 그리고 그 이후로도 족자를 본 사람들 반응에 공철은 호기심을 억누르기 어려웠다. 대체 어떤 그림이기에!

말로 아무리 설명을 들어도 직접 보는 것과 같을 순 없었다. 이 그림의 강렬한 매력을 자신은 결코 느낄 수 없다. 앞으로도 영영.

'단 한 번이라도 앞을 볼 수 있다면.'

공철은 속으로 씁쓸하게 중얼거리며 족자를 다시 말아 품에 넣으려 했다.

그걸, 원해?

불현듯 어디선가 달콤한 목소리가 들렸다. 꿀처럼 달콤하고 끈적한 목소리가.

공철은 귀를 쫑긋했다. 소리는 아주 가까운 곳에서 들렸다. 족자 속에서.

깜짝 놀라 공철은 품에 넣으려던 족자를 다시 펼쳤다.

휘이이익, 난데없이 산들바람이 얼굴을 간지럽히는가 싶더니 갑자기 앞에 온 세상이 환하게 펼쳐졌다.

주위엔 아마도 벚꽃일 게 틀림없는 꽃들이 만개했다. 저 고운 빛깔을 가리켜 연분홍이라고 부르나 보다. 하늘을 향해 쭉 뻗은 곧은 나무에 피어난 잎들. 바람에 나부끼는 소리를 내는 잎들이 바로 저렇게 생겼구나. 하늘을 날아가는 새는 저렇게 작은 날개로 어떻게 제 몸을 지탱하는 걸까.

모든 것이 신천지였다. 태어나 처음으로 세상을 보는 아이처럼 공철은 보이는 것들을 낱낱이 눈에 담았다. 하늘에 두둥실 떠다니는 구름, 발에 와 닿는 흙과 잡초, 투박하지만 튼튼하게 생긴 제 손 그리고 개울에 비친 잔주름이 내려앉은 제 얼굴….

모든 것이 꿈만 같았다. 공철의 눈에 비친 세상은 아름답기 그지없었다. 눈이 보이는 자들은 이렇게 아름다운 풍경을 매일 만나며 살고 있구나. 그런데도 사는 게 힘드니 어쩌니 하면서 불평불만을 늘어놨구나. 나라면 매일 이런 세상을 볼 수 있다는 것만으로도 행복할 텐데.

가슴이 벅차올랐다. 어떻게 이럴 수 있는지 몰랐지만, 꿈이라면 결코 깨어나고 싶지 않았다.

어때, 좋지?

여기서 계속 살고 싶지 않아?

달콤한 목소리가 귓전에 울려퍼졌다. 어디선가 들어본 적 있는 그 말. 공철은 저도 모르게 머리가 쭈뼛 서는 것 같았다. 머리 위로 차가운 얼음물을 쏟아부은 것처럼 온몸이 오싹해졌다.

'아니, 아니야!'

겁에 질린 공철은 세차게 고개를 흔들었다. 그 순간 다시 어둠이 밀려오며 환하게 보이던 세상이 서서히 암흑 속에 갇히기 시작했다. 꽃이 만개한 벚나무가, 푸른 하늘이, 황톳빛 흙이 시야에서 사라졌다. 구름과 새와 푸릇푸릇한 나무도 어둠에 지워져버렸다.

"안 돼!"

공철이 절망감을 견디지 못하고 소리쳤다. 이제껏 그랬듯이 계속 어둠에 갇혀 있었더라면 모를까, 이렇게 세상의 아름다움을 다 맛본 뒤에 다시 못 본다고 생각하니 그건 죽기보다 싫었다. 눈이 보이는 세상에 살 수 있다면 무슨 대가든 치를 수 있을 것 같았다.

공철이 조바심을 내는 이 순간에도 시시각각 눈앞에 밀려오는 암흑 때문에 시야는 점점 좁아지고 있었다.

계속 여기 있고 싶지 않아?

달콤한 목소리가 다시 공철의 귓가를 간지럽혔다.

"그래, 여기서 살고 싶어. 다시는 맹인으로 살고 싶지 않아!"

세상이 어둠에 다 삼켜질 것만 같아 공철은 절박한 심정이었다.

그럼 저 안내인을 죽여!

달콤한 목소리가 더 은밀하게 속삭였다. 그 소리는 꿀처럼 끈적하게 귓전에 눌러붙었다.

'하지만, 그건….'

공철은 주춤할 수밖에 없었다. 시력을 찾는다면 못 할 일이 없을 것 같았지만, 살인은 앞을 보기 위해 치르기엔 너무 과한 대가였다.

공철이 망설이는 사이에도 어둠은 쉬지 않고 밀려왔다. 세상은 이제 작은 바늘구멍처럼 좁아졌다. 이러다간 눈 깜빡하는 사이 다시 눈앞은 온통 컴컴해질 게 분명했다.

"안 돼!"

공철이 절규했다.

"괜찮으십니까?"

돌아보니 일동이 다가와 있는 게 느껴졌다. 공철이 하는 짓이 심상치 않아 와본 게 분명했다.

계속 여기 있고 싶은 거지?

그럼 저 안내인을 죽여야 해!

달콤한 목소리가 공철의 귓가를 부드럽게 쓰다듬었다.

공철은 침을 꿀꺽 삼키고 마음을 굳혔다. 그래, 눈을 뜨고 싶어. 다시 돌아가지 않을 거야.

그렇게 마음 먹자마자 공철은 손에 쥔 묵직한 지팡이를 허공으로 높이 쳐들었다. 일동이 깜짝 놀라 헉, 하고 숨을 들이켜는 소리가 들렸다.

머리를 세게 얻어맞은 일동이 바닥에 쿵 쓰러졌다. 하지만 공철은 멈추지 않았다. 한 대, 두 대, 세 대….

무언가에 홀린 듯이 공철은 정신없이 지팡이를 휘둘렀다. 일동의 애걸과 비명과 신음이 점점 사그라들어 마침내 들리지 않게 될 때까지.

복이가 어쩐지 이상했다. 딱히 좋은 일 없어도 늘 방실방실 웃으며 손님들 비위를 잘 맞췄는데, 오늘따라 얼굴에 어두운 그늘이 잔뜩 드리워졌다. 넋 나간 사람처럼 멍하니 있다가 '주모!' 하고 독촉하는 큰 소리를 듣고서야 허둥지둥거리는 게 벌써 몇 번째인지 몰랐다.

"왜 그래? 무슨 일 있어?"

보다 못한 선노미가 복이를 앉혀놓고 물었다.

"어제 그 이상한 족자 말이야."

복이가 말해놓곤 주위를 둘러보더니 얼른 목소리를 낮췄다.

"오라버니는 진짜로 아무것도 못 봤어?"

역시 그 족자 때문이었구나. 선노미는 울먹거리며 족자 속 그림을 보던 복이를 떠올렸다.

"그림 속 여자가 미소 짓는 것밖에 못 봤는데. 넌 아니야?"

"그게…."

입술을 지그시 깨물며 주저주저하던 복이가 어렵게 말문을 열었다.

"죽은 남편을 봤어. 아직 어린아이들이랑. 딸 둘, 아들 하나까지 모두 셋이더라. 나도 우리 남매들처럼 셋은 낳고 싶었거든. 다들 어찌나 귀여운지…."

목이 메는지 말끝이 흐려졌다.

"사실 남편이랑 나를 빼닮았으니 남들 눈엔 그렇게 안 보이겠지만, 내 눈엔 세상에서 제일 예뻐 보이더라고."

거기까지 말해놓곤 복이는 고개를 푹 숙였다.

"내가 갖고 싶지만 가지지 못한 게 바로 그거였나 봐. 하지만 아마… 앞으로도 못 갖겠지?"

선노미는 복이가 안쓰러웠다. 동생이 이루지 못한 꿈이 안타까워 가슴이 아렸다. 괜찮다고, 언젠가는 꼭 예쁜 아기들을 가질 거라고 위로하고 싶었지만, 실현되긴 어렵다는 걸 둘 다 잘 알았다. 말뿐인 공허한 위로를 할 수는 없었다. 선노미는 동생의 어깨를 가만히 토닥여주는 게 고작이었다.

"있지… 만약 그 그림이랑 나랑 단둘만 있었다면, 나도 폐인이 되거나 범죄를 저질렀을까? 그런 생각을 하니 너무 무서워."

복이가 문득 생각난 듯 선노미를 빤히 보며 물었다. 선노미는 고개를 저었다.

“아니, 아마 안 그랬을 거야.”

“어떻게 그렇게 확신해?”

“넌 심지가 굳은 애니까. 그리고 네 욕망을 위해 남을 희생시키진 않을 테니까.”

선노미는 담담히 대답했다. 인간이란 모두 유혹에 약한 존재다. 그러니 장담할 순 없지만, 돌아가신 어머니처럼 올곧은 복이라면 인간으로서 지켜야 할 선(線)을 결코 넘어가는 일은 없을 거라고 선노미는 믿었다.

복이는 그제야 희미하게 웃었다. 오라비의 말이 조금은 위안이 된 모양이었다.

“그건 그렇고 오라버니한테는 왜 아무것도 안 보인 걸까? 정말 공철 어르신 말대로 오라버니는 하나도 바라는 게 없는 거야?”

제 기분에 사로잡혀 있던 복이가 화제를 돌렸다.

“글쎄.”

선노미는 고개를 갸웃했다. 어쩌면 공철의 말이 맞는지도 몰랐다. 하지만 딱히 더 바라는 게 없다는 말보다 인생에서 무언가를 더 바라선 안 된다고 자신을 틀어쥐고 있다는 게 더 맞는 말일 것이다. 될 수 있는 대로 몸을 낮추고, 아무것도 바라거나 탐하지 않고 살다 가겠다는 게 선노미의 다짐이었다. 자신은 죄인이니까. 씻지 못할 큰 죄를 지었으니까. 그런 자신이 무언가를 욕심낸다는 건 너무 뻔뻔한 작태일 것 같았다.

하지만 어린 시절 친구 만득이와 막내동생 옥이가 가정을 이뤄 알콩달콩 사는 걸 볼 때면 부럽기도 했다. 나도 누군가를 연모하고, 저렇게 가정을 가졌으면 좋겠다는 생각이 들 때마다 애써 머리에서 지워버렸다. 난 그럴 자격이 없어, 하면서. 그래도 때때로 외로움이 밀려드는 건 어쩔 수 없었다.

대답을 듣고 싶어 하는 복이의 시선을 피해 주막 싸리문 너머로 고개를 돌리다 문득 지나는 한 여인과 눈이 마주쳤다. 단아하고 야무지게 생긴 여인이었다.

선노미와 잠깐 시선이 마주친 그녀는 고개를 까닥 숙여 보이곤 금세 길가로 사라졌다.

여인이 안 보이고 난 뒤에도 선노미는 한동안 그녀가 서 있던 길목을 바라보았다. 어째서인지 짧은 순간 스치고 간 여인의 모습이 뇌리에서 사라지지 않았다. 가슴이 이상한 기대감으로 두근거리고 설렜다. 태어나 처음 느껴보는 이 감정이 선노미는 그리 싫지 않았다.

한 남자가 족자 속 그림을 들여다보고 있었다.

꽤 시간이 흘렀지만, 홀린 듯이 그림을 그렸던 순간을 남자는 지금도 생생하게 기억했다. 그가 혼을 쏟아 그린 이 그림은 여럿의 손을 거친 끝에 마침내 원래 주인의 품에 돌아왔다.

그림을 손에 넣기까지 은뫼는 한동안 남몰래 공철과 일동의 뒤를 밟았다. 제 손을 떠나 정처없이 떠도는 걸작을 다시 찾기 위해서였다.

다들 죽은 줄로만 알았던 은뫼는 사실 살아있었다. 관아에 잡혀가 문초를 당하긴 했지만, 그의 재능을 높이 산 사또가 몰래 풀어준 뒤 사형된 걸로 처리했다. 대신 은뫼는 목숨을 부지하는 대가로 혼기가 찬 사또의 딸 초상화를 그려줘야 했다. 여식을 명문가에 시집보내고 싶어 안달이 난 사또가 딸을 절세미인으로 그려달라고 한 것이다.

목숨을 부지하기 위해선 달리 선택의 여지가 없었다. 은뫼는 살아야 했다. 그래야 제 일생일대의 걸작을 되찾을 수 있으니.

구사일생으로 살아난 은뫼는 신분을 숨기고 그림의 행방을 추적했다. 다행인지 불행인지 그림이 가는 곳마다 흉흉한 사건이 벌어져 흔적을 찾는 건 생각만큼 힘들지 않았다. 때로는 허드렛일을 하고, 때로는 주머니 넉넉한 상인에게 그림을 그려주면서 노잣돈을 마련해 그림이 있다는 곳을 찾아다녔다.

마지막으로 그림을 손에 넣은 자들은 중앙 관아의 명령으로 그림을 수거하러 간 공철과 일동이었다. 은뫼는 마음이 조급해졌다. 그들이 관아에 제출하고 나면 그 뒤론 그림을 되찾는 게 불가능해질 것이었다.

마침내 공철 일행을 찾아내 뒤를 밟을 수 있었다. 은뫼는 그들이 묵은 주막 옆 방에서 하룻밤을 지샜다. 그때 일동이 혼자 있는 틈을 타 은밀히 돈을 건네며 꼬드겼다. 공철이 보관한 족자를 가져다달라고. 뇌물에 눈이 돌아간 일동은 순순히 꼬드김에 넘어갔다.

일동은 공철이 깊이 잠이 든 사이 품에서 몰래 족자를 꺼내 은뫼에게 가져다주었다. 대신 은뫼가 건넨, 같은 재질에 같은 크기로 만든 족자를 공철의 품에 넣었다. 그 족자엔 아무 그림도 그려져 있지 않았지만, 눈이 보이지 않는 공철이 그런 걸 알 리 없었다.

나중에 관아에서 어찌 된 일이냐 문책하면 일동은 모든 책임을 공철에게 뒤집어씌울 심산이었다. 그림은 공철만 보관했고, 자신은 만져보지도 못했다고 발뺌할 작정이었다. 한마디 덧붙여 자기가 모르는 사이 공철이 그림을 슬쩍 내다 판 것 같다고.

그렇게 바꿔치기를 했으니 공철이 품에 지니고 있던 건 빈 족자가 분명한데, 나중에 들린 소문으로는 공철이 귀신 들린 그림에 홀려 일동을 살해했다고 한다.

일동이 죽건 말건 그건 딱히 신경 쓸 바가 아니지만, 은뫼는 의아했다. 공철이 지니고 있던 족자엔 아무것도 그려져 있지 않을 텐데 어째서 그런 일이 벌어진 거지?

아마도 공철이 일동을 죽인 건 그림에 깃든 저주 때문이 아닌지도 몰랐다. 그간 공철이 가슴 속에 차곡차곡 쌓아뒀던 눈을 뜨고 싶다는 열망, 앞 못 보는 억울함이 어떤 계기로 한순간에 터져 나온 것인지도 모르겠다고 은뫼는 추측했다.

공철 자신도 존재하는 줄 몰랐던 그 강렬한 감정이 만약 그림을 둘러싼 사건들에 자극을 받아 폭발한 것이라면 그건 그것대로 그림이 가진 힘과 무관하지 않을 것이다.

예술 작품이 그렇게 강력한 힘을 지녔다는 사실을 은뫼는 다시 한 번 절감했다. 공철 일행과 하룻밤 묵었던 주막의 젊은 주모는 그림 따위가 뭐기에 살인까지 저지르냐고 무식한 말을 하긴 했지만.

그때 이야기를 엿듣던 은뫼가 참다못해 한마디 끼어들었다가 성격 괄괄한 주모한테 면박만 당했다.

'하긴 그런 것들이 예술이 뭔지 알 리가 없지.'

은뫼는 천신만고 끝에 손에 넣은 그림을 뿌듯하게 들여다보았다.

스러져가는 존재들이 내뿜는 찰나의 아름다움. 그림 속 소재이기도 한 그것을 가르쳐준 사람은 바로 은뫼의 누나였다. 돌림병으로 일찍 세상을 떠난 부모 대신 은뫼를 키워준 누나는 '석양이 아름다운 이유는 곧 사라져버리기 때문이야'라고 했다. 누나 말에 따르면, 젊음이 아름다운 것 역시 같은 이유에서였다.

나이에 걸맞지 않게 조숙한 말을 곧잘 했던 누나는 나이를 먹는다는 게 뭔지 알기도 전인 한창때 세상을 떴다. 계향이 그랬던 것처럼 폐병을 앓다가.

창백한 하얀 얼굴로 피를 토하며 죽어가는 누나를 보며 은뫼는 '스러져가는 것이 아름답다'는 말이 옳았음을 깨달았다.

누나가 하루하루 죽음에 가까워진다는 걸 알았기에 은뫼는 누나에게 더욱 매달렸고, 곁에 있는데도 그리워했다. 죽음을 앞둔 누나와 마지막으로 함께 보낸 짧은 시간이 은뫼에겐 가장 가슴 아픈 동시에 가장 행복한 추억으로 남았다. 어릴 때부터 그림에 재능을 보였던 은뫼가 유달리 죽음이라는 소재에 집착하게 된 건 누나가 죽은 뒤부터였다.

한참 동안 그림을 들여다보던 은뫼는 자신이 그린 여인의 검은 눈동자가 자길 바라본다고 느꼈다.

생긋, 은뫼가 눈치챈 걸 알아차렸는지 그림 속 여인이 미소를 지었다. 고혹적이라기보다는 어딘지 모르게 슬퍼 보이는 미소였다. 그림 속 여인의 얼굴에 죽은 누나의 얼굴이 겹쳐 보였다. 그러고 보니 그림 속 여인과 누나는 분위기가 많이 닮았다. 어째서 그 사실을 지금까지 깨닫지 못했을까 싶어 은뫼는 어리둥절했다.

생긋, 여인이 다시 은뫼를 향해 미소 지었다.

달콤한 목소리가 은뫼의 귓전을 간지럽혔다.

여기로 와, 네가 보고 싶은 사람을 만나게 해줄게!

마침 석양이 지고 새 한 무리가 무리지어 날아가고 있었지만, 그 아름다운 풍경이 내다보이는데도 은뫼는 그저 그림에서 눈을 떼지 못했다.

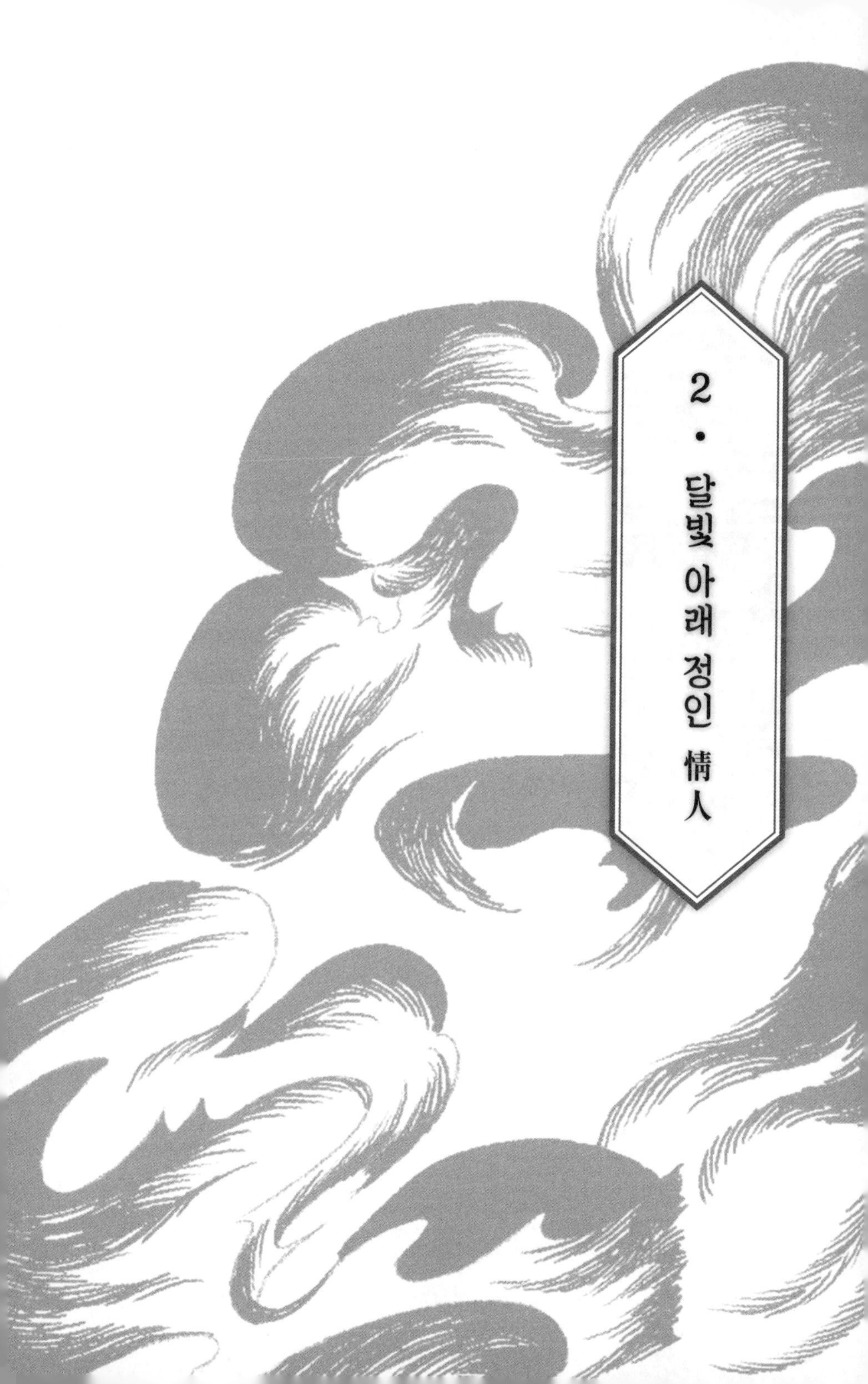

2 • 달빛 아래 정인 情人

삼개주막에 반가운 손님이 찾아왔다. 선노미의 둘째 여동생 옥이네 가족이다. 선노미의 어릴 적 동무 제재소 집 만득이와 결혼한 옥이는 벌써 연년생 아들 세돌과 딸 꼭지를 둔 어엿한 엄마였다.

마냥 어린애로만 여겼던 동생이 언제 어떻게 만득이와 그렇고 그런 사이가 됐는지 선노미는 자세한 내막은 잘 모른다. 다만 자신이 집을 떠나 떠돌아다닐 무렵, 친구 소식이 궁금한 만득이가 짬을 내 자주 주막을 찾아왔고, 슬퍼하는 옥이를 또 자주 위로해주다 정분을 틔웠다는 것만 언뜻 전해 들었다.

두 누이 중 만득이와 더 가까웠던 건 만득이 여동생 덕이와 꼭 붙어 다닌 복이다. 그런데 정작 만득이와 혼례를 올린 건 옥이라니, 남녀 사이는 참 알 수 없는 거였다.

오랜만에 조카들을 본 복이 얼굴엔 함박웃음이 폈다. 세돌과 꼭지를 무릎에 앉혀놓고 어르느라 다른 건 신경도 안 썼다. 그런 복이가 선노미는 측은했지만, 귀여워해줄 조카들이라도 있으니 다행이다 싶었다. 복이가 잠시 아기들을 독차지하자 손이 비게 된 어른들은 그제야 안부를 주거니 받거니 했다.

"얼굴 좋아 보이네."

선노미가 덕담을 하자 만득이가 능청스럽게 웃었다.

"요즘 재네 보는 게 낙이야. 칭얼거리고 안 잘 땐 애먹어도, 한번 웃어주면 피로가 다 풀리는 것 같다고."

그다음에 만득이 입에서 무슨 말이 나올지 대충 아는 선노미는 얼른 화제를 돌리려 했다. 그러나 옥이가 그 기회를 가로챘다.

"그런데 오라버니는 대체 언제 장가갈 거야? 빨리 장가가야 이런 아기도 볼 거 아니야."

"그래, 너 닮은 아기면 얼마나 예쁘겠냐."

옥이의 잔소리에 만득이가 기다렸다는 듯 장단을 맞췄다.

"그런 거 관심 없다."

선노미가 늘 하던 대답을 했다. 혼례라니, 자식이라니. 그런 건 이번 생엔 자신과 인연이 없는 일이라 여겼다.

"여기도 하나 있구먼. 혼례에 관심 없다는 젊은이가."

문득 등 뒤에서 걸걸한 목소리가 들렸다. 주막 단골 재광이었다. 몇 달 전 인근으로 이사 온 재광은 한의원을 운영하는데, 의술도 뛰어나고 인품도 좋아 개원한 지 얼마 안 됐지만 벌써 찾는 사람이 많다고 했다.

작년에 병으로 아내를 잃었다는 홀아비 재광은 나이가 찬 외동딸과 함께 살고 있었다. 원래 술을 좋아하는지, 아내를 먼저 떠나보내고 적적해서 그런지 하루가 멀다 하고 주막을 찾아오는데, 이따금 코가 비뚤어질 때까지 마시곤 했다. 그래도 이제껏 휘청거리는 다리로 집을 잘도 찾아가는 걸 보면 용한 술꾼이었다.

"혼례가 싫다니. 어쩌면 우리 집 딸년이랑 똑같누."

재광이 툴툴거리며 술을 따랐다. 이미 적잖이 마셨는지 혀가 꼬여 있었다.

"약주 많이 하신 것 같은데 그만 드세요. 환자 보시는 분이 무슨 술을 그렇게 드세요."

조카를 어르느라 정신없던 복이가 그제야 재광을 돌아보며 참견했다.

"이 집 술맛이 좋아서 그래. 마실 만한 이유도 있지. 다 큰 딸이 시집 안 가고 속을 썩이니까."

얼굴이 불쾌해진 재광이 가슴까지 툭툭 치며 푸념했다.

"의원 나리도 엄살은. 동네 사람들 말론 따님이 홀로 된 아버지가 눈에 밟혀 시집도 안 가는 효녀라던데요. 게다가 의녀들보다 재주가 좋아 환자도 곧잘 본다면서요?"

건들거리는 그에게서 저 술병을 빼어야 하나, 망설이며 복이가 대꾸했다.

"암, 실력 하나야 믿을 만하지. 누가 가르쳤는데. 걸음마 뗄 무렵부터 내가 맥 짚는 법, 침놓는 법, 약 짓는 법 하나하나 다 가르쳤으니 어지간한 돌팔이 의원들보다도 나을걸?"

만취한 와중에도 재광은 흐뭇하게 웃다가 다시 벌컥벌컥 술을 들이켰다.

"그럼 따님이 시집 안 가고 의원님 옆에서 일 도와주는 게 훨씬 좋겠네요. 그런데 뭘 그리 걱정하신대요."

복이가 아직 술이 조금 남은 술병을 냉큼 가로채 제 뒤로 감췄다.

"그래도 가야지. 사내라면 몰라도 아녀자가 혼례를 안 올리면 어떡해. 하나밖에 없는 딸을 노처녀로 늙어 죽게 할 순 없잖아."

술병이 사라진 것도 모르고 혼자서 중얼거리던 재광은 그대로 술상에 머리를 처박고서 꾸벅꾸벅 졸기 시작했다. 곧 자리에 대(大) 자로 드러눕더니 코까지 골았다.

다들 난감한 표정으로 자리에 뻗은 재광을 내려다보았다. 데려다주려 해도 정확히 어디 사는지 몰랐다. 드르렁드르렁, 코 고는 소리가 주막 안에 낮게 울려퍼졌다.

"저기, 혹시…."

문득 싸리문 앞에 기척이 들리더니 젊은 여자 하나가 쭈뼛거리며 들어왔다.

선노미는 여자를 보고 저도 모르게 숨을 들이켰다. 전날 눈이 마주쳤던 길 가던 여자다. 저 오뚝한 콧날, 해말간 하얀 피부에 초롱초롱

빛나는 영특해 보이는 새카만 눈동자. 제 가슴을 설레게 만든 그 여자가 틀림없었다.

단아하고 야무진 인상의 여자는 제법 곱긴 해도 선노미만큼 잘나지는 못했다. 앞으로 도톰하게 튀어나온 짱구 이마도 보기엔 귀엽지만, 나이 지긋한 어른들은 후처나 첩실 관상이라며 고개를 저을 수도 있었다. 이보다 더 고운 여자를 못 본 것도 아닌데 선노미는 왜 이 여인에게 유독 관심이 가는지 저도 이유를 알 수 없었다.

"아버지!"

여자가 재광을 발견하고 다가가 몸을 흔들었다. 재광이 반쯤 깨어 몸을 일으키곤 흐릿한 눈빛으로 돌아봤다. 누군지 알아보는 데까지는 조금 시간이 걸렸다.

"아, 은비구나."

재광이 혀 꼬인 소리로 딸 이름을 불렀다.

"아버지, 여기서 이러고 계시면 어떡해요. 어서 집으로 돌아가요."

은비가 재광을 일으켜 세우려다 휘청거렸다. 선노미가 은비를 대신해 얼른 부축했다. 그러다 슬쩍 손이 스쳤는데, 선노미는 제 귓불이 빨갛게 달아오르는 걸 느꼈다.

둘이 부축해 간신히 몸을 일으킨 재광은 술기운이 좀 가셨는지 비틀비틀하면서도 혼자 걸었다.

"이젠 더 안 도와주셔도 돼요. 집까지 가실 수 있을 거예요."

은비가 이마의 땀을 닦아내며 말했다. 야무진 인상만큼이나 또랑

또랑한 목소리였다.

선노미는 그녀가 이렇게 빨리 떠나는 게 어쩐지 아쉬웠다. 없는 핑계라도 만들어 조금 더 있게 하고 싶었지만 딱히 떠오르는 구실이 없었다. 멀거니 뒷모습만 바라볼 뿐이었다.

'이름이 은비구나….'

선노미는 속으로 중얼거렸다. 그녀에게 어울리는 예쁜 이름이었다.

"이제 우리도 슬슬 가봐야겠네. 저녁도 지어야 하고."

옥이도 자리를 털고 일어섰다. 복이가 아쉬워하며 조카들을 부부에게 넘겨줬다.

"참, 주막에서 잔심부름할 여자아이 구한다지 않았어?"

문을 나서려다 만득이가 생각난 듯 물었다.

주막에 당장 일손이 필요한 처지긴 했다. 부엌에서 복이가 음식을 전담해도, 나르고 그릇 씻고, 뒷자리 정리하고 손님 접대까지 하려면 도와줄 사람이 하나 더 필요했다. 그래서 만득이에게도 적당한 사람을 부탁해놓은 터였다.

"덕이가 괜찮은 사람을 안다더라고."

이웃 동네 놋그릇 장인네로 시집간 덕이는 거리가 가까워 자주 친정을 찾았다. 온 참에 만득이가 삼개주막 사정을 꺼냈더니 덕이가 아는 사람 있다며 눈을 빛냈다고 했다. 며칠 내로 사람이 들를 거라고 덧붙이며 만득이가 작별인사를 했다.

"행복해 보이네, 옥이."

멀어져가는 동생 가족의 뒷모습을 보면서 복이가 중얼거렸다.

"그러게."

선노미도 정겹게 장단을 쳐주었다.

"오라버니는 언제쯤 저렇게 될까?"

"난 지금도 충분히 행복한데?"

"그게 아니라 짝은 언제 찾을 거냐고."

"난 생각 없어. 그냥 너랑 이렇게 주막에 계속 있고 싶어."

복이는 오라비를 물끄러미 쳐다보더니 절레절레 고개를 저으며 부엌으로 들어갔다.

며칠 뒤 만득의 말대로 일할 사람이 찾아왔다.

금실이라는 열일곱 살 먹은 처자로, 고운 얼굴은 아니지만 털털하고 씩씩한 데다 서글서글하니 잘 웃는 인상이라 주막에서 손님 맞는 일에 안성맞춤일 것 같았다.

부모를 모두 여읜 금실은 어느 양반댁에서 부엌 하녀로 일하다 두 해 전 놋그릇 장사하는 덕이 부부를 알게 되었다. 그런데 최근에 일하던 양반댁 가세가 기울면서 하인들도 뿔뿔이 흩어졌다고 했다. 저도 졸지에 일자리를 잃고 갈 곳 없게 생겼는데, 마침 덕이가 소개해 줘 들렀다는 것이다.

"제가 딴 건 몰라도 부엌일은 곧잘 하거든요."

여기서도 안 받아주면 어쩌나, 걱정스런 얼굴로 금실이 선노미와 복이를 번갈아 보았다.

"짐은 저게 다야?"

복이가 금실이 들고 온 작은 보퉁이를 가리키며 물었다.

"네."

"안에 든 것도 별로 없겠네. 방은 나랑 같이 써. 넓진 않지만 짐이 없어서 그리 좁진 않을 거야."

"저 여기서 일해도 되는 거예요?"

금실이 안 그래도 큰 입을 더 활짝 벌리며 웃었다. 웃으니 콧잔등에 난 주근깨가 도드라지는데 그게 친근하게 느껴졌다. 복이와 고작 네 살 차이지만 순박한 외모 때문인지 나이보다 더 어려 보였다.

"갈 곳도 없다는데 어떻게 내쳐. 거기다 덕이가 소개해준 사람인데."

그렇게 해서 주막엔 사람이 하나 더 늘었다. 막상 같이 지내보니 금실은 꽤 든든한 일꾼이었다. 싹싹하고 눈치 빠르고, 행동도 잽쌌다. 시키지 않아도 필요한 일을 척척 해내고, 호들갑스럽지도 않았다.

선노미도 마음속으로 후한 평가를 내렸다. 굳이 흠을 잡자면 이따금 입을 헤벌리고 멍한 표정으로 자신을 바라본다는 건데, 그것 말고는 딱히 결점이 없었다. 눈치 빤한 복이도 금실의 심중을 읽은 모양이지만, 모르는 척하는 것 같았다. 어쩌면 이참에 드디어 오라비를 장가 보낼 수 있겠다고 생각해 내심 반기는지도 몰랐다.

한집에서 지내면서 선노미는 금실의 성장 배경에 대해서도 알게 됐다.

금실의 어머니는 양반댁에서 몸종으로 일했는데, 늦은 나이에 같은 집 머슴과 혼인해 금실을 낳았다고 했다. 아버지는 금실이 아기 때 간이 나빠 죽었고, 어머니는 3년 전 돌림병으로 세상을 떴다. 고아에다 형제자매까지 없는 금실이 측은했는지 복이는 친동생처럼 챙겨주었다.

"저… 기이한 이야기를 좋아하신다면서요?"

금실이 주막에서 일하기 시작한 지 얼마 안 된 어느 보름날이었다. 숙박객들도 모두 방에 들어가고 뒷정리만 남았는데 금실이 선노미에게 조심스럽게 말을 붙였다.

"그런데 왜?"

아마도 복이에게 들은 모양이었다.

어두워 잘 보이진 않았지만, 금실의 얼굴이 빨개진 것 같았다. 머뭇머뭇하던 금실이 용기를 내 말했다.

"저도… 그런 얘기를 하나 알고 있거든요. 마침 보름달이 떠서 생각났어요."

수줍어해서 그런지 목소리가 기어들어갔다.

"그래? 재밌겠네. 어디 한번 해봐."

부엌에서 나온 복이가 둘 사이에 냉큼 엉덩이를 붙이고 앉았다. 금실이 이야기를 꺼내려다 말거나, 선노미가 심드렁한 반응을 보일까 봐 미리 선수를 친 것 같았다.

"네가 직접 겪은 일이야?"

복이가 눈을 반짝이며 물었다.

"그건 아니고 돌아가신 어머니한테서 들은 얘기예요. 젊을 때 어머니가 겪은 일이거든요."

금실이 조금 더 또렷한 말투로 대답했다.

"그래? 무서운 이야기야? 난 너무 무서운 건 싫은데."

진짜 이야기가 듣고 싶은 건지, 선노미와 금실을 구경하고 싶은 건지 복이는 자리를 뜰 생각이 없어 보였다.

"무섭지 않을 거예요. 아마도."

금실이 배시시 웃으며 대답했다.

"오히려 슬플 거예요. 사랑을 못 이룬 남녀 이야기거든요."

복이는 호오, 하는 소리를 내며 의미심장한 눈빛으로 선노미와 금실을 번갈아 보았다.

"무슨 이야기인지 궁금한데? 해봐. 듣고 싶어."

두 여자의 시선이 각각 다른 이유에서 부담스러워 선노미가 서둘러 말했다.

쑥스러워 머뭇거리던 금실은 재촉하듯 눈짓을 보내는 복이를 보고선 그러니까, 하며 운을 뗐다.

금실의 어머니 순이는 혼인하기 전에 다른 양반집에서 꽤 오랫동안 일했다. 이름만 대면 다 아는 명문가였는데, 거기서 3대독자인 휘

도련님을 돌보는 게 순이의 일이었다.

생모는 휘를 낳은 지 1년 뒤 심한 고뿔이 폐렴으로 번져 세상을 떠났다. 그 바람에 휘의 아비 호준은 여옥을 아내로 새로 맞았다.

순이 듣기로 여옥은 기울어가는 양반가 출신이었다. 겉으론 번듯해도 빈한한 형편이라 후처로 들어온 거라 했다. 그것부터가 어쩌면 불행의 시작이었다.

젊은 주인어른인 호준은 어릴 때부터 난봉꾼으로 유명했다. 술, 도박, 여자를 모두 좋아해 두루두루 섭렵했지만, 그중에서도 제일 좋아하는 게 여색이었다. 부모님에게 꾸중을 많이 들었으나 좀처럼 고쳐지지 않았다.

역병으로 부모님 모두 갑작스럽게 세상을 뜨자 호준은 더 이상 거칠 게 없었다. 날이면 날마다 기방을 찾아다니며 술을 마시고, 손이 닿는 대로 이 여자 저 여자를 취했다. 좋은 집안 출신에, 돈 많고 얼굴까지 번듯하니 호준은 어딜 가도 대환영이었다.

늘 밖으로 나돌며 자신에겐 데면데면한 남편의 본모습을 깨닫고 여옥은 좌절했다. 남편에게 여옥은 명문가에서 비어 있으면 안 되는 '정실부인'이라는 자리와 자식들 생산을 위해 집안에 들인 존재, 그 이상도 이하도 아니었다.

시부모님이 갑자기 돌아가시는 바람에 시집온 지 얼마 안 돼 집안 살림을 도맡는 '마님'이 됐다곤 하나, 여옥은 아직 열여덟밖에 되지 않았다. 아랫사람들 이끌고 집안을 꾸려가기는커녕 낯설고 물선 데서 제 한 몸 건사하기도 벅차 쩔쩔맸다. 그나마 살림이야 하인들을 부리면 된다지만 깊어가는 외로움은 해결할 길이 없었다.

코빼기도 보기 어려운 남편은 어쩌다 집에 있어도 냉담하기만 했다. 하인들은 겉으론 고분고분 굴어도 속을 터놓을 상대는 아니다. 휘와 정을 붙여보려 해도 갓난아기 때부터 돌봐준 순이와 애착 관계가 이미 단단해 아이는 새어머니에 심하게 낯을 가렸다. 여옥이 다가가면 숨어버리거나 투정하며 울음을 터뜨리기 일쑤였다. 그런 일이 잦아지자 여옥도 휘와 친해지려는 노력을 포기해버렸다. 그나마 제 속으로 낳은 아기라도 있으면 나을 텐데, 시집온 지 2년이 다 되도록 여옥은 태기가 없었다.

의지할 곳 하나 없는 여옥은 사무치게 고독했다. 하인들은 만만한 마님을 뒤에서 비웃으며 쑥덕거릴 것 같고, 유일하게 기댈 수 있는 남편은 남이나 마찬가지. 그렇다고 여염집 여자도 아닌데 밖을 쏘다니며 한 번씩 갑갑한 숨통을 틔울 수도 없었다. 여옥은 집에 갇혀 하루하루 말라 죽어가는 것 같았다.

그런 여옥에게 한 줄기 구원의 빛이 돼준 이가 있었다. 혼기를 놓쳐 서른이 넘도록 장가를 못 간 노비 말석이다. 노비는 일하는 양반집에서 짝을 찾지 못하면 부부의 연을 맺기 어려웠다. 주인의 소유물인 노비가 다른 집 노비와 정분이 나서 아이를 낳거나 하면 소유권 문제가 발생했기 때문이다. 운이 따라주지 못한 말석은 홀아비로 늙어갈 게 분명한 신세였다.

말석은 쓸쓸한 제 처지와 비슷한 여옥을 안쓰러워했다. 본래 딱한 건 그냥 보아넘기지 못하는 성격이라 더 그랬다. 그는 도둑고양이 밥을 몰래 챙겨주고, 날개 부러진 새를 거처에서 나을 때까지 돌봐줄 만큼 심성이 따뜻했다. 그런 말석의 눈에 어리고 외로운 여옥은 높디 높은 마님이 아니라 돌봐줘야 하는 가엾은 동물에 더 가까워 보였다.

풀이 죽은 여옥에게 말석이 한두 마디 말을 붙이면서 둘의 관계가 시작됐다. '오늘은 하늘이 참 맑네요', '입추가 되더니 무더위가 한풀 꺾였네요' 같은 대수롭지 않은 말에도 여옥은 위안을 받았다.

양반댁 아씨에서 마님이 된 여옥. 이미 세상을 등진 부모 대부터 줄곧 이 집에서 종살이해 온 말석. 둘 사이에 말 통할 구석이 없는데도 희한하게 주거니 받거니 대화가 수월하게 이어졌다. 그렇게 서로에 대해 조금씩 알아 나갔다.

여옥은 말석이 동물이라면 사족을 못 쓰고, 소일거리로 나무에 조각하는 솜씨가 제법 좋다는 걸 알게 됐고, 말석은 여옥이 아들만 있는 집 외동딸이며, 어릴 때는 막내오빠를 따라 나무를 탈 정도로 말괄량이 기질이 있다는 것도 알게 됐다.

신분을 뛰어넘어 두 사람의 우정은 날이 갈수록 깊어갔다. 말석은 여옥이 좋아하는 잘 익은 홍시를 따다 방문 앞에 슬쩍 놔두거나, 참새 나무 조각을 건네주기도 했다. 규방에 갇힌 자신은 날아다니는 새가 세상에서 제일 부럽다던 여옥의 말이 생각나서였다. 그런가 하면 여옥도 말석의 옷고름이 떨어지면 손수 꿰매주고, 차가운 날씨에 고뿔이 들지 말라고 솜옷을 지어주기도 했다.

둘을 더 가깝게 이어준 건 고양이 '구슬'이었다. 구슬은 원래 도둑 고양이가 낳은 새끼였는데, 먹이를 찾아 헤매다 어찌어찌 이 집까지 흘러들어왔다. 말석이 몰래 밥을 챙겨주었고, 꼬박꼬박 끼니를 챙겨주니 고양이는 그 뒤로 집을 떠나지 않았다.

여옥도 새끼 고양이를 귀여워해 구슬이라는 이름도 지어줬다. 동그란 눈망울이 마치 구슬 같아 붙인 이름이었다. 구슬을 함께 어르고 귀여워하면서 젊은 안주인과 노비 사이는 더욱 돈독해졌다.

정신을 차리고 보니 둘은 어느새 연모하는 사이로 발전했다. 이래선 안 된다고, 멈춰야 한다고 마음을 다잡으려 했지만, 남녀 간의 정분이라는 건 그만두고 싶다고 마음대로 되는 게 아니었다.

게다가 들끓는 피를 주체하지 못하는 젊은 남녀였다. 마음이 통하면 몸도 통하고 싶어지는지라 둘은 급기야 육체 관계까지 맺게 됐다. 발각되면 난리가 날 일이라는 걸 알면서도 아슬아슬한 불장난을 계속했다.

그쯤 되니 집안 노비들도 둘의 관계를 눈치챌 수밖에 없었다. 하지만 마님에게 뭐라 할 순 없는 노릇이니 말석에게 이쯤에서 그만두라 충고하는 게 고작이었다. 말석이 귓등으로도 들으려 하지 않자 그것도 어느새 포기해버렸다. 행여라도 대감마님 귀에 들어가지 않게 입조심을 하는 수밖에 없었다. 다행인지 불행인지 집안일에 관심이라곤 일도 없는 호준은 둘 사이를 꽤 오랫동안 눈치채지 못했다.

그러나 꼬리가 길면 언젠가는 밟히고 만다. 얄궂게도 둘의 은밀한 관계를 폭로한 건 남녀 관계 따위는 아무것도 모르는 어린 휘였다.

두 집 살림이라도 차렸는지 오랜만에 돌아온 호준이 지나가는 말로 여옥에게 '적적하게 해서 미안하오'라고 변명한 날이었다. 여옥이 뭐라 대꾸하기도 전에 이제 네 살 된 철없는 휘가 불쑥 끼어들어 말했다.

"어머니는 안 적적해요. 말석이가 있잖아요. 무섭지 말라고 밤마다 어머니랑 함께 자는데요?"

그 자리에 있던 사람들 모두 안색이 하얗게 질려버렸다. 주안상을 들고 오던 하녀가 하마터면 발을 헛디뎌 엎질러버릴 뻔했다가 가까스로 상을 놓고 허둥지둥 물러났다.

호준과 마주 앉은 여옥은 얼굴에서 핏기가 가셔 금방 졸도라도 할 것 같았다. 정작 화근을 만든 휘는 천진난만한 얼굴이었다.

"이게 무슨 말이야?"

호준이 눈을 치켜떴다. 온몸을 사시나무처럼 바들바들 떠는 여옥과 그보다 더 움츠린 하인들을 찬찬히 둘러본 호준은 집안에 무슨 일이 벌어지고 있는지 알아챘다.

"이게 무슨 수치스러운 일이란 말이오!"

호준이 주안상을 발로 걷어찼다. 술병이 깨지고, 흘러나온 술과 엎어진 다과가 방바닥을 어지럽혔다. 갑작스러운 소동에 놀라 휘가 울음을 터뜨렸다.

안절부절못하고 지켜보던 순이는 부리나케 휘를 밖으로 데리고 나왔다.

"사대부 가문 안주인이 어떻게 종놈이랑 붙어먹을 수가 있어! 창피한 줄도 몰라?"

얼굴이 벌게진 호준이 여옥에게 소리를 질렀다. 흥분한 그의 목에 퍼렇게 핏대가 올라왔다. 당장 손찌검이라도 할 듯싶었지만, 차마 그것만은 할 수 없었는지 호준은 꽉 쥔 주먹을 하릴없이 쥐었다 폈다 했다.

"말석이 놈은 어딨어? 눈앞에서 찢어 죽여도 시원찮을 놈 같으니. 어서 그놈 끌고 와!"

노비들 몇이 참담한 얼굴로 주인의 명대로 움직였다. 곧 밧줄에 묶인 말석이 호준 앞으로 끌려왔다.

호준은 대뜸 깨진 술병 파편부터 냅다 던졌다. 날카로운 파편이 찢고 지나간 말석의 이마에서 피가 흘렀다. 말석은 흐르는 피를 닦을 엄두도 내지 못했다. 여옥의 입에서 괴로운 신음이 흘러나왔다.

"네 죄를 네가 잘 알렸다!"

호준이 말석을 죽일 듯이 노려보았다.

"죽여주십시오, 마님."

"죽여달라고? 그렇다면 그게 사실이라고 시인하는 거구나?"

"죽을죄를 지었습니다."

이미 들통난 거 변명도 소용없겠다 싶었는지 말석이 순순히 실토

했다.

“뻔뻔스럽게도 뚫린 입이라고 넙죽넙죽 대답은 잘하는구나. 그래, 그럼 말해보아라. 어떻더냐, 나를 배신하고 안주인을 넘본 기분이?”

시퍼런 서슬에 눌려 말석은 입을 꾹 다물었다. 호준은 그러니 더 화가 치밀어올랐다.

“왜 대답이 없어? 주인의 마누라를 넘보더니 이젠 주인 말이 말 같지도 않은 게냐?”

“…죽을죄를 지었습니다.”

“죽을죄를 지었고, 죽여 달라고 했겠다? 오냐, 내 너를 죽일 것이다.”

“그건 안 돼요!”

새파랗게 질린 여옥이 호준의 발치에 매달리듯 꿇어앉았다.

“이렇게 빌게요. 저를 내치셔도 좋습니다. 음탕한 년이라 욕하며 때리셔도 좋습니다. 하지만 저자의 목숨만은 살려주세요.”

호준이 더럽고 징그러운 것을 떨쳐버리듯 여옥을 발로 걷어찼다.

“여봐라, 화로를 내오너라!”

노비들은 불안해하며 서로 눈치만 봤다. 다들 끔찍한 일이 벌어질 것 같아 주저했다.

“뭣들 하느냐! 화로를 가져오라니까!”

아랫것들에 분통이 터졌는지 호준이 고함을 질렀다. 그제야 호준 앞에 화로가 놓였다.

"저걸로 저놈 몸을 지져라!"

호준이 화로에 벌겋게 달아오른 숯과 말석을 보며 명령했다. 모여선 노비들은 놀라 입을 딱 벌렸고, 부들부들 몸을 떨었다. 아무리 주인의 명이라도 그런 끔찍한 짓을 저지를 순 없어 아무도 나서지 못했다.

모두들 쭈뼛거리기만 하자 호준이 직접 소매를 걷어붙였다.

"그래, 네놈들이 전부 말을 안 들으면 내가 하겠다. 모두 물러섰거라."

"안 됩니다!"

여옥이 호준의 바짓가랑이를 잡고 늘어졌다.

"벌은 제가 받겠습니다. 부정한 아내인 저를 불로 지지세요."

여옥이 울며불며 매달렸다. 지금 여옥은 양반가 아가씨도, 마님도 아닌 사랑하는 남자를 지키려 안간힘을 쓰는 아녀자일 뿐이었다.

호준이 마치 떫은 것을 씹은 표정으로 말했다.

"정 그렇다면야 내 부인 청을 들어드리지. 대신 내 원망은 하기 없기요?"

호준이 화로로 성큼성큼 다가갔다. 부지깽이로 벌겋게 타오르는 숯을 집어 올려 여옥에게 다가왔다. 여옥은 숯덩이를 보자 얼굴이 파랗게 질렸다.

"안 됩니다! 마님께는 안 됩니다!"

말석이 괴성을 지르며 호준에게로 달려들다 다시 바닥에 엎어졌다.

호준은 멈출 생각이 없어 보였다.

"좋았습니다! 마님을 품에 안아서요."

별안간 말석이 소리쳤다. 호준이 걸음을 딱 멈추고 돌아봤다. 얼굴이 분노로 시뻘겋게 달아올라 있었다.

"주인을 배신하고 안주인을 넘본 기분이 어떠냐고 물으셨지요. 꿈만 같았습니다. 저 같은 종놈이 언감생심 고운 마님을 제 여자로 만들어서요."

호준은 이제 제정신이 아니었다. 타오르는 분노에다 땅에 떨어진 체면, 아내에 대한 배신감, 제 아내를 품은 다른 사내에 대한 질투심에 수치심까지 뒤섞여 호준은 더는 눈에 보이는 것이 없었다. 호준은 말석에게 달려들어 그의 넓적다리에 벌겋게 달아오른 숯덩이를 짓눌렀다.

"으아아아!"

살이 타는 냄새와 고통에 찬 비명이 마당을 뒤흔들었다. 말석은 눈이 흰자위가 보이게 뒤집어진 게 까무러치기 일보 직전이었다.

"안 돼!"

여옥이 말리려 달려들었지만 노비들이 먼저 붙들었다. 호준을 막아섰다가 여옥도 험한 꼴을 당할 게 뻔했기 때문이다.

"종놈 주제에 안주인을 차지하니 좋았다고? 그래, 그런 짓을 하는 놈은 어떻게 되는지 내가 똑똑히 알려주마. 지금도 좋으냐? 좋아?"

다시 화로에서 숯덩이를 집어 호준은 이번엔 말석의 반대쪽 넓적다리를 달궜다.

"아아아악!"

귀를 찢는 끔찍한 비명이 안마당에 연신 울려 퍼졌다. 짐승에 가까운 절규였다. 고통을 참지 못해 혀를 깨물었는지 입에선 피가 흘러내렸다.

호준을 이렇게 광기로 몰아가는 건 분노나 복수심이 아닌 수치심일지도 몰랐다. 이제껏 여색을 탐하며 유부녀와도 몰래 정을 통하기도 했다. 그럴 땐 얼굴도 모르는 그녀들의 남편이 그저 한심하게만 여겨졌다. 대체 남자가 얼마나 무능하면 마누라가 이럴까. 그런데 지금 자신이 그 처지가 됐다고 생각하니 견딜 수가 없었다. 게다가 상대가 집에서 부리던 종이라니. 얼굴을 들 수 없을 정도로 수치스러웠다.

호준은 이제 부지깽이로 숯덩이를 잡히는 대로 들어 올려 말석의 온몸을 지졌다.

"그만! 제발 그만해!"

말석의 비명이 들릴 때마다 여옥은 미친 사람처럼 울며 발버둥쳤다. 더는 제정신으로 버틸 수 없었는지 결국엔 졸도했다. 그러거나 말거나 호준의 고문은 계속되었다.

순이는 공포와 충격에 휩싸인 채 먼 발치서 이 광경을 지켜봤다. 여옥과 비슷한 또래였던 순이는 사람의 내면에 이런 잔인함이 도사리고 있을 줄 미처 몰랐다. 여차하면 사람도 악귀로 변해버릴 수 있다는 걸 처음 알았다. 지금 호준은 얘기로만 듣던 악귀, 그 자체였다.

이제 말석은 간신히 숨만 붙어 있는 상태였다. 비명을 지를 기력도 남지 않았다. 온몸이 시꺼멓거나 시뻘겋게 탔고, 뭉개진 피부에선 진물이 줄줄 흘러나왔다.

만신창이가 되고서야 호준은 노비들에게 말석을 눈앞에서 치워버리라 명령했다. 노비들이 초주검이 된 말석을 단숨에 업고 거처로 데려갔다.

온몸에 화상을 입은 말석은 숨이 붙어 있는 게 오히려 고통스러워 보였다. 자리에 누워 신음만 내뱉다 결국 그날 밤을 넘기지 못하고 숨을 거뒀다. 차라리 고통을 덜어 다행이라 할 정도로 말석의 마지막 가는 길은 참혹했다.

밖에는 보름달이 떠 있었다. 은은한 달빛이 지붕에, 처마에, 안마당 어디든 살포시 내려앉았다. 보름달이 내뿜는 잔잔한 광채는 한낮의 햇빛보다 부드럽지만, 몹시 서글퍼 보였다.

'무심하기도 하시지.'

순이는 달을 올려다보며 속으로 생각했다. 한 생명이 그토록 허무하게 사라졌는데, 아무렇지도 않다는 듯 저렇게 둥둥 떠 있는 달이 어쩐지 원망스러웠다.

야옹야옹, 어디선가 고양이 울음소리가 들려 돌아보니 구슬이 제 발치로 다가와 몸을 비벼댔다. 순이가 가만히 구슬의 보드라운 털을 쓰다듬었다.

"넌 아니? 네 주인이 세상을 떠난 거?"

구슬이 꼬리를 말더니 맑은 구슬 같은 눈을 들어 순이의 얼굴을 빤히 쳐다보았다.

“에구, 가엾은 것. 그래도 걱정 마. 앞으론 내가 잊지 않고 밥을 챙겨줄 테니.”

말석에게 이제 자신이 해줄 수 있는 게 그것뿐이라 생각하며 순이는 고양이의 털을 가만히 쓸어내렸다.

순이의 손길에 몸을 맡기던 구슬이 갑자기 작은 귀를 쫑긋거렸다. 이어 눈의 동공이 커지면서 공중을 향해 꼬리를 치켜세웠다.

“왜 그래? 뭐라도 본 거니?”

순이가 주위를 두리번거렸다. 하지만 아무것도 보이지 않았다.

“대체 왜 그러는….”

순이의 말이 미처 끝나기도 전에 구슬은 재빨리 화단을 넘어 사라져버렸다.

혼자 남은 순이는 어쩐지 으스스했다. 고양이는 영물이라던데 어쩌면 사람 눈에 안 보이는 걸 보거나, 들은 게 아닐까. 어둠을 어슴푸레하게 밝히는 차가운 달빛도 기분 탓인지 불길하게 느껴졌다.

쿵쿵.

문득 어디선가 둔탁한 소리가 들렸다. 그리 멀지 않은 곳에서 들리는 소리였다. 기둥을 무언가로 툭툭 칠 때 들릴 법한 소리였다.

순이는 소리 나는 곳으로 천천히 움직였다. 가슴이 공연히 두근거렸다. 무서운 걸 보게 될 것 같았지만, 뭔지 모를 묘한 힘에 이끌려 발길을 돌릴 수가 없었다.

쿵쿵.

다가갈수록 소리는 점차 뚜렷하게 들렸다.

순이의 눈앞에 하얀 버선코가 보였다. 버선을 신은 발은 공중에서 몇 뼘 정도 떠올라 있었다. 그 발이 바람에 이리저리 흔들리다 기둥을 차는 바람에 쿵쿵대는 소리가 들린 모양이었다.

순이가 제 눈높이쯤에 와닿은 버선발 위로 시선을 옮겼다. 새하얀 소복 치마가 눈에 들어왔다. 그리고 눈처럼 하얀 치마에 어울리는 하얀 저고리가. 옷고름이 사라지고 없는 저고리 위쪽을 지나자 순이는 저도 모르게 눈을 질끈 감고 말았다.

하지만 이미 봐버린 처참한 광경은 눈꺼풀 안에 아로새긴 것처럼 생생했다. 순이가 본 것은 여옥이었다. 한쪽으로 목이 꺾인, 이미 숨을 거둔 여옥.

핏기가 사라진 얼굴은 자신이 입은 옷만큼이나 새하얬다. 제 옷고름으로 들보에 목을 맨 여옥의 얼굴과 흰옷에 차가운 하얀 달빛이 쏟아져 내렸다. 공중에 흔들리는 여옥은 어둠 속에서 기묘할 정도로 환하게 빛나고 있었다.

쿵쿵.

이미 생명이 빠져나간 여옥의 발이 바람에 흔들려 다시 기둥에 부딪혔다. 견딜 수 없어진 순이가 비명을 질렀다. 잠들어 있던 사람들이 모두 달려 나올 때까지 순이는 비명을 멈추지 못했다.

"듣기만 해도 끔찍하네."

금실이 여기까지 이야기를 마치자, 복이가 얼굴을 찌푸리며 말했다.

"그 안주인은 죽은 말석이 뒤를 따르려 했던 거야?"

"아마도요. 말석이 죽었다고 숙덕거리는 소리를 들었던 것 같아요. 그게 아니더라도 아마 오래 못 살 거라는 걸 알았을 테고요."

금실의 목소리는 씁쓸했다.

"하지만 왜 그런 극단적인 선택을…."

"죄책감 때문이었겠지."

이해가 안 간다며 중얼거리는 복이에게 선노미가 말했다.

"자기 때문에 연모하는 사람이 죽었으니 죄책감을 떨치기 어려웠을 거야. 말석을 따라가겠다는 마음도 있었겠지만, 그를 그렇게 만든 자기 자신이 미워서 벌을 주고 싶었겠지."

그런 마음은 선노미에게도 낯설지 않았다. 그 때문에 오래 방황했고, 지금도 방황이 완전히 끝났다고는 할 수 없었다. 제 손으로 목숨을 끊으면서 여옥이 느꼈을 상심과 죄책감이 생생하게 전해져 선노미는 마음이 아렸다.

"그건 그렇고 그 뒤에 아무 일도 없었어? 집안에 그런 사달이 벌어졌으니 잠잠히 넘어가긴 어려웠을 텐데."

금실은 가만히 고개를 저었다.

"안방마님은 울증 때문에 자결하신 걸로 알려졌나 봐요. 시집온 뒤 향수병이 심했고, 아기도 안 생겨 평소에도 우울해했다고. 위세가 대단한 양반가라 그 정도야 어떻게 무마시켰겠죠."

금실은 떫은 걸 씹은 표정으로 덧붙였다.

"그러니 노비 하나 죽은 것쯤 아무런 문제도 안 됐고요."

얼마 안 가 호준은 아내를 새로 맞았다. 이번에도 여옥처럼 가정 형편이 어려운 양반가 딸이라고 했다. 새로 안방마님이 된 정혜는 성격이 괄괄한 여자였다. 젊었지만 단기간에 나이 많은 하인들을 휘어잡았고, 걸핏하면 밖으로 나도는 남편에게 싫은 소리도 곧잘 했다. 호준은 그런 아내가 성가시긴 했지만 대가 센 성격이라 외롭다느니 하는 이유로 아랫것과 정분 날 일은 없겠다며 다행스러워했다.

다만 한 가지 문제가 있다면 정혜 역시 후손을 낳지 못한다는 거였다. 호준의 여성 편력에 부부관계도 원만하지 못하니, 아기가 들어설 리 만무했다. 그 바람에 휘는 집안의 대를 이을 유일한 자식이 되었다.

집안일에 관심 없는 호준도 독자인 휘는 끔찍이도 아꼈다. 다행히 집안사람들 기대대로 휘는 잔병치레도 없이 건강하게 쑥쑥 자랐다.

그렇게 하루하루가 무탈하게 흘러갔다. 집안에 평화가 찾아오면서 사람들은 참혹한 사건도 서서히 잊어가는 것 같았다. 순이만 제외하고는.

"왜? 무슨 일이 있었어?"

복이가 침을 꼴깍 삼키며 금실에게 물었다.

"돌아가신 안방마님 혼이 나타났거든요. 보름달이 뜬 밤에요."

금실이 허공을 한 번 쳐다보곤 다시 이야기를 이어나갔다.

한밤중에 측간에 갔다가 볼일을 보고 나오면서 순이는 휘영청 뜬 보름달을 바라봤다. 한눈에도 스러질 듯 처연해 보이는 초승달이나 그믐달과 달리 보름달은 꽉 차올라도 어딘지 모르게 쓸쓸했다. 하얀 달빛이 어둠에 녹아들어 은은히 빛나고 있었다.

달빛을 받은 장독대 곁에 무언가 어른거리는 게 보였다. 가만 보니 사람의 형상 같았다. 등을 돌리고 서 있던 그것이 서서히 순이를 향해 몸을 돌렸다. '그것'과 눈이 마주친 순간, 순이는 놀라 헉, 하고 숨을 들이켰다.

그것은 죽은 여옥이었다. 아니 정확히 말하자면 비슷했다. 분명 형체는 여옥인데, 몸이 투명해 등지고 선 뒤편 담장이 몸 사이로 그대로 드러나 보였다.

하얀 달빛이 여옥의 투명한 몸을 가볍게 투과해 들어왔다. 달빛을 머금은 여옥의 치맛자락이 바람처럼 한들한들 나부꼈다. 그러자 투명한 여옥의 몸도 치맛자락과 함께 미약하게 일렁거렸다. 마치 달빛 자체가 여옥의 형상을 하고서 바람에 제 몸을 맡긴 것 같았다.

"마, 마님?"

순이가 저도 모르게 말을 더듬었다. 한눈에도 살아있는 자가 아닌 게 분명한데 희한하게 그리 무섭진 않았다. 어쩌면 눈앞의 혼령이 끔찍한 형상이 아니어서 그런지도 몰랐다. 은은한 달빛에 빛나는 여옥의 투명한 몸은 허망했지만, 처연한 아름다움을 품고 있었다.

여옥이 달을 향해 몸을 돌렸다.

사르륵, 사르륵.

긴 치맛자락이 바닥을 스치는 소리를 내며 여옥이 달을 향해 걸어갔다. 한 걸음, 한 걸음 내디딜수록 투명한 몸이 점차 더 옅어졌다. 마치 그대로 달빛 속으로 빨려 들어가는 것처럼.

사르륵거리는 소리가 그쳤을 때 여옥은 마치 보름달에 삼켜진 것처럼 온데간데없이 자취를 감추었다. 그녀가 서 있던 자리엔 하얀 달빛만 비추고 있었다.

'내가 방금 꿈이라도 꾼 건가?'

얼떨떨한 심정으로 순이는 제 눈을 비볐다. 하지만 꿈은 아니다. 설명할 순 없지만, 머릿속에 낙인을 새긴 것처럼 여옥의 모습은 생생했다.

그 뒤에도 한 번씩 여옥의 혼이 나타났다. 어김없이 보름달이 뜬 밤이었다. 여옥은 늘 아무런 말도 없이 한동안 슬픈 눈으로 순이를 바라보다 달빛 속으로 사라졌다.

둘 다 같은 날 세상을 떴는데 어째서 말석의 혼은 보이지 않고 여옥의 혼만 나타나는지 순이는 알 수 없었다. 하지만 여옥의 혼이 다른 사람 아닌 제 눈에만 보이는 이유를 궁리해보면 마음 한구석에 짚이는 데가 있었다.

여옥의 시신을 자신이 가장 먼저 발견했다. 여옥과 나이도 엇비슷하고, 둘은 휘를 사이에 두고 지냈다. 한때 휘의 계모였던 여옥과 오랫동안 도련님의 보모 노릇을 해 온 순이는 그리 가깝다 할 순 없어도, 그래도 휘 때문에 이따금 말을 주고받는 사이였다. 말석을 제외하면 집안에서 외톨이였던 여옥과 그 정도라도 가깝게 지낸 사람은 순이가 고작이었다.

말석조차 세상을 뜬 지금, 이 집에서 그나마 여옥을 잘 안다고 할 만한 사람은 이제 자신밖에 없었다. 그러니 아직 이승을 떠도는 그녀의 한 많은 혼이 제 눈에만 보이는 것도 그리 이상할 건 없어 보였다.

시간이 흐르면서 여옥의 혼이 순이 앞에 나타나는 일도 차츰 줄었다. 그러다 언제부턴가 아예 여옥을 보는 일이 없어졌다. 순이는 마침내 극락왕생하게 됐나 보다고 내심 안도했다.

하지만 아니었다. 어둠을 제압하지 못하고 감싸인 달빛처럼 여옥의 원혼은 어두운 속내를 깊이 감추고 있었던 게 틀림없었다. 세월이 흘러 때가 무르익기를 기다리면서.

세월이 지나 어느덧 휘가 열다섯 살 되었고, 그해 벌어진 일이었다. 보름달이 휘영청 뜬 어느 날 밤, 순이는 오랜만에 죽은 여옥과 다시 만났다.

이번엔 예전처럼 금방이라도 사라질 듯 투명한 모습이 아니었다. 살아있을 때와 똑같아 잠깐 밤마실이라도 나온 사람 같았다. 들보에 목을 맬 때 입었던 소복 차림 그대로.

보름달을 등지고 선 여옥의 새카만 검은 머리칼과 하얀 옷 위로 처연한 달빛이 내려앉았다.

"…마님?"

순이가 저도 모르게 중얼거렸다. 하지만 여옥은 반응이 없었다. 그녀의 시선은 다른 어디엔가 머물러 있었다. 여옥이 바라보는 쪽으로 눈을 돌린 순이는 저 말고도 그녀가 선 담장을 홀린 듯이 쳐다보는 한 사람을 발견했다. 다름 아닌 휘였다.

"순이야, 저 여자는 누구야?"

휘는 얼떨떨한 표정이었다.

"도련님, 도련님 눈에도 저 사람이 보이세요?"

휘가 한 말은 순이에게 뜻밖이었다. 이제껏 자신만 여옥을 볼 수 있었는데 어째서 이번엔 휘의 눈에도 보인 걸까. 휘가 여옥을 못 알아보는 건 무리도 아니다. 여옥이 죽었을 때 휘는 너무 어렸으니까. 새엄마의 얼굴을 기억 못 해도 딱히 이상할 건 없었다.

그리고 휘는 그녀가 말석과 정분이 났다거나 자결한 일 같은 건 까맣게 몰랐다. 휘가 들은 바로 여옥은 이 집에 들어와 잠깐 살다가 자신이 네 살 때 병에 걸려 세상을 떠난 사람이다.

여옥이 슬며시 고개를 돌려 순이를 보았다. 순이의 존재를 그제야 인식했다는 듯이.

씨익, 그녀의 입가에 차가운 미소가 떠올랐다. 어쩐지 악의가 느껴져 순이는 등골이 오싹했다.

제대로 본 게 맞나 싶어 눈을 깜빡거리는데 어느새 여옥은 사라지고 없었다. 그녀가 서 있던 자리엔 보름의 달빛만 은은히 어둠을 밝히고 있었다.

"사라져버렸어."

휘가 망연자실한 목소리로 중얼거렸다.

"순이 눈에도 보인 것 맞지? 저기 달빛 아래 서 있던 여자."

헛것을 본 게 아닌가 확인하려는 듯 휘가 물었다. 순이는 뭐라 대답해야 할지 몰랐다. 만약 봤다고 하면 여옥에 대해 꼬치꼬치 물어볼 텐데. 못 봤다고 거짓말해봤자 넋 나간 제 얼굴에 다 쓰여 있을 테니 소용없었다.

"그렇게 어여쁜 처자는 태어나 처음 봤어."

휘가 한숨을 쉬며 혼잣말을 했다. 이 세상 것이 아닌 존재를 봐서 무섭다기보단 오히려 더 못 봐 아쉽다는 투였다.

"처자라고요?"

뜻밖의 말이라 순이가 미심쩍어하며 휘를 보았다.

"응, 내 나이 또래에 땋은 머리를 했으니 처자가 틀림없지."

아닌데…. 여옥은 늘 그랬듯 쪽찐 머리에 비녀를 꽂고 있었는데.

"어여뻤다고요?"

순이가 다시 확인하려고 물었다. 수수한 외모의 여옥은 누가 봐도 곱거나 어여쁜 정도는 아니었다. 하지만 휘는 힘차게 고개를 끄덕였다.

"어여쁘지 그럼. 피부가 백옥같이 희고 눈이 샛별처럼 초롱초롱하던데. 그렇게 고운 걸 보면 아마 이 세상 사람은 아닐 거야. 어쩌면 달에서 선녀가 잠시 내려왔었나 봐."

중얼중얼하는 휘는 마치 꿈을 꾸는 표정이었다.

"다시 그 처자를 볼 수 있으면 좋겠어. 달님한테 소원을 빌면 또 만날 수 있을까?"

얼굴이 발그레 상기되는 휘를 보자 순이는 온몸에 소름이 돋았다. 휘가 본 건 여옥이 아닌 것 같았다. 휘는 달빛 아래서 누구를 본 걸까. 순이는 여옥이 사라진 자리를 다시 쳐다봤다.

휘가 이상해진 건 그로부터 얼마 뒤였다. 밤에 제대로 못 잤는지 낮 동안 꼬박꼬박 졸기 일쑤였고, 열심히 하던 공부도 등한시했다. 건강이 안 좋은가 싶었는데 전에 없이 활력이 도는 게 몸은 더 좋아 보였다. 하지만 말을 붙여도 한참 지나 답을 하거나 이따금 뭐가 그리 즐거운지 혼자 실실 웃기도 했다. 어디 단단히 홀린 사람 같았다.

다른 이는 몰라도 순이는 그 변화를 단박에 눈치챘다.

"도련님, 요즘 무슨 일 있으세요?"

보다 못한 순이가 휘를 붙잡고 물었다.

"사실은 말이야."

휘가 주위를 둘러보더니 속삭이듯 말했다.

"나, 또 만났어. 그 보름달 아래 처자를."

"뭐라고요? 누굴 만났다고요?"

어안이 벙벙해진 순이에게 휘가 술술 털어놓았다. 안 그래도 말하고 싶어 죽겠는데 잘됐다는 듯이.

얼마 전 한밤중에 휘는 안마당을 서성거렸다. 보름달 뜬 밤에 만난 처자를 다시 볼 수 있을까 싶어서였다. 하지만 그날은 공친 듯싶었다.

정말 운이 좋아 하늘에서 잠시 내려온 선녀를 우연히 목격했던 것일까. 그 처자를 만난 후로 휘는 제 마음이 예전 같지 않다는 걸 깨달았다. 세상 사람들이 모두 그녀로 보였고, 낮이나 밤이나 이름도 모르는 그녀 생각이 머리에서 떠나질 않았다.

처자 생각이 나서 히죽히죽 웃음이 나다가도 두 번 다시 만날 수 없을지 모른다고 생각하면 참을 수 없이 갈증이 나면서 가슴이 불에 덴 것처럼 화끈거렸다.

'대체 어떻게 해야 다시 만날 수 있는 거지.'

대답 없는 무정한 달을 바라보며 휘는 한숨을 푹 내쉬었다.

야옹야옹, 문득 발치에서 고양이 우는 소리가 들렸다. 내려다보니 노묘(老猫) 구슬이다. 꽤 오래전에 누가 새끼 적부터 길렀다던데, 지금은 하루 대부분을 모로 누워 잠만 잤다.

기력이 달리는지 이젠 여간해선 잘 울지도 않는 구슬은 꼬박꼬박 밥을 챙겨주는 순이 말고는 누구도 아는 척하지 않았다. 그런 구슬이 곁에 다가와 몸을 비비며 우는 게 신기해 휘는 부스스해진 털을 쓰다듬어주려 했다.

손길이 닿으려 하자 구슬이 갑자기 몸을 피해 화단을 향해 뛰었다. 화단의 바위와 나뭇가지를 폴짝폴짝 딛고선 담벼락을 훌쩍 넘어 순식간에 밖으로 사라졌다. 굼뜬 늙은 고양이인 게 믿기지 않을 정도로 잽싼 몸놀림이었다.

'도망가 버리면 순이가 슬퍼할 텐데.'

휘는 구슬을 찾으러 밖으로 뛰어나갔다. 사라진 줄 알았는데 구슬은 담장 아래서 둥글게 몸을 말고 있었다. 마치 휘가 나올 때까지 기다리고 있던 것처럼.

휘가 다가가자 구슬은 다시 저만큼 멀어졌다. 하지만 시야에서 완전히 벗어나지는 않았다. 어서 이리 오라고 안내하는 것처럼 구슬은 달리다 멈추고, 달리다 멈추며 어딘가로 향했다.

마침내 구슬이 다다른 곳은 어느 여염집 앞이었다. 드디어 도착했다는 듯 바닥에 벌렁 드러누워 지친 숨을 골랐다. 휘가 오는 걸 지켜보며 구슬은 그제야 그릇에 담긴 물을 핥았다. 대문 앞엔 밥그릇도 나란히 놓여 있었다.

"도둑고양이가 오늘도 왔구나."

별안간 대문이 열리며 젊은 여자 목소리가 들렸다. 그녀의 얼굴을 보자 휘는 그대로 얼어붙고 말았다.

바로 그 여자다! 보름달 아래서 봤던 어여쁜 처자. 만나게 해달라고 매일 밤 기도하던 달빛 아래 선녀였다.

"어머나!"

휘와 눈이 마주친 여자 역시 눈이 똥그래졌다. 야심한 밤에 낯선 남자와 맞닥뜨렸기 때문만은 아닌 것 같았다. 여자의 눈동자에 놀라

움과 반가움이 동시에 어려 있었다.

"당신을 본 적 있어요."

두근거리는 가슴을 억누르며 휘가 가까스로 말을 꺼냈다.

"한 달쯤 전에 보름달 아래서요."

크게 뜬 여자의 눈이 더욱 커졌다.

"너무 고와서 이 세상 사람이 아닌 줄 알았어요. 다시 꼭 만나고 싶었어요."

단숨에 말을 내뱉고 나니 뒤늦게 창피해져 휘는 얼른 고개를 숙였다. 빨갛게 달아올랐을 얼굴이 어둠에 가려져 다행이라 생각했다. 마치 영원 같은 짧은 침묵이 흐르고 마침내 여자가 입을 열었다.

"저도 마찬가지예요."

생각지도 못한 말에 휘가 고개를 번쩍 들어 여자를 마주 봤다.

"보름달이 뜬 밤에 달 아래 서 있는 당신을 봤어요. 그 모습이 너무나 생생해서…."

여자가 수줍었는지 말을 다 잇지 못했다.

"절 봤다고요? 당신도?"

"네."

여자가 눈을 내리깔며 고개를 끄덕였다.

"그렇다면 보름달이 우리를 맺어줬나 보네요."

여자에게 한 걸음 다가서며 휘가 말했다. 여자의 고백에 용기를 냈다.

"우리가 이렇게 만난 게 운명 같아요."

휘는 운명이라 생각할 수밖에 없었다. 그게 아니고선 달밤에 본 처자를 여기서 이렇게 만난 것을, 구슬이 이리로 안내한 것을, 꿈에 그리던 여인 역시 같은 날 같은 달 아래서 자신을 본 것을 달리 설명할 길이 없었다. 삼신할머니가 특별한 조화를 부린 게 분명했다.

여자에게 대답을 재촉하듯 휘가 물었다.

"절 봤다고 하셨죠? 보면서 무슨 생각을 했어요?"

"멋있는 분이라고 생각했어요."

"그뿐이에요? 무섭지 않았어요?"

여자가 고개를 저었다. 휘가 여자에게 조금 더 가까이 다가왔다.

"어쩌면… 미래의 낭군님을 봤나 보다 생각했어요. 그랬으면 좋겠다고요."

이번엔 여자가 고개를 폭 숙였다. 가까이서 보니 어둠 속에서도 얼굴에 홍조가 보이는 듯했다.

휘는 심장이 쿵쾅거려 가슴 밖으로 튀어나올 것만 같았다. 벅찬 감정에 사로잡혀 여자의 손을 덥석 잡았다. 여자는 흠칫 놀랐지만 손을 빼려 하지는 않았다. 은은한 달빛 아래서 두 남녀는 오랫동안 손을 꼭 마주 잡고 서 있었다.

둘의 만남은 그렇게 시작됐다. 휘가 마음을 뺏긴 여자의 이름은 은혜로, 나이는 휘와 같은 열다섯 살이었다. 아버지는 은혜가 어머니 배 속에 있을 때 돌아가셨다고 했다. 아버지 얼굴도 모르고 컸지만, 그

때문에 배를 곯거나 하진 않았다. 아버지가 남긴 돈이 적잖게 있었는지, 어머니 친정이 재력이 있었는지 은혜가 태어났을 무렵 어머니는 여윳돈이 제법 있었고, 그걸로 한동안 어찌어찌 살림을 꾸려왔다.

은혜가 어느 정도 철이 든 뒤엔 아낙네들이 자주 찾는 미인수나 분, 연지 따위를 만들어 팔면서 생계를 이었다. 생활력 강한 어머니 덕분에 풍족하지는 않았어도 딱히 불편 없이 성장할 수 있었다.

혼기가 찬 은혜는 언젠가부터 어떤 사람과 부부의 연을 맺을지 늘 궁금했다. 그런데 어느 날 달밤에 마치 거짓말처럼 안마당에 서 있는 훤칠한 미소년과 마주쳤다. 어째서 이런 일이 가능할까 무섭기보다는 미래의 낭군 얼굴을 보게 해달라는 소원이 이뤄진 것만 같아 설레었다.

반듯하고 단아한 외모에 반한 은혜는 어서 빨리 혼례를 올려 그 남자 곁에 있고 싶었다. 그런데 식도 올리기 전에 이렇게 빨리 만나게 될 줄은 미처 몰랐다. 게다가 자신과 남자를 이어준 것이 언젠가부터 찾아와 먹이를 달라며 보채던 늙은 고양이일 줄이야.

마음에 불이 붙은 두 남녀는 밤마다 사람들 눈을 피해 몰래 만났다. 주로 휘가 깊은 밤 은혜네 집을 찾아갔다. 은혜 어머니는 이따금씩 밤에 집을 비우곤 했고, 집에 있더라도 잠귀가 어두워 휘가 몰래 드나드는 걸 눈치채지 못했다.

만남이 잦아질수록 휘와 은혜는 서로에게 무섭게 빠져들었다. 운명의 상대라 여기는 젊은 두 남녀를 가로막을 수 있는 건 세상에 아무것도 없었다. 보고 있어도 그리울 정도로 둘은 이제 떼려야 뗄 수 없는 사이가 되었다.

휘가 황홀한 얼굴로 털어놓는 얘기를 들으며 순이는 가슴이 답답해졌다. 휘는 지금 열병을 앓고 있었다. 누군가를 연모하는 감정은 열병이나 마찬가지다. 순이가 보기에 어차피 휘와 은혜라는 아가씨는 이뤄질 수 없는 관계였다. 번듯한 명문가의 후계자가 내세울 것 하나 없이 홀어머니 밑에서 자란 평범한 처자랑 맺어질 리는 만무했다. 이 사실이 대감마님 귀에 들어가기라도 하면 큰 사달이 날 게 뻔했다.

“도련님, 지금이라도 불장난은 그만두세요. 도련님과 그 아가씨는 부부가 될 수 없어요.”

“불장난이라고? 어떻게 그런 말을 할 수 있어?”

휘는 순이의 말에 상처를 입은 것 같았다.

“순이는 이해해줄 줄 알았는데….”

휘가 원망스럽게 말했다.

“왜 맺어질 수 없는 건데?”

“아시잖아요. 도련님과 그 처자는 신분이….”

“신분, 그런 게 다 무슨 소용이야!”

휘가 버럭 소리를 질렀다.

“난 은혜가 좋아. 은혜 없이 살 순 없다고. 무슨 수를 써서라도 은혜를 아내로 들일 거야.”

눈이 멀어 아무것도 안 보이는 휘를 되돌릴 길은 없어 보였다. 세상의 제도와 금기란 건 생각보다 훨씬 더 무거운 족쇄였다. 거기서 벗어날 수 있는 인간은 없다. 그러니 휘가 제발 하루빨리 제 처지를 깨닫길 바랄 뿐이었다. 너무 늦어 돌이킬 수 없어지기 전에.

하지만 순이의 간절한 바람은 아무 소용이 없었다. 둘 사이는 더 깊어져 결국 은혜와의 사이에 아기가 들어선 것이다.

결혼하지 않은 여염집 처자와 아기를 만들었다는 휘의 선언에 집안은 발칵 뒤집혔다. 정혜도 기가 찼지만, 펄펄 뛴 건 생부인 호준이었다. 호준은 집안의 대들보가 그런 허접한 여자와 정을 통해 아기까지 가졌다니 복장이 터질 지경이었다.

불같은 성격이라 호준은 당장 은혜네 집을 찾아갔다. 대체 얼마나 간이 크고 되바라진 처자길래 제 분수도 모르고 명문가 3대독자를 꼬드겼단 말인가! 실컷 꾸짖고 나서 돈을 줘 도성 밖으로 쫓아낼 셈이었다.

호준을 맞은 건 몸이 안 좋은 은혜 대신 그 어머니였다. 나이가 들었지만 은혜의 어미는 미모가 상당했다. 젊었을 땐 사내들 꽤나 홀렸겠다고 호준은 생각했다. 그런데 어쩐지 얼굴이 낯설지 않았다. 기억을 더듬다가 호준은 아, 하고 탄식을 내뱉었다.

여자는 젊은 시절 자주 드나들던 기방 기생 명옥이었다. 명옥과 호준은 한동안 그렇고 그런 사이였다. 한때는 호준이 그녀의 치마폭에 푹 빠져 살던 시절도 있었다.

집안 어른들 성화로 첫째 아내와 혼례를 치르면서 둘 관계는 흐지부지 끝나고 말았다. 한동안 발길을 끊었다가 다시 기방에 찾아갔을 때 명옥은 이미 거길 나간 뒤였다.

명옥도 호준을 알아봤는지 놀란 얼굴이었다.

"오랜만입니다, 나리. 여긴 어떻게 오셨는지요?"

"혹시… 은혜라는 아이가 자네 딸인가?"

"네, 그런데 나리께서 어째서…."

호준을 살피던 명옥의 얼굴에서 순간 핏기가 가셨다.

"혹시… 알고 계셨습니까?"

"알지. 그러니 내가 여기에 온 것 아닌가!"

호준이 버럭 소리를 질렀다.

"대체 딸 간수를 어떻게 했기에!"

거기까지 말한 호준은 더 이상 언성을 높이지 못했다. 오랜만에 만나 윽박부터 지르는 게 너무 몰염치한 것 같았다.

"그건 그렇고 기방에선 언제 나왔나?"

"은혜를 가졌단 걸 알고 난 직후에요. 기방에서 몸을 풀 순 없지 않습니까. 슬슬 기생 노릇이 지겨울 때도 됐고요."

"나와서 용케 생계는 꾸렸군."

"가진 패물을 몽땅 내다 팔았죠. 그 뒤론 장사도 시작했고."

"장사?"

"배운 게 도둑질이라고, 여인네 몸치장하는 도구를 만들어 먹고 살고 있습니다. 기방에서 연을 맺은 방물장수들이 저 대신 물건을 팔아 주고요."

"그럼 이젠 기생 짓은 완전히 연을 끊었나 보군?"

새침한 표정으로 명옥이 고개를 끄덕였다. 하지만 은연중에 드러나는 교태를 보며 명옥이 지금도 알음알음으로 몸을 팔고 있을 거라 호준은 짐작했다.

"듣고 보니 그동안 먹고 사느라 바빴겠군. 딸자식이 처녀 몸으로 아기를 밴 걸 말리지도 못할 만큼 말일세."

이제 용건을 꺼내놓으려니 저도 모르게 비아냥거리는 말투로 바뀌었다.

"…아기를 뱄다고요?"

명옥의 낯빛이 하얗게 질렸다. 일부러 놀란 척하는 건 아닌 듯했다.

"설마… 몰랐나?"

"어쩐지… 달거리가 좀 뜸한 것 같더라니."

명옥은 충격을 받았는지 몸을 휘청거리다 이마에 손을 짚고 주저앉았다. 혼자 중얼거리다 명옥이 갑자기 고개를 쳐들었다.

"혹시 애 아버지가, 나리는 아니시지요?"

명옥의 얼굴이 이젠 창백한 파란색을 띠었다. 한때 정을 나눴던 남자와 친딸마저 육체적 관계를 맺었을까 봐 눈앞이 노래진 것이다.

"아닐세."

호준이 고개를 저었다.

"자네 딸이 밴 자식의 아비는 내 아들놈이야. 그래서 내가 여기에 찾아온 거고. 대체 어떤 막돼먹은 처자가 아들놈 애를 뱄나 해서."

순간 명옥이 입을 딱 벌렸다. 그녀의 눈빛에 충격과 공포가 어렸다. 마치 귀신을 보는 것 같았다. 구역질이 올라와 금방이라도 안에 있는 걸 다 토해내고 싶은 얼굴이었다.

"자네도 충격이 크겠지만…."

허둥지둥하던 호준이 불길한 기분에 말을 멈추었다. 결혼도 안 한 어린 딸이 애를 가졌다니 놀라는 게 당연했다. 그러나 이런 반응은 말 못 할 비밀을 감추고 있을 때나 나오는 것이다.

'혹시… 알고 계셨습니까?'

명옥이 처음 했던 말이 머리를 스쳤다. 만약 그 말이 은혜의 임신을 의미한 게 아니라면, 그렇다면….

"조금 전 자네가 나더러 알고 왔느냐고 했지? 그게 무슨 뜻인가?"

호준이 명옥에게 다그쳐 물었다. 명옥은 넋이 나간 얼굴이었다.

"그게 대체 무슨 뜻이냐니까?"

호준이 언성을 높이자 그제야 명옥이 그를 물끄러미 보았다. 그러다 갑자기 왈칵 울음을 터뜨렸다. 한번 터진 울음은 쉽사리 멎지 않았다.

한참이나 어깨를 들썩이다 명옥이 눈물범벅인 얼굴로 털어놓았다.

"나리, 은혜는 나리의 딸입니다."

호준은 머리를 세게 얻어맞은 것 같았다. 무슨 뜻인지 바로 이해가

가지 않았다.

“은혜의 생부가 바로… 나리라고요.”

명옥이 힘겹게 한마디 한마디를 입 밖으로 내뱉었다.

호준은 눈앞이 캄캄해졌다. 머리가 마비된 것처럼 아무 생각을 할 수 없었다.

“그 아가씨가, 은혜가, 내 딸이라고?”

그렇다면 휘와 은혜는 배다른 남매다. 남매끼리 정을 통해 아기가 생겼다. 세상에 어떻게 이런 일이, 어떻게! 도저히 믿을 수 없었다.

“혹시 잘못 알았을 가능성은 없나? 내 딸이 확실해?”

호준은 갑자기 자신이 이 집에 들이닥친 본래 이유가 너무나 사소하게 느껴졌다. 근친상간에 비하면 그건 사소한 일탈에 불과했다. 호준은 온몸이 벌벌 떨렸다.

“저도 그게 사실이 아니었으면 좋겠어요. 하지만….”

명옥이 다시 왈칵 울음을 터뜨렸다. 주저앉는 명옥을 보니 착각이었으면 하는 바람이 얼마나 부질없는 소망인지를 깨달았다.

“이 일은 절대 누구에게도 말하지 말게. 결코 누구도 알아선 안 돼. 특히 자네 딸한테는.”

호준이 떨리는 목소리로 말했다. 이 일은 명옥과 자신만이 아는 비밀이어야 했다. 무덤까지 가져가야 하는. 일단 비밀만 지켜진다면 앞으로 어떻게 할지는 차차 생각해보면 된다.

‘그래, 그러면 돼. 그러면 되는 거야.’

호준은 스스로를 달래듯 계속 그렇게 생각을 되뇌었다.

"자네 딸과 내 아들은 당장 떼놔야 해. 그건 동의하는 거지?"

호준이 떨리는 목소리로 말했다.

"제가 전생에 죄를 너무 많이 지었나 봅니다. 살아서 이런 꼴을 보게 될 줄이야."

명옥이 탄식을 섞어 말했다.

"이게 어디 자네 혼자만의 죄겠나. 나 역시도 죄인인데."

젊은 날의 방탕한 삶이 이런 결과로 돌아오다니, 호준은 비참하기 이를 데 없었다.

둘은 한동안 망연자실한 채 일어나지 못했다. 얼마나 시간이 흘렀을까, 호준이 자리에서 일어섰다. 이렇게 넋 놓고 있어 봤자 이미 벌어진 일을 되돌리지는 못했다.

"조만간 이 일을 어찌할지 다시 한번 얘기 나눠보세."

호준은 자리에서 일어서려다 어떤 낌새를 느꼈는지 서둘러 방문을 확 열어젖혔다.

문가에 귀를 대고 있던 휘 또래의 여자를 보고 화들짝 놀랐다.

하얀 얼굴에 새카맣고 초롱초롱한 눈동자, 앵두처럼 붉은 입술. 젊은 시절 명옥과 꼭 닮은 고운 여자였다.

호준의 눈에 즉각적으로 보이는 몇 가지 낯익은 구석이 눈에 띄었다. 고집스러운 입매라든지, 귓불이 좁은 뾰족한 귀 같은 것. 그게 바로 자신이 물려준 흔적이라는 걸 호준은 여자를 보는 순간 알아차렸다.

"혹시, 네가…."

호준은 정신이 번쩍 들었다. 이 아이였다. 자신의 친딸이자, 제 아들과 정을 통한. 이 아이가 언제부터 문 뒤에 서 있었을까. 언제부터 들어선 안 될 얘기를 듣고 있었을까.

은혜가 퉁퉁 부어 빨개진 눈으로 호준을 원망스럽게 바라보았다. 속으로 늦었구나, 생각하는 순간 은혜는 말릴 새도 없이 어디론가 달려가 버렸다. 호준은 하릴없이 은혜가 사라지는 뒷모습을 멀거니 바라볼 수밖에 없었다.

은혜는 며칠 뒤 강에서 싸늘한 시신으로 발견되었다. 명옥이 부랴부랴 딸을 쫓아갔지만, 이미 모습을 감춘 은혜의 행방을 알아낼 수 없었다. 딸이 무사히 돌아오길 기다렸지만 제발 그러지 않기만을 바랐던 불길한 예상은 현실이 되고 말았다.

날벼락 같은 소식을 전해 들은 휘는 연인의 갑작스러운 죽음을 받아들이지 못했다. 애통해하는 휘에게 명옥은 사실을 있는 그대로 털어놓았다. 딸이 이미 세상을 저버렸는데 굳이 숨길 이유가 없었다.

한편으론 딸을 잃게 만든 휘의 가슴을 갈가리 찢어버리고 싶은 마음도 있었다. 휘를 만신창이로 만들어 호준 역시 슬픔의 나락으로 몰아넣고 싶었다. 호준도 자신처럼 자식을 잃은 벌을 받아야 공평하다고 명옥은 생각했다.

휘는 큰 충격을 받았다. 반쯤 실성해 돌아온 휘는 하인들도 다 지켜보는 가운데 호준에게 모두 아버지 탓이라며 원망을 쏟아놓다 그대로 정신을 잃어버렸다.

휘는 혼수상태로 몇 날 며칠을 끙끙 앓았다. 순이는 저러다 잘못되는 게 아닐까 싶어 며칠 밤을 지새우며 곁에 붙어 간호했다.

며칠 뒤 보름달이 휘영청 떠오른 밤, 피곤이 쌓인 순이가 깜빡 잠이 들었다가 눈을 떴다. 자리에 휘가 보이지 않았다. 순이는 가슴이 덜컥 내려앉았다. 그 몸으로는 측간에도 혼자 가기 힘들 텐데.

안마당을 샅샅이 살폈지만, 어디에도 휘는 없었다. 대체 어디로 간 걸까, 문득 밤하늘을 올려다보다 순이는 하마터면 비명을 지를 뻔했다.

휘는 높다란 지붕 위에 위태위태하게 서 있었다. 우아한 곡선을 그리는 지붕 위에 마치 곡예를 하듯 서 있는 휘에게 하얀 달빛이 쏟아져 내렸다.

"도련님!"

순이가 조심스럽게 휘를 불렀다. 목소리에 놀라 발을 헛디뎌 떨어지기라도 할까 봐 가슴이 조마조마했다. 하지만 휘는 들리지 않는 것 같았다.

'대체 저긴 어떻게 올라갔을까.'

지붕 위로 사다리가 걸쳐진 게 보였다. 좀처럼 쓸 일이 없어 광에 보관 중이었는데, 그걸 꺼내와 걸친 모양이었다.

"도련님! 위험하니 제발 내려와요!"

이번엔 순이가 조금 더 큰 목소리로 불렀다. 잠에서 깬 하인들이 하나둘 안마당으로 나왔다가 생각지도 못한 광경을 보고 입을 딱 벌렸다.

"아니, 저놈이 지금 뭘 하는 게야!"

소란통에 무슨 일인가 싶어 나온 호준도 휘를 보고 기겁했다. 눈이 휘둥그레진 호준은 빨리 내려오라고 호통치려다 간신히 말을 삼켰다. 위태위태하게 서 있는 게 금방이라도 떨어질 것만 같았기 때문이다.

휘가 지붕 위에서 한 발짝 걸음을 옮겼다. 순간 중심을 잃고 비틀거렸다. 지켜보던 사람들이 헉, 하고 숨을 들이켜는 소리가 들렸다.

휘는 아랑곳하지 않고 다시 한 걸음 내디뎠다. 그의 눈은 저 멀리 하얀 보름달이 걸려 있는 지붕 끝 내림마루 쪽을 향해 있었다.

순이도 휘가 보는 데로 고개를 돌렸다가 악, 소리를 지를 뻔했다. 거기 여옥이 서 있었다. 달빛을 받아 하얗게 빛나는 소복 치마를 바람에 한들한들 나부끼면서.

여옥이 휘를 보며 가늘고 하얀 손을 들어 손짓했다.

이리로 와.

섬뜩하리만치 차가운 목소리였다.

순이는 온몸에서 식은땀이 흘렀다. 도련님을 말려야 해! 마님이 계신 곳으로 가게 해선 안 돼! 순이가 도움을 청하려고 사람들을 돌아봤다. 하지만 아무도 여옥을 보지 못하는 것 같았다. 그녀의 목소리도 들리지 않는 것 같았다.

홀린 것처럼 휘가 다시 한 발을 내디뎠다. 휘의 병약한 몸은 지붕 꼭대기 좁은 곡선 위에서 제대로 중심을 잡지 못했다. 휘청거리다 발을 헛디디고 주르르 미끄러지다가 천만다행으로 기왓장을 움켜쥐었다.

여기저기서 비명 소리가 터져나왔다.

투두두둑, 기와 몇 장이 바닥으로 후드득 떨어져 내렸다.

이리로 와.

여옥이 다시 휘를 불렀다. 달빛처럼 고요하고 차분한 음성은 기묘하게도 그 어떤 목소리보다 귀를 사로잡았다. 마치 거부할 수 없는 힘이 실린 것만 같았다.

휘가 기왓장을 하나씩 밟으며 다시 지붕 위로 기어 올라갔다. 한 발, 한 발…. 지금 그는 자신이 얼마나 위태로운지 전혀 모르는 것 같았다. 오직 달빛 아래 서 있는 여옥에게만 정신이 팔려 있었다.

투두두둑, 발을 내디딘 기와가 무게를 못 이기고 다시 바닥으로 떨어져 내렸다. 처마 밑엔 깨진 기와 조각의 파편들이 이리저리 나뒹굴었다.

"휘야, 지금 뭘 하는 거야? 어서 내려오지 못 해!"

애가 타는지 호준이 아들을 향해 소리를 질렀다.

휘는 간신히 지붕 위까지 다시 기어 올라갔다. 양쪽 발을 하나씩 지붕 경사면에 딛고 중심을 잡았다.

"안 되겠다. 어서 올라가 저놈을 끌어내려!"

몸이 날랜 하인 돌쇠가 사다리를 타고 올라가려 했다. 그러자 갑자기 정신을 차린 듯 휘가 소리쳤다.

"그만둬! 은혜가, 은혜가 부르고 있단 말이야!"

휘의 입에서 죽은 자의 이름이 흘러나오자, 돌쇠는 더 이상 움직이지 못했다. 얼음장처럼 차가운 침묵이 흘렀다.

"대체 뭐가 보인다고…."

"원혼이 부르는 모양이야."

하인들이 조그맣게 숙덕거렸다. 다들 겁을 집어먹었다.

순이는 입이 바짝바짝 말랐다. 휘를 부르는 누군가가 눈에 보이는 사람은 아무래도 자기뿐인 것 같았다. 그게 휘가 말한 은혜가 아니라 여옥이라는 걸 알아차린 사람도.

"도련님! 제발 정신 차리세요!"

보다 못한 순이가 나서 직접 사다리를 오르려 했다. 막상 지붕 위에 올라간다 해도 저기서 버틸 수 있을지, 덩치도 자기보다 큰 휘를 무사히 아래로 데려올 수 있을지 어떨지는 알 수 없었다. 하지만 제 손으로 키워 온 자식 같은 휘에게 큰일이 일어나서는 안 되었다.

이리로 와.

순이가 사다리를 절반도 오르기 전에 머리 위에서 다시 여옥의 서늘한 목소리가 들렸다.

지붕 두 경사면에 한쪽 발씩 디딘 휘가 지붕 꼭대기에 조심스럽게 올라섰다. 폭이 몇 뼘 정도밖에 안 되는 좁은 공간에 아슬아슬하게 올라선 휘는 마치 줄타기를 하는 광대 같았다. 금방이라도 아래로 거꾸러질 것처럼 조마조마하기만 했다.

사라락, 달빛을 등지고 선 여옥의 하얀 치맛자락이 밤바람에 나부꼈다. 그게 신호라도 된 것처럼 여옥의 모습이 투명해지기 시작했다. 하얀 치맛자락이, 하얀 치마저고리가 그리고 여옥의 새하얀 손이….

"안 돼, 가지 마!"

휘가 울먹이는 소리로 외쳤다.

같이 가자.

사라지기 시작하는 여옥이 휘를 보며 말했다. 여옥이 사라지는 자리엔 달빛이 부서진 것처럼 하얀 빛들이 반짝거렸다. 마치 달이 여옥을 삼켜버리는 것 같기도, 여옥이 달빛 속으로 서서히 녹아버리는 것 같기도 했다.

"안 돼!"

마침내 여옥이 완전히 사라져버리자 휘가 절규하며 좁다란 지붕 위를 내달렸다. 하지만 몇 걸음 내딛기도 전에 중심을 잃은 휘는 발을 헛디뎌 미끄러지며 지붕 위를 굴렀다. 이번엔 기왓장도 잡지 못하고 속수무책 데굴데굴 굴러 땅바닥으로 머리부터 떨어졌다.

털썩, 휘의 몸이 바닥을 찧으며 둔탁한 소리를 냈다. 깨진 머리에서 후드득 튄 새빨간 피가 안마당을 검붉게 물들였다.

투두두둑, 뒤를 이어 지붕에서 짓밟힌 기왓장들이 압력을 못 이기고 아래로 떨어지며 휘의 몸을 덮쳤다. 여기저기서 비명 소리가 난무

했다.

지켜보던 순이는 사다리 한가운데서 그대로 얼어붙고 말았다. 다리가 후들후들 떨려 한 발짝도 움직일 수 없었다. 사람들이 휘를 뒤덮은 기왓장을 하나씩 덜어내는 게 보였다.

기왓장 더미에 깔린 휘는 기묘한 각도로 목이 꺾인 채 피투성이가 돼 있었다. 먼 곳에서도 그가 더는 이 세상 사람이 아니라는 걸 알 수 있었다.

순이는 아무것도 생각할 수 없었다. 아무것도 느낄 수 없었다. 망연자실한 순이는 눈을 들어 여옥이 서 있던 곳을 바라봤다. 달빛만이 어둠 속에서 은은한 빛을 내며 그녀가 사라진 곳을 밝히고 있었다.

금실이 이야기를 마쳤을 때, 보름달은 조금 전까지 휘감았던 구름을 걷어버리고 완전히 자태를 드러냈다. 그윽한 달빛이 주막 안 곳곳에 조용히 내려앉았다.

가슴 아픈 이야기와 달빛에 취해 선노미와 복이는 한동안 말이 없었다.

"그 도련님이 너무 안됐어."

복이가 울먹이듯 입을 열었다.

"은혜라는 아가씨도 딱하고. 둘은 아무런 잘못이 없잖아. 여옥 마님이 남편에게 한이 많다지만, 꼭 그렇게 무고한 젊은이들을 데려가야 했을까. 벌을 받아야 한다면 그건 대감마님이잖아?"

"글쎄요, 그건 저도 잘 모르겠어요."

금실이 솔직하게 말했다.

"하지만 대감마님도 결코 무사하진 못했어요."

3대독자가 그렇게 세상을 뜨자 호준은 자리에 드러누웠다. 아들을 잃은 비통함과 집안의 대가 끊겼다는 허망함 때문에 호준은 좀처럼 회복되지 못했다.

게다가 모두가 보는 앞에서 기괴하고 흉흉한 일이 벌어져서인지 휘의 죽음과 그 죽음을 둘러싼 내밀한 가정사는 이미 집 밖으로 흘러나가 소문이 나고 말았다. 가문의 평판이 곧바로 나락으로 가는 건 불 보듯 뻔한 상황이었다.

꼼짝도 못 하고 꼬박 사흘간 자리를 보전한 호준은 간병하던 사람들이 잠시 눈을 붙인 한밤중에 조용히 세상을 떴다. 무언가 무서운 걸 본 것처럼 두 눈을 부릅뜬 채로.

무엇보다 놀라운 건 호준의 시신에서 기이하게도 온몸 곳곳에 인두로 지진 자국이 가득했다는 것이다. 과거사를 아는 오래된 하인들은 끔찍하게 세상을 뜬 말석의 원혼이 드디어 호준에게 복수한 모양이라고 수군거렸다.

"대감마님이 돌아가신 이후에 가세가 급속히 기운 바람에 결국엔 거기서 일하던 노비들도 다른 곳에 팔려가 뿔뿔이 흩어졌어요."

금실이 말을 이었다.

금실의 어머니 순이도 마찬가지였다. 그래서 다른 양반댁으로 일터를 옮겼고, 그곳에서 남편을 만나 금실을 낳았다. 아마 그때의 순이는 상상도 못 했을 것이다. 자신이 몇 년 뒤에 세상을 뜨고, 제 딸 역시 똑같이 주인집 가세가 기운 바람에 일터를 잃고 이 삼개주막이라는 곳에 흘러들어와 이런 이야기를 하고 있을 줄은.

"이 얘기는 어쩌다 듣게 된 거야?"

금실이 숨을 고르는 사이 선노미가 물었다. 금실이 쑥스러워하며 대답했다.

"어릴 때 무서운 얘기해 달라고 어머니를 곧잘 졸랐거든요. 마침 그때도 보름달이 뜬 날이었는데, 어머니가 자신이 겪은 일이라며 이 얘기를 해주셨어요. 하지만 전 이게 무서운 얘기란 생각은 안 들었어요. 오히려 낭만적이랄까. 휘와 은혜가 부럽기도 했고요."

"부럽다고?"

뜻밖의 말에 선노미가 눈을 크게 떴다.

"그렇잖아요. 목숨을 버릴 정도로 연모하는 사람이 있다는 게. 그런 경험을 하는 사람이 세상에 얼마나 되겠어요. 저도 그런 사랑 한번 해보고 싶어요."

처음엔 씩씩하게 떠들던 금실이 점점 말꼬리를 흐렸다. 말하다 보니 '나 같은 게 언감생심' 하는 자각이 든 모양이었다.

"그런 건 안 겪는 게 나아. 남녀 간 정분이란 건 얼마 못 간다고."

복이가 아련한 표정을 짓는 금실에게 정신 차리라며 말했다.

"남녀는 한순간 들뜬 기분에 만났다가 부부로 묶인 다음엔 정으로 사는 거야. 그 정을 이어주는 게 자식이고."

"그런가요."

"그렇다니까. 갔다 와본 사람 말이니까 믿어도 돼. 그리고 첫눈에 반한다? 그런 게 세상에 어딨어. 전부 다 지어낸 얘기지."

"하지만 전 그런 게 있다고 믿고 싶어요."

금실이 시무룩하게 대꾸하더니 무슨 생각에서인지 선노미를 힐끗 바라보았다. 마치 '네 생각은 어때?'라고 묻는 것처럼.

어쩐지 불편해진 선노미는 슬며시 금실의 시선을 피했다. 연모의 감정이니 남녀 간 정분이니 하는 건 선노미로선 미지의 영역이었다. 특별히 관심이 생기지 않아 곰곰이 생각해본 적도 없고, 자신에게 그런 일이 닥치리란 상상을 해본 적도 없었다.

하지만 복이 말과 달리 휘가 첫눈에 은혜에게 반한 건 충분히 그럴 수 있을 것 같았다. 잠깐 스치고 지나갔지만 기억에 남아 두고두고 생각나는 사람을 자신도 한 명 알고 있으니까. 얼마 전 같으면 말도 안 되는 소리라고 웃어넘길 일이 자신에게도 벌어졌으니까. 야무지게 생긴 그녀의 얼굴을 떠올리며 선노미는 가만히 보름달을 올려다보았다.

은비가 삼개주막에 찾아온 건 이른 아침이었다. 안마당을 쓸던 선노미는 싸리문 밖에서 기웃거리는 은비를 발견하고 깜짝 놀랐다.

"여기는 어떻게?"

밖에 누가 찾아온 걸 용하게 눈치채고 부엌에서 복이가 달려 나왔다.

“의원나리 따님 맞으시지요? 아버님은 잘 계세요? 요 근래 발길이 뜸하셔서.”

“아버지께서 이걸 전해주라고 하셨어요.”

은비가 대답 대신 약꾸러미를 복이에게 건넸다.

“보약이에요. 저번에 아버지께서 술에 취해 민폐를 끼쳤잖아요.”

“술 마시다 보면 그럴 수도 있지, 뭘 이런 걸 다.”

손사래를 치던 복이는 은비가 떠안기다시피 하자 그제야 어쩔 수 없이 받아들고 감사하다며 고개를 숙였다.

“손발이 차고 자주 체하신다면서요? 그게 다 혈액 순환이 잘 안 되고 몸이 냉해서 그래요. 사실은 진맥을 제대로 하고 지어야 하는 게 맞지만, 여자들 몸에 좋은 걸 이것저것 넣었으니 꾸준히 달여 드시면 예전보다 몸이 좋아질 거예요.”

“그런데 나리께서 왜 직접 안 오시고 따님한테 전하라고 하셨대요?”

“소란을 피워 창피하시대요. 저희 아버지, 그렇게 안 보여도 부끄러움을 많이 타거든요.”

“에이, 그런 거 다 잊어먹었다고 전해주세요.”

“네, 사실은 삼개주막 술이 생각나 언제쯤 다시 갈까 호시탐탐 기회만 엿보고 계신 것 같더라고요.”

두 여자가 얼굴을 마주 보며 웃었다. 용건을 마치고 돌아가려는 은비를 복이가 불러세웠다.

"아침 드셨어요? 아니면 장국밥이나 한 그릇 하고 가세요."

"아니에요, 번거롭게 뭘요."

"원래 먹을 거 파는 집인데 번거로울 게 뭐 있어요. 어차피 우리도 먹어야 하고."

상대가 식전이라는 걸 눈치챘는지 복이는 대답도 듣기 전에 부엌에 들어가 상을 차릴 기세였다.

"괜찮으시면 함께 들고 가시죠. 쟤는 남이 자기 호의 거절하는 거 별로 안 좋아하거든요."

선노미도 용기를 내 한마디 거들었다. 그제야 은비도 어쩔 수 없겠다 싶었는지 자리에 앉았다.

일단 장국을 몇 술 들자 은비도 여느 손님들처럼 감탄했다. 국물이 진하고 건더기가 실하다면서. 칭찬을 들은 복이는 연신 흐뭇한 미소를 지었다.

"그건 그렇고 참 고우시다. 장가들고 싶어 할 사내들이 줄을 서겠어요."

복이가 은비를 슬며시 쳐다보며 말했다.

"에이, 아니에요."

은비는 쑥스러워하며 고개를 저었다.

"스물넷이나 먹은 노처녀랑 누가 혼인하려 들겠어요."

스물넷? 선노미는 속으로 조금 놀랐다. 그럼 나보다 두 살 위네. 이제까지 고작 열여덟, 아홉 정도로 봤건만. 어쩐지 행동거지가 성숙하다 싶었더니.

"의녀님 미모면 나이가 뭐 그리 큰 대수겠어요. 좋다고 목매는 사내들 없어요?"

부를 호칭이 애매했는지 복이는 은비를 의녀라고 불렀다. 의원 밑에서 일하니 어쨌든 매한가지 아니겠나 싶었던 것이다.

"전 의녀가 아니에요."

은비가 차분하게 복이의 말을 고쳐주었다.

"게다가 남녀 간 사랑이라는 걸 믿지도 않고요."

"어째서요?"

선노미가 불쑥 물었다.

은비는 숟가락을 내려놓고 잠시 생각에 잠겼다.

"제가 아버지 양녀란 거, 아셨어요?"

은비가 생뚱맞은 말을 했다. 복이가 어리둥절해서 고개를 저었다. 그게 무슨 상관이 있냐는 표정으로.

"돌아가신 양어머니는 사실 제 이모예요. 절 낳은 생모의 언니죠. 그러니 아버지는 사실 제 양부이자 이모부시기도 해요."

"그렇군요."

복이는 고개를 끄덕이면서도 여전히 은비가 왜 이런 이야기를 하는지 모르겠다는 얼굴이었다.

"어머니는 절 낳은 지 얼마 안 돼 산후조리를 못 해 돌아가셨어요. 달리 절 맡아줄 곳도 없어 아기를 못 가진 이모네가 데려다 딸처럼 키웠죠. 친부모님보다 더 귀하게요."

"친아버지는 안 계셨어요?"

은비는 사실대로 얘기할지 말지 망설이다 대답했다.

"전 친아버지가 누군지 몰라요. 버림받았거든요. 어머니가 절 가졌을 때."

복이는 괜한 걸 물었다고 후회하는 표정이었다. 은비가 '괜찮아요'라고 하듯 미소를 지었다.

"제 친어머니는 유부남과 정을 통해 처녀의 몸으로 애를 가졌대요. 책임지겠다는 상대를 철석같이 믿었는데 배신당한 거예요."

은비가 씁쓸한 목소리로 말을 이었다.

"어쨌든 친어머니는 마음의 상처를 크게 받았고, 그게 몸에도 안 좋은 영향을 준 모양이에요. 괜히 감정에 휘둘려 어리석은 짓을 했다가 인생을 망치고 목숨까지 잃은 거죠."

선노미는 잠자코 듣기만 했다. 곁눈질로 보니 할 말이 궁한 건 복이도 마찬가지 같았다.

"그래서 전 연모니, 사랑이니 그런 허울 좋은 말은 일절 안 믿기로 했어요."

"하지만 그러면 너무 쓸쓸하지 않아요?"

지난번 금실에게 했던 말은 까맣게 잊었는지 복이가 그때와 다른 말을 했다.

"외동딸이라고 들었는데 가정을 꾸리고 아기도 낳아야 덜 외로울 거 아니에요."

"전 외롭지 않아요. 아버지가 계신걸요."

"하지만…."

복이가 더 말하려는 걸 은비가 먼저 가로막았다.

"전 지금 제 생활이 좋아요. 아버지를 곁에서 돌봐드리면서 의술을 배우는 게요. 앞으로도 계속 이렇게 살고 싶어요. 먼 훗날 아버지가 돌아가시면 그때는 제가 의원을 이어받아 환자들을 돌보고요."

복이는 더는 토를 달 수 없었는지 입을 다물었다. 선노미는 집중해 듣는 척했지만 밥이 입으로 들어가는지 코로 들어가는지 알 수 없었다. 자기도 모르는 사이 자꾸만 은비의 단아한 옆모습에 눈길이 갔다. 그런 저 자신이 본인도 너무 낯설게 느껴졌다.

갓 태어난 금실을 품에 안고 순이는 훤한 보름달을 올려다보고 있었다. 어둠 속에서 홀로 빛을 발하는 달은 언제나 외롭고 쓸쓸해 보였다.

'그날도 저렇게 보름달이 떴었지.'

순이의 기억은 어느새 과거로 돌아가 있었다. 휘가 죽었던 날 그리고 시간을 더 거슬러 올라가 휘가 맞이한 비극의 단초가 됐던 그 사건이 일어난 날로. 그건 말석과 여옥이 세상을 뜬 날이었다.

네 살밖에 안 된 어린 휘에게 '말석이 매일 어머니 방에 들러 함께 자요'라는 말을 하도록 시킨 건 바로 순이였다. 그때까지만 해도 순이는 제 말이 그렇게 큰 파장을 불러일으킬지 미처 몰랐다. 뒤에 벌어질 사태를 곰곰이 따져보기엔 아직 어렸고, 무엇보다 강렬한 질투에 사로잡혀 있었다. 자신이 남몰래 연모하는 말석과 그렇고 그런 사이가 된 여옥 마님에게.

순박하고 우직한 말석이 순이는 처음부터 좋았다. 하지만 말석은 그런 마음을 눈치채지 못하는 것 같았다. 몇 번이고 에둘러 표현했건만 말석은 반응이 없었다. 어리숙하고 눈치가 없어 그렇다고 생각해 먼저 용기내 고백해야겠다 마음먹었는데, 순이는 말석의 마음이 다른 사람에게 가 있다는 걸 뒤늦게 알아챘다. 결코 엮여서는 안 될 사람과.

제 마음을 몰라준 말석도 원망스러웠지만 그보다 말석이 마음을 뺏긴 여옥이 더 얄미웠다. 지아비도 있는 여자가, 게다가 신분도 높은 마님이 왜 내가 마음을 준 남자에게 눈독 들이는 걸까. 욕심도 많지.

그러지 말아야 한다고 생각하면서도 여옥을 향한 증오와 질투는 날로 쑥쑥 자랐다. 그래, 마님을 이 집에서 쫓아버리자. 마님이 사라지면 말석이 나를 돌아봐 줄지도 몰라. 아니, 틀림없이 그럴 거야. 해에 가린 달은 보이지 않지만, 해가 사라지면 달빛이 드러나기 마련이니까.

어떻게 해야 마님을 이 집에서 쫓아낼 수 있을까. 순이의 머리에 떠오른 계책은 휘를 이용해 여옥의 부정을 호준에게 고해바치는 것이었다. 본인은 난봉꾼인 주제에 아내의 순결과 가문의 명예는 끔찍이 여기는 호준이 이 사실을 알면 당장 여옥을 내칠 게 뻔했다.

여옥이 울며 쫓겨나는 모습을 상상하니 순이는 절로 입가에 미소가 걸렸다. 어리석은 질투심과 무분별한 애정에 사로잡혀 순이는 말석에게도 불똥이 튀리라는 빤한 사실을 알아차리지 못했다. 그래서 휘를 시켜 그 사단을 만든 것이다.

결과는 예상을 완전히 엇나가버렸다. 말석이 고통에 몸부림치는 소리를 들으며 순이는 귀를 틀어막았다. 연모했던 사람을 저 지경으로 만들 줄 알았더라면 순이는 결코 일을 벌이지 않았을 것이다. 말석이 저렇게 만신창이가 되는 걸 속수무책으로 지켜보느니 차라리 여옥과 말석이 제 앞에서 다정하게 정분을 나누는 걸 보는 게 백만 배는 나을 것 같았다. 죄책감과 후회로 순이의 속은 시커멓게 타들어갔다.

말석이 숨을 거둔 데 이어 여옥까지 자결하고 나자 순이의 죄책감은 극에 달했다. 저 때문에 두 사람이나 목숨을 잃었다. 그들의 원한이 얼마나 깊을까. 둘은 지금쯤 나를 얼마나 원망하고 있을까. 만약 말석이나 여옥의 원혼이 자신을 저승으로 데려가려 한다면 순이는 기꺼이 따라나설 생각이었다. 그렇게 해서라도 잘못을 빌 수 있다면 그걸로 죄 갚음을 하고 싶었다.

그랬기에 보름달이 뜬 밤에 여옥의 혼이 모습을 드러냈을 때도 순이는 드디어 올 게 왔구나 싶었다. 여옥은 내게 벌을 내리려고 찾아 왔다. 그래서 여옥의 혼령이 내 눈에만 보이는 것이다. 이미 마음을 굳혔건만 어쩐지 여옥은 자신에게 아무런 해를 끼치지 않았다. 그저 슬픈 얼굴로 바라보기만 할 뿐이었다.

시간이 흐르면서 순이는 여옥이 어쩌면 자신의 마음을 이해해준 게 아닐까 싶었다. 사랑에 빠진 자의 어리석음을 이해하는 건 사랑에 빠져본 사람밖에 없다. 그러니 안 된다는 걸 알면서도 말석에게 마음을 뺏긴 여옥 마님은 내 심정을 이해할 수 있지 않을까. 그래서 내 어리석음에 면죄부를 준 것이다. 순이는 그렇게 생각했다.

하지만 오랜 세월이 흐르고 휘가 죽었을 때야 비로소 순이는 여옥이 자신에게 내린 벌이 바로 이것이라는 걸 깨달았다. 사랑하는 이를 잃어버린 아픔. 순이가 어린 시절부터 기저귀를 갈아주며 키운 휘는 신분상으로는 상전일지언정 순이에겐 자식이나 마찬가지였다. 순이는 휘를 위해서라면 제 목숨도 바칠 수 있었다. 여옥은 말석을 고통스럽게 죽인 벌로 제 목숨과도 같은 휘를 앗아가 버린 것이다.

휘가 죽고 나서 말하기 좋아하는 사람들은 여옥과 말석의 원혼이 3대독자를 죽여 호준에게 복수한 거라고 수군거렸다. 하지만 순이는 그게 아니라는 걸 알았다. 호준은 그의 끔찍한 죽음으로 제 죄에 대한 대가를 치렀다. 휘의 죽음은 호준을 향한 복수와 무관하게 오롯이 저 자신에게 내려진 벌이라는 걸 순이는 한동안 뼈아프게 곱씹을 수밖에 없었다.

'이젠 만족하셨나요, 마님?'

말없이 내려다보는 둥근 달을 향해 순이는 마음속으로 그렇게 물었다.

자신에게 상실의 아픔으로 죗값을 치르게 하고, 호준의 목숨을 앗아감으로써 여옥과 말석의 복수가 완성됐다고 순이는 생각했다. 자신이 벌을 받아 가슴이 미어진다면 그건 어쩔 수 없다. 호준의 죽음 역시 자업자득이니 딱히 안타까울 게 없다. 하지만 그 때문에 희생양이 된 휘와 은혜의 억울함은 어떻게 풀어야 할까.

사실 휘는 호준의 친아들이 아니었다. 순이가 처음으로 안방마님으로 모셨던, 휘의 생모로 알려졌던 첫 번째 안방마님이 밖에서 몰래 데려온 아이였다. 정확히 말하면, 안방마님의 지시로 순이가 가난한 소작농에게서 돈을 주고 사온 아이이다.

호준이 밖으로만 나돌아서인지, 아니면 집안에 저주라도 씌었는지 첫째 안방마님도 좀처럼 아기를 낳지 못했다. 대를 이어야 한다는 부담감에 시댁의 성화까지 겹쳐 첫째 안방마님은 자신의 심복이었던 순이와 놀랍도록 무모한 꿍꿍이를 꾸몄다. 자신이 아기를 밴 것처럼 속이고 산달에 맞춰 밖에서 사내아이를 데려오자는 거였다.

처음엔 겁에 질려 거절하려 했던 순이는 상전의 강압에 못 이겨 무모한 계획에 가담했고, 놀랍게도 그 계획은 성공을 거뒀다. 아무도 휘가 이 집 자식이 아니라는 사실을 눈치채지 못했다. 반면 그런 대담한 짓을 저질러서라도 대를 이을 아들을 안겨 집안에서 입지를 굳히려 했던 첫 번째 안방마님은 허무하게도 그러고 얼마 안 가 세상을 뜨고 말았다.

첫째 안방마님이 세상을 뜨고 나자 이제 휘의 출생의 비밀을 아는 사람은 순이밖에 없었다. 순이는 휘의 출신 따위는 조금도 신경 쓰지 않았다. 그저 제 손으로 키운 휘가 눈에 넣어도 아프지 않을 만큼 소중하기만 했다. 그랬던 휘가 말도 안 되는 근친상간 소동에 휘말려 소중한 목숨을 잃어버리다니.

'사실은 은혜와는 배다른 남매도 아니었는데.'

안마당에 내려앉는 차가운 달빛을 보며 순이는 한숨을 내쉬었다. 이제 세월이 지나 결혼을 하고 친자식을 낳았지만, 휘를 잃어버린 아픔은 아직도 생생했다.

문득 달빛 아래 누군가의 모습이 어렴풋이 보였다. 달빛을 받으며 서 있는 이는 다름 아닌 여옥이었다. 호준이 죽은 뒤 여옥이 제 앞에 모습을 드러낸 건 이번이 처음이었다. 그런데 가만 보니 이번엔 혼자가 아니었다. 말석이 곁에 나란히 서서 여옥의 손을 꼭 잡고 있었다. 사이 좋게 달을 올려다보는 둘의 모습은 마치 다정한 한 쌍의 부부 같았다. 달구경을 하던 여옥이 자신을 향해 따듯한 미소를 짓고 있는 말석을 돌아보며 환하게 웃었다.

별안간 말석이 고문받는 광경을 보며 차라리 자신을 벌하라고 울부짖던 여옥의 모습이 떠올랐다. 그때 순이는 깨달았다. 말석을 연모하는 제 마음이 아무리 간절하다 해도 말석을 향한 여옥의 마음엔 비길 수 없다는 것을. 같은 상황이었더라도 저 자신은 그런 용기를 낼 수 없었을 테니까.

"그래요, 마님. 마님이 이겼어요."

순이가 드디어 하나가 된 여옥과 말석을 먼발치서 지켜보며 중얼거렸다. 한때 제 마음을 부글부글 끓게 만들던 질투도, 죄책감도, 원망도 모두 가라앉은 지금, 순이는 오직 두 사람의 혼이 저세상에서 하나가 되기를, 그래서 그곳에서라도 영원히 행복하기를 바랄 뿐이었다.

그리고 저 둘과 마찬가지로 젊은 나이에 꽃 같은 목숨을 잃어버린 휘와 은혜 역시 이제는 그토록 애타게 연모했던 상대와 함께 있을 수 있기를 속으로 조용히 기도했다.

보름달의 은은한 달빛이 달밤을 거니는 죽은 연인들의 머리 위로 조용히 내려와 앉았다.

3 • 소리꾼의 재능

최근 들어 삼개주막에 새 단골이 생겼다. 하루가 멀다고 주막에 붙어사는 술꾼은 아니니 단골이라는 말을 붙이기엔 조금 과할지도 몰랐다. 그래도 잊을 만하면 찾아오고 발길이 뜸했다 싶으면 또 얼굴을 비추었다. 그는 선노미 또래로 보이는 젊은 서생이었다.

목둘레가 둥그렇게 파인 옥색 두루마기 청금복에 좌우 귀퉁이가 뾰족하게 솟아 있고 턱 부위에 끈이 달린 유건을 쓴 것으로 미루어 서생은 성균관에 다니는 모양이었다. '성균관 유생' 하면 떠오르는 선입견이 그에겐 잘 들어맞았다. 햇빛 들지 않는 골방에서 책만 파고 있을 것 같은 유약한 인상에 체구도 호리호리했다. 하지만 이목구비가 단아하고 말끔한 데다 이지적인 분위기까지 풍겨 지나는 사람들이 한 번쯤 돌아볼 만한 외모였다. 다만 눈썹 위에 선명한 마마 자국이 옥에 티라면 티였다.

"생김새가 참으로 훤칠한 게 꼭 깎아놓은 옥 같단 말이지."

외양이 확 두드러지는 젊고 멀끔한 서생이 들렀다 갈 때면 복이는 그렇게 중얼거렸다. 팔이 안으로 굽는다고 이렇게 덧붙이면서. 아, 그래도 오라버니랑 견줄 바는 아니고.

그날도 '깎아놓은 옥 같은' 젊은 서생은 언제나 그랬듯이 홀로 술을 마셨다. 한눈에 봐도 술을 잘하는 축은 아니었다. 쩔쩔매는 것이 오히려 잘하지도 못하는 술과 싸움을 하는 것처럼 보였다. 어느 정도까지 마셔야 제정신으로 버틸 수 있는지 시험해보는 것 같기도 했다.

"어쩐 일로 그렇게 혼자 술을 들고 계십니까?"

마침 손도 비어 한가하던 참이라 선노미가 전부터 궁금했던 걸 물었다.

"아, 그게… 미리 연습해두는 거라고 해야 하나."

서생이 묘한 대답을 했다.

"연습이요? 술 드시는 것도 연습 같은 걸 하셔야 합니까?"

"한 번씩 폭음을 해야 할 때가 있어서…."

"성균관에서도 그런 걸 시키나요?"

처음 들어보는 말이라 선노미는 호기심이 생겼다. 하지만 서생은 고개를 흔들었다.

"학문하는 곳에서 그런 걸 시킬 리가 있겠소. 다만 곧잘 불러내 강제로 술을 먹이시는 분이 있는데, 안 마실 순 없고 마시다 실수하면 화를 내서."

서생이 차분하게 대꾸했다. 말꼬리가 늘어지고 단어와 단어 사이 간격이 길어서 말하는 속도가 전반적으로 느렸다. 좋게 표현하면 차분하고 침착한데, 나쁘게 표현하면 좀 답답해 보일 수도 있는 말투였다. 나이에 걸맞지 않은 침착함과 느릿함 때문인지 '애늙은이'라는 수식어가 어울릴 것 같았다.

"고약한 분이네요."

선노미의 맞장구에 서생이 애매한 미소를 지었다.

"억지로 드셔서 몸을 해치느니 차라리 거절하시는 게 좋을 텐데요."

"그럴 순 없소."

서생이 안타깝다는 표정으로 고개를 저었다.

"술을 권하는 분이 선비님 선배인가 보죠?"

"그건 아니지만 내가 거절할 순 없는 입장이라."

특유의 느릿한 어조로 서생이 대답했다.

"그렇다면 나이 차가 많이 나는 형님, 뭐 그런 건가요?"

"아, 뭐… 그것도 틀린 말은 아니지."

서생이 말하기 곤란해하는 것 같아 선노미는 그쯤에서 그만 물었다. 자신과 처지가 다른 성균관 유생들도 나름의 고달픔이 있나 보다 생각하면서. 이를테면 술 따위로 아랫사람 괴롭히길 좋아하는 나이 많은 형이라든지.

선노미가 술을 홀짝이는 서생을 홀로 두고 다른 일을 찾으려는데 젊은 사내 하나가 주막으로 들어왔다. 나이는 서른이 좀 넘었을까. 키가 작고 체구가 땅딸막한 남자였다. 여행한 지 오래됐는지 때 묻은 옷에, 신고 있는 신발은 해져서 너덜거렸다.

"편지를 대신 써준다고 들었는데… 사실이오?"

남자가 다짜고짜 물었다. 수더분하고 별 특징 없는 생김새인데, 입을 여니 사람이 달라 보였다. 청아하고 울림이 있는 깊은 목소리 때문이었다. 그만큼 남자의 목소리는 매력적이었다.

"그렇습니다."

선노미가 고개를 끄덕였다.

"고향 집에 편지를 보내고 싶은데 써주겠소?"

선노미는 남자를 잠시 평상에 앉혀두고 방에서 필기구를 가져왔다. 이따금 남자처럼 편지 쓰기를 부탁하는 사람들이 있어 늘 갖춰두는 물건이다. 먹과 붓은 예전에 연암이 주최했던 기담회에 참석한 한 선비로부터 받았다. 그때 종이도 같이 받았지만, 기담을 기록하고 남들 편지를 대필해주는 바람에 이미 다 떨어졌다.

앞으로 어떡하나 고민이었는데, 다행히도 얼마 전 주막에 머물던 선비 하나가 이젠 필요 없다며 가진 종이를 전부 주막에 두고 갔다. 덕분에 당분간 종이 걱정은 덜었다. 과거 시험에 숱하게 떨어졌다는 그 선비는 마지막으로 다시 한번 시험을 보러 한양에 올라왔다가 이번에도 시험을 망쳤다며 이젠 다른 길을 알아보겠노라 했었다.

"불러보시지요."

먹을 갈아 쓸 준비를 마친 뒤 선노미가 남자를 돌아봤다.

"그리운 아버지, 어머니."

남자가 낭랑한 목소리로 첫마디를 읊었다.

"이 편지를 받아보실 무렵이면 아마도 저는 이 세상 사람이 아닐 겁니다."

글씨를 써 내려가던 선노미는 붓을 멈추고 남자를 올려다봤다.

"놀라셨소?"

남자는 이런 반응을 예상했다는 듯 담담해 보였다. 얼굴엔 슬픈 미소가 어려 있었다.

"하긴 갑자기 이런 말을 들으면 놀라는 것도 당연하지."

"아프신 데는 없어 보이는데…."

남자의 단단한 체구와 혈색 좋은 얼굴을 보며 선노미가 중얼거렸다.

"당신 말대로요. 너무 건강해서 탈이지요."

"그렇다면 어째서…."

"조만간 망나니한테 목이 잘릴 처지니까."

뜻밖의 말에 선노미는 화들짝 놀랐다. 이번에도 남자는 차분한 얼굴이었다.

"내가 저지른 죄를 생각하면 당연한 일이오. 딱히 피할 생각도 없고."

뭐라 대꾸해야 할지 몰라 선노미는 남자를 멀거니 쳐다봤다. 손에는 글 쓰다 만 붓을 들고서. 남자는 당황한 선노미에게 힐끗 눈길을 주더니 깊은 한숨을 내쉬었다.

"기왕 이렇게 된 거 다 말하겠소. 어차피 머잖아 붙잡힐 몸이고, 죽기 전에 누군가에게 내가 겪은 일을 시원하게 다 터놓고 싶기도 했고."

남자는 스스로에게 털어놓듯이 중얼거렸다. 선노미는 달리 할 말이 없어 입을 다물었다.

"혹시 소리를 들어본 적 있소?"

남자는 엉뚱한 질문부터 던졌다.

"소리라고요?"

"그렇소. 소리, 판소리."

예전에 전국을 떠돌던 시절, 잠시 사당패에 섞여 생활한 적이 있었다. 그때 사당패에게 잠시 소리라는 걸 배웠다. 정확히 말하자면 소리내는 법을 배웠다기보다는 자신이 음치에다 박치라는 사실을 깨달았다는 게 더 진실에 가깝지만.

"호오, 그렇소? 그렇다면 얘기하기 더 쉽겠군."

"잠시 배웠을 뿐 문외한이나 마찬가지입니다."

선노미가 솔직하게 말했다.

"배워보니 어떻습디까?"

"영 적성에 안 맞던데요. 한마디로 재능이 없었습니다."

남자는 고개를 약간 쳐들며 입을 열었다.

"나는 소리꾼이요."

선노미는 그럴 줄 알았다는 듯 고개를 끄덕였다.

"그러셨군요. 어쩐지 목소리가 참 좋다 생각했습니다. 그런 재능을 타고 나셨으니 부럽네요."

"부러울 것 하나도 없소."

선노미의 칭찬에 남자가 무뚝뚝하게 대꾸했다. 겸손으로 하는 말은 아닌 것 같았다.

"어중간한 재능은 재능이 아니라 저주나 마찬가지니까. 그러느니 차라리 재능 따위는 쥐똥만큼도 안 갖고 태어나는 게 낫지."

감정이 치밀어오르는지 말투가 다소 거칠어졌다. 아마도 남자가 지금부터 하려는 얘기는 그 '재능'과 관계가 있을 거라고 선노미는 예상했다.

"하아, 할 말은 많은데 대체 이걸 어디서부터 어떻게 시작해야 하나."

남자는 막상 말문을 열려니 막막한 모양이었다.

"그냥 생각나는 대로 말씀하십시오. 이름이나, 출생지나 뭐든 간에요."

"이름은 희달이고, 태어난 데는 한양서 멀리 떨어진 남쪽 지방이요."

남자가 서두를 뗐다. 선노미가 그렇게 하면 된다는 의미로 고개를 끄덕여주었다. 그게 신호라도 된 듯 희달의 입에서 술술 이야기가 쏟아졌다.

희달이 소리를 시작한 건 여덟 살 때였다. 어린 시절부터 신명이 많고 음감이 발달해 우연히 접한 소리를 곧잘 따라했다. 소리에 재능은 없지만 풍류는 좋아했던 아버지는 아들이 제법 될 성 부른 떡잎 같아 인근에서 소리 좀 한다는 소리꾼을 찾아 교육시켰다.

그곳에서도 희달은 두드러졌다. 스승 밑에 들어간 지 얼마 되지 않아 오랫동안 먼저 배운 형들을 앞질렀다. 희달이 소리를 시작하면 다들 넋이 나간 것처럼 빠져들었고, 사람들 칭찬이 끊이질 않았다.

'어쩌면 난 천재인지도 몰라.'

우쭐해진 희달은 스스로의 재능에 도취됐다. 나중에 소리로 천하에 이름을 날리겠다고 마음먹었다. 이렇게 인정받는 능력이라면 얼마든지 가능한 꿈 같았다. 하지만 얼마 지나지 않아 그 꿈은 산산이 깨지고 말았다.

더는 가르칠 게 없다는 스승을 떠나 희달은 수소문 끝에 남도 지역 최고라는 명창 말복을 찾아갔다. 소리를 시작한 지 15년이 지난 스물셋 때 일이었다.

전국에서 난다 긴다 하는 수재들이 매일 같이 제자로 받아들여달라며 찾아오는지라 말복은 희달의 장황한 자기 소개에도 별로 감흥이 없는 눈치였다. 일단 찾아왔으니 한번 불러나 보라며 말복은 심드렁해했다.

"그만 그만. 더는 못 들어주겠구만."

소리를 시작하고 미처 한 곡을 다 끝내기도 전에 말복이 손을 휘휘 내저었다.

"촌동네에서는 그래도 좀 알아주는 실력일지 모르겠다만, 너 정도 되는 소리꾼은 세상에 널리고 널렸어."

말복이 냉담하게 말했다.

"네 재능은 내가 제자로 받아줄 수준이 아니다. 실력이 늘면 다시 한번 생각해보겠지만, 아마 평생을 걸려도 안 되겠어."

싸늘하고 박한 평가에 희달은 큰 충격을 받았다. 내가 겨우 그 정도밖에 안 된다고? 이제껏 들었던 칭찬은 인재가 드문 작은 마을이어서 가능했던 걸까?

주눅이 든 희달은 말복에게 사사 받는 제자들을 찬찬히 뜯어봤다. 아닌 게 아니라 자신이 봐왔던 학생들과는 차원이 달랐다. 한 명 한 명이 어디 내놔도 다들 명창이라는 얘기를 들을 법한 실력의 소유자들이었다. 시골 마을에서 소리를 흉내 정도만 냈던 사람들은 창피해 소리를 배웠다는 말조차 꺼내기 힘들 것 같았다.

'그동안 나는 우물 안 개구리였구나.'

부푼 꿈을 안고 말복을 찾아갔던 희달은 낙담한 채 터덜터덜 집으로 발길을 돌렸다. 마음이 천근만근 무거웠다. 조선 최고 소리꾼이 되겠다는 꿈은 초장부터 물거품이 되었다. 소리를 위해 밥 먹는 시간도, 잠자는 시간도 아까워했건만. 자신이 꿈꾸는 소리를 낼 수 있다면 무엇이든 할 수 있으련만. 말복의 혹독한 평가는 희달의 꿈과 희망을 산산이 부숴버렸다. 마치 세상이 끝난 것 같은 심정이었다.

소리를 그만두면 뭘 해야 하나. 그것 말곤 달리 잘하는 것도 없는데. 아니, 소리 외엔 딱히 하고 싶은 것도 없는데. 그것만이 유일하게 원하는 일이었다. 그런데 하늘은 왜 소리에 대한 열정은 주고 재능은 주지 않은 걸까. 재능도 없으면서 왜 소리를 갈망하게 만들어버린 걸까. 희달은 짓궂은 하늘이 원망스럽고, 변변찮은 재주가 저주스러웠다.

주막에 하루 묵어가는 김에 쓰라린 속을 달래고자 진창 술을 퍼마셨다. 하지만 취할 작정으로 마셨는데도 술은 좀처럼 가슴을 후벼 파는 아픔을 마비시키지 못했다. 그래, 네가 이기나 내가 이기나 하는 심정으로 희달은 연거푸 술잔에 술을 따랐다.

"합석해도 되겠소?"

누가 말을 붙여 고개를 들어보니 초로의 남자 하나가 앞에 서 있었다. 마른 체구에 미간 사이와 하관이 동시에 좁은 남자였다. 음울하고 생기 없어 보이는데, 생쥐처럼 까맣고 반짝거리는 두 눈만 교활하게 빛났다. 그게 전체적인 인상과 대조돼 오히려 기묘한 느낌을 주었다.

희달이 그러라며 고개를 끄덕였다. 남자가 맞은편에 앉더니 다시 말을 걸었다.

"뭔가 속상한 일이 있으신가 봅니다."

희달은 대꾸하지 않았다.

"하기사 아프긴 하죠. 자신이 그저 평범하고 보잘것없는 인간이라는 걸 깨닫는 것 말입니다."

남자는 별안간 묘한 소리를 했다. 그제야 희달은 그의 얼굴을 유심히 들여다봤다. 그가 생쥐 같은 눈을 반짝거렸다.

"그게 무슨 소리요?"

"글쎄요, 무슨 소린지는 본인이 더 잘 아실 텐데. 그래서 이렇게 술을 드시는 게 아니겠소?"

"무슨 말인지 전혀 모르겠는데."

소가 뒷걸음질 치다 우연히 개구리를 밟은 것처럼 남자가 어쩌다 제 심경을 짐작했나 보다 싶어 무시하려 했다.

"이런, 이런."

남자가 비꼬듯 웃으며 고개를 절레절레 흔들었다.

"도와드릴 수 있을까 해서 말을 붙였는데 이렇게 속내를 숨기시면 저도 어쩔 수가 없지요."

"대체 날 어떻게 도와준다는 거요?"

남자가 입꼬리를 한쪽으로 치켜올렸다. 어딘지 모르게 섬뜩한 기분이 들었다.

"재능을 얻을 수 있는 길을 알려드리지요."

"재능이라고?"

희달은 갑자기 귀가 번쩍 뜨이는 것 같았다.

"그게 당신이 원하는 것 아닙니까? 갖고 싶지만 가지질 못했으니 괴로워 술을 드시는 거고."

"그걸 당신이 어떻게…."

희달은 화들짝 놀랐지만, 남자는 무덤덤해 보였다. 그렇게 나올 줄 알았다는 듯 묘한 미소를 지우지 않고 잠자코 희달을 마주 봤다.

"하, 하지만 어떻게 그걸 갖게 해준단 말이오?"

희달이 물었다. 말도 안 되는 소리라는 걸 알지만, 이 묘한 남자에겐 무언가 기이한 능력이 있는 것 같았다. 지푸라기라도 잡는 심정으로 희달이 매달렸다.

남자가 음흉스런 표정을 짓더니 봇짐에서 무언가를 꺼냈다. 입구가 길쭉한 호리병이었다.

남자는 조심스럽게 마개를 열고 한쪽 눈으로 입구를 들여다보더니, 아까처럼 조심스러운 동작으로 마개를 다시 막았다. 마치 그 안에 있는 무언가가 달아날까 두려운 것처럼.

"이 안에 당신을 도와줄 만한 게 있군요."

어리둥절해서 쳐다보는 희달에게 남자가 은근하게 말했다.

"그게 뭐요?"

"남의 재능을 뺏어 자기 것으로 만드는 능력."

희달은 뭘 잘못 들었나 하는 얼굴로 남자를 쳐다보다 피식 웃음을 터뜨렸다. 잠시라도 이런 작자를 믿었던 자신이 바보처럼 느껴졌다. 이자는 그저 술자리에서 농을 즐기길 좋아하는 재담꾼인 모양이었다. 그런데 절박함에 눈이 멀어 무슨 신묘한 힘이 있다고 착각했었나 보다. 하지만 그렇다 해도 희달은 개의치 않았다. 혼자라 허전하던 차에 기왕 말을 텄으니 술맛 돋군다 치고 적당히 장단을 맞춰주면 그만이다.

"그거 좋네. 그걸 나한테 주시오."

희달이 호방하게 말했다.

"세상에 공짜가 어딨습니까. 대가를 치르셔야지."

남자가 어림도 없다는 투로 대답했다.

대가라는 말에 희달은 정신이 번쩍 들었다. 아, 재담꾼이 아니라 사기꾼이었나. 뭔가 속상한 일이 있어 보이는 사람에게 접근해 대충 눈치로 때려 맞춘 다음 사기를 치는 게 수법인가 보군. 술기운이 도는 와중에도 처음 보는 사기가 기발하다고 희달은 생각했다.

"얼마면 되겠소?"

사기꾼이 대체 얼마를 부를까 싶어 호기심에 물었다.

"그냥 팔진 않습니다. 당신도 내게 뭔가를 팔아야 하오."

"나도 뭔가를 팔아야 한다?"

"그렇소."

"대체 뭘 팔면 좋겠소? 유감스럽게도 가진 거라곤 건강한 몸뚱이밖에 없는데. 그렇다고 팔이나 다리를 드릴 수도 없지 않소."

"몸뚱이 따위는 저도 원하지 않습니다. 대신 '쓸모없는 능력'을 사지요."

"쓸모없는 능력?"

"세상 사는 데 있어도 그만이고 없어도 그만인데, 있으면 때로는 거추장스러울 수도 있는 능력을 사서 그걸 필요로 하는 사람들한테 파는 거죠."

희달은 저도 모르게 풋, 웃음을 터뜨렸다. 가만 보니 남자는 재담꾼도, 사기꾼도 아니고 그냥 머리가 좀 어떻게 된 모양이었다. 그래도 희달은 좀 더 장단을 맞춰주기로 했다.

"그렇다면 쓸데없는 능력은 당신한테 주고 내가 필요로 하는 능력은 가질 수 있으니 그거야말로 그… 뭐라더라?"

"일거양득이라고요?"

남자가 대신 말하면서 빙긋이 웃었다.

"그래, 그거! 그런데 가만있자, 나한테 무슨 필요 없는 능력이 있으려나. 당신도 말했다시피 나는 재능 같은 거랑은 거리가 먼 인간이라."

"어디 한번 봅시다."

갑자기 남자가 정색하더니 등을 곧게 펴고 똑바로 앉았다. 그러고는 찌를 듯한 눈초리로 희달을 뚫어지게 보았다. 우스꽝스럽기 그지없었지만, 제 속을 샅샅이 꿰뚫어보는 것 같은 남자의 시선이 희달은 어쩐지 불편했다. 한참 동안 그러고 있던 남자가 입을 열었다.

"고통을 느끼는 능력을 파시오."

"고통을 느끼는 능력이라고? 그걸 팔면 앞으로 다쳐도 안 아프겠군."

"그런 고통이 아니라 마음의 고통 말입니다."

남자의 표정은 진지하기만 했다.

희달은 다시 한번 저도 모르게 피식 웃었다. 야, 이거 점점 재미있어지네. 지금 내 마음은 이리도 고통스러운데. 그래서 고통을 잊기 위해 술을 마시고 있는데. 그런데 그걸 팔 수 있다면 얼마나 좋아. 그래, 얼마든지 팔겠다. 아니, 돈을 안 받고 그냥 갖다버리더라도 고통으로부터 자유로워지고 싶었다.

"그냥 갖다버리면 손해 아닙니까. 호리병 안에 있는 능력과 바꾸는 게 이득이지요."

마치 희달의 속마음을 읽은 것처럼 남자가 말했다.

"그래, 듣고 보니 그렇소. 당장 바꾸지. 지금이라도 바로 가져가시오. 그 고통을 느끼는 능력 따위."

"유감스럽게도 그건 안 됩니다."

남자가 천천히 고개를 저으며 말했다.

"그 능력은 내가 바로 거둬들일 수 있는 성질의 것은 아니어서요. 다만 그걸 내게 판다고 약조를 하면 당신은 차차 그 능력을 잃어버리게 될 겁니다."

"그래? 뭐 어찌 됐건 좋소. 고통을 느끼는 능력을 당신에게 팔겠소."

"분명히 약속하신 겁니다?"

"약속하겠소."

"그러면 이 호리병에 대고 '나 누구누구는 고통을 느끼는 내 능력을 팔겠다'고 맹세하시오."

희달은 어처구니가 없었지만, 남자가 시키는 대로 했다. 어차피 머리가 이상한 남자의 짓거리에 놀아주고 있는데 이러면 어떻고 저러면 어떠랴 싶었다.

"그런데 남의 재능을 빼어 내 것으로 만드는 능력은 언제쯤 가질 수 있는 거요? 그것도 한참 기다려야 합니까?"

이쯤 되니 남자와의 대화에 제법 재미가 들렸다.

"아, 그건 지금 당장이라도 드릴 수 있습니다."

남자는 바로 곁에 둔 호리병을 집어들었다. 눈을 감고 쓰다듬으며 주문 같은 걸 외더니 별안간 길쭉한 호리병에 젓가락을 집어넣었다. 별난 행동은 계속 이어졌다.

젓가락을 휘저어 눈에 보이지 않는 무언가를 끄집어냈다. 젓가락으로 집은 형체 없는 '그것'을 남자는 희달의 코 밑에다 슬쩍 풀어놓는 시늉을 했다.

다시 주문을 중얼거리며 한 손을 뻗어 희달의 코앞 허공을 주먹으로 감싸 쥐었다. 마치 눈에 보이지 않는 무언가를 낚아채 손아귀에 집어넣는 것처럼.

그런 다음 다른 한 손으로 조심스럽게 호리병 뚜껑을 반쯤 열어 손에 쥔 걸 병 속에 넣는 시늉을 하고선 부리나케 뚜껑을 닫았다.

"거래는 끝났소."

남자는 무슨 의식을 치른 듯이 진지한 표정으로 말했다.

"이제 당신은 남의 재능을 빼앗아 자기 것으로 만들 수 있게 됐습니다. 고통을 느끼는 능력을 내게 준 대가로요."

"그거 좋네."

희달이 킬킬거렸다.

"세상 모든 재주를 전부 내 걸로 만들 수 있으니."

"전부는 아닙니다."

남자가 희달의 말을 정정했다.

"진짜배기는 가져올 수 없어요. 하지만 그것 외엔 어지간한 건 다 됩니다."

"아까는 그런 말이 없었잖소."

"이런, 미안하게 됐습니다. 깜빡 잊어먹었네요. 요새 들어 자주 이렇게 깜빡깜빡한답니다."

겸연쩍은 표정으로 남자가 말했다. 하지만 순간 음침하게 빛나는 남자의 눈을 보면서 희달은 어쩐지 그가 잊어먹은 게 아니라 의도적으로 이 말을 빼먹었으리라 직감했다. 어차피 남자가 하는 말은 처음부터 말도 안 되는 헛소리니 그런다고 크게 달라질 건 없었지만.

"이거 아까와 말이 다르지 않소?"

희달이 일부러 장난삼아 농을 섞어 항의했다. 남자는 희달이 진짜 언짢은 거라 착각했는지 궁색하게 변명을 했다. '그래도 어지간한 건 다 가져올 수 있으니 아예 능력이 없는 것보단 낫지 않겠습니까?' 하고.

"그래, 그렇다 칩시다. 그런데 아까 말한 그 진짜배기란 건 뭐요?"

남자가 난감한 표정을 지었다.

"글쎄요, 그건 당신이 더 잘 알겠죠. 나야 뭐 예술엔 통 관심이 없어서."

남자가 호리병을 들어 다시 봇짐 안에 집어넣었다.

"그건 그렇고 오늘은 일진이 참 좋네요. 좀처럼 보기 드문 걸 건졌으니."

흐뭇해하며 남자는 더는 볼일이 없다는 듯 허리를 펴고 자리에서 일어났다.

얼떨결에 정신 나간 짓에 동참했던 희달은 장난질이 이렇게 갑자기 끝나버리자 어쩐지 아쉬웠다.

"아, 그건 그렇고 남의 재주를 어떻게 해야 내 것으로 뺏어올 수 있소?"

아쉬운 마음에 희달이 마지막으로 농을 쳤다. 주막을 나서던 남자가 희달을 돌아보았다.

"글쎄올시다."

그의 얼굴에 기묘한 미소가 떠올랐다.

"누군가가 뺏고 싶을 만한 재주라면 가진 자 역시 그걸 호락호락 내놓겠습니까?"

"그게 무슨 말이오?"

"생각해보시오. 그렇지 않습니까? 이미 명줄이 다해 그 능력이 필요 없어진다면 또 모를까."

궤변 같은 말을 던져놓고 남자는 주막을 떠났다. 생각지도 못한 대답이라 희달은 마치 귀신에라도 홀린 기분이었다.

"쓸데없는 능력을 사는 사람이라고요?"

선노미가 희달의 말을 끊었다.

"안 믿기시나 보지?"

희달은 그게 정상이라는 듯 고개를 끄덕였다.

"말이 안 된다고 생각하겠지. 나 역시 그랬으니까. 하지만 그 사람이 한 말은 진짜였소."

선노미도 알고 있었다. 희달이 말한 남자가 진짜 기이한 힘을 갖고 있다는 사실을. 실은 이전에 그를 직접 만난 적도 있었다. 떠돌며 방황하던 때 잠시 몸을 의탁했던 한 주막에서였다.

그때 남자는 '얘야, 너한테 꽤 재미있는 능력이 있구나' 하며 말을 붙였었다. '네 주변에 기이한 일들이 자주 일어나지 않니?'라면서.

그 남자의 이름이 뭐였더라. 맞다, 무용이었다. 없을 무(無)에 쓸 용(用)을 합친 무용. '쓸모없다'는 뜻의 이름을 가진 남자.

"왜 그러시오?"

선노미의 표정이 예사롭지 않은 걸 눈치채고 희달이 물었다.

"아, 아무것도 아닙니다. 계속하시지요."

왜 저러나, 하는 눈으로 쳐다보다가 희달은 다시 이야기를 이어나갔다.

하룻밤 묵은 뒤 희달은 집으로 돌아가려고 주막을 나섰다.

근처 시장터를 지나는데 인파가 몰려들어 웅성대는 게 보였다. 무슨 일인가 싶어 사람들을 따라가 보니 마침 소리꾼이 공연을 하고 있었다.

내 죄가 무사된고, 국곡투식을 하였는가. 살인죄인가. 음양작죄 진일 없이 엄형중치(嚴刑中治) 항쇄족쇄(項鎖足鎖)의 옥방엄수(獄房嚴囚)가 웬일인가. 욕사욕사 분한 마음머리도 탕탕 부딪치며 춘하추동 사시절을 망부사로 울음을 운다.

귀에 익은 가락과 가사에 희달은 잠시 걸음을 멈추고 귀를 기울였다.

소리꾼은 춘향가의 '옥중망부사' 대목을 열창하고 있었다. 쩌렁쩌렁한 맑은 소리가 시장터를 넘어 동구 밖까지 들릴 것 같았다. 우렁찬 소리에 매료된 희달은 입을 딱 벌린 채 소리꾼을 지켜봤다.

장단을 분명히 끊어 부르는 소리는 조금 단조롭긴 했지만 담백한 매력이 있었다. 기교가 그리 뛰어나다 할 순 없지만, 소리꾼의 내지르는 창법엔 정교한 기교가 오히려 거추장스러울 것 같았다. 다른 곳에서 들어보지 못한 박력 있는 춘향가를 들으며 희달은 저도 모르게 감탄했다.

'좋구나, 참으로 좋아.'

자신이 소리를 얼마나 좋아하는지 희달은 새삼 깨달았다. 나도 저렇게 부를 수 있다면. 쩌렁쩌렁 울리는 목소리로 십 리 밖까지 사람들이 내 가락에 발걸음을 멈추게 할 수 있다면 얼마나 행복할까.

별안간 자괴감과 함께 맹렬한 질투가 솟구쳤다. 나는 왜 저런 소리를 낼 수 없을까. 노력이라면 나 역시 누구에게도 뒤지지 않을 만큼 열심히 했다. 그런데도 왜 저 사람이 가진 걸 나는 갖지 못했나. 저자는 대체 무슨 복을 타고났기에 내가 그리도 갖고 싶어 하는 재능을 타고난 걸까.

희달이 넋을 놓고 구경하는 사이 어느새 공연은 끝이 났다. 시간이 꽤 흘렀는지 벌써 날이 저물고 있었다. 관객도 하나둘씩 집으로 돌아가고 소리꾼과 장단을 맞추던 고수도 주섬주섬 짐을 챙겨 일어섰다.

소리꾼은 고수와 일행이 아니었던지 숙소로 향하지 않고 장터 길목에서 헤어졌다. 그는 장터를 빠져나가 홀로 숲길로 들어섰다. 무언가에 홀린 것처럼 희달도 무턱대고 뒤를 밟았다.

원래도 해가 지는 시간이지만, 햇빛이 잘 들지 않는 숲속은 금세 더 어두워졌다. 벌써 주변이 흐릿했다. 인적이 없는 어둑어둑한 숲길인데 소리꾼은 익숙한지 헤매지도 않고 성큼성큼 걸어올랐다.

그가 발길을 멈춘 곳은 사방이 훤하게 탁 트인 숲속이었다. 눈앞에 아담한 폭포가 작은 소리를 내며 콸콸 떨어지고 있었다. 물소리와 이따금 나뭇잎이 바스락거리는 소리 말고는 아무런 소리도 들리지 않았다. 바위에 털썩 주저앉은 소리꾼은 바로 목을 풀기 시작했다.

동풍이 눈을 녹여 가지가지 꽃이 피고 작작허고나. 두견화는 나비를 보고서 웃는 모양 반갑고도 아름답구나. 뉘와 함께 보드란 말이냐.

아까 불렀던 춘향가의 한 대목이었다. 어느 정도 거리를 두고 뒤를 밟던 희달은 저도 모르는 사이 소리꾼 가까이 다가갔다. 마치 낭랑한 소리에 홀린 것처럼. 그 바람에 조심성 없이 발밑에 있던 잔가지를 밟고 말았다.

뚝, 가지 부러지는 소리에 놀라 소리꾼이 노래를 멈추고 돌아봤다.

"뉘시오?"

"이 근처에 있었는데 마침 노랫소리가 들려서…."

이런 시간에 홀로 숲속을 거닐었다고 하면 이상하게 볼 줄 알았는데 의외로 의심하지 않는 눈치였다. 하긴 본인도 같은 처지니 그런지도 몰랐다.

"아까 장터에서 소리 하시는 걸 봤소이다. 정말 좋더군요."

소리꾼이 스스럼없이 구니 희달이 말을 붙이는 것도 수월했다. 소리꾼은 조금 쑥스러워하며 '아, 그러시오?' 하곤 털털하게 웃었다.

"그런데 한나절을 부르시고도 왜 또 여기서 소리를 하십니까?"

희달이 그렇게 묻자 소리꾼이 고개를 갸웃거리며 대답했다.

"이 대목이 마음에 걸려서요. 계속 연습해도 도무지 만족스럽게 나오질 않네요."

아까도 그리고 지금도 희달은 소리꾼이 불만스러워하는 대목이 뭐가 문제인지 알 수 없었다.

"하나도 어색하지 않던데요?"

"소리도 안 하는 사람이 어찌 차이를 알겠소."

소리꾼이 냉랭하게 대답했다.

"사실은 저도 소리를 합니다."

기분이 상한 희달이 대놓고 말했다.

"아, 그러시오?"

그래도 같이 소리를 좇는 사람이니 반가워할 줄 알았는데 소리꾼은 심드렁했다. 자신이 말한 차이도 구별 못 하니 삼류라 여긴 듯했다. 자존심이 상했지만 희달은 물러서지 않았다.

"소리가 참 낭랑하고 고우십니다. 어떻게 해야 그런 소리를 낼 수 있는 거요?"

"그런 건 배워서 가능한 게 아닙니다. 타고나는 거지."

슬슬 성가시다고 느끼는지 소리꾼이 귀찮다는 티를 냈다. 빨리 보내버리고 연습에 몰두하고 싶다는 기색이 역력했다.

"재능의 차이도 노력으로 어느 정도는 메워질 수 있는 것 아니겠소? 그러지 말고 비법 좀 알려주시오."

희달이 자존심을 굽히고 매달렸다.

"예인(藝人)의 세계에선 타고난 게 절대적이란 걸 모르시나? 본인이 재능이 없다고 느낀다면 빨리 관두는 게 나을 거요. 이렇게 아무나 붙잡고 구걸하지 말고."

싸늘하게 내뱉은 소리꾼은 다시 연습에 몰두했다. 폭포 물 흐르는 소리에 뒤지지 않을 정도로 우렁찬 목소리가 고요한 숲속에 울려 퍼졌다. 사방이 탁 트인 공간이어서 소리꾼의 목청을 타고 나온 소리는 훨씬 더 넓고 깨끗하게 퍼져나가는 것 같았다.

'아, 나도 저런 재능이 있으면 좋겠다.'

희달은 저도 모르게 속으로 중얼거렸다. 풍부한 저 음색을 갖고 싶다. 쩌렁쩌렁 울리는 저 성량을 갖고 싶다. 한나절을 내리 불러도 지치지 않는 저자의 튼튼한 성대가 내 것이었으면 좋겠다. 나도 저런 능력이 있다면. 저 능력이 저자의 것이 아니라 내 것이라면….

강렬한 열망은 희달의 마음속에서 어느새 서서히 뒤틀린 질투심으로 뒤바뀌었다. 왜 내가 아니고 저자란 말인가. 저 부러운 능력을 타고난 사람은. 저걸 빼앗고 싶다! 빼앗을 수 없다면 없애버리고 싶다! 내가 가질 수 없다면 다른 사람도 가질 수 없게.

안 된다고 생각하면서도 한번 머릿속을 스친 생각을 좀처럼 떨쳐버릴 수 없었다. 하늘은 야속하게도 내게 재능을 주지 않았다. 그러니 나는 훌륭한 소리꾼이 될 수 없을 것이다. 하지만 그런 나라도 재능을 타고난 이들이 보란 듯이 세상에 능력을 펼치는 걸 막을 수는 있다. 내가 간절히 바랐지만 이루지 못한 꿈을 남들이 이루는 꼴을 넋 놓고 보고만 있느니 차라리 빼앗아버리는 편을 택할 테다!

어이구 어쩔 거나. 님이 그리워 어쩌잔 말이냐!

이런 생각이 머리를 어지럽히는 와중에도 소리꾼의 낭랑한 목소리는 계속 희달의 귓전을 때렸다. 마치 그 소리가 자신을 약 올리려는 것처럼 들렸다. 너는 이런 소리를 내지 못해, 그렇지? 백 년이 지나도 너 따위는 나를 따라잡지 못할 거야.

'나중에 실력이 늘면 다시 찾아오게. 내가 보기엔 평생 걸려도 안 되겠지만.'

말복의 차가운 목소리가 다시 떠올라 희달은 두 주먹을 불끈 쥐었다. 그래, 나는 당신네들 같은 재능 있는 부류는 아니야. 그러니 가만두지 않겠어. 운 좋게 재능을 타고난 네놈들을.

들끓는 분노와 자격지심으로 희달은 커다란 돌을 주워들고 소리꾼 뒤로 살금살금 다가갔다. 소리꾼은 희달이 다가오는지조차 눈치채지 못했다.

"어, 당신?"

아직도 안 가고 있었냐는 표정을 짓는 소리꾼의 얼굴이 희달에겐 자신을 비웃는 것으로 보였다. 무능한 놈, 제대로 된 소리도 못 내는 놈. 소리꾼의 얼굴에서 그 이죽거리는 표정을 지워버리기 위해 희달은 손에 든 돌을 높이 쳐들었다.

퍽, 둔탁한 소리를 내며 소리꾼이 맥없이 바닥에 쓰러졌다. 깨진 머리에서 솟구친 검붉은 피가 이미 어둠이 가라앉은 대지 위로 스며들었다. 하지만 아직 소리꾼은 숨이 완전히 끊어지지 않았다.

"대체 왜…."

소리꾼의 눈에 공포가 어렸다. 숨이 곧 끊어지리라는 걸 직감한 자

의 본능적인 공포였다. 소리꾼이 입술을 움직여 뭐라 말하려 했다. 하지만 그의 입에선 아무런 소리도 나오지 않았다. 희달이 다시 한번 돌멩이로 머리를 내려쳤기 때문이다.

퍽, 퍽, 퍽.

귀신에 씐 것처럼 희달은 정신없이 손에 든 돌멩이를 휘둘렀다. 소리꾼은 온몸을 부르르 떨다 미동도 없어졌지만, 분노와 질투에 사로잡힌 희달의 눈에는 이미 아무것도 보이지 않았다.

얼마나 시간이 지났을까, 숲은 완전히 칠흑 같은 어둠에 뒤덮였다. 소리꾼의 얼굴은 거의 형체를 알아볼 수 없을 정도로 뭉개져 있었다. 자신이 죽인 시신을 확인하고 뒤늦게 화들짝 놀란 희달은 한 번에 몇 걸음을 물러섰다.

"으아아악!"

희달은 짐승처럼 비명을 질렀다. 소리꾼의 끈적거리는 피로 번들거리는 손을 보니 자신이 한 짓이 얼마나 끔찍한지 새삼 실감이 났다.

'대체 내가 무슨 짓을 한 건가.'

머리를 쥐어뜯으며 자리에 주저앉았다. 어둠에 잠긴 숲에는 고요한 정적이 무겁게 내려앉았다. 소리꾼의 죽음을 애도라도 하듯 풀벌레 소리와 바람 소리도 잠시 멈춘 것 같았다.

한참을 꼼짝도 않다가 문득 고개를 들어보니, 소리꾼의 시신 위에 작고 파란 불꽃 같은 것이 이글거리고 있었다.

'이게 말로만 듣던 도깨비불인 걸까?'

사람이 죽으면 그 집에서 구슬같이 생긴 작은 불덩어리가 나와 꼬리를 끌며 어디론가 날아간다는 괴담을 들은 기억이 났다. 하지만 눈앞의 작은 불꽃은 소리꾼의 시신에서 몇 뼘쯤 떨어진 허공 위에 머물러 있었다. 도깨비불처럼 긴 꼬리를 아래로 늘어뜨린 채.

어쩐지 파란 불꽃은 희달이 보고 있다는 걸 알아챈 것 같았다. 눈도 안 달린 불꽃이 그런 걸 알 수 있을 리 없지만, 희달은 막연히 그런 느낌이 들었다.

별안간 불꽃이 화르르 타오르는가 싶더니 희달을 향해 와락 달려들었다.

"안 돼! 저리 가!"

희달이 엉겁결에 두 손으로 얼굴을 가리며 두 눈을 질끈 감았다. 불꽃은 금방이라도 자신을 덮쳐 온몸을 불사를 것 같았다. 뜨거운 화염에 제 살이 타고, 뼈가 녹는 고통이 느껴지는 것만 같아 몸서리를 쳤다. 하지만 아무런 일도 일어나지 않았다.

화염의 거센 열기는커녕 숲속 한기를 누그러뜨릴 만큼의 열감도 느껴지지 않았다. 어찌 된 영문인지 몰라 희달은 조심스럽게 눈을 떴다.

화르르르.

코앞에서 여전히 푸른 불꽃이 타오르고 있었다. 마치 희달의 반응을 기다리는 듯 불꽃은 꼼짝도 않고 타오르기만 했다. 전혀 뜨겁지 않았다. 짙푸른 바다 색깔처럼 시퍼렇게 이글거리는데 오히려 서늘한 냉기가 느껴졌다.

"저, 저리 가!"

불꽃을 쫓아버리려고 희달이 팔을 휘휘 내저었다.

화르르르, 그럴수록 불꽃은 푸른 몸을 빛내며 거세게 타올랐다.

뭘 망설이는 거지? 가지고 싶댔잖아.

어디선가 귀에 익은 목소리가 들렸다. 희달이 목소리가 난 곳을 찾아 두리번거렸다. 아무도 없었다. 제 앞에 타오르는 푸른 불꽃 외엔. 희달의 시선이 닿자 불꽃은 말을 건 게 자신이라고 알리듯 몸을 일렁거렸다.

'설마 그럴 리가!'

희달이 불꽃을 가만히 노려보았다.

두려운 거야? 내 재능이?

불꽃이 일렁일렁 타오르며 또 어디선가 들어봤던 소리를 냈다.

희달은 온몸에 사라락 소름이 돋았다. 마치 의지를 가진 듯 움직이는 차가운 푸른 불꽃도 그렇지만, 거기서 들리는 목소리가 더 섬뜩했다. 그 소리는 바로 자신이 죽인 소리꾼의 목소리였다. 온몸에 식은땀이 흘렀다.

킥킥킥킥.

이제는 조롱하는 듯한 웃음소리를 냈다. 정말 배꼽을 움켜쥐고 웃는 것처럼 불꽃이 동그랗게 몸을 말았다. 불꽃의 몸뚱이가 아래위로 흔들거리며 일렁였다.

바보, 겁쟁이! 눈앞에 있는 것도 못 주워 먹는 바보 녀석!

불꽃이 소리꾼의 목소리로 비웃었다. 희달의 온몸에서는 땀이 비오듯 쏟아졌다.

어이구 어쩔 거나. 님이 그리워 어쩌잔 말이냐!

희달의 귓전에 소리꾼이 마지막으로 불렀던 우렁찬 노랫가락이 울려 퍼졌다. 동시에 푸른 불꽃이 긴 꼬리를 그리며 캄캄한 밤하늘로 너울너울 날아올랐다. 노래를 좋아하는 도깨비가 흥겨운 가락에 맞춰 덩실덩실 어깨춤을 추는 것처럼. 불꽃이 지나간 자리마다 투명한 푸른 빛 알갱이들이 하얀 달빛을 받아 반짝반짝 빛났다.

이 원한을 알아줄 이 뉘 있더란 말이냐. 퍼버리고 앉아 설리 운다.

어느새 가락은 애잔한 계면조의 느릿한 중모리장단으로 넘어가고 있었다. 느려진 박자에 맞추듯 불꽃의 춤사위가 느지막해졌다. 승무를 추는 승려가 버선발로 서두르지 않고 사뿐사뿐 지면을 밟아나가듯 푸른 불꽃이 공중에 완만한 곡선을 그리며 느릿느릿 미끄러졌다.

'갖고 싶다, 저 재능….'

불현듯 재가 된 마음속 열망에 불씨가 튀는 것 같았다. 저 생명 없는 불꽃조차 흥에 이끌려 춤추게 만드는 소리꾼의 남다른 능력을 제 것으로 만들고 싶었다. 걷잡을 수 없는 충동에 휩싸여 희달은 저도 모르게 파랗게 타오르는 불꽃에 손을 뻗었다.

화르르륵, 희달의 손이 닿자 기다렸다는 듯 불꽃이 몸을 부풀렸다. 놀랍게도 전혀 뜨겁지 않았다. 오히려 깊은 산속 옹달샘처럼 시리도록 서늘했다. 희달의 손끝에 얼음장 같은 서늘함이 와닿는 순간, 불꽃은 마치 물처럼 변해 그대로 희달의 온몸에 스며들었다.

"아아아악!"

희달이 저도 모르게 비명을 질렀다. 몸에 들어온 불꽃은 눈 깜짝할 사이 오장육부를 태워버릴 것만 같았다. 하지만 반대였다. 차가운 물을 머리 위에 한 바가지 쏟아부은 것처럼 한기가 느껴져 온몸이 부르르 떨렸다.

정신을 차리고 나니 눈앞에서 춤을 추던 푸른 불꽃은 사라지고 없었다. 귓가에 맴돌던 우렁찬 소리꾼의 가락도 불꽃과 함께 자취를 감추었다. 희달은 얼떨떨해서 몇 번이고 눈을 끔뻑였다. 마치 꿈이라도 꾼 것 같았다. 하지만 꿈이 아니라는 건 명백했다. 자신에게 변화가 생겼으니까. 말로 설명할 순 없지만, 희달은 몸소 확인해 보기도 전에 그 변화가 무엇인지 직감했다.

어이구 어쩔 거나. 님이 그리워 어쩌잔 말이냐!

정말 그런지 시험하기 위해 희달이 소리를 한 곡조 뽑아보았다. 숲 속에 우렁차게 울려 퍼지는 목소리에 희달은 화들짝 놀랐다. 그건 제 목소리가 아니었다. 자신에겐 십 리 밖에서조차 들릴 정도로 우렁찬 성량이 없었으니까. 울림이 크고 묵직한 그 목소리는 바로 자신이 죽인 소리꾼의 것이었다.

희달은 도무지 믿을 수가 없었다. 그토록 갖고 싶어 했던 소리꾼의 재능이 내 것이 되다니.

'누군가 뺏고 싶을 만한 재주라면 가진 자 역시 그걸 호락호락 내

놓겠습니까? 이미 명줄이 다해서 그 능력이 필요 없어진다면 또 모를까.'

문득 주막에서 만났던 호리병을 든 기묘한 남자의 말이 머릿속에 되살아났다.

"그 말이 사실이었구나."

홀린 기분으로 중얼거렸다. 거짓말 같았다. 하지만 거짓말이 아니었다. 죽은 소리꾼의 타고난 재능은 분명 제 몸에 들어와 있었다. 벅찬 기쁨에 짜릿한 전율이 온몸을 내달렸다.

"기뻤다고요?"

선노미가 희달의 말을 가로챘다. 여간해선 이야기의 흐름을 끊지 않는다는 게 기담을 수집하며 세운 나름의 원칙이지만 이번만은 그럴 수가 없었다.

누군가의 생명을 끊는다는 건 그 사람이 살아보지 못한 남은 삶을 평생 등에 짊어지고 가야 하는 일이다. 그 무게를 누구보다 선노미가 제일 잘 알았다.

처음 그 짐을 짊어졌을 땐 감당할 수 없는 중압감에 눌려 차라리 삶을 끝내고 싶다는 생각을 한 적도 있었다. 세월이 제법 흘렀다지만 자신이 죄인이란 걸 잊은 적은 없다. 그래서 이따금 사소하고 평온한 일상의 행복을 누릴 때조차 죄책감이 들었다. 난 그럴 자격이 없어. 그건 너무 뻔뻔한 일이야.

복이가 장가가라며 아무리 성화를 해대도 자신은 남들 같은 정상적인 삶을 살아선 안 된다고 여겼다. 행여나 다들 누리는 평범한 행복이 탐날까 봐 애초에 그런 건 생각지도 않으려 했다.

최근 들어 은비 얼굴이 자꾸 떠오를 때도 선노미는 마냥 설레고 기쁘지만은 않았다. 내가 이렇게 누군가를 좋아해도 될까. 나는 그럴 자격이 없는 놈인데. 은비를 자기 같은 죄인이 좋아하는 건 어쩐지 더러운 구정물을 튕기는 것 같아 미안하기까지 했다.

그런데 타인의 삶을 무참하게 뺏어놓고 괴로워하긴커녕 기쁨에 벅찼다니 선노미는 도저히 이해할 수 없었다.

"내가 끔찍한 인간처럼 보이시오?"

희달이 되물었다.

"그렇습니다."

선노미는 에둘러 말하지 않았다.

"원래 성격이 그렇게 직설적이오?"

선노미는 천천히 고개를 가로저었다.

"어렸을 땐 속마음을 담아두기만 했죠."

"그런데 어쩌다 바뀌셨소?"

"마음에 담아만 두니 속이 곪아가더군요."

사실이었다. 하마터면 마음속의 어둠에 집어삼켜질 뻔한 적도 있었다. 가까스로 어둠에서 빠져나오고 나서야 변해야겠다고 마음먹었다. 모든 걸 마음에 담아두지 말자고. 가슴 깊숙한 곳에 묻어둔 과거의 비밀은 누구에게도 터놓지 못하지만, 그것 말고는 밖으로 툭툭 털어내자고.

"무슨 말인지 알 것 같소."

선노미의 말이 이해가 간다는 건지 희달이 고개를 끄덕였다.

"직설적으로 하나 더 여쭙겠는데."

선노미가 내친김에 다시 말문을 열었다.

"재주라는 게 그리 중요하셨습니까? 사람을 죽일 만큼요."

희달은 잠시 선노미를 쳐다보다가 이렇게 물었다.

"자제분이 있으시오?"

"없습니다."

"나도 없소. 하지만 듣자 하니 자식새끼란 게 그렇게 이쁘고 소중하다고 하더군. 부모가 죽으면 산에 묻어도 자식이 죽으면 마음에 묻는다고."

"그렇다더군요."

희달이 도대체 무슨 말을 하고 싶은 건지 의아해하며 대꾸했다.

"난 자식이 없으니 자식으로 인한 기쁨도, 잃은 슬픔도 모르오. 그래도 그건 괜찮아. 어차피 둘 다 내겐 미지의 영역이니까. 그런데 만약에 눈에 넣어도 아프지 않을 만큼 예쁜 자식을 하루아침에 잃어버린다면 어떻게 되겠소? 미쳐 발광하지 않겠소?"

"그게 제가 묻는 것과 무슨 상관입니까?"

희달의 긴 설명에 선노미가 대놓고 물었다.

“예술과 무관한 사람에겐 자기한테 예술적 재능이 없다는 게 아무런 문제도 되지 않지. 처음부터 자기랑 상관없는 세계니까. 하지만 일단 예술 세계에 눈을 떠서 그 기쁨을 알게 됐는데 이후에 재능이 없다는 걸 발견한다면…. 그건 자식을 줬다 뺏는 거나 마찬가지야.”

“그건 너무 억지 같군요.”

선노미가 고개를 절레절레 저었다.

“나 같은 소리꾼은 소리를 위해서라면 똥물도 마실 수 있어. 눈이 멀 수도 있다고. 자신이 원하는 예술을 위해 뭐든 할 수 있는 게 예인이오.”

문득 스러져가는 것의 아름다움을 표현하기 위해 살인까지 저질렀던 화가 은뫼가 떠올랐다. 만약 그런 게 예술혼이라면 예술과 광기는 대체 무엇이 다를까. 그렇다면 희달이 하는 말을 차라리 이해할 수 없어 다행이라고 선노미는 생각했다.

“그래서 원하던 재능을 손에 넣어 만족하셨습니까?”

이번엔 희달이 단숨에 고개를 절레절레 저었다.

“어째서죠?”

“세상엔 재능 있는 자들이 너무나 많았으니까.”

희달은 그 후 전국 방방곡곡을 돌아다니며 이름난 소리꾼들을 만났다. 세상엔 재능이 넘치는 인간들이 많아도 너무 많았다. 누구는 꺾어지는 기교가 기깔나고, 누구는 흥이 넘치고, 누구는 구성진 가락이 일품이었다.

그 모두를 손에 넣고 싶었던 희달은 은근슬쩍 접근해 눈독 들인 목표물이 홀로 방심하고 있을 때를 노려 목숨을 빼앗았다. 소리꾼들의 숨이 끊긴 뒤엔 처음 살인을 했을 때와 마찬가지로 시신의 몸에서 파란 도깨비불 같은 것이 나와 허공에서 긴 꼬리를 그리며 새파랗게 타올랐다.

그것이 망자를 따라 세상을 뜨지 못하고 잠시 이승을 떠도는 죽은 자의 재주라는 사실을 알게 된 희달은 그때부터는 재주꾼들을 죽이는 족족 망설이지 않고 파란 불꽃에 손을 뻗었다. 얼음장처럼 서늘한 냉기를 내뿜는 불꽃은 손을 뻗으면 곧장 물처럼 변해 몸에 스며들었고, 그것은 이제 온전히 희달의 재주가 됐다. 그렇게 그는 타인의 재주를 하나씩 수집해 갔다.

하지만 그럼에도 만족할 수 없었다. 탐나는 재주를 갖춘 이들을 죽여서 그것들을 가져도 그 모두를 아우르는 무언가가 빠져 있는 것 같았다. 이제는 자신도 멋들어지게 기교를 부릴 수 있고, 넘치는 흥으로 청중을 휘어잡을 수 있고, 누구 못지않게 구성진 가락을 부를 수 있다. 하지만 빠진 그 무엇 없이는 재주꾼이라고는 할 수 있을지언정 진정한 예인이 되기엔 역부족이었다.

대체 내게 빠진 게 무엇일까. 이젠 재능이란 재능은 모두 다 가졌는데. 하지만 자신에게 없는 단 하나 때문에 희달은 가질수록 오히려 결핍감이 늘어나는 것 같았다.

반면 사람을 죽였다는 죄책감은 희생자의 수가 늘수록 점차 옅어져 갔다. 처음엔 불쑥불쑥 밀려드는 죄의식 때문에 괴로웠지만, 제 손으로 뺏은 목숨이 한 손으로 세는 걸 넘어가자 그때부터는 갈수록 무덤덤해졌다.

어느 순간부터 아예 아무것도 느낄 수 없었다. 시간이 지나면 고통을 느끼는 능력이 차차 사라져간다는 호리병 장수의 말은 사실이었다. 고통을 느낄 수 없게 된 희달이 느끼는 건 오로지 채워도 채워지지 않은 갈증과 조바심뿐이었다.

그러던 어느 날 한 소년을 만나면서 드디어 희달은 깨달았다. 자신에게 부족한 게 무엇이었는지를.

완주 지방을 떠돌던 희달은 인근에 명성이 자자한 소년 명창 소문을 들었다. 아직 열한 살밖에 안 된 일구라는 소년인데, 어린 시절부터 재능을 타고나서 어지간한 성인 소리꾼들도 '이 아이에겐 더는 가르칠 게 없다'며 혀를 내둘렀다고 했다.

성인이 되면 조선 팔도에 길이길이 이름을 남기는 최고의 명창이 될 거라고도 했고, 아마도 서너 해가 지나면 판소리 전체를 완창하는 것도 충분히 가능할 거라 기대도 했다.

호기심에 이끌린 희달은 일구가 어느 마을에서 공연을 할 때 찾아가 사람들 눈에 띄지 않는 한구석에 자리를 잡고 앉았다. 큰 기대는 하지 않았다. 열한 살짜리가 얼마나 잘하겠어. 부풀려진 소문이겠지.

어린 시절 나처럼 촌동네 우물 안 개구리거나. 희달은 그렇게만 생각했다.

일구는 또래에 비해 조금 작은 체구에 얼굴이 동글동글한 소년이었다. 장구 치는 아비를 따라 졸랑졸랑 무대에 선 일구는 모여든 관중을 보고선 쑥스러워하며 머리부터 긁적였다. 부끄럽게 웃으니 보조개가 폭 패는 것이 영락없는 장난꾸러기 소년이었다.

덩더쿵 장구 소리에 맞춰 일구가 소리를 시작했다. 희달은 저도 모르게 눈을 부릅떴다. 머리털이 쭈뼛 서는 것 같았다. 비아냥거리던 생각은 순식간에 사라지고 희달은 정신없이 소리에 빠져들었다.

추월(秋月)은 만정(滿庭)허여, 산호주렴(珊瑚珠簾) 비쳐들 제, 청천의 외기러기는 월하에 높이 떠서, 뚜루루루루루 낄룩, 울음을 울고 가니, 심황후 반기 듣고, 기러기 불러 말을 헌다.

소리는 유려하면서도 힘이 있고 힘이 있으면서도 부드러웠다. 우렁차지만 섬세함을 잃지 않았고, 기교가 풍부한데 그렇다고 기교에만 치우치지도 않았다. 강약 조절이 뚜렷해 힘을 줘야 할 때 줄 줄 알고 힘을 빼야 할 때 뺄 줄도 알았다.

덩더쿵 쿵덕.

고수의 장단에 맞춘 일구의 소리가 장엄하게 흘러갔다. 나이답지 않게 완급을 조절하며, 중간마다 능청스러운 농담을 던지기까지 했다. 모인 사람들 사이에서 '얼쑤, 잘한다'는 소리가 절로 흘러나왔다.

평범한 구경꾼이었다면 아마 자신도 그랬을 거라고 희달은 생각했다. 하지만 소리꾼으로 완전히 압도되니 뭐라고 반응하는 것조차 잊어버렸다.

나이는 어렸지만 일구는 가히 신동이라 할 만했다. 신명 나는 대목에선 소리를 듣는 관객들이 어깨춤을 들썩이게 했고, 애달픈 대목에선 모인 아녀자들이 눈물을 글썽이도록 만들었다. 그야말로 사람들을 들었다 놨다 하는 능력에 희달은 그저 신기하기만 했다.

내가 보고 있는 건 그저 그런 재능이 아니야. 이거야말로 내가 찾아 헤매던 거였어. 다른 이들의 수많은 재능을 빼앗은 뒤에도 결코 가질 수 없었던 것. 재능만으로는 발휘되지 않는, 내가 손에 넣은 여러 재능을 한데 아울러줄 그 무엇이야.

오느냐 저 기럭아. 소중랑(蘇中郞) 북해상(北海上)에 편지 전튼 기러기냐?

도화동(桃花洞)을 가거들랑 불쌍헌 우리 부친 전에, 편지 일장 전허여라.

심청가의 슬픈 대목을 부르는 일구의 소리가 애절하게 울려 퍼졌다. 전국 명창들을 찾아다니면서 분명 이보다 더 잘 부르는 소리를 들어본 적 있지만, 그땐 느낄 수 없던 벅찬 감동을 희달은 일구의 노래에서 느꼈다. 왜일까. 왜 저 소년의 소리는 저토록 특별한 걸까.

아직 애티를 벗지 않은 일구의 동그란 눈에 그렁그렁 맺힌 눈물이 통통한 뺨을 타고 흘렀다. 소리뿐 아니라 애잔한 표정도, 슬픔에 잠겨 가늘게 떨리는 몸동작도 모두 슬픔을 표현하는 것 같았다. 소리는 일구의 목구멍을 통해서만 나오는 게 아니었다. 말 그대로 온몸으로, 제가 가진 모든 것을 동원해 소리를 하고 있었다. 마치 소리와 자신이 하나인 것처럼.

'바로 저거구나!'

희달은 비로소 깨달았다. 일구가 가지고 있는 게 무엇인지.

지금 눈앞에 있는 소년은 열한 살짜리 일구가 아니었다. 소리꾼도 아니었다. 일구는 자신이 소리를 한다는 것조차 잊을 정도로 완벽히 흥보가 되었다가, 심청이 되었다가, 춘향이 되었다. 그건 성량이 풍부하다거나, 장단을 잘 맞춘다거나 하는 기술을 뛰어넘는 경지였다.

일구는 뛰어난 기술 위에 그 이상의 어떤 것을 표현하고 있었다. 그건 극에 나오는 인물들의 감정을 깊이 느끼고 공감하면서도 자기만의 방식으로 그걸 넘어서는 무언가를 표현하려는 이상과 열정이었다. 그것이야말로 진짜배기라고, 좀처럼 보기 힘든 진짜배기를 저 소년은 갖고 있다고 희달은 확신했다.

'그래, 저거야. 바로 저걸 손에 넣어야 해!'

홀린 듯이 일구를 쳐다보며 희달은 결심했다. 저걸 가진다면 이제껏 내가 손에 넣은 다른 것들은 모두 다 놔버려도 좋아. 저것에 비하면 서푼 값도 안 되는 것들이니까. 드디어 자신이 애타게 찾아 헤매던 것을 발견했다는 기쁨과 흥분에 희달의 가슴은 미친 듯이 두근거렸다.

희달이 황홀경에 빠져 허우적대는 사이 공연은 어느새 끝이 났다.

사람들이 우르르 몰려가 일구를 에워쌌다. 다들 입이 마르게 칭찬했고, 대견하다며 머리를 쓰다듬어주었다.

좀처럼 아들을 봐주지 않는 사람들 등쌀에 지쳐 고수 아버지가 먼저 자리를 떴다. 일구에게 '이따 천천히 들어오거라' 하고 일렀다.

일구에게 탄복하던 사람들이 하나둘 자리를 뜨고 한가해진 틈을 타 희달이 슬며시 다가갔다.

"소리를 정말 잘하더구나. 아직 나이도 어린데."

"감사합니다!"

일구가 기쁜 얼굴로 고개를 숙였다.

"너무너무 잘해서 아저씨가 상으로 호박엿 하나 주고 싶은데 먹을래?"

"정말요?"

일구의 입이 헤 벌어졌다. 일구는 어느새 철없고 순진한 열한 살 소년으로 돌아와 있었다.

희달이 품에서 호박엿을 꺼내 내밀었다. 일구는 반색하며 엿을 입에 넣고 우물우물 빨았다.

"어때, 맛있니?"

"네, 정말 맛있어요."

"하나 물어볼 게 있는데 말이다."

아까 피 토하듯 소리를 한 게 말짱 거짓말인 것처럼 해맑은 아이에게 희달이 물었다.

“너 아까 춘향전 한 토막을 할 때 정말 처절해 보였거든. 어떻게 그렇게 한 거야?”

일구는 멍한 표정을 짓다가 대답했다.

“춘향이는 슬픈데 제가 안 슬프면 그건 거짓말이잖아요.”

“그럼 너도 슬펐던 거야?”

일구는 네, 하며 고개를 크게 끄덕였다.

“어째서 그 슬픔이 전해진 거지? 너랑 춘향이는 아무런 사이도 아니잖아.”

온몸을 쥐어 짜내듯 처연하게 소리를 하던 일구를 떠올리며 희달이 다시 물었다.

“그게… 저도 잘 모르겠어요.”

일구가 고개를 갸웃했다.

“그냥 소리를 하다 보면 제가 그 인물이 된 것 같고 그래서 막 슬프기도 했다가 기쁘기도 했다가….”

거기까지 말한 일구는 천진난만하게 되물었다.

“다들 그렇지 않아요?”

아니, 안 그래. 일구의 물음에 희달은 속으로 대답했다. 너는 모르겠지만, 그건 정말 특별한 재능이야. 그걸 타고난 너는 진짜 행운아라고. 그러니 안됐지만 내가 네 재능을 뺏을 수밖에 없어.

“넌 소리가 좋니?”

희달이 다시 물었다. 이번엔 일구가 망설이지 않고 열심히 고개를 끄덕였다.

“힘들진 않아?”

“힘들죠. 복음을 내다가 머리가 띵하고 배가 뒤틀리는 때도 있어요. 아버지 말론 그게 뇌압이 높아지고 탈장이 일어나서 그런 거래요.”

“그런데도 좋아? 왜?”

“왜 좋으냐니… 그냥요.”

“그냥? 소리보다 재미있는 것도 많잖아. 소리 공부하다 보면 뛰놀 시간도 없을 텐데.”

“소리가 더 재미있어요.”

“힘들다면서?”

“힘들어도요.”

희달은 문득 제 어린 시절이 떠올랐다. 자신도 어렸을 때 뛰노는 것보다 소리를 하는 게 더 좋았다. 힘들지 않았다면 거짓말이지만, 힘들어도 좋았고 힘들어서 좋았다. 어쩌면 자신과 일구는 닮은꼴일지도 몰랐지만 결정적인 차이가 있었다. 그게 바로 재능의 차이라고 희달은 속으로 씁쓸하게 웃었다.

보면 볼수록 일구가 가진 재능이 진짜배기라는 확신이 들자 희달은 다짐했다, 이 진짜배기를 손에 넣게 되면 드디어 나는 내가 꿈꾸던 예인이 될 수 있을 거야.

“너, 혹시 강아지도 좋아하니?”

"그럼요!"

일구가 눈을 빛냈다.

"한 마리 키우고 싶은데 아버지가 못 키우게 해요. 손이 많이 간다면서요."

"저 숲속에 내가 키우는 강아지가 있는데, 가서 구경할래?"

일구가 자리에서 벌떡 일어났다. 어서 빨리 가자는 듯이.

희달은 주위를 슬며시 둘러보았다. 서서히 저녁 어스름이 가라앉고 있었다. 북적거리던 인파도 다들 사라졌다. 아직 그리 늦은 시간은 아니지만, 여기서 더 머뭇거리다간 아비가 찾으러 올 것이다. 그러니 일구를 유괴하기엔 지금이 절호의 기회였다.

주위를 살피며 일구를 데리고 숲속으로 들어갔다. 처음 만난 사람과 단둘이 어두컴컴한 숲으로 들어가는데도 일구는 거리낌이 없었다.

한참을 올라가다 희달이 마침내 멈춰 섰다. 나무가 울창하게 우거진 으슥한 곳이었다. 여긴 사람의 발길이 전혀 미치지 않을 것 같았다. 아이를 죽이기에 안성맞춤인 장소라고 희달은 생각했다.

"아저씨? 강아지는 대체 어딨어요?"

일구가 주위를 둘러보며 물었다.

희달은 대답 대신 일구의 목을 조르기 위해 한 걸음 다가섰다. 볼 수는 없지만 희달은 지금 제 눈이 광기로 번뜩이리라는 걸 알고 있었다. 뭔가 심상치 않다는 걸 느꼈는지 일구가 겁먹은 표정을 지었다.

"아저씨, 왜 그러세요? 무서워요. 저 집에 가고 싶어요. 강아지 못

봐도 좋으니까 저 이제 집에 갈래요."

"넌 집에 못 가."

희달이 말했다.

"왜요?"

일구는 금방이라도 울음을 터뜨릴 것 같은 얼굴이었다.

"여기서 죽을 거니까. 내 손에."

일구의 눈이 휘둥그레졌다. 갑자기 몸을 휙 돌려 산비탈을 뛰어 내려가려 했다. 하지만 희달이 더 빨랐다. 일구의 팔을 낚아채 움직이지 못하게 땅바닥에 눕히고 다리를 눌렀다.

"왜 이러세요! 놔줘요!"

바닥에 깔린 아이가 발버둥쳤다. 그럴수록 희달은 제 몸으로 꼼짝달싹도 못 하게 단단히 눌렀다.

"아무도 없어요? 도와주세요!"

일구가 쩌렁쩌렁 울리는 목소리로 비명을 질렀다. 하지만 일구의 낭랑한 목소리는 그대로 숲의 어둠에 삼켜졌다.

"소리 질러봐야 소용없어. 주위엔 아무도 없으니까. 여기서 동네까지 얼마나 떨어져 있는지는 너도 잘 알지?"

일구가 눈을 질끈 감았다. 작은 주먹을 흔들고 다리로 상대를 걷어차면서 어떻게든 벗어나려 했다. 필사적으로 버둥거리던 일구는 마침내 여기서 벗어날 수 없으리라는 걸 직감했는지 울면서 애원했다.

"살려주세요! 저 아직 죽기 싫어요. 제발 살려주세요."

"미안하지만 그건 안 돼."

희달이 손을 일구의 가녀린 목덜미로 가져갔다. 연약한 목뼈의 감촉이 투박한 손에 전해졌다. 자신의 손아귀에 있는 이 생명체가 참으로 작고 연약하다는 사실을 새삼스럽게 느끼면서 희달은 손에 힘을 주었다.

"제발… 제발요!"

아이가 훌쩍거리기 시작했다. 동그랗고 순진한 두 눈에 두려움이 어려 있었다.

희달의 마음이 조금 약해졌다. 사람 목숨을 앗는 일을 한두 번 한 게 아니지만 아직 피어보지도 않은 새파란 소년의 목숨을 앗아가는 건 조금 다른 일이었다.

"넌 어차피 죽을 거야. 하지만 마지막으로 하고 싶은 말은 없니?"

희달이 손에서 힘을 조금 풀면서 물었다.

일구가 멍한 눈으로 희달을 바라보았다. 잠시 아이의 눈에 희망의 빛이 어렸다. 하지만 희달의 냉혹한 시선과 마주치자, 일구의 눈에 아른거리던 희망은 깊은 절망으로 바뀌었다.

"죽기 전에… 마지막으로… 소리 한 번만 하면 안 돼요?"

울먹거리며 일구가 물었다.

"소리라고?"

생각지도 못한 말에 희달은 깜짝 놀랐다. 살려달라 애원할 줄 알았는데 이 와중에 소리라니.

편지를 쓰랴 헐 제, 한 자 쓰고 눈물짓고, 두 자 쓰고 한숨 쉬니, 눈물이 번져 떨어져서 글자가 수묵이 되니, 언어가 도착이로구나.

편지 접어 손에 들고, 문을 열고 나서 보니 기럭은 간 곳 없고, 창망(蒼茫)헌 구름 밖에 별과 달만 뚜렷이 밝았구나.

목을 움켜쥔 손이 느슨해지자 아이의 입에선 구슬픈 가락이 흘러나왔다. 가슴이 아릴 정도로 절절했다. 음절 하나하나에 죽음을 앞둔 이의 서글픈 마음이 배어났다.

"너… 바, 방금 뭘 한 거야?"

희달이 너무 놀라 말을 더듬거렸다.

"늘 이 대목이 마음에 안 들었어요. 스승님은 여기서 허망함을 표현해야 한다고 했는데, 그게 뭔지 몰라서요. 그런데… 지금은 알 것 같아서요."

일구의 눈에 고인 눈물이 뺨을 타고 주르륵 흘러내렸다.

희달은 손톱이 박힐 정도로 일구의 목을 꽉 눌렀다. 일구는 단말마의 고통에 맹렬하게 발버둥쳤다. 하지만 그것도 잠시 아이의 몸에서 서서히 힘이 빠져나갔다. 목에서 나는 끅끅 소리도 멎었다.

뚝, 목뼈 부러지는 소리가 나더니 일구의 온몸이 물기를 머금은 솜뭉치처럼 축 늘어졌다. 미약하게 떨리던 손발도 이제는 미동도 하지 않았다. 허공을 향해 하얗게 까뒤집힌 눈은 전혀 깜빡임이 없었다. 아이는 완전히 숨이 멎었다.

'미안하게 됐지만, 어쩔 수 없어.'

희달은 속으로 중얼거렸다. 그의 탐욕스런 시선이 일구의 싸늘한 몸 위에서 떨어질 줄 몰랐다. 기다리는 게 이제 곧 나타날 것이었다.

얼마 지나지 않아 가슴 쪽에서 파란 불꽃이 빠져나와 몇 뼘 위 허공으로 두둥실 떠올랐다. 아래로 길게 꼬리를 드리운 도깨비불 형상은 어느 때보다 선명한 푸른빛을 내며 타올랐다.

화르르르, 가까이 다가가자 불꽃은 그의 기척을 알아챈 듯 더욱 격렬하게 너울거렸다.

'이제 넌 내 거다!'

희달은 욕망에 널뛰는 가슴을 주체할 수 없었다. 이젠 푸른 불꽃에 손을 대는 것도 두렵지 않았다. 희달이 거침없이 푸른 불꽃을 향해 손을 뻗었다.

화르르르, 불꽃이 파란 심지를 빛내며 거세게 타올랐다.

"으아아악!"

희달이 불에 데인 것처럼 깜짝 놀라 물러섰다. 뜨거운 기운이 예사롭지 않았다. 그냥 뜨거운 게 아니라 살을 짓무르고 뼈를 녹일 것만 같은 열기였다. 희달이 제 손을 내려다봤다. 희한하게도 아무런 상처 없이 멀쩡했다. 화상을 입은 것 같은 고통이 이토록 생생한데도.

이제껏 죽은 자의 가슴에서 나온 푸른 불꽃은 전부 얼음장처럼 차가웠다. 그런데 왜일까? 왜 손도 댈 수 없을 만큼 뜨거운 거지?

그렇다고 포기할 순 없었다. 저걸 손에 넣으려고 아직 어린 소년의 목숨을 빼앗았다. 저것이야말로 가장 빛나는 재능이니까. 아무리 고통스러워도 내 걸로 만들어야 한다!

다시 불꽃 가까이 다가갔다, 희달이 노려보자 불꽃이 제 몸을 일렁거렸다. 어쩐지 불꽃도 희달을 노려보는 것 같았다.

'그래 봤자 넌 내 거야!'

심호흡을 하고 희달은 다시 불꽃에 손을 갖다 댔다.

화르르르, 더 격렬하게 불꽃이 제 몸을 떨었다. 타다다닥 불똥까지 튀며 사방으로 흩어졌다.

"으아아악!"

희달은 비명을 지르며 물러났다. 손이 순식간에 뼛속까지 녹아버린 것 같은 고통이었다. 경험해본 적 없는 격통에 눈이 뒤집히고 입에서 거품이 흘렀다. 극한의 고통에 머리까지 마비된 것 같았다.

"아아아악!"

괴로움에 못 이겨 희달은 바닥을 뒹굴었다. 손은 겉보기엔 말짱했다. 거짓말 같았다. 하지만 감내하고 있는 육체적 고통이 너무도 생생했다.

스으윽.

몸부림치던 희달은 별안간 제 몸에서 푸르스름한 연기가 한 가닥 빠져나오는 걸 느꼈다.

스으윽.

희달이 알아차리기도 전에 다시 푸르스름한 연기 한 가닥이 몸에서 빠져나왔다. 이윽고 다시 또 한 가닥. 하나, 둘, 셋, 넷….

푸른 빛을 띤 연기는 희달의 몸에서 쉬지 않고 잇따라 계속 빠져나왔다. 일렬로 늘어선 푸르스름한 연기 기둥들 때문에 멀리서 보면 희달은 푸르스름한 안개에 둘러싸인 것 같았다.

화르르륵, 늘어선 연기 기둥들이 일제히 둥글게 몸을 말더니 새파란 불꽃이 되어 타올랐다. 아래로 길게 꼬리를 드리운 채 타오르는 도깨비불을 닮은 푸른 불꽃은 희달이 죽인 사람들 수와 같았다.

'대체 이게 어떻게 된 거지?'

희달은 넋을 놓고 활활 타오르는 푸른 불꽃 무리를 바라보았다. 마치 희달을 노려보기라도 하듯 저마다 푸른 심지를 빛내며 거세게 일렁였다. 칠흑같이 어둡던 숲속이 불꽃이 내뿜는 새파란 불빛으로 물들었다.

휘이이익, 갑자기 불꽃 하나가 몸을 날려 어두운 허공을 갈랐다. 별똥별처럼 지상에 긴 꼬리를 그리면서. 그게 마치 신호라도 된 듯 다른 불꽃들도 하나씩 뒤를 이었다. 밤하늘에 일제히 유성비가 쏟아지듯 푸른 불꽃은 하늘 위로 완만한 곡선을 그리며 날아올라 사라졌다.

불꽃들이 모두 사라지자 희달은 가슴이 텅 빈 것 같은 공허함에 사로잡혔다. 제 안을 채우고 있던 것들이 모두 빠져나가 버린 것만 같았다. 자신이 잃어버린 게 무엇인지 희달은 확인해보지 않아도 알 수 있었다. 그건 재능이었다. 다른 이의 목숨을 빼앗아 하나씩 수집한 재능. 몸 안에 단단히 봉인돼 있던 타인의 재능은 무언가로부터 자극을 받아 원래 자신이 속해야 할 곳으로 돌아간 것 같았다.

"무엇 때문일까…."

희달은 허탈하게 중얼거렸다. 하지만 누가 말해주지 않아도 답을 알고 있었다. 제 안에 잠들어 있던 타인의 재능을 깨운 건 일구의 육신이 쏘아 올린 새파란 불꽃이었다는 사실을.

일구가 지니고 있던 강렬한 무언가가 이미 흡수해버린 다른 불꽃들까지 끌어내 희달을 떠나버렸다는 걸.

'진짜는 앗아갈 수 없다더니….'

문득 호리병 남자의 말이 생각나 희달은 제 머리를 감싸 쥐었다.

남자가 말한 대로였다. 그토록 간절히 원했지만 결국 '진짜'는 손에 넣을 수 없었다. 무리하게 그걸 가지려다 힘들게 얻은 다른 재능들마저 모두 날려버렸다. 모든 것이 무(無)로 돌아가 버린 지금 희달은 이제껏 해온 살인의 의미를 모두 잃어버렸다.

"으아아아!"

희달은 목이 터져라 절규했다. 이번엔 육신이 아닌 마음의 고통 때문에. 여태껏 살아온 삶도, 앞으로 다가올 삶도, 그밖에 다른 모든 것들도 한없이 허망하게 느껴졌다. 인생의 목표도, 꿈도, 어렵게 손에 넣은 재능마저 잃어버린 희달은 이제 한낱 빈 껍데기에 불과했다.

이야기를 모두 마친 희달은 고개를 떨구었다.

"그때 결심했소. 자수하자고."

"뒤늦게 죄책감이 든 건가요?"

선노미가 물었다.

"죄책감이라…."

희달이 곱씹듯 중얼거렸다.

"그런 걸 느껴본 지는 오래됐소. 죄책감도 일종의 고통이잖소. 호리병 사내 말마따나 고통을 느끼는 능력이 사라졌으니 새삼 죄책감을 느낄 일이 뭐가 있겠소."

잠깐 허공으로 고개를 들었다가 희달이 다시 말을 이었다.

"그보다는 빈 껍데기 같은 삶을 더는 못 살겠다고 느낀 거지. 목표가 사라졌으니까. 다 내려놨다고나 할까."

희달은 고개를 저으며 중얼거렸다.

"대체 어디서부터 잘못된 건지…."

"고통을 느끼는 능력을 포기한 데서부터가 아닐까요?"

희달이 딱히 대답을 바란 것 같진 않았지만, 선노미는 대답해주었다.

"저는 댁 말고도 고통을 못 느끼는 사람들을 적잖이 봤습니다."

희달이 의아한 눈빛으로 선노미를 보았다.

"나 말고도 그런 사람들이 또 있었다고?"

선노미는 고개를 끄덕였다.

사실 그런 사람들은 희달의 생각보다 많았다. 자신의 육체적 욕망을 채우려고 지능이 낮은 이웃집 어린 소녀를 윤간한 사내들, 짜릿한 흥분을 위해 재미로 살인을 일삼은 양반집 자제, 어린아이를 끔찍하게 학대하며 제 분풀이를 하던 새엄마….

모두 그런 죄를 저지르면서도 상대의 고통을 느끼지 못했다. 그랬기에 아무런 죄책감 없이 그런 짓을 일삼을 수 있었다.

그들을 보며 선노미는 깨달았다. 고통을 느낄 수 있다는 건 어떤 면에선 축복이라고. 고통을 느끼지 못하는 자는 연민도, 사랑도 느낄 수 없다고. 그것이 타인을 향한 것이든, 자신을 향한 것이든.

"일구라는 소년은 마치 자신이 춘향이나 심청이가 된 것처럼 절절한 소리를 한다고 하셨지요. 그건 바로 일구가 그들의 고통에 공감했기 때문일 겁니다. 그런데 고통을 느낄 수 없다면 어찌 그런 소리를 낼 수 있었겠습니까."

희달은 정신이 번쩍 든 얼굴이었다. 멍한 표정으로 선노미를 쳐다보았다.

"저는 예인은 아닙니다만, 이거 하나만은 알겠습니다. 고통을 느끼지 못하는 사람은 기예는 할지언정 예인은 못 된다는 걸요."

"그렇군. 내가 바보 같은 짓을 했군."

자조적으로 중얼거리던 희달은 갑자기 너털웃음을 터뜨렸다.

"당신 말대로요. 왜 그걸 이제껏 깨닫지 못했을까. 명색이 예인이 되겠다고 결심한 인간이."

선노미는 할 말이 없었다. 눈앞에 있는 자는 고귀한 목숨들을 제멋대로 앗아간 악인. 그런데 너무 늦게서야 그 잘못을 깨달았다.

"하지만 미리 알았다 한들 크게 달라질 건 없었을 거요. 어차피 난 재능이 없으니 예인은 되지 못했겠지."

희달이 씁쓸하게 말했다.

"아니오. 사실 당신도 재능을 갖고 있소."

별안간 뒤에서 젊은 남자의 목소리가 넘어왔다. 선노미와 희달이 동시에 돌아보았다. 대화에 불쑥 끼어든 자는 혼자 술을 홀짝이던 성균관 유생이었다.

"재능이 있는지 없는지 내 소리를 들어보지도 않은 분이 어찌 아십니까?"

따질 듯한 어조로 희달이 서생에게 물었다.

"그래도 알 수 있소. 소리에 대한 열정과 집념이 있으니까."

서생은 전혀 위축되지 않고 대답했다.

"당신은 정말 소리를 사랑했소. 좋은 소리를 갖기 위해 노력도 했고. 뜨겁게 갈망할 수 있고, 그 길을 향해 계속 정진할 수 있는 게 진정한 재능이라고 나는 생각하오."

서생이 특유의 느릿한 어조로 말했다. 높낮이나 강조점이 없어 나른한 말투인데 오히려 듣는 사람이 다음 말에 귀를 기울이게 하는 묘한 힘이 있었다. 서생이 말을 이었다.

"당신은 자신이 가진 재능을 너무 과소평가했소. 그래서 방향을 잘못 들었지. 그렇지 않았더라면, 어쩌면 좋은 예인이 될 수도 있었을 텐데."

희달은 충격을 받은 듯 얼어붙어 꼼짝도 하지 않았다. 그는 마치 귀신을 본 것 같은 얼굴을 하고 있었다.

어쩌면 귀신보다 더한 걸 본 건지도 모르지, 하고 선노미는 생각했다. 자신의 어리석음과 그것이 불러온 참혹한 결과를 뒤늦게 대면해야 하는 건 섬뜩할 정도로 무서운 일이니까.

"제가 일구를 죽이려 했을 때…."

희달이 다시 입을 열었다.

"그 아이는 죽기 전에 마지막으로 소리 한 번만 할 수 있겠냐고 물었습니다. 그때 '이 아이는 정말로 소리를 좋아하는구나'라고 생각했죠. 선비님 말씀대로라면 일구의 재능은 바로 그거였군요."

목이 메는지 희달은 말을 이어가는 도중에 한 번씩 멈추고 숨을 골랐다. 어느새 그의 눈가에 그렁그렁 맺힌 눈물이 뺨을 타고 흘러내렸다.

"나 역시 소리를 하고픈 마음 하나만큼은 누구에게도 뒤지지 않았는데. 그런 의미에서였다면 나도 얼마간은 재능이 있었는데…."

희달이 제 소맷자락으로 눈물을 닦았다.

"저기 저놈이야!"

외마디 소리가 들리더니 포졸들이 주막에 들이닥쳐 희달을 에워쌌다.

포졸 하나가 희달의 얼굴이 그려진 초상화와 그를 번갈아 보며 물었다.

"이 그림, 네놈이 맞지?"

"그렇소."

희달이 순순히 대답했다. 이미 자수할 결심까지 굳힌지라 반항할 기미도 없어 보였다. 포졸들이 오라로 묶는데도 그는 잠자코 있었다.

"얘기 들어줘서 고맙소."

포졸들에 이끌려 주막을 나서던 희달이 뒤돌아보며 선노미에게 말했다.

"편지는… 내가 했던 얘기들을 정리해서 대신 써주시오. 그리고 말미에 죄송하다고, 죄짓고 먼저 세상 뜬 불효자를 용서해 달라고 한마디만 덧붙여주시오."

선노미는 멀어져가는 그의 뒷모습을 물끄러미 지켜봤다.

"고통을 느끼지 못하는 자는 예인이 될 수 없다…. 그 말이 와 닿는군."

사람들이 모두 사라진 뒤 서생이 선노미에게 말을 걸었다. 취기가 올라 벌겋게 달아올랐던 얼굴이 원래대로 하얗게 돌아온 걸 보니 술 마시는 연습 같은 건 그만두고 희달의 얘기만 들었던 모양이었다.

"선비님 말씀도 일리가 있었습니다."

선노미가 그렇게 말하며 서생 곁에 걸터앉았다.

"그건 그렇고 성균관에 다니시는 분이 이런 이야기에 관심이 있으실 줄은 미처 몰랐네요."

"자신이 갖지 못한 걸 갖고 싶어 하고, 가진 자를 질투하는 심리는 세상 어디서나 다 마찬가지 아니겠소."

서생이 담담하게 대답했다.

"게다가 내가 겪은 일이기도 하고."

"선비님도 그렇게 누군가를 질투하고 남의 재능을 탐낸 적이 있습니까?"

겉보기엔 지나칠 만큼 온화하고 느긋해 보이는데 그런 면이 있나 싶어 선노미는 놀랐다.

"아, 그런 뜻이 아니라."

서생이 고개를 저었다.

"내가 바로 다른 사람들에게 질투의 대상이 됐소. 언제나. 날 때부터 너무 똑똑했던지라."

태연자약하게 제 자랑을 하는 서생을 보며 선노미는 조금 어이가 없었다.

"선비님, 동무가 별로 없으시죠?"

서생이 의외라는 표정을 지었다.

"그걸 어찌 아시오?"

"그냥 그럴 것 같아서요."

"하긴 너무 맑은 물에선 고기가 못 산다고 너무 뛰어난 자 곁에는…."

"전 볼일이 있어서 이만."

서생이 제 자랑을 늘어놓을 것 같아 선노미가 서둘러 자리에서 일어섰다. 하지만 서생은 아직 선노미에게 할 말이 남은 것 같았다.

"듣자 하니 기담을 수집한다던데?"

"그건 어떻게 아셨습니까?"

서생은 대답하지 않고 그저 어깨만 으쓱했다.

"선비님도 기담에 관심이 있습니까?"

선노미는 문득 오래전 자신을 기담의 세계로 안내했던 연암이 떠올랐다. 그분은 요즘 어떻게 지낼까. 나를 많이 걱정하셨을 텐데. 나이도, 행색도 많이 다르지만 기담에 관심을 가지는 선비를 오랜만에 만나니 갑자기 소식 끊긴 연암이 그리워졌다.

"나는 상제(上帝)를 믿는 사람이오."

잠시 옛 생각에 젖어 있던 선노미는 서생의 대답에 다시 현실로 돌아왔다.

"상제요? 그게 뭡니까?"

"그건…."

잠시 망설이던 서생이 대답했다.

"유일신이라고나 할까?"

"유일신이요?"

"유일신이 존재한다면 잡신이 있다 해도 이상하진 않지. 비록 인간의 눈을 가리고, 마음을 어지럽히는 잡신의 대부분은 아마도 사람의 마음이 만들어낸 것일 테지만."

"대체 무슨 말씀인지 모르겠습니다."

서생이 하는 말은 선노미에겐 하나같이 알쏭달쏭했다.

"뭐 그런 거야 어찌 됐든 상관없고."

애초에 선노미가 이해하리라 기대하지 않은 것처럼 서생이 말을 이었다.

"어쨌든 오늘 이야기는 꽤 재미있었는데, 이따금 술 연습하러 들를 때 기담을 들려주실 수 있겠소?"

선노미가 고개를 끄덕였다.

"그거야 어려운 일은 아니지요."

선노미도 사실 제 앞에 있는 서생이 그리 싫지 않았다. 공부만 했는지 사회성이 조금 떨어져 보이고, 알 수 없는 이야기를 곧잘 늘어놓긴 하지만. 그래도 성균관 유생이라고 목에 힘주거나 하지 않고 소탈한데다, 비슷한 또래여서 대하기가 편할 것 같았다.

"앞으로 자주 만날 터인데 통성명이라도 하지. 이름이 뭐요?"

서생이 물었다.

"선노미입니다."

"선한 사람이 되라고 지어주신 모양이군. 좋은 이름이야."

"혹시 선비님 성함도 여쭤봐도 되겠습니까?"

이번엔 선노미가 물었다.

"성은 정이고, 이름은 약용이오. 아명이 다산(茶山)이라 가까운 이들은 다들 그렇게 부르지."

서생이 슬슬 가야겠다며 자리에서 일어섰다.

"잘생긴 선비님 벌써 가셨어?"

다산이 떠난 지 얼마 후에 부엌에서 나온 복이가 그가 앉았던 빈자리를 보더니 물었다. 목소리에 아쉬운 기색이 뚝뚝 흘렀다.

"성균관 유생 되기 엄청 힘들다며? 인물만 좋은 게 아니라 똑똑하기까지 한가 봐. 잘생긴 사람이 똑똑하기가 쉽지 않은데."

복이가 아련한 눈빛을 하며 말했다.

"의외로 좀 맹한 구석도 있어 보이던데?"

선노미가 느낀 바를 솔직하게 말했다.

"그렇게 안 보이는데 오라버니는 은근히 사람을 좀 냉정하게 본단 말이야."

그런가, 하고 선노미는 생각했다. 어쩌면 복이 말이 맞을 것이다. 그래서 타인에게 마음을 잘 열지 못하는 건지도 모른다. 하지만 애초에 이렇게 생겨 먹은 걸 어떻게 하나.

복이가 다시 부엌으로 들어가고 선노미는 싸리문으로 다가갔다. 이제 슬슬 주막 문을 닫을 시간이었다.

싸리문을 닫아걸고 돌아서는데 어쩐지 등 뒤에 싸늘한 한기가 느껴져 휙 뒤돌아보았다.

인상이 굳은 한 남자가 매서운 눈으로 선노미를 쏘아보고 있었다. 눈빛만 날카로운 것이 아니라 온몸에서 차가운 살기가 느껴졌다. 선노미는 헉, 하고 숨을 들이켰다.

'그자다!'

한순간도 잊은 적 없는 얼굴이었다. 남자는 청나라에 갔을 당시 눈먼 자들의 마을에서 만난 만춘의 얼굴과 너무 닮았다.

'하지만… 그자는 분명 내가 죽였는데!'

화들짝 놀란 선노미가 싸리문 쪽으로 달려갔을 때 만춘과 닮은 남자는 이미 사라지고 없었다.

제자가 되고 싶다는 어린 소년에게 퇴짜를 놓고 나서 말복은 또 혼자 주막에서 술을 퍼마셨다. 하지만 상처 입은 자존심과 자괴감 탓인지 좀처럼 술에 취하지 않았다.

한 달 사이 벌써 두 번째다. 제자가 되고 싶다는 이에게 악평을 퍼부어 그대로 돌려보낸 게. 오늘 찾아온 소년도 재능이 뛰어나긴 했지만, 한 달쯤 전 자신을 찾아온 희달의 소리를 처음 듣고 말복은 말 그대로 눈이 번쩍 뜨이는 것 같았다.

그렇게 뛰어난 재능을 본 건 참으로 오랜만이었다. 제대로 교육받지 못해 다듬어지진 않았지만, 아직 가공하지 않은 원석의 보물을 발견한 기분이었다.

그랬기에 꽃봉오리가 만개하도록 가만 놔둘 수가 없었다. 꽃이 활짝 피는 날 제 명성에 위협이 될 게 뻔하니까. 자신이 가진 재능은 만개한 희달의 재능을 넘어설 수 없다는 사실을 누구보다 말복 자신이 가장 잘 알았다.

예능의 세계에선 타고난 재능이 절대적이다. 아무리 연습해도 평범한 이가 천재를 넘어설 수 없다. 이따금 평범한 이가 노력해 천재를 앞질렀다는 얘기도 있지만, 그건 천재가 제풀에 그만두거나 방심해 나가떨어졌을 때나 가능한 사례다. 천재가 노력까지 한다면, 범인(凡人)으로선 견줄 방도가 없다. 한평생 부족한 재능을 원망하며 살았던 말복은 자기보다 뛰어난 재능을 가진 이들이 모두 원망스러웠다.

그래도 피나는 노력을 한 덕분에 사람들이 우러러보는 자리에는 올랐다. 제자로 받아달라고 찾아오는 젊은이들도 생겼다. 말복은 절대로 자신을 넘어서지 못할 것 같은 이들만 제자로 받아들였다. 행여나 떡잎부터 남다른 이가 찾아오면 '넌 재능이 없어. 백날 해봤자 성공 못 할 테니 지금 당장이라도 다른 일을 알아보라' 하면서 깎아내렸다. 절망한 그들이 두 번 다시 소리의 세계에 발을 들여놓지 못하도록.

그렇게 해서라도 눈에 보이는 잠재적 경쟁자들의 씨를 말린 덕분에 말복은 꽤 오랫동안 명창이라는 이름을 유지할 수 있었다. 하지만 파릇파릇한 새싹들을 모진 악평으로 짓밟아버린 뒤엔 말복은 끔찍한 자괴감을 느꼈다. 자신이 마치 추악한 괴물이 된 것 같았다. 그런 한편 이렇게 할 수밖에 없는 자기 자신에 대한 혐오와 연민이 치밀고 올라왔다.

'왜 나는 재능을 타고 나지 못했을까.'

하늘이 주신 재능을 갖고 있음에도 그걸 아직 깨닫지 못한 희달을 떠올리며 말복은 다시 제 술잔에 술을 따랐다.

"무슨 괴로운 일이 있는 모양이군요?"

누가 말을 걸어 고개를 들어보니 한 남자가 제 앞에 서 있었다. 미간 사이와 하관이 동시에 좁은 음울한 표정을 한 남자. 인상이 흐릿한 그의 얼굴에서 유일하게 눈동자만 생기를 띠고 반짝거렸다. 생쥐같이 새카만 눈동자가 어딘지 모르게 교활해 보였다.

"괴로운 일은 무슨."

처음 보는 자에게 속내를 털어놓을 수 없어 말복은 대충 얼버무렸다.

남자가 동석해도 되냐고 묻기에 말복이 고개를 끄덕였다. 남자는 맞은편에 앉아 어깨에 둘러맨 봇짐을 내려놓더니 말복을 뚫어지게 보았다.

"어쩌면 제가 당신을 도와드릴 수도 있을 것 같은데요."

"나를 도와준다니, 내가 뭘 원하는지 어떻게 알고?"

묘한 소리를 하는 남자에게 말복이 무뚝뚝하게 대꾸했다.

"재능이 없어서 괴로우신 거 아닌가요?"

남자가 교활한 눈을 반짝이며 말했다.

"그걸 어떻게 아시오?"

말복이 깜짝 놀라 남자를 마주봤다.

"그런 사람을 많이 봤으니까요."

남자가 기분 나쁜 웃음을 지으며 대답했다.

"그렇다면 한번 물어봅시다. 대체 나를 어떻게 도와줄 수 있소? 없는 재능을 만들어줄 순 없지 않소."

낯선 자와 이런 이야기를 한들 무슨 소용이 있을까마는 지푸라기라도 잡는 심정으로 물었다.

"글쎄요."

고개를 갸웃하며 남자가 말했다.

"이 안에 든 것 중에 당신을 도와줄 게 있는지 한번 보죠."

남자는 곁에 둔 봇짐 속에서 목이 긴 호리병 하나를 꺼내 조심스럽게 마개를 열고 안을 들여다보았다. 방심하면 안에 든 것이 날아갈까 걱정스럽다는 듯이.

"어라?"

안을 들여다보던 남자가 얼빠진 소리를 냈다.

"이게 왜 여기 있지?"

"왜 그러시오?"

말복이 물었다.

"분명 팔았다고 생각했던 게 남아 있어서요."

남자가 얼굴을 찡그리고 안을 들여다보며 혀를 쯧쯧 찼다.

"이걸 어쩌나. 다른 걸 잘못 팔아버렸군."

"대체 뭘 잘못 팔아버렸다는 거요?"

호기심이 동한 말복이 다시 물었다.

"재능이 없다고 한탄하는 자가 있어 남의 재주를 제 것으로 빼앗아올 수 있는 능력을 팔겠다고 했습죠. 그런데 착각해서 다른 걸 줬네요."

아무리 술에 취했다곤 하지만 남자가 허무맹랑한 말을 한다는 것쯤은 말복도 잘 알고 있었다. 하지만 어쩐지 재미있어서 말복은 장단을 맞춰주었다.

"저런, 대체 뭘 주셨소?"

남자가 씨익 웃었다. 왠지 섬뜩한 미소에 말복은 저도 모르게 오소소 소름이 돋았다.

"가져도 가져도 만족하지 못하는 마음."

"저런, 그래도 용케 잘못 사간 사람이 효력이 없다면서 항의하러 오진 않았구먼?"

어차피 다 흰소리라 생각하면서도 오싹함을 떨치기 위해 말복이 물었다. 하지만 남자는 진지한 얼굴로 천천히 고개를 저었다.

"그럴 일은 절대 없을 겁니다."

"어째서 그렇게 자신하시오?"

"그자는 자신이 사간 게 남의 재주를 빼앗는 능력이라 굳게 믿을 테니까요. 사람이 무언가를 한 번 믿으면 비록 그게 사실이 아니라 할지라도 사실로 받아들이거든요."

거기까지 말한 남자가 다시 한번 씨익 웃으며 날카로운 눈빛으로 말복을 쳐다봤다.

"어쨌든 이번에야말로 그 능력을 당신이 사가지 않으시려오?"

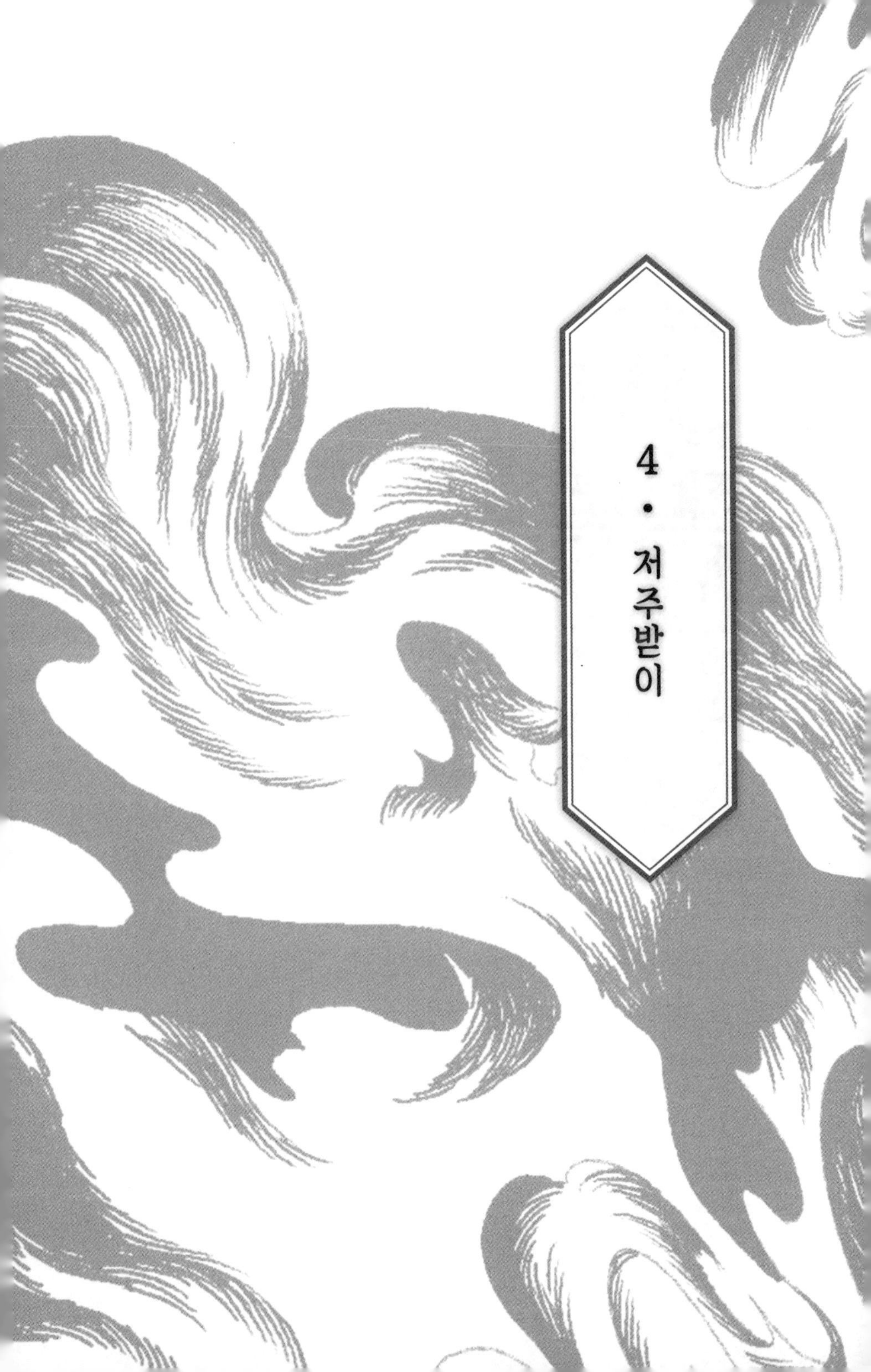

4 · 저주받이

며칠째 추적추적 비가 내렸다. 장마처럼 굵고 거센 빗방울도 아니고, 겨울을 녹이는 부드러운 봄비도 아니다. 끊어질 듯 이어지는 가느다란 빗줄기는 쓸쓸하고 스산했다. 검은 구름이 드리워진 하늘도 음울한 분위기를 더했다.

나다니는 사람이 없으니 삼개주막에도 손님이 적었다. 하룻밤 주막에서 묵은 뒤 오늘 길 떠나는 손님 하나뿐이라 주막이 한산했다. 한갓진 선노미는 툇마루에 앉아 비 오는 풍경을 멀거니 감상하고 있었다. 금실이가 쟁반을 들고 쭈뼛쭈뼛 다가왔다.

"빈대떡 좋아하신다면서요?"

접시엔 갓 부친 따끈따끈한 빈대떡이 세 장 놓여 있었다. 녹두를 물에 불려 갈고 기름을 부은 번철에 지져 만든 빈대떡은 선노미가 제일 좋아하는 음식 중 하나였다. 그렇지 않아도 출출하던 차여서 선노미는 고맙게 접시를 받아들었다.

"와, 맛있는데!"

한 젓가락 맛보고 감탄하자 금실은 얼굴이 발그레하게 달아올랐다.

"비가 와서 손님 오시면 내오려고 한번 부쳐봤는데 오, 오라버니도 이걸 좋아하신다기에요."

금실이 눈을 내리깔며 말했다. 주막에서 생활한 지 얼마 지나지 않아 금실은 복이를 '언니', 선노미를 '오라버니'라 부르게 됐다. 처음엔 '주모 아주머니'라고 불러 복이가 질색했다. 복이를 언니라고 부를 때와 달리 선노미에게 오라버니라고 할 때는 조금 어색한 모양이었다.

"음식 솜씨가 좋구나."

선노미가 또 칭찬하자 금실의 발그레한 얼굴이 조금 더 빨갛게 달아올랐다.

"저, 저기…."

용건이 있는지 금실은 부엌으로 돌아가지 않고 꾸물거렸다. 무슨 말을 하려나 싶어 기다리는데, 주저하던 금실이 불쑥 말을 꺼냈다.

"오라버니는 왜 장가를 안 가세요?"

"응?"

선노미는 금실이 뜻밖의 것을 물어 말문이 막혔다.

"아직 인연을 못 만난 거지."

늘 하던 대답을 했다. 금실은 아, 하고 무어라 중얼거리더니 다시 물었다.

"그럼 어떤 여인을 좋아하세요?"

"…어떤 여인?"

문득 머릿속으로 은비가 스치고 지나갔지만, 묘한 기대감에 차 눈을 빛내는 금실에게 차마 그런 말을 할 수는 없었다.

"글쎄. 별로 생각해본 적이 없는데."

"요리 잘하는 여자가 혼인 상대로 좋대요."

금실이 돌연 당돌하게 말했다. 선노미는 먹던 빈대떡이 목에 콱 막힐 뻔했다. 저도 뱉어놓은 말이 민망했는지 금실은 얼굴이 이젠 완전히 홍당무가 돼 있었다.

"아, 그러니까 그게, 제가 뭐 그렇다는 게 아니라… 저희 어머니가 그렇게 말씀하셨어요. 각시감으로는 음식 잘하는 여자가 최고라고."

금실이 자신에게 마음이 있다고 에둘러 고백했다는 걸 선노미도 알았다. 하지만 자신은 금실이 원하는 답을 줄 수가 없었다.

"빈대떡이라니 맛있겠군."

문득 뒤에서 익숙한 목소리가 들렸다. 돌아보니 성균관 유생 다산이 어느새 왔는지 뒤에서 고개를 빼고 서 있었다.

"나도 좋아하는데 좀 더 부쳐오지 그러나."

다산이 예의 느릿한 목소리로 말하며 자리를 비집고 앉았다. 금실은 못마땅한지 샐쭉한 표정을 짓고는 마지못해 부엌으로 걸음을 옮겼다.

금실이 그러거나 말거나 다산은 입맛을 다시며 비를 털어냈다. 선노미는 눈치 없는 다산이 이때만큼은 너무 반가웠다. 덕분에 이러지도 저러지도 못하는 상황을 모면했다.

"날도 궂은데 오셨네요."

"비가 오고 분위기도 스산하니 기담 생각이 나서 말이야. 이런 날 들으면 딱이겠거니 해서."

다산이 한가롭게 대답했다.

지난번 희달의 기담으로 선노미와 다산은 부쩍 가까워졌다. 편지를 쓰던 선노미가 어떻게 사연을 풀어나가야 할지 몰라 애를 먹자 다산이 문장을 골라준 게 계기가 됐다.

선노미가 들은 바로 다산은 올해 스물다섯 살로, 선노미보다 세 살 위였다. 생원시에 합격해 3년 전인 스물둘에 성균관에 들어갔다. 어린 시절부터 공부에 재능이 있었던지 네 살에 천자문을 뗐고, 일곱 살에 벌써 시를 지었다고 했다.

"그런데 어째서인지 대과에만 계속 떨어지는구먼."

다산은 씁쓸한 목소리로 불평했다.

비록 대과엔 계속 낙방했다고는 하나, 선노미가 보기에 다산은 머리가 좋았다. 자신처럼 기억력만 좋은 게 아니라, 정곡을 꿰뚫어볼 줄 아는 능력도 뛰어났다. 무엇이든 이유를 찾아내고 원리를 분석하는 게 거의 습관이 되어 있었다. 기담을 들을 때도 그런 습관이 적용되었다. 이를테면 희달이 봤던 푸르스름한 도깨비불도 아마 시신에서 나온 무언가가 공기와 작용해 푸른 불빛을 만들어낸 것 같다는 게 다산의 추론이었다.

이런 지적 능력은 아마도 왕성한 호기심과 막히지 않은 유연한 생각에서 나오는 것 같았다. 다산은 궁금한 게 많았고, 관심 분야를 굳이 유학에만 국한시키지도 않았다. 논리적인 걸 추구했지만, 때로는 인간의 이성으로는 설명할 수 없는 무언가도 존재한다는 걸 배제하지 않았다. 그러다 보니 그와 이야기할 때면 선노미는 신분 차이를 의식하는 일이 거의 없었다.

"요즘은 그 술 잘하는 형님이 불러내 괴롭히지 않습니까?"

"요샌 호출이 뜸하시네."

덕분에 술을 안 마셔 살 것 같다고 했다. 다산보다 열 살 위라는 그 형님은 호쾌한 성격에 술도 말술, 담배도 곧잘 한다는 것이다. 그런 취미와는 담을 쌓은 데다 타고난 책벌레인 다산을 한편으론 예뻐하면서도 곧잘 귀찮게도 하는 모양이었다.

"그건 그렇고 자네도 희망 고문은 하지 말게."

문득 생각났다는 듯 다산이 말했다.

"희망 고문이라고요?"

"괜히 희망을 줘서 상대방 마음을 어지럽히지 말란 뜻일세. 아까 그 아이, 자네를 좋아하는 것 같던데."

그걸 눈치챘다고? 그렇다면 조금 전 눈치 없게 군 게 눈치가 없어서 한 행동이 아니었나?

"보아하니 자네는 마음이 없는 것 같은데, 확실히 거절하지 않고 계속 여지를 주면 상대는 오히려 더 괴롭다고. 가능성이 없다는 걸 알아야 마음을 정리할 게 아닌가."

"선비님께서 여인의 마음을 어찌 그리 잘 아십니까?"

느릿하게 이어지는 설명에 선노미가 제동을 걸었다.

"내 벌써 아들이 둘이네. 아직 장가도 안 든 자네보다야 여인의 마음을 더 잘 알지 않겠나."

그 말엔 선노미도 반박하기 어려웠다.

"하지만 한집에서 매일 얼굴을 보는데, 거절하고 나면 서로 불편해지지 않을까요?"

"그렇다면 선의의 거짓말을 하든가."

"선의의 거짓말요?"

"그래, 때로는 그런 것도 필요한 법이니. 하지만 내 생각엔 솔직한 게 최고일세."

"어렵네요."

선노미가 한숨을 푹 쉬었다.

"원래 인간관계가 제일 어려운 법이야. 그래서 내가 그보다 쉬운 학문을 좋아하는 거고."

"흐음…."

선노미는 잠시 생각에 잠겼다가 조금 전 다산이 했던 말을 기억하고 물었다.

"그건 그렇고 벌써 아드님이 둘이라고요?"

"그렇네. 한창 이쁠 때지."

"아이가 여럿이면 혹시 더 정이 가는 아이가 있고 아닌 아이가 있나요?"

선노미가 예전부터 궁금했던 걸 물어보았다.

"그럴 리가. 열 손가락 깨물어 안 아픈 손가락이 어디 있겠나."

다산이 말도 안 된다며 고개를 절레절레 저었다.

"정말 그렇습니까?"

갑자기 탁한 목소리가 툭 끼어들었다. 하룻밤 묵었던 손님 해동이 채비를 하고 길 떠나기 전에 아침을 들러 나온 모양이었다.

해동은 한양 인근에서 꽤 큰 포목상을 운영하는데, 좋은 모시 직물을 보러 충남 한산까지 내려갔다가 올라오는 길이라고 했다. 저녁상 받는 자리에서 삼삼오오 모여 앉은 손님들과 별로 말도 섞지 않고 곧장 객실로 들어가기에 내성적인가 보다 여겼는데.

"정말 두 아이가 똑같이 사랑스럽습니까?"

해동이 다산에게 다시 물었다. 사납게 따져 묻는 듯해서 선노미가 다 불편할 정도였다.

"그렇소만은?"

다산은 그래도 침착하게 대응해주었다.

"그렇다면 선비님 자제분들은 복을 받았나 봅니다."

해동은 날이 섰던 목소리가 한풀 누그러졌다.

"세상엔 그렇지 못한 부모들도 많거든요. 열 손가락 다 깨물어서 안 아픈 손가락이 없다고들 하지만, 제가 보기엔 더 아픈 손가락은 있는 것 같습디다."

우울한 여운이 묻어나는 목소리였다.

"그런 경우를 많이 보셨나 보지요?"

무거운 분위기를 바꿔보려고 선노미가 물었다.

"많이는 모르겠지만…. 바로 제가 겪은 일이라서요."

그 말에 오히려 분위기가 더 가라앉는 것 같았다. 마침 금실이 빈대떡을 한 접시 가득 부쳐와 다산 앞에 탁 내려놓고 다시 쌩하니 부엌으로 돌아갔다.

김이 모락모락 나는 따끈한 빈대떡을 앞에 두고 세 남자는 한동안 멀뚱멀뚱 서로를 바라보기만 했다.

"혹시 급하지 않으시면 빈대떡이라도 같이 들고 가시겠소?"

먼저 입을 연 건 다산이었다. 배가 고파 그랬는지 이대로 자리를 떠버리는 게 내키지 않았는지 해동은 거절하지 않고 합석했다. 셋이 말없이 빗소리를 들으며 따뜻하고 기름진 빈대떡을 입으로 가져가는 동안 어색했던 기분들도 좀 누그러지는 것 같았다.

"조금 전에 기담 어쩌니 하는 소리가 들리던데."

빈대떡을 우물거리던 해동이 먼저 말을 꺼냈다.

"혹시 기담을 좋아하십니까?"

선노미도 빈대떡을 우물거리며 대꾸했다. 해동이 잠시 망설이다 선노미에게 물었다.

"그렇다면 혹시 내 얘기도 들어보시겠습니까?"

"좋지요. 안 그래도 화젯거리가 없어 심심했는데. 오늘 같은 날씨에 제격이기도 하고."

선노미가 반색하며 대답했다.

"혹시 아까 직접 겪었다는 그 일과 관련 있는 건가요?"

해동이 고개를 끄덕였다. 선노미와 다산이 젓가락을 내려놓자, 해동이 물을 한 모금 마신 뒤 말문을 열었다.

"저희 집은 증조할아버지부터 4대째 포목점을 운영하고 있습니다. 원래는 고만고만한 작은 가게였는데, 할아버지가 장사 수완이 좋았는지 사업이 번창했죠."

장사가 잘되니 살림이 좋아졌고, 살림이 좋아지니 집을 늘리고 싶은 욕심이 생겼다. 그래서 해동의 할아버지 길상은 인부들을 불러 증축하는 공사에 들어갔다. 그런데 그게 앞으로 벌어질 비극의 시작이었다.

햇볕이 뜨겁게 쏟아지던 날이었다. 인부들은 무더위에 땀을 뻘뻘 흘렸다. 잠시 자리를 비운 길상을 대신해 아들 일남이 현장을 관리했다. 한창 곡괭이로 땅을 파던 인부 하나가 하던 일을 멈췄다. 땅속에서 시커멓고 커다란 무언가를 발견했기 때문이다.

"이게 뭐야?"

그는 아래를 내려다보다 깜짝 놀라 곡괭이를 떨어뜨렸다. 구덩이 안에 커다란 구렁이 두 마리가 서로 몸이 엉긴 채 똬리를 틀고 있었다.

구렁이는 커봤자 6척 정도에 아기 팔뚝 굵기가 고작인데, 이 한 쌍의 구렁이는 길이가 9척이 넘고 몸 두께도 어른 허벅지만큼이나 굵었다.

머리는 시커멓고 등 쪽은 녹색을 띤 황갈색 바탕에 검정 가로무늬가 몸통 쪽에 촘촘히 나 있었다. 인부들이 다가가자 구렁이들이 머리를 치켜들고 작은 호박색 눈을 번들거렸다.

"뭐 저렇게 크고 징그러운 구렁이가 다 있어?"

"안 징그러운 구렁이가 있던가? 어쨌든 크긴 되게 크네."

인부들은 그렇게 쑥덕거리며 쫓아버리려 했다. 하지만 암수 한 쌍으로 보이는 구렁이들은 떠날 기미가 안 보였다. 부지깽이 같은 걸로 위협해도 피하기는커녕 쉬익쉬익, 소리를 내며 끝이 두 갈래로 갈라진 혀를 연신 날름거렸다. 이래서야 안 되겠으니 공사를 중단할 수밖에 없겠다고 인부들은 일남에게 고했다.

"구렁이 때문에 공사를 중단한다고? 그런 바보 같은 말이 어딨소."

성격이 괄괄하고 급한 일남은 벌컥 화를 냈다.

"스스로 안 떠나겠다면 죽여서라도 없애버려야지."

"하지만…."

인부들은 내키지 않는지 서로 얼굴만 멀뚱멀뚱 쳐다봤다. 저렇게 기분 나쁜 걸 죽였다간 무슨 안 좋은 일이 생길지 몰랐다.

"구렁이는 영물이라던데 그냥 놔두시는 게 어떻소?"

늙수그레한 인부 하나가 나서서 말했다.

"그럼 공사를 관두자고? 구렁이 무섭다고 하던 일을 포기할 순 없지 않소."

인부들이 나서려 하지 않자 일남은 직접 쇠스랑을 들고 왔다.

구렁이 두 마리는 말린 몸을 풀고 대가리를 높게 곧추세우며 버텼다.

"이놈들이 어디서!"

대드는 게 짜증이 났는지 일남이 위협하듯 쇠스랑을 한 번 휘둘렀다. 어서 나가지 않으면 몸통을 찍어버리겠다는 듯이. 그러나 오히려 예민해진 구렁이의 화만 돋구는 것 같았다.

"이게 진짜!"

일남이 쇠스랑의 구부러진 끝으로 구렁이 한 마리의 등을 내리쳤다. 캬악, 소름 돋는 소리를 내며 등이 찍힌 구렁이가 온몸을 비틀었다. 커다란 검정 털실 타래 같은 몸뚱이를 흔들며 몸부림쳤지만, 쇠스랑의 날카로운 날이 땅바닥에 깊이 박혔는지 벗어나질 못했다.

쉬이이익, 다른 구렁이가 기분 나쁜 소리를 내며 덤벼들었다. 바닥을 쓸며 미끄러져 온 구렁이는 일남이 어찌할 사이도 없이 발목 부위를 콱 깨물었다.

"아악!"

발목이 물린 일남이 비명을 지르며 주저앉았다. 남편 비명에 놀란 만삭의 아내 순례가 둥근 배를 잡고 다가왔다.

"이를 어째! 괜찮아요?"

미물 주제에 날 공격하다니, 화가 머리끝까지 나 다른 건 보이지도 들리지도 않았다. 발목을 감싸쥐고 씩씩거리던 일남이 이번엔 장작 패던 도끼를 가져와 절뚝거리며 다가갔다.

구렁이가 머리를 꼿꼿이 세우고 혀를 날름거렸다. 일남이 도끼를 높이 치켜들었다. 시퍼런 도끼날이 순식간에 몸을 갈랐다.

구렁이의 잘린 머리가 허공을 가르며 날아가다 순례의 배에 부딪힌 뒤 발치에 툭 떨어졌다.

잘린 머리는 땅바닥에서 혀를 날름거리며 벌떡벌떡 움직였다. 그 바람에 바닥에 긴 핏자국이 그려졌다.

꺄아아아, 순례가 비명을 지르며 저만치 뒤로 물러섰다. 구렁이의 머리가 스치고 지나간 순례의 배엔 시뻘건 피가 묻어 있었다.

하지만 일남은 아직도 성에 안 차는지 도끼를 바닥에 내려놓고 이번엔 구덩이 쪽으로 다가갔다. 서슴없이 쇠스랑을 구렁이 몸에서 빼냈다. 구렁이가 흐느적거리는 사이, 이번엔 머리를 내리찍었다.

날카로운 쇠스랑의 날이 구렁이의 세모꼴 머리와 한쪽 눈을 관통했다. 구렁이는 고통스러운지 박힌 머리를 마구 휘저었다. 지켜보던 인부들이 기겁해 주춤주춤 뒤로 물러섰다. 얼마 안 지나 둥글게 만 몸 위로 구렁이의 머리가 털썩 떨어졌다.

구렁이 두 마리가 다 죽은 뒤에도 인부들은 넋이 나간 듯 한동안 꼼짝도 못 했다. 땅바닥에 널브러진 구렁이 두 마리의 몸뚱이에서 시커먼 비늘이 기분 나쁘게 반짝이고 있었다.

다행히 일남의 부상은 심각하지 않았다. 구렁이는 독이 없다는 말은 진짜였다. 일남을 치료한 의원은 약을 잘 쓰고 안정을 취하면 큰 탈은 없을 거라고 했다.

뒤늦게 집으로 돌아온 길상은 자초지종을 듣고 긴 한숨을 내쉬었다.

"아마도 그 구렁이들은 이 집을 지켜주는 수호신이었을 게다. 그런데 그걸 죽여버렸으니."

아버지의 우려에 일남이 힘주어 말했다.

"그런 건 다 미신입니다. 믿을 게 못 된다고요."

"그거야 두고 보면 알겠지. 네 말이 맞았으면 좋겠구나."

이미 다 지난 일이니 길상은 어쩔 수 없다 여기고 말았다. 하지만 뒷맛이 찝찝한지 언짢은 표정은 풀리지 않았다.

일남의 말대로 큰 탈 없이 평온한 나날이 이어졌다. 장사도 여전히 번창했고, 순례는 한 달 뒤 무사히 몸을 풀었다. 순례가 아기를 낳은 건 집안의 경사였다. 열다섯 살에 시집와 17년 만에 처음 낳는 아기였다. 7년 만에 첫 임신을 한 뒤에도 세 번이나 유산한 끝에 이제야 처음 만나보는 아기를 품에 꼭 끌어안으며 순례는 펑펑 울었다.

게다가 아기는 건강한 사내아이였다. 집안의 대를 이을 아들이 태어난 걸 뛸 듯이 기뻐하며 일남은 아이에게 해동이라는 이름을 지어줬다.

그런데 해동이 태어난 지 사흘쯤 됐을 때 순례는 아들 몸에서 이상한 걸 발견했다. 등 뒤에 난 불그스름한 반점이었다. 마치 핏자국처럼 보이는 반점은 구렁이의 잘린 머리가 제 배에 부딪혔을 때 옷 위에 남겼던 핏자국과 모양이 똑같았다.

기분이 나빴지만, 순례는 자신이 예민한 탓이라고만 생각하고 넘기려 했다. 하지만 시간이 지날수록 반점은 점점 더 또렷해졌고, 점점 더 선명하게 핏자국을 닮아갔다.

처음엔 대수롭지 않게 여기던 일남도 차츰 불안해졌다. 일남의 눈에도 붉은 반점은 구렁이의 핏자국과 똑같아 보였다. 게다가 최근 들어 가위에 눌리는 일도 잦아졌다.

머리와 몸통이 떨어져 나간 구렁이들이 바닥을 기면서 꿈틀꿈틀 다가왔는데, 저리 가라고 소리치다 정신이 들어보면 온몸이 땀에 흥건하게 젖어 있기 일쑤였다.

'내가 정말 실수한 건가?'

가위에 눌렸다 깰 때마다 일남은 뒤늦게 후회했다.

집안 식구들 모두 내심 불길해했는데, 다들 이대로 손 놓고 있어선 안 되겠다고 결심한 사건이 벌어졌다. 그건 바로 길상이 꾼 꿈이었다.

꿈에서 두 마리 구렁이가 나타나 노란 눈을 빛내며 길상에게 혀를 날름댔다. 그게 마치 길상을 꾸짖는 것처럼 보였다고 했다.

그동안 이 집을 지켜줬는데, 배은망덕한 놈 같으니라고.

쉬익쉬익 소리를 내면서 구렁이 한 마리가 말했다.

네 자손이 우리를 죽였으니 네 손주에게 저주를 내려 네 놈 집안의 대를 끊어놓겠다.

다른 한 마리도 거들었다.

"그건 안 됩니다, 제발 용서해주십시오!"

길상이 손을 비비며 구렁이들에게 넙죽 엎드려 빌었다.

너무 늦었다. 너희가 일군 모든 것들은 너희 손을 떠날 것이다.

그 말을 남긴 채 한 쌍의 구렁이는 기다란 몸을 스르르 움직여 사라졌다.

길상은 연신 용서해달라며 부르짖다 꿈에서 깼다.

길상의 꿈을 전해 들은 일남과 순례는 얼굴이 하얗게 질렸다. 구렁이의 저주는 해동을 죽이겠다는 말이나 마찬가지였다. 해동이 잘못되면 순례가 다시 아기를 가질 수 있을지 장담할 수 없었다. 그럴 경우, 집안의 대는 일남에서 끝나버린다.

어째서 일을 이 지경으로 만들었냐며 길상이 일남을 호되게 꾸짖었지만, 그렇다고 뾰족한 수가 생기는 건 아니었다. 고민을 거듭하다 부자(父子)는 용하다는 무당을 찾아가 보기로 했다.

"건드려선 안 될 걸 건드려버렸구만."

일남을 보자마자 무당은 그렇게 말했다.

"저주가 너무 깊어. 어지간한 방법으론 해결이 안 될 걸세."

"뭐라도 방법이 없을까요?"

길상이 지푸라기라도 잡는 심정으로 애걸했다.

"방법이 아예 없는 건 아닌데…. 과연 그걸 할 수 있을까?"

"아이를 살리고, 집안을 구하는 일이라면 뭐든 하겠습니다."

최근 이어진 소동으로 완전히 기가 죽은 일남이 바닥에 넙죽 엎드렸다.

"그렇다면 저주받이를 들이게."

뭔가를 가늠하는 시선으로 부자를 내려다보던 무당이 입을 열었다.

"저주받이라고요?"

일남이 의아해하며 고개를 들었다.

"그게 대체 뭡니까?"

"말 그대로 저주를 받아주는 사람이지."

무당의 말에 따르면, 구렁이가 내릴 저주를 막을 수는 없다. 다만 눈속임을 해 원래 저주를 받아야 할 사람 대신 다른 사람이 저주를 받도록 할 수는 있다. 그러기 위해선 해동과 한날한시에 태어난 사내아이를 데려와 해동과 똑같이 먹이고, 똑같이 입혀야 한다. 마치 쌍둥이 동생인 것처럼.

구렁이는 시력이 나쁘니 그렇게 하면 둘을 착각해 원래는 해동에게 내려야 할 저주를 '저주받이'인 다른 아이에게 내릴 거라고 했다.

"어떤가, 할 수 있겠나?"

길상과 일남은 둘 다 말문이 막혔다.

집으로 돌아오며 길상은 쉽지 않은 일이지만 무슨 수단과 방법을 동원해서라도 저주받이를 구해야겠다고 결심했다.

위기 때마다 투지로 가업을 일으켰던 길상의 능력은 이번에도 힘을 발휘했다. 인근 동네까지 샅샅이 수소문해 해동과 같은 날, 같은 시각에 태어난 사내아이를 찾았다. 장사로 맺은 인맥을 총동원하고, 제보해 주는 이들에게 섭섭지 않게 돈도 쥐여줬다. 길상의 수완과 집안 재력에 운까지 더해져 생각보다 쉽게 해동의 저주받이가 될 아이를 찾아냈다.

아이는 가난한 소작농의 막내아들이었다. 태어난 아기 위로 자녀가 줄줄이 일곱이나 더 있었다. 소작농은 먹여야 할 입이 늘어나 시름이 깊어가던 터였다.

길상에겐 이보다 더 좋을 수가 없었다. 몇 년간 끼니 걱정 없을 만큼 두둑이 돈을 건네고 막내아들을 사 왔다. 아기를 못 가지는 부유한 상인 가정에 양자로 들일 거라고 핑계를 댔다, 목구멍이 포도청인 형편이라 소작농도 더는 고민없이 순순히 아기를 넘겼다.

해승이라는 이름이 붙게 된 아기는 그렇게 해서 해동의 저주받이로 키워지게 되었다. 해동과 똑같은 밥을 먹고, 해동과 똑같은 옷을 입으면서.

신기하게도 해승이 집에 들어온 지 얼마 안 돼 해동의 등 뒤에 있던 붉은 반점이 서서히 희미해지더니 한 달쯤 지날 무렵엔 완전히 없어졌다. 대신 비슷한 기간에 걸쳐 똑같은 반점이 해승의 등에 생겼다. 마치 반점이 해동에게서 해승에게 옮겨간 것처럼.

붉은 반점이 저주받을 아이의 표식이라 했던 무당의 말이 옳다면,

해승은 이제 해동의 저주받이가 된 셈이었다.

자라면서 두 아이는 외양도 비슷해졌다. 원래는 생김새가 전혀 달랐는데, 시간이 흐르면서 차츰 닮아가더니 두 살을 넘긴 뒤부터는 쌍둥이처럼 똑같아져버렸다. 외양상 다른 점이라고는 해승의 등 뒤에 난 붉은 반점뿐이었다.

집안 사정을 잘 모르는 사람들은 해동과 해승을 형제지간으로 착각하곤 했다. 외부에 해승은 형편이 어려운 친척 집에서 데려온 양자로 통했다. 하지만 같은 걸 먹고, 같은 옷을 입고, 같은 공간에서 잔다 해도 둘이 한집에서 받는 대접은 똑같을 수 없었다.

해승은 이를테면 집을 지키는 개나 쥐를 잡는 고양이와 크게 다를 바 없었다. 어쩌면 개나 고양이 처지가 더 나았을지도 모른다. 동물을 좋아하는 주인이라면 귀여워해줬을 테니까. 하지만 해동네 집안에서 해승은 단지 기분 나쁜 이방인일 뿐이었다. 그 존재만으로도 구렁이의 저주를 연상시키는.

순례는 해승을 대할 때면 이따금 섬뜩하다는 얼굴로 몸을 흠칫 떨었다. 제 배에 부딪혔던 구렁이의 잘린 대가리가 떠오른 것처럼.

해승을 불편해하기는 일남도 마찬가지였다. 마지못해 집에 들였지만, 아이가 제 과거의 실수를 떠올리게 만드는지 늘 뻣뻣한 태도로 대하게 됐다.

그나마 해승에게 제일 친절한 어른은 길상이었다. 그러나 이따금 손에 과자를 쥐여주곤 하는 길상이 애정 때문이 아니라 알 수 없는 연민과 죄책감 때문에 그런다는 걸 어린아이인 해승도 알아차렸다.

집안에서 해승을 거리낌없이 대하는 유일한 사람은 해동뿐이었다. 아직 어린 해동은 해승을 껄끄러워할 이유가 하나도 없었다. 그에겐 혐오도, 죄책감도, 과거의 나쁜 기억도 없었으니까. 하지만 둘의 관계 역시 원만하진 못했다.

어렸지만 해승은 집안에서 해동과 자신의 대우가 다르다는 걸 알았다. 해동은 사랑과 애정 어린 보호를 받은 반면 자신은 냉대와 동정심 섞인 배려를 받을 뿐이었다. 질투심 때문인지 해승은 곧잘 해동에게 짓궂은 짓을 하곤 했다. 뒤에서 해승의 댕기 머리를 쑥 잡아당긴다거나, 비 오는 날 신 밑바닥에 구멍을 내놓는다거나.

그렇게 화풀이를 하다 어른들에게 들켜 혼쭐이 나곤 했다. 처음엔 그렇게라도 관심을 받는 줄 알았지만, 그 꾸지람이 증오나 혐오감에서 비롯된다는 걸 깨달은 뒤로 해동을 괴롭히는 짓 따위는 그만두었다. 대신 멀찍이서 질투 어린 시선으로 해동을 바라보곤 했다.

해동은 그런 해승이 안쓰러웠다. 부모가 왜 차별하는지 이해할 수 없었던 해동은 그러지 마시라고 아버지에게 간청한 적도 있었다.

"찢어지게 가난한 집에서 구해와 먹여주고 입혀주는 것만으로도 감지덕지할 판인데."

일남은 냉담하게 대꾸했다.

나중에 머리가 굵어진 해동도 해승이 이 집에 들어오게 된 진짜 이유를 알게 되었다. 해동은 안쓰러운 마음에 더해 죄책감마저 들었다.

해승이 자신의 저주받이가 된 것으로도 모자라 식구들에게 천덕꾸러기 취급을 당하는 게 모두 다 제 탓처럼 느껴졌다. 하지만 그렇다고 자신이 바꿀 수 있는 일도 없었다. 그저 안타까운 마음뿐이었다.

"미안해."

언제인가 둘만 함께 있을 때 해동이 해승에게 말했다.

"뭐가?"

"그냥. 모든 게 다."

굳이 설명하지 않아도 다 알아들었는지 해승은 아무 말도 하지 않았다. 한동안 바닥만 내려다보던 해승이 고개를 들고 해동을 쳐다봤다.

"그렇게 미안하면 없어져주지 그래?"

해동이 당황해하자 해승이 씩 웃어 보였다.

하지만 해승의 날 선 눈빛을 보니 그저 실없는 소리를 한 게 아니었다. 한동안 찌를 듯 노려보던 해승은 더는 할 말이 없다는 듯 조용히 자리를 떴다.

"저주받이라니, 너무한 것 아닙니까."

선노미가 제 일처럼 못 참겠는지 목소리를 높였다.

"자기 자식한테 화가 안 미치게 하려고 남의 자식에게 저주를 대신받게 하다니요."

선노미는 길상의 가족이 저지른 짓을 용납할 수 없었다. 자기 아이를 위해 남의 아이를 희생시키려는 작태에 화가 치밀었다.

기담을 수집하는 동안 선노미를 가장 화나게 만드는 건 바로 아이들에게 가해진 학대였다. 방황하던 시절에 만났던 차돌이, 계모의 학대를 받다가 숨진 그 아이를 떠올려서 그런 걸지도 몰랐다. 비록 육체적으로 가해를 당하진 않았더라도 해승은 정신적으로 학대를 받은 것이다.

"그, 그렇지요."

해동이 마치 자신이 꾸지람을 들은 것처럼 목을 움츠렸다.

"이 사람한테 화를 내면 어떡하나. 이 사람 잘못도 아닌데."

다산이 느긋한 목소리로 끼어들었다.

"가족이 모두 해승을 그렇게 대했다면 자신도 한통속이 돼 괴롭힐 수도 있었을 텐데. 애들은 어른들 행동을 보고 배우는 법이니까. 그런데 그러지 않으신 걸 보니 심성이 고우셨나 보오."

해동은 어쩐 일인지 선노미가 뾰족한 목소리를 냈을 때보다 더 움츠러들었다.

"그럴 수야 있나요. 따지고 보면 해승이 그렇게 된 것도 다 저 때문인데요."

거기까지 말한 해동이 이렇게 덧붙였다.

"게다가 해승은 제게 형제나 마찬가지였고요."

자리에 잠시 어색한 침묵이 맴돌았다.

"아까 당신이 왜 더 아픈 손가락 운운했는지 이젠 알겠소. 아마 해승과 당신을 대하는 집안 어른들 태도가 형제간 차별로 여겨졌겠지."
다산의 조용한 목소리가 침묵을 깼다. 해동이 고개를 끄덕였다.
"그건 그렇고 해승이 당신이 받을 저주를 대신 받은 건 맞습니까?"
이번엔 선노미가 물었다. 해동이 우울한 표정으로 다시 고개를 끄덕였다.
"네, 무당의 말은 옳았습니다."
구렁이는 원한을 잊지 않았다. 복수를 노리는 구렁이가 숨기고 있던 날카로운 이빨을 드러낸 건 해동과 해승이 열세 살 되던 해였다.

그 무렵, 일남은 한 해 전 세상을 뜬 길상의 뒤를 이어 포목점 운영을 이어가고 있었다. 아버지만큼 큰 상인이 될 자질은 부족했지만 그래도 길상이 본궤도에 올려놓은 사업을 그럭저럭 이끌어갈 정도는 됐다. 덕분에 해동도 유복하게 살 수 있었다.
어느 날 해동은 아버지 심부름를 갔다. 딸자식 혼례복에 쓴다며 좋은 옷감을 끊어간 역관에게 밀린 외상값을 받아 돌아오는 길이었다. 갑자기 웅성대는 소리가 들렸다.
두두두두.
말발굽 소리에 누군가 피하라며 소리쳤고, 거기에 비명 소리가 뒤섞였다. 눈앞에서 고삐 풀린 말 한 마리가 달려오고 있었다.
무엇에 단단히 놀랐는지 주인을 등에서 떨어뜨리고 혼자 날뛰다 마구 내달리고 있었다. 놀란 사람들이 길옆으로 바싹 붙어섰다. 제때

피하지 못한 이들은 발굽에 채어 나동그라졌다. 말이 날뛴 자리는 아수라장으로 변했다.

마침 길 한가운데 있던 해동은 놀라 몸이 그 자리에 딱 얼어붙는 것 같았다. 미처 피할 사이도 없이 말이 달려와 앞발을 높이 치켜들었다.

히이이잉, 말이 큰 소리로 울었다. 해동은 발이 땅 밑으로 뿌리를 내린 듯 옴짝달싹 못 했다. 공중을 향해 치켜든 말발굽이 금방이라도 머리를 내리치거나, 육중한 몸으로 덮칠 것 같았다.

"안 돼!"

여기저기서 비명 소리가 들리고, 아낙들이 차마 못 보겠다는 듯 고개를 돌렸다.

목숨이 경각에 달린 바로 그 순간, 말이 앞발을 쳐든 채 그대로 멈췄다. 소란스럽던 주위도 일순간 조용해졌다. 마치 시간이 그대로 흐름을 멈춰버린 것 같았다. 뒤이어 해동의 귓가에 속삭이는 낯선 목소리가 들렸다.

이 아이인가?

노인 특유의 탁하고 갈라진 목소리였다.

아닌 것 같은데?

마치 화답을 하듯 걸쭉한 노파의 목소리도 들렸다.

그렇다면 확인을 하는 수밖에.

다시 노인의 목소리가 들렸다.

스르르륵.

해동은 미끄럽고 차가운 것이 제 몸을 훑는 감촉에 몸을 부르르 떨었다. 포목점에서 자주 만져본 비단처럼 부드럽지만, 비단과 달리 이건 어딘지 모르게 기분이 나빴다. 마치 뱀이 제 몸을 타고 올라가는 것 같았다.

쉬익쉬익, 위협하는 숨소리가 들렸다. 비릿하고 역한 냄새가 코끝을 어지럽혔다. 피 냄새 같기도, 생선 썩는 냄새 같기도 했다. 역한 냄새에 해동은 금방이라도 욕지기가 나올 것 같았다.

스르르륵.

등 뒤에서도 아까와 똑같은 차갑고 미끈한 감촉이 느껴졌다. 미끌미끌하고 차가운 게 해동의 피부를 스칠 때마다 온몸에서 기분 나쁜 소름이 돋았다.

이 아이가 아니야.

등 뒤에서 노파의 목소리가 들렸다.

그럼 그 아이는 어디 있지?

해동의 얼굴 바로 앞에서 노인의 목소리가 대답했다.

스르르륵.

별안간 해동의 몸을 앞뒤로 휘감고 있던 무언가가 실타래 풀리듯 스르르 풀어져 내렸다.

스윽스윽, 뒤이어 치맛자락이 땅에 끌리는 소리를 내며 정체불명의 두 목소리는 사라져버렸다.

히이이잉.

소리가 사라지고 나자, 마치 주술에서 풀려난 것처럼 멈췄던 말이 콧소리를 내며 쳐들었던 앞발을 내려놓았다. 편자를 박은 말발굽이 자길 내려치는 줄 알고 해동은 눈을 질끈 감았다.

그런데 아무 일도 일어나지 않았다.

"워워워워, 이제 그만. 착하지."

해동은 꼭 감았던 눈을 살며시 떴다. 무관 차림을 한 남자 하나가 고삐를 낚아채 흥분한 말을 달래고 있었다. 말은 어느새 고분고분해졌다.

"정말 운이 좋았구나."

남자가 얼이 빠진 해동을 달래며 말했다.

"하마터면 죽을 뻔했어. 집에 돌아가면 조상님한테 감사 인사라도 올리거라."

남자는 그렇게 말한 뒤 말을 끌고 사라졌다. 해동은 다리가 후들거려 자리에 주저앉고 말았다.

한참 뒤 정신을 차리고 집에 돌아와 보니 평상시와 달리 집안이 어수선했다. 일 돕는 사람들도 황망해서 허둥지둥하는 것이 마치 큰 소란이 벌어졌던 것 같았다.

"무슨 일 있었어요?"

해동이 자신보다 여섯 살 많은 포목점 점원 장쇠에게 물어보았다.

"있었다 뿐이겠어."

안 그래도 입이 근질근질했는지 장쇠가 잘됐다는 듯 재잘거렸다.

"해승이가 광에 들어갔다가 선반이 무너지는 바람에 그 밑에 깔렸잖아. 다행히 목숨은 건졌는데 심하게 다친 모양이야."

"해승이가요?"

해동이 입을 딱 벌렸다.

"대체 언제요?"

"글쎄, 한 반각쯤 전인가."

그렇다면 자신이 날뛰는 말과 맞닥뜨렸을 때다. '이 아이인가?'라고 묻던 노인의 쉰 목소리가 기억나 해동은 저도 모르게 부르르 몸이 떨렸다.

늙은 남녀의 목소리는 자신이 찾던 아이가 아니라며 어디론가 사라졌다. 그렇다면 정말 무당의 예언처럼 구렁이의 저주는 자신을 비껴간 대신 저주받이인 해승에게 떨어진 걸까? 그래서 해승이 나 대신 다친 걸까?

"아니 그런데 걔는 난데없이 광엔 왜 들어갔대. 그리고 멀쩡하던 선반은 왜 갑자기 무너진 거고?"

장쇠는 해동이 맞장구쳐주길 바라며 떠들어댔지만, 더는 들리지 않았다.

그럼 그 아이는 어디 있지?

오로지 자신이 들었던 그 목소리만 계속 귓가를 맴돌았다.

해승은 한 달이나 자리에 누워 지냈다. 해승을 치료한 의원은 십중팔구 반신불수가 될 거라고 했으나, 의원이 돌팔이였던지, 아니면 운이 좋았던지 자리를 털고 일어난 해승은 다시 걸을 수 있었다. 비록 후유증으로 다리를 조금 절뚝이긴 했지만.

"뭔가에 홀린 것처럼 광에 들어갔더니 갑자기 머리 위에 있던 선반이 무너졌어요."

어떻게 된 일이냐고 묻는 일남에게 해승은 그렇게 대답했다. 일남은 이래저래 이해가 안 갔지만 해동이 화를 입지 않았으니 다행이다 여기며 넘어가려 했다. 하지만 해승이 한 다음 말은 도저히 그냥 듣고 넘길 수 없었다.

"정신을 잃을 때 어떤 할아버지 목소리가 들렸는데, 이게 첫 번째라고 했어요."

"첫 번째라고?"

일남이 의아한 목소리로 물었다.

"네, 그 목소리가 '이건 네 할아비가 받아야 할 벌'이라고 했어요. 그리고 앞으로 두 번 더 남았다고."

"두 번이나 더 남았다고?"

곁에 있던 순례와 해동마저 놀라 입을 딱 벌렸다. 해승이 우울한 얼굴로 고개를 끄덕였다.

"목소리가 '네 애비와 어미가 받아야 할 벌이 남았다'고 했어요. 그리고 세 번째는 반드시 목숨을 가져갈 거라고요."

해승이 울먹이면서 고개를 푹 숙였다. 누구도 함부로 입을 열 수 없었다. 방안엔 오래도록 무거운 침묵이 가라앉았다.

사고의 기억은 차츰 희미해져 갔다. 하지만 해승이 남긴 말은 시간이 흐른다고 쉽게 잊힐 수 있는 게 아니었다. 구렁이는 앞으로 두 번 더 남았고 마지막엔 목숨을 거둬갈 거라고 했다. 그게 과연 언제일까. 일남네 가족에겐 하루하루가 가슴을 죄며 살얼음 위를 걷는 것 같은 나날이었다.

두 번째는 생각보다 빨리 찾아왔다. 2년 뒤 마을에 천연두가 돌았다. 해동도 병에 걸려 앓아누웠다. 비교적 가볍게 앓고 넘어가는 이들도 많다는데, 해동은 증세가 심한 편이었다. 고열이 나고 전신에 발진이 돋았다. 순례는 아들 옆에 붙어 앉아 간호하느라 매일 밤을 지새웠다.

"저러다 애가 죽으면 어떡하죠?"

"그럴 리가. 이번에도 해승이가 잘 막아줄 거야."

"그래야 할 텐데. 그런데 이번엔 왜 그 애가 대신 아파주지 않는 걸까요?"

고열에 시달리다 잠시 정신이 든 사이, 해동은 일남과 순례가 작은 목소리로 소곤거리는 걸 들었다. 해승의 목숨은 안중에도 없는 말을 듣자 해동은 정신이 아득해졌다.

다시 까무룩 정신을 잃었다가 그대로 깊은 잠에 빠져든 해동은 얼마 후 이상한 기척에 잠에서 깨어났다. 둘러보니 곁에는 아무도 없었다. 순례마저 보이지 않았다. 문풍지 너머가 시커먼 걸 보면 이미 밤이 깊은 것 같았다.

스읏스읏.

어디선가 방바닥이 쓸리는 소리가 들렸다. 예전에도 들어본 적 있는 기분 나쁜 소리였다. 해동은 저도 모르게 자리에서 몸을 반쯤 일으켰다.

스읏스읏.

배로 바닥을 쓸며 지나가는 소리에 이어 눈앞에 노란 불빛 한 점이 모습을 드러냈다. 작은 조약돌이나 아이들이 갖고 노는 공깃돌 크기의 동그란 불빛은 호롱불마저 꺼진 캄캄한 방안에서 홀로 빛을 내고 있었다.

하지만 따스하다기보다는 섬뜩해 보였다. 노란 한 점의 불빛이 해동의 눈높이쯤 되는 곳에서 어른거렸다.

이 아이인가?

귓전에서 걸걸한 노파 목소리가 들렸다.

'이 목소리는!'

해동은 온몸에 소름이 쭉 돋았다. 뒤이어 코끝에서 비릿하고 역겨운 악취가 느껴졌다. 할 수만 있다면 방을 뛰쳐나가고 싶었지만, 공포에 사로잡힌 해동의 몸은 말을 듣지 않았다.

쉬익쉬익.

해동이 숨을 참는 사이, 위협하는 숨소리가 들리더니 비릿한 숨결을 머금은 무언가가 얼굴에 바짝 다가왔다. 노란 불빛의 정체가 똑똑히 드러났다. 그건 눈이었다. 깜빡이지 않는 차가운 눈. 반대쪽 눈동자는 뭉개져 일그러진 살덩이만 남아 있었다.

해동은 자신을 노려보는 그것이 커다란 구렁이라는 걸 직감했다. 멀쩡한 눈 한쪽을 빛내면서 구렁이가 해동을 훑어보듯 고개를 아래위로 오르락내리락했다. 그 바람에 동그랗고 노란 불빛도 위아래로 이리저리 왔다 갔다 했다.

갑자기 등 뒤를 스치는 미끌미끌한 감촉에 해동은 으스스해졌다. 차고 매끈한 것이 등을 스치고 지나가더니 스르르 팔을 타고 미끄러져 내렸다. 자세히 들여다보니 왼손 주위 바닥에 커다랗고 시커먼 실타래 같은 것이 똬리를 틀고 있었다.

아니야, 다른 아이야.

어디선가 나이 든 영감의 목소리가 들렸다. 목소리를 따라 바닥에 떨어진 실타래도 마치 말을 하는 것처럼 꿈틀거렸다. 하지만 희한하게도 목소리는 바로 귓전에서 들리는 것 같았다. 해동은 식은땀을 흘리며 천천히 눈동자만 돌려 소리 들린 왼쪽을 돌아다봤다.

'헉!'

한 쌍의 노란 불빛과 눈이 마주친 해동이 저도 모르게 숨을 들이마셨다. 그건 제 앞에 얼굴을 들이밀었던 불빛 한 점과 똑같이 생긴, 노란 구슬 같은 눈동자였다. 보기만 해도 서늘한 그 눈동자가 자신을 쏘아보고 있었다.

쉬이이익.

한 쌍의 노란 불빛 바로 아래서 새빨간 혀가 튀어나와 해동의 코끝을 간지럽혔다. 새빨갛고 갈라진 혀가 코 언저리에서 넘실거릴 때마다 비릿한 썩은내가 진동했다.

벌렁거리는 심장을 진정시키며 해동은 짐작해보았다. 아마도 한쪽 눈이 없는 구렁이가 얼굴 정면에서, 두 눈이 성한 구렁이는 왼쪽 어깻죽지 부근에 대가리를 들이밀고 있는 것 같았다. 차라리 방이 어두워 잘 안 보이는 게 다행일 성싶었다.

'잠깐, 그렇다면 저건 뭐지?'

바닥에서 본 실타래 같은 것이 생각나 해동이 다시 그쪽으로 시선을 움직였다. 실타래 끝부분이 꿈틀꿈틀 움직였다. 마치 뱀이 꼬리를 움직인 것처럼. 가만 보니 실타래는 머리 부분이 없었다. 머리가 있어야 할 부분이 뎅강 잘려나가 밋밋하고 뭉개진 살점만 뭉쳐 있을 뿐이었다.

'그, 그렇다면 머리는….'

왼쪽 어깻죽지에 걸터앉았던 구렁이 머리가 바닥에 툭 떨어졌다. 동시에 노란색 불빛도 방바닥 아래로 내려왔다. 해동은 비명이 터져 나오려는 걸 간신히 참았다.

스르륵스르륵.

오른쪽 옆에서 구렁이 한 마리가 방바닥을 천천히 쓸며 어딘가로 사라지는 소리가 들렸다.

통통통통.

왼쪽 옆에서 잘린 구렁이의 머리가 제기처럼 바닥을 튀어오르며 실타래 같은 몸뚱이를 따라나갔다. 스르륵스르륵.

해동은 긴장이 풀려 그대로 졸도했다 깨어났다. 다시 정신이 들고 나서도 조금 전 봤던 끔찍한 광경이 좀처럼 뇌리에서 사라지지 않았다. 온몸이 식은땀으로 범벅이 돼 있었다. 하지만 희한하게도 더는 열이 나지 않았다. 온통 발진이 일었던 온몸도 씻은 것처럼 흔적이 사라졌다.

물을 떠서 방으로 들어오던 순례가 자리에서 일어나 앉은 아들을 보고 반색했다. 이마에 손을 대 열이 가라앉은 걸 확인하곤 문득 생각난 것처럼 곧장 해승의 방으로 달려갔다.

순례가 무엇을 확인할 생각이었는지 해동은 묻지 않아도 짐작할 수 있었다. 게다가 자신은 확인해보지 않아도 알고 있었다. 제 온몸을 휘감았던 구렁이들이 조금 전 해승을 찾아갔으리라는 걸. 아마도 지금쯤 해승은 자신을 대신해 앓아누웠으리라는 걸.

이번이 두 번째, 이건 네 애미가 받을 벌이다.

다음 번엔 살려두지 않을 거야.

어째서인지 지금 해승이 듣고 있을 목소리가 해동의 귀에도 또렷하게 들렸다.

해승은 그로부터 꼬박 사흘을 앓아누웠다. 다행히 목숨은 건졌지만, 마마신은 해승에게 머물고 간 흔적을 남겼다. 깨끗했던 해승의 얼굴엔 천연두로 얽은 자국들이 흉측하게 남았다.

자리에서 일어나고도 해승은 기뻐하지 않았다. 그럴 만도 했다. 연거푸 해동 대신 저주를 받느라 다리를 절고 얼굴도 얽게 됐으니. 게다가 세 번째는 목숨을 가져간다고 했는데, 그게 언제일지 몰라도 그때가 오면 해동 대신 자신이 죽게 될 게 뻔한 일이었다.

일남과 순례도 그 무렵엔 해승을 이전보다 조심스럽게 대했다. 마치 언제 터질지 모르는 종기라도 되는 것처럼. 뒤틀린 안도감과 죄책감으로 해동 역시 해승을 대할 면목이 없었다.

결국 집안 식구들 모두 해승의 눈치를 보는 처지가 되었다. 마지막이 언제가 될까 불안해하며.

"미안해."

언젠가 혼자 초승달을 올려다보는 해승의 곁에 해동이 다가가 말을 건넸다. 해승은 해동을 한 번 힐끗 쳐다보더니 무심하게 고개를 돌렸다.

"뭘 생각해?"

해승과 대화를 해본 게 오랜만이었다. 저리 꺼지라고 하면 어떡하나 걱정했지만 다행히 해승은 내치지 않았다.

"그냥 이것저것."

해승이 심드렁하게 대답했다.

"이것저것, 뭐?"

"만약 내가 이대로 죽어버린다면 마지막 저주는 네가 받게 될까, 같은."

태연한 말투에 해동은 말문이 막혔다.

"혹은 만약 내가 널 죽여버린다면 어떻게 될까, 같은."

"미안해. 날 용서해줘. 그리고 어머니, 아버지도."

해승은 고개 숙인 해동을 말없이 내려다봤다.

"너한테 이런 말할 자격이 없다는 거 잘 알아. 하지만 우리 부모님도 어쩔 수 없었을 거야."

"아니, 그렇지 않아."

해승이 차갑게 대꾸했다.

"만약 정말 나한테 미안했더라면 어떻게든 되돌릴 방법을 찾았을 거야. 저주받이를 어렵게 찾아냈던 것처럼. 그렇지 않아? 그런데 그러고 싶지 않으니 자신들이 받아야 할 죄를 전부 나한테 뒤집어씌우고 있는 거지."

해동은 뭐라 반박할 수 없었다.

"하지만 나도 이대로 당하고 있지만은 않을 거야."

해동이 눈을 크게 뜨고 해승을 쳐다봤다. 해승은 잠자코 하늘만 올려다봤다.

"너한텐 나쁜 감정 없어."

해승이 달에게 얘기하듯 말했다.

"넌 나한테 형제나 마찬가지니까."

"나도 그래."

해동이 말했다.

"하지만 더는 이렇게는 못 살겠어."

해승의 목소리가 뾰족해졌다.

"그럼 어떻게 할 건데?"

"내 인생을 살아야겠어."

해동도, 해승도 더는 할 말이 없었다. 둘은 한동안 말없이 밤하늘에 처연하게 걸린 초승달만 바라보았다.

제 인생을 살겠다던 해승은 그 말을 실행에 옮겼다. 밤사이 짐을 싸서 집을 나가버린 것이다. 더는 자신을 찾지 말라는 쪽지를 남긴 채.

일남과 순례는 펄펄 뛰었다. 이러다 마지막 저주를 해동이 받게 되는 건 아닌지 걱정된 것이다. 그동안 해승이 치러야 했던 고난은 모른다는 듯이 먹여주고 입혀줬는데 배은망덕한 놈이라며 욕도 퍼부었다. 무당을 만나고 나서야 부부는 잠잠해졌다. 해승이 가출해도 저주에서 벗어날 수 없으리라고 했기 때문이다.

"이미 그 아이에겐 저주의 표식이 남았거든. 그러니 아무리 멀리 가도 구렁이가 결국 찾아낼 거야. 쓸데없이 줄행랑을 치다니. 어리석게도."

그로부터 2년의 시간이 아무 일 없이 흘렀다. 일남과 순례는 굳이 해승을 찾으려 들지 않았다. 어차피 껄끄러웠는데, 차라리 안 보는 게 나았던 것이다. 굳이 불편한 저주받이를 곁에 둘 이유가 없었다.

하루하루가 평온하게 흘러갔다. 일남의 포목상은 여전히 번창했고, 어느덧 해동도 기름장수네 처자와 약혼을 하게 됐다. 두 집안은 잘 아는 사이인데, 그 집 딸 말자는 성격이 차분하고 손끝이 여물어 요리며 바느질이며 못 하는 살림이 없다고 했다. 좋은 처자를 며느리로 맞게 됐다며 일남과 순례는 만족스러워했다.

그런데 좋은 일 끝엔 나쁜 일이 온다고 했던가. 혼례를 한 달 앞둔 어느 날, 일남네 집에 화재가 났다. 일꾼 중 하나가 불 관리를 제대로 못 한 게 화근이 된 모양이었다. 제대로 꺼지지 않은 불씨가 몰래 타올라 집 전체로 번진 건 다들 세상 모르게 잠든 깊은 밤이었다.

몸을 스치는 매끈하고 차가운 감촉에 해동은 눈을 떴다. 머리가 몽롱하고 온몸이 나른했다.

이놈인가?

갈라지고 쉰 노인의 목소리가 해동의 귓전을 울렸다. 해동은 정신이 번쩍 들었다. 결코 잊을 수 없는 그 목소리. 해동은 억지로 몸을 일으키려 했다. 하지만 마치 물을 먹은 솜처럼 온몸이 너무나 무거워 제대로 가눌 수가 없었다.

쉬이이익.

차갑고 축축한 것이 이마 주위에 비릿한 숨결을 내뿜었다. 전에도 맡아본 적 있는 역한 냄새가 해동의 코끝을 괴롭혔다.

데구르르.

뒤이어 해동의 머리 위에 있던 게 얼굴을 타고 내려와 바닥에 툭 떨어졌다. 아마도 그것이 잘린 구렁이의 머리일 거라 짐작한 해동은 온몸이 사시나무처럼 떨렸다. 구렁이가 숨결을 뿜고 간 얼굴에 끈적거림이 질척하게 남았다.

이 아이가 아니야.

노파의 목소리가 대답했다.

그럼 그 아이는 어디 있나?

이 근처엔 없어.

그럼 그곳으로 가자.

어둠 속에서 노인과 노파가 주고받는 음침한 목소리가 들렸다.

스르르르.

매끈하고 차가운 것이 몸을 타고 넘는 감촉이 전해졌다. 그것이 스치고 지나간 자리에 기분 나쁜 서늘함이 남았다.

통통통통.

스으윽 스으윽.

몸뚱이에서 분리된 머리와 실타래 같은 구렁이의 몸뚱이가 앞서거니 뒤서거니 하며 방안을 빠져나가는 소리가 들렸다.

한참이나 지나서야 정신이 든 해동은 겨우 일어나 앉아 주위를 둘러보았다. 사방엔 연기가 자욱했다. 어디선가 매캐한 냄새가 바람에 실려왔다. 그제야 해동은 불이 났다는 걸 알아차렸다.

천 조각으로 입을 감싸고 허둥지둥 밖으로 뛰쳐나갔다. 집 밖으로 나오니 긴장이 풀려서인지 연기 때문에 미친 듯이 기침이 터졌다.

한참을 콜록이다 정신을 차리자 일남과 순례가 잠든 방은 이미 불길에 휩싸여 있었다.

"이를 어째!"

어느새 자다 깬 이웃들이 몰려나와 불 난 집 앞에 모여 있었다. 우물에서 물을 길어오는 사람, 울먹이며 발을 동동 구르는 사람, 불구경에 정신 없는 사람들까지 몰려 해동의 집 앞은 소란스러웠다.

"어머니! 아버지!"

해동이 화염에 휩싸인 집으로 뛰어 들어가려 했지만 불길이 너무 거셌다. 우지끈 소리를 내며 불에 탄 기둥들이 발밑에 떨어졌다. 바람까지 세차게 불면서 집은 금세 화르륵 타올랐다.

"아버지! 어머니!"

해동이 목놓아 소리 질렀다. 일남과 순례가 이미 불길에 휩싸여 이 세상 사람이 아니라는 걸 알았다. 하지만 그럼에도 미련을 버릴 수 없었다. 불길이 조금 잠잠해지려는 틈을 타 해동이 다시 안으로 뛰어들려 했다.

"그만! 그만하게."

누군가 해동의 어깨에 손을 얹었다. 돌아보니 마을 이장 영탁이었다.

"이미 늦었네. 자네가 할 수 있는 건 아무것도 없어."

"하지만…."

그를 뿌리치려는데 영탁이 부리나케 붙들었다.

"이미 늦었다니까. 잘못하다 괜히 자네까지 죽을 수 있어. 그걸 부모님이 원하시진 않을 거야."

해동은 더는 억지를 부릴 수 없었다.

"이제 멸화군이 곧 올 걸세. 이 다음은 그들한테 맡기게."

"어르신 말씀이 맞아."

누군가 영탁의 말에 맞장구쳤다. 둘러보니 동네 장정들이 몰려와 해동을 에워싸고 있었다. 모두 얼굴엔 안타까움이 가득했다.

"정말 안됐네."

영탁이 해동의 어깨를 툭툭 두들겼다.

그제야 상황을 되돌릴 수 없음을 깨닫고 해동은 바닥에 주저앉아 오열하기 시작했다.

"마지막에 목숨을 거둬가겠다고 했던 말은 비단 제 목숨만 가리킨 게 아니었나 봅니다. 부모님 모두 그때 화마에 목숨을 잃었으니까요."

해동이 씁쓸한 목소리로 말했다.

"그런데 어째서 형씨는 목숨을 부지하셨소? 아…."

선노미가 질문하다 말고 답을 알아챘는지 말꼬리를 흐렸다.

“그렇습니다. 저주받이 덕분에 목숨을 부지했죠.”

그렇게 말하는 해동의 얼굴은 어딘지 모르게 쓸쓸해 보였다.

멸화군이 출동해 불은 모두 꺼졌다. 집안 사람이 실수로 제 집에 불을 냈다는 증거가 발견되지 않아 해동은 화재로 인한 처벌은 면할 수 있었다.

“건조한 날씨도 아닌데 요새 왜 이렇게 화재가 자주 있는지 모르겠네.”

해동의 집에 출동했던 멸화군 하나가 혼잣말처럼 중얼거렸다.

“옆 동네서도 같은 날 비슷한 때 움막에 불이 붙은 바람에 거기서 숙식하던 거지 하나가 타 죽었어. 움막이 마을에서 떨어져 있어 동네에 불이 옮겨붙지 않은 게 다행이지.”

“같은 날, 비슷한 시각이라고요?”

해동은 그 말을 흘려들을 수가 없었다. 부모님 장례를 치른 다음 멸화군에게 알아낸 옆 동네 화재 현장을 찾아가 봤다. 이미 철거해버렸는지 불이 난 움막은 흔적도 찾아볼 수 없었다.

해동은 포기하지 않고 동네 사람들을 수소문했다. 물어물어 겨우 움막에서 살았던 거지에 대해 비교적 잘 아는 사람을 찾아냈다. 근방에서 농사를 지어 먹고 사는 50대 사내였다.

사내가 거지에게 직접 들은 바에 따르면, 불에 타 죽은 거지는 원래 이웃 마을 사람인데 무슨 사정인지 집을 나와 떠도는 거라고 했다. 얼굴이 얽고 다리를 절어서 불쌍한 마음에 남은 밥을 몇 번 주다가 이야기를 트게 됐노라고 했다.

'화재로 죽은 거지가 바로 해승이었구나.'

해동은 제 짐작이 맞았음을 확신했다. 사체는 새카맣게 타 형체를 알아볼 수 없을 정도였다고 하지만, 해승이 분명했다.

결국 해승은 제 인생을 살겠다는 꿈을 이루지 못하고 안타깝게 세상을 뜨고 말았던 것이다. 덕분에 자신은 목숨을 구할 수 있었지만.

해동은 가슴이 미어질 것 같았다. 보아하니 집을 나와서도 힘들게 살았을 것 같은데 마지막까지 그렇게 허무하게 가버리다니. 그것도 나를 대신해서.

돌아오는 길에 절에 들러 해승을 위해 기도해 달라며 돈을 기부했다. 그렇게라도 해야 해승에 대한 마음의 짐을 조금이라도 덜 것 같았다. 해승이 저승에서나마 평화롭게 지낼 수 있기를 해동은 진심으로 바랐다.

그 뒤로 시간은 빠르게 흘러갔다. 부모와 해승의 죽음을 잊기 위해 해동은 더욱 정신없이 일했다. 할아버지의 기질을 타고 났는지 다행히 해동은 장사에 소질이 있었다. 화재로 휘청거렸던 포목상을 다시 궤도에 올려놓는 것도 모자라 오히려 확장했다.

혼인을 약조했던 기름장수네 딸과는 예정대로 혼례를 올렸다. 갑자기 주인이 사망한 탓에 포목상이 기울지 않을까 우려한 기름장수네는 처음엔 딸을 보내길 망설였지만, 해동이 가게를 잘 꾸려나가자 더 이상 반대하지 않았다.

혼인한 지 1년 뒤 해동의 아내 말자는 아기를 낳았다. 건강한 쌍둥이 사내아이들이었다. 해동은 아기들 이름을 각각 승복이, 필복이로 지었다. 그게 벌써 5년 전이었다.

"고생은 했지만 그래도 결말이 좋으니 다행일세. 장사도 순풍이고, 혼례도 올렸고, 쌍둥이도 가졌으니 이제 걱정할 게 없지 않은가."

해동의 이야기를 다 듣고 흘가분하다는 듯 다산이 말했다.

"그게 사실은…."

해동이 뭔가 석연치 않다는 표정으로 머리를 긁적였다.

"뭔가 마음에 걸리는 게 더 남았나요?"

선노미가 넌지시 물었다.

"네, 그게…."

주저하던 해동이 어렵사리 입을 열었다.

쌍둥이가 태어나기 전, 해동은 꿈에서 커다란 구렁이 두 마리를 다시 봤다.

예전에 자신이 만났던 암수 구렁이 한 쌍은 지금은 잘린 머리가 몸에 제대로 붙어 있고, 두 눈도 성한 게 멀쩡해 보였다. 하지만 불길한 일을 몰고 다녔던 구렁이를 다시 만나니 해동은 덜컥 겁이 났다.

구렁이는 깜빡이지 않는 동그랗고 차가운 눈으로 한동안 지그시 해동을 바라봤다. 그러다 한 쌍의 구렁이가 마치 한 몸이라도 된 듯 서로의 몸을 칭칭 엮더니 하나의 실타래처럼 동그랗게 만 몸을 날려 말자의 부푼 배속으로 뛰어들었다.

"안 돼!"

해동이 절규했다. 그러다 잠이 깨보니 꿈이었다. 곁에서 놀란 만삭의 아내가 눈을 휘둥그렇게 뜨고 해동을 보았다.

개꿈이라 생각하고 넘어가려 했지만, 찜찜한 마음이 드는 걸 어쩔 수 없었다. 막연한 찜찜함은 쌍둥이가 태어나자 섬뜩한 확신으로 바뀌었다. 쌍둥이 중 하나, 필복이의 등에 해승의 등 뒤에 난 것과 똑같이 생긴 붉은 반점이 있었기 때문이다.

원래 자신의 등 뒤에 났다가 해승의 등으로 옮겨갔다는 반점을 보며 해동은 불길함에 온몸을 부르르 떨었다.

"걱정이 너무 과한 게 아닐까요? 아기들 몸에 반점이 있는 건 흔한 일이고, 크면 사라지기도 한다는데."

"그럴 수도 있겠지요."

선노미의 지적에 해동이 마지못해 고개를 끄덕였다.

"하지만 제가 보기엔 어쩐지 한 명이 다른 한 명의 저주받이가 되는 게 대물림된 것 같아서요."

원래라면 승복이 당했어야 할 것 같은 일을 결과적으로 필복이 겪는 일이 심심치 않게 일어났기 때문이다. 이를테면 승복이 먼저 앓기 시작한 전염병을 필복이 옮아서 고생하는 사이 승복은 씻은 듯이 낫는다거나 하는 식으로.

쌍둥이를 키우다 보면 있을 수 있는 일이긴 하지만, 해동은 기분이

찜찜했다. 어쩐지 필복이 승복의 병을 대신 앓은 것 같아서. 승복이 큰 개에게 쫓겨 도망치다 그걸 말리려던 필복이 오히려 개에 물리고 승복은 멀쩡한 적도 있었다.

불길한 마음을 억누를 수 없는 해동과 달리 말자는 대수롭지 않게 여기는 눈치였다. 오히려 남편이 유난을 떤다고 생각하는 것 같았다.

갑갑한 마음에 해동은 집안의 우환이었던 구렁이에 대해 털어놓았다. 그렇다고 차마 저주받이에 얽힌 속사정까지 고백할 수는 없었다. 그저 '예전에 이 집에서 영험한 구렁이를 죽인 적이 있는데, 그게 쌍둥이를 낳기 전 꿈속에 나와 당신 뱃속으로 들어가더라' 정도로만 말했다.

"꿈속에서 구렁이들이 제 뱃속으로 들어왔다고요? 구렁이는 아들 낳는 태몽이라던데. 두 마리라 쌍둥이가 나왔나 보네요."

말자는 오히려 아이들이 크면 태몽 얘기를 해줄 수 있겠다며 좋아했다. 결국 해동은 자신의 고민을 나눌 사람이 없다는 걸 깨달았다. 천진난만한 아들들을 볼 때면 자신과 해승의 어린 시절이 떠오르면서 저들도 나중에 한 명이 다른 한 명을 위해 희생되는 게 아닌가 하는 불안감에 시달려야 했다.

"혹시나 필복이 진짜 저주받이 운명을 타고난 게 아닌지… 자꾸만 걱정스럽습니다."

해동이 낙심해 말했다.

"선비님은 어떻게 생각하십니까? 정말로 구렁이의 저주가 끝나지

않은 걸까요? 그래서 제 아이들에게까지 그 저주가 내려온 걸까요?"

해답을 구하는 눈길로 해동은 다산을 바라보았다. 처음 만난 젊은 선비가 답을 알고 있을 리 없겠지만 이제껏 가슴속에만 쌓아뒀던 고민을 털어놓는 김에 누구에게라도 의견을 묻고 싶은 것이다.

"나는 저주받이의 운명이라는 게 마음이 만들어낸 부분이 크다고 보네."

생각에 잠겼던 다산이 입을 열었다.

"마음이 만들어냈다고요?"

"그렇네."

"그게 무슨 뜻입니까?"

"자네가 누군가의 저주받이라는 말을 들으면서 자랐다고 가정해보게. 그러면 항상 불운이 자기를 따라다닌다고 생각하겠지. 그런 생각이 머릿속에 콱 박혀 있으면 잘될 일도 잘될 리가 없지 않겠나."

해승은 가족들의 차별과 냉대에 더해 잘못된 자기 확신을 품고 자랐을 것이다. 자신을 해동의 저주받이라고 굳게 믿은 해승은 매사에 항상 위축되고 부정적일 수밖에 없게 된 것이다. 그 때문에 어쩌면 피할 수 있었던 불운들도 피할 수 없었던 것인지 모른다. 게다가 불운을 겪을수록 그것이 저주받이라는 제 운명 때문이라는 확신이 강해지고, 결국엔 정말 저주받이가 된 것인지도 모른다.

"그렇다면 선비님은 구렁이의 저주 이야기는 안 믿으시는 겁니까?"

해동이 물었다.

"글쎄."

다산이 고개를 갸웃했다.

"천지에 인간이 이해할 수 없는 어떤 힘이 작용한다는 건 나도 인정하네. 아마 자네가 겪은 그 일에도 얼마간 그런 힘이 작용했는지도 모르지. 하지만 이해하기 힘든 문제에 부딪힐 때마다 무조건 귀신의 조화라고 핑계 대는 것에 대해선 난 반댈세."

해동은 고개를 숙이고 무언가를 골똘히 생각하는 것 같았다.

"그렇다면 제 꿈에 구렁이가 나온 것도 저주가 아니라 그저 제 마음이 만들어낸 조화였을까요?"

"아마도."

다산은 망설임 없이 대답했다.

"자네는 형제처럼 자랐던 해승에 대해 늘 미안한 마음을 갖고 있었을 걸세. 그 때문에 자네와 해승을 차별했던 부모에 대한 불만도 얼마간 있었을 테고. 그렇지 않나?"

해동이 고개를 끄덕였다.

"그런데 자네도 부모가 되면서 자식이었을 때 부모에게 느꼈던 불만을 아마도 다시 돌아보게 됐을 걸세. 또 한편으로는 조금 두려웠는지도 모르지. 부모가 된다는 건 설레지만 두려운 일이기도 하니까. 그런 복잡한 감정이 투영된 결과물이 꿈속에서 본 구렁이가 아닐까 싶네."

"아…."

한 번도 이런 생각은 해보지 못했는지 해동이 허를 찔린 표정을 지었다.

얼떨떨한 얼굴로 반신반의하는 해동에게 다산이 말을 이었다.

"쌍둥이들에게 저주가 대물림된 게 아닐까 걱정하는 자네 심정도 이해가 안 가는 바는 아닐세. 자식이 아들 쌍둥이니 아마 해승과 자네 어린 시절이 떠올랐을 거야. 해승에게 느끼는 죄책감과 어린 시절 겪었던 강렬한 경험 때문에 자네가 무의식적으로 승복과 필복을 자네와 해승으로 보는 게 아닐까 싶네."

"정말 그랬으면 좋겠습니다."

해동의 얼굴이 조금 펴지는 것 같았지만 그렇다고 미심쩍은 표정이 가시지는 않았다. 아직 가슴 한구석에 자리 잡은 의구심이 그림자를 드리우는 것 같았다.

"그래도 정 찝찝하시다면 부적 하나 써 드리지요."

선노미가 갑자기 부적 타령을 했다.

"부적이라고요? 그런 것도 할 줄 아십니까?"

"예전에 암자에 잠시 머물 때 고승한테서 배웠습니다."

선노미가 고개를 끄덕이며 대답했다.

"기담을 수집하다 보니 희한한 경험을 많이 하게 되더군요. 집을 지키는 수호신인 구렁이를 실수로 죽였다는 사람을 이전에도 본 적이 있는데, 그때 스님께서 퇴치 부적을 써주시는 걸 보고 신기하게 여겨 여쭤보니 제게도 가르쳐주셨습니다."

"그럼 저한테도 하나 써주시지 않겠습니까?"

해동이 은근히 선노미에게 매달렸다.

"그거야 어려울 것 없습니다."

선노미는 방에서 지필묵을 가져와 해동 앞에 펼쳤다.

먹을 갈아 붓에 적신 다음, 종이 위에 천천히 선을 그려나갔다. 이따금 생각을 더듬는 것처럼 머뭇거리기도 하면서. 얼마 후 종이 위엔 매 그림이 완성됐다. 썩 훌륭한 솜씨라고 할 순 없지만 적어도 매라는 건 분명히 알 수 있을 만큼은 되었다.

"이게 부적인가요?"

부적을 받아든 해동은 조금 실망한 표정이었다.

"부적이라고 해서 꼭 해괴한 도안 같은 게 있을 필요는 없습니다. 그 안에 있는 의미가 중요하죠."

해동의 반응을 짐작했다는 듯 선노미가 침착하게 설명했다.

"구렁이를 잡아먹는 게 바로 매지요. 집에 돌아가면 이걸 필복이 베개 밑에 넣어두세요. 그럼 나중에 혹시라도 구렁이가 나타나 저주를 내리려 할 때 이 매가 구렁이를 퇴치할 겁니다."

"아, 그렇군요."

해동은 그제야 이해했다는 표정이었다. 한 점 남아 있던 의구심도 드디어 가셨는지 해동은 비로소 환한 웃음을 지었다.

"덕분에 한시름 놨소. 고맙습니다."

어느새 비가 그쳤다. 셋이서 나눠 먹던 빈대떡도 이미 동이 났다. 해동은 다산과 선노미에게 작별 인사를 하고 부적을 챙겨 길을 떠났다.

"자네, 별 요상한 걸 다 할 줄 아는구먼."

해동이 사라진 뒤 다산이 선노미에게 말했다.

"거짓말입니다."

선노미가 아무렇지도 않은 얼굴로 대답했다.

다산은 기가 막히다는 표정이었다.

"거짓말이라고? 전부 다?"

"네, 전부 다요. 부적 같은 건 쓸 줄도 모르고, 쓰는 법을 배운 적도 없습니다."

허탈한 표정을 짓는 다산에게 선노미가 태연자약하게 대답했다.

"천연덕스러운 얼굴을 하고선 참 잘도 거짓말을 주워섬겼네 그려."

그제야 선노미는 씩 웃었다.

"서당개 삼 년이면 풍월을 읊는다고, 기이한 이야기를 자주 듣다 보니 이젠 거짓말도 꽤 그럴듯하게 나오더라고요. 그림 실력이 별로라 긴장했지만, 그래도 어찌어찌 둘러대서 믿어준 것 같으니 다행이지요."

"대체 왜 그런 거짓말을 한 건가?"

"때로는 선의의 거짓말이 필요하다고 하신 게 선비님 아니십니까. 선비님 말씀대로 저자의 불안이 마음에서 비롯된 것 같으니 안심하게 하려고 그런 거지요."

다산이 껄껄 웃음을 터뜨렸다. 그가 이렇게 큰 소리로 웃는 건 처음 보았다.

"가만 보면 자네도 꽤 엉뚱한 데가 있어."

다산이 웃음기를 지우고 선노미를 똑바로 보았다.

"하지만 말이야, 아까도 말했다시피 나는 솔직한 게 최고라고 생각하네."

무슨 뜻이냐고 선노미가 묻기도 전에 다산이 곧바로 덧붙였다.

"특히나 자주 얼굴 보는 사이일수록."

다산의 눈은 부엌에서 나오는 금실을 가리키고 있었다.

"아마도… 그렇겠지요."

늦저녁에서 한밤중으로 넘어갈 무렵이었다. 하루 일을 전부 마치고 이젠 방에 들어가 쉬려는 선노미에게 금실이 슬며시 다가왔다.

"아까 제가 만든 빈대떡 맛있다고 하셨죠?"

한동안 쭈뼛거리며 눈치를 보던 금실이 겨우 말을 꺼냈다.

"다른 건 또 뭘 좋아하세요? 저, 요리 되게 잘하거든요. 어차피 손님들 드실 거 만드는 김에 조금 더 만드는 건 일도 아니니까 뭐든 말씀만 해주세요. 그러면…."

"미안해."

선노미가 금실의 말을 차분히 가로막았다.

금실이 무슨 뜻인지 모르겠다는 듯 눈을 동그랗게 떴다.

"네가 날 좋아하는 거 알아."

선노미가 어렵게 내뱉은 말에 금실은 화들짝 놀란 것 같았다. 어둠에 가려 잘 보이진 않지만, 아마도 지금쯤 얼굴이 새빨개져 있을 것 같았다. 금실은 시선을 어디다 둘지 몰라 허둥지둥했지만, 그래도 선노미가 한 말을 부인하진 않았다.

"하지만 네 마음을 받아줄 순 없어."

"왜요?"

금실이 화들짝 고개를 들어 선노미를 똑바로 쳐다봤다.

"난 결혼할 생각이 없거든. 누군가를 책임지기엔 내 마음이 지고 있는 짐이 너무 무거워."

선노미가 솔직하게 털어놨다. 금실은 실망한 듯 고개를 푹 숙였다. 한동안 물끄러미 제 발치를 내려다보던 금실이 마침내 입을 열었다.

"오라버니한테 말 못 할 사연이 있단 건 알아요. 복이 언니도 그렇게 말했으니까. 하지만 사람 일은 알 수 없는 거라고들 하잖아요. 언젠가 혼인하고 싶다는 생각이 들 수도 있잖아요."

선노미는 선뜻 동의할 수 없었다. 앞일을 장담할 수 없다는 건 자신도 잘 알고 있다. 자신이 연암이라는 선비를 만나 기담을 수집하게 된 것도, 그를 따라 청나라로 갔다가 씻을 수 없는 죄를 지은 것도 어린 시절 자신이라면 상상도 못 했을 일이니까. 하지만 지금 제 상황을 놓고 보자면 아무리 생각해도 남들처럼 평범한 삶을 꾸리긴 힘들 것 같았다.

"그때는 제 마음을 받아줄 수 있는 거 아니에요?"

한 가닥 희망을 놓칠 수 없다는 표정으로 금실이 선노미를 빤히 쳐다봤다.

선노미는 속으로 크게 한숨을 쉬었다.

"미안해."

한참 고민 끝에 마침내 선노미가 말했다.

"사실은 좋아하는 사람이 있어."

금실의 표정이 한순간에 일그러졌다. 금방이라도 울음을 터뜨릴 것 같았다.

"누군데요?"

선노미는 대답하지 않고 고개만 저었다.

"전 훌륭한 신붓감이 될 자신 있는데. 요리도 잘하고, 살림도 잘하고, 그런데 대체 왜…."

"누군가를 좋아하는 게 항상 내 뜻대로 되는 게 아니잖아."

금실도 선노미의 말이 무슨 뜻인지 잘 알고 있다. 그렇기에 선노미를 탓할 수 없다는 사실도. 하지만 선노미가 마음에 둔 누군가가 왜 자신이 아닌 다른 사람이 돼야 하는지는 받아들이기 힘들었다.

"미안해."

선노미가 세 번째로 똑같은 말을 되풀이했다.

금실이 결국 울음을 터뜨렸다. 선노미 앞에서 눈물을 보인 게 창피한지 얼른 제 방으로 들어가 버렸다.

홀로 남은 선노미는 한동안 우두커니 금실이 떠난 자리를 바라보고 있었다.

잰걸음을 놓던 해동은 잠시 멈춰 서서 품 안에 넣어둔 부적을 꺼내 들었다. 조악한 솜씨로 매 그림을 그린 부적이다.

"부디 이게 효력이 있어야 할 텐데."

구렁이의 몸통을 꿰뚫을 것 같은 날카로운 매 부리를 보며 해동은 혼잣말처럼 중얼거렸다. 이 부적이 자신과 아들들을 지켜주면 좋겠다. 그렇지 않더라도 최소한 제 마음을 괴롭히는 죄책감만이라도 가라앉혀주면 좋겠다고 해동은 생각했다.

제 마음속에 죄책감이 깃들어 있다는 젊은 선비의 말은 옳았다. 비록 그 죄책감이 해승을 향한 것이 아니라 죽은 해동을 향한 것이긴 했지만.

이젠 '해동'이 되어 살고 있는 해승은 꽤 오래전 움막에 해동이 찾아왔던 그날을 떠올렸다.

해동은 집 나간 자신을 수소문하다 거지 신세가 돼 움막에 살고 있다는 얘기를 듣고 한밤중에 가족들 몰래 찾아왔다. 움막을 둘러보곤 해동은 입을 딱 벌렸다.

"왜? 더러워? 못 봐주겠어?"

해승이 비아냥거렸다. 오랜만에 만났지만 서로 사는 처지가 너무나 확연히 다르다는 걸 뼈저리게 느꼈다. 그래서 제 처지를 안타까워하는 해동이 더욱 고깝게 보였다.

"그래, 너 같은 도련님은 이런 가난과는 인연이 없겠지. 네가 당해야 할 불운까지 전부 떠맡아주는 사람이 있는데 이런 고달픔을 어디 알기라도 하겠어."

비딱한 마음 탓인지 해승의 입에선 말도 비딱하게 나왔다.

"해승아, 이러지 말고 같이 집에 가자."

해동이 달래듯 말했다.

"이 꼴을 좀 봐. 이게 사람 사는 곳이야? 밥은 제대로 먹고 있는 거야? 이러느니 집에 돌아가서 편하게 살라고."

"싫어."

해승이 그의 손길을 뿌리쳤다. 제 꼴이 얼마나 비참해 보였으면 저러겠나 싶어 자괴감이 들었지만, 값싼 동정심에 이끌려 예전으로 돌아가고 싶지는 않았다. 더는 못 견디겠다는 마음에 무작정 해동의 집을 나왔을 때만 해도 자신이 이런 꼴로 살게 될 줄은 꿈에도 생각하지 못했다. 어디서든 열심히 일하면 먹고는 살겠거니, 안일하게 생각한 것이다.

하지만 돈도 없고, 익힌 기술도 없고, 다리까지 저는 해승에게 변변한 일자리를 주는 사람은 아무도 없었다. 이따금 간단한 품을 팔며 끼니를 때우긴 했지만, 그런 일자리가 항상 있는 것도 아니었다. 결국엔 이렇게 거렁뱅이 신세로 전락하고 말았다. 해동의 집에서 안락하게 생활하는 동안 세상을 너무 만만하게 봤다는 걸 해승은 뒤늦게 깨달았다.

"왜 싫어?"

해동이 다그쳤다.

"네 저주받이 노릇하는 거, 이젠 신물이 나. 집에 돌아가면 너 대신 곱게 죽으란 거야? 적어도 여기선 저주를 피할 순 있잖아."

"네가 여기서 이런다고 저주에서 벗어날 순 없어."

해동이 해승의 시선을 피하며 말했다.

"뭐? 그게 무슨 말이야?"

"그게…."

해동은 주저주저하다가 마침내 결심한 듯 입을 열었다.

"너랑 나랑 얼마나 떨어져 있건 그런 건 중요하지 않아. 우린 운명적으로 엮여 있으니까. 하지만."

힐끗 움막을 둘러본 뒤 해동이 말을 이었다.

"하루를 살아도 이렇게 사는 것보단 사람답게 사는 게 낫잖아."

"그건 네 생각이지!"

해승이 자리를 박차고 일어섰다. 피가 거꾸로 솟는 것 같았다. 춥고 배고파도 해동의 집을 벗어난 덕분에 호시탐탐 자신을 노리는 구렁이의 저주에서 벗어났다고 생각했다. 그런데 그게 아니라니. 죽을 때까지 저 아이의 그림자 노릇을 하다가 대신 죽어야 한다니. 운명의 족쇄가 원망스럽고, 자신에게 그런 족쇄를 채운 어른들이 한없이 혐오스러웠다.

"그래, 네 말대로 이런다고 저주에서 벗어날 수 없다 쳐. 그래도 난 돌아가지 않을 거야. 하루를 살아도 마음 편히 살고 싶다고."

오기가 나서 나온 말이긴 했지만 아주 거짓은 아니었다. 자신을 이렇게 만든 가증스러운 해동의 부모와 제 희생 덕분에 늘 화를 교묘히 피하는 얄미운 해동과 내내 얼굴을 맞대고 사느니 차라리 더럽고 추운 움막 생활이 백번 낫다고 해승은 생각했다.

"더는 네 그림자가 되기 싫어!"

해승은 해동을 움막에 홀로 남겨두고 자리를 뜨려 했다.

"그게 뭐가 그리 나쁜데?"

등 뒤에서 해동이 혼잣말처럼 중얼거렸다.

"뭐?"

생각지도 못한 말에 고개가 저절로 돌아갔다.

"내 그림자로 사는 거, 그게 뭐가 그리 나쁘냐고."

해동답지 않게 서늘한 목소리였다.

"네 삶을 살고 싶다고 했지? 그래서 집을 나왔는데 고작 이거야? 그럼 네 진짜 삶도 별거 없다는 거네."

"너, 말이면 단 줄 알아?"

도발하는 말에 해승이 이를 악물었다. 하지만 해동은 작심했는지 멈출 생각이 없어 보였다.

"네 진짜 가족이 어떻게 된 줄 알아? 내가 알아보니 네 부모님이랑 형들, 누나들 모두 오래전에 돌림병에 걸리거나 배를 곯아 세상을 떴더라. 너도 그들이랑 같이 살았으면 지금쯤 이 세상 사람이 아니었을 거야."

"…."

"그런 데 비하면 넌 운이 좋잖아? 그러니 자기가 엄청난 피해자나 된 것처럼 구는 건 그만두라고."

"닥쳐!"

해승이 버럭 소리를 질렀다. 불끈 쥔 두 주먹이 부르르 떨렸다. 상처 입은 마음이 욱신욱신 쑤셨다. 일남과 순례는 늘 자신에게 은혜를 베풀었다고 여겼다. 그건 익히 알고 있었지만, 해동마저 저런 소리를 할 줄은 미처 몰랐다. 그래도 해동은 다를 줄 알았는데. 이제껏 해동을 형제나 마찬가지라 여겼는데.

"네가 왜 이런 말 하는 줄 내가 모를 줄 알아? 네 죄책감을 덜려고 그러는 거지? 내가 이러고 살면 네가 더 미안하니까. 그래도 너네 집에서 좋은 옷 입고, 따뜻한 밥 먹고 지내면 네 알량한 양심이 좀 편해질 테니까. 넌 네 부모나 다를 바 없는 비열한 위선자야!"

해동의 얼굴에서 핏기가 싹 가셨다. 눈초리가 매서워지고 표정이 딱딱하게 굳은 것이 그 역시 머리끝까지 화가 난 것 같았다.

"내 마음 편하자고 내가 너한테 이런다고? 그래, 그것도 틀린 말은 아니지."

해동이 벌떡 일어나 해승에게 다가섰다.

"나도 그동안 너 때문에 얼마나 힘들었는지 알아! 항상 너한테 미안해하고 네 눈치 보면서 마음 졸여야 했다고! 사실은 네가 제일 잘 알겠지. 알면서 줄곧 이용해 먹었지. 넌 불쌍한 피해자니까."

"너 이 자식!"

참다못한 해승이 해동의 멱살을 거머쥐었다. 해동 역시 지지 않고 해승의 가슴팍을 움켜쥐었다. 서로 힘겨루기를 하듯 팽팽하게 맞서는 와중에 누군가 먼저 상대에게 주먹을 뻗었다. 주먹이 다시 맞주먹질이 되고, 둘은 한 몸이 되어 움막 밖을 나뒹굴었다.

오랫동안 쌓였던 감정이 한꺼번에 북받친 해승은 눈에 보이는 게 없었다. 해동도 마찬가지였다. 엎치락뒤치락하다 해동이 해승 위에 올라타 뺨을 후려쳤다. 한 대, 두 대…. 세 대째를 때리려 할 때 해승이 있는 힘을 다해 해동을 뒤로 밀쳤다.

갑자기 뒤로 벌렁 넘어간 해동은 곁에 있던 커다란 바위에 머리를 세게 찧고 쓰러졌다. 그의 입에서 헉, 하는 외마디 비명이 들리더니 깨진 머리에서 피가 분수처럼 솟구쳤다.

"해동아, 해동아!"

해승이 해동의 몸을 흔들었다. 축 늘어진 몸은 물을 적신 솜처럼 무거웠다. 머리에선 쉴 새 없이 피가 흘러내리고 있었다. 해동의 눈에서 서서히 초점이 사라지더니 마침내 눈을 뜬 채로 꼼짝도 하지 않았다.

"해동아! 정신 차려!"

해승이 울부짖었다. 이미 숨이 끊어진 걸 알았지만, 도저히 받아들일 수 없었다. 해동의 죽음은 해승이 결코 바라던 게 아니었다. 원망스럽고 얄미워서 괴롭히거나 모진 말을 퍼부은 적도 많지만, 해승은 해동을 핏줄이 같은 형제처럼 여겼다.

쉬이이익.

목놓아 우는 해승의 곁에서 기분 나쁜 숨소리가 들렸다. 예전에도 들어본 적 있었다. 자신이 화를 입을 때마다 귓전에 울렸던 음침한 소리. 마치 뱀이 먹이를 위협할 때 나는 듯한 소리.

이 아이인가?

뒤이어 탁하고 갈라진 노인의 목소리가 들렸다. 이 소리 역시 해승의 귀에 익은 소리였다.

맞아, 이 아이야.

역시 들어본 적 있는 노파의 걸쭉한 목소리가 노인의 목소리에 화답했다.

그들의 대화를 듣는 해승은 주위의 공기가 서늘해지는 걸 느꼈다. 어둠 속에서 두 쌍의 노란 빛이 반짝 빛났다. 이전에 천연두에 걸려 앓아누웠을 적에 본 적 있는 동그란 구슬 같은 빛이었다. 그것이 구렁이의 눈이라는 걸 해승은 똑똑히 기억했다. 차가운 노란 눈동자는 그때와 달리 이번엔 세 개가 아니라 네 개였다.

쓰러진 해동의 얼굴보다 한참 높은 곳에서 빛나던 두 쌍의 노란 불빛이 스르륵 소리를 내며 바로 위까지 내려왔다. 그 바람에 해승은 똑똑히 보았다. 해동의 얼굴 위에서 갈라진 혀를 날름거리고 있는 한 쌍의 구렁이를.

쉬이이익.

사로잡은 먹잇감을 확인이라도 하듯 구렁이들이 쉭쉭 소리를 내며 해동의 얼굴에 코를 갖다 댔다. 해승은 심장이 터질 것처럼 두근거렸다.

드디어 세 번째.

이건 네 애비가 받아 마땅한 벌이다.

늙은 남녀의 음울한 목소리로 선고하듯 말했다.

스으윽.

구렁이 한 마리가 더는 살펴볼 게 없다는 듯 몸을 돌려 꿈틀꿈틀 어디론가 사라졌다.

스으윽.

그 뒤를 좇아 다른 한 마리 역시 천천히 꿈틀꿈틀 자리를 떴다. 예전엔 둘 중 한 마리가 머리와 몸통이 잘라져 있었는데, 이번엔 두 마리 모두 온전한 꼴을 하고 있었다.

구렁이 두 마리가 수풀 속으로 사라져 안 보이고 나서야 해승은 참았던 숨을 몰아쉬었다. 하지만 싸늘하게 식은 해동의 얼굴을 보자 해승은 너무 놀라 저도 모르게 악, 소리를 지르고 말았다. 해동의 얼굴은 예전엔 없던 천연두 자국이 뒤덮여 있었다. 조금 전까지 자신에게나 있던 천연두 자국이었다. 귀신이 곡할 노릇이었다.

문득 짚이는 게 있어 해승은 일어나 천천히 걸어보았다. 절뚝거렸던 다리가 이제는 아무렇지도 않았다.

'설마….'

해승은 해동의 마마투성이 얼굴을 물끄러미 내려다보았다.

'이게 대체 어떻게 된 일이지?'

아무리 생각해도 생각해볼 수 있는 건 하나밖에 없었다. 구렁이의 저주대로 해동이 목숨을 잃으면서 그동안 해승이 대신 받았던 저주가 원래 그걸 받아야 했던 사람에게로 고스란히 돌아간 거라고.

거기까지 생각이 미친 해승은 허둥지둥 달빛이 훤히 비치는 곳으로 해동의 시신을 옮기고 겉옷을 벗겨봤다. 아니나 다를까 예상했던 대로 제 등 뒤에 있던 핏자국 모양의 붉은 반점 역시 원래 주인에게로 돌아가 있었다.

'그렇다면 얼굴은?'

해승이 재빨리 움막으로 가서 거울을 꺼내 들었다. 얼마 전 누군가 숲속에 떨어뜨리고 간 물건인데, 해승이 우연히 발견했다. 꽤 고급품인 걸로 봐서 나중에 팔아먹으면 한동안 끼니 걱정은 없겠다 싶어 잘 보관해두고 있었다.

거울에 비친 제 모습은 생김새 자체는 이전과 다를 바 없었다. 마마 자국이 사라진 것 외에는. 마마 자국이 없어진 제 얼굴은 해동의 얼굴과 똑같았다.

'어째서 얼굴은 바뀌지 않았지?'

핏줄이 섞이지 않은 해동과 자신이 쌍둥이처럼 똑같이 생길 순 없다. 따로 살았다면 지금쯤 자신은 해동과 전혀 다른 얼굴을 하고 있었을 것이다. 비록 그 얼굴이 어떤 모습일지는 상상조차 되지 않지만. 그런데 저주가 풀린 지금도 나는 왜 해동의 얼굴을 하고 있는 걸까.

어쩌면 둘이 함께 살았던 세월이 그렇게 만든 걸지도 모르겠다고 해승은 막연히 생각했다. 같은 공간에서 같은 것을 먹고, 같은 옷을 입고, 같은 나이의 소년과 함께 어울려 놀면서 때로는 서로를 미워하기도 했던 그 세월 동안 둘은 어쩌면 진짜 형제가 되어버렸는지도 모르겠다고. 그렇게 생각하니 이미 세상을 떠난 해동이 그리워지면서 견딜 수 없이 죄책감이 몰려들었다.

부엉부엉.

한동안 넋을 놓고 있던 해승은 적막을 뚫고 울리는 부엉이 소리에 퍼뜩 정신이 들었다. 부엉이 소리가 들렸다는 건 그만큼 밤이 깊었다는 뜻이다. 날이 밝기 전에 어서 빨리 이곳을 떠나야 한다. 만약 누군가 근처를 들렀다가 자신과 똑같이 생긴 해동의 시신을 발견한다면….

순간 해승의 머리를 스쳐가는 생각이 있었다.

그래, 죽은 해동은 나와 똑같은 모습을 하고 있어. 반면에 나는 살아생전 해동과 똑같이 생겼고. 그렇다면 내가 해동이 되지 말란 법도 없지 않나?

처음엔 말도 안 된다고 생각했지만, 생각하면 할수록 말이 되는 것도 같았다. 이대로 다시 어딘가를 떠돈다 한들 거지 신세를 면할 수 없다. 그러느니 해동이 되어 안락한 삶을 누리는 게 백만 번 낫다. 게다가 나는 그럴 자격도 있다. 이제껏 해동의 저주받이 역할을 했었으니까. 해동을 위해 희생한 세월을 생각하면 충분했다.

하지만 그러려면 먼저 걸림돌을 제거해야 한다. 바로 해동의 부모다. 아무리 생김새가 똑같다 한들 일남과 순례는 자신이 해동이 아니라는 사실을 금세 알아차릴 것이다. 그렇다면 어떻게 해야 할까.

고민을 거듭하던 해승은 해동의 집에 불을 내기로 결심했다. 사고를 가장해 일남과 순례를 없애고 내가 포목상을 이어받는다. 그러면 앞으로 내 인생은 탄탄대로다!

일남과 순례는 한번 잠이 들면 누가 업어가도 모를 만큼 잠귀가 어둡다는 사실을 잘 알고 있었다. 그러니 불을 질러도 중간에 잠이 깨는 일은 없을 것이다. 하지만 불이 제대로 번지기도 전에 멸화군이 와서 꺼버린다면? 그러면 일남과 순례를 죽이려던 일은 실패로 돌아가고, 내가 해동이 아니라는 사실을 알아채 나를 방화범으로 의심할 것이다. 그러니 불이 활활 타오를 때까지 멸화군이 출동해서는 안 된다.

거기까지 생각이 미친 해승은 불씨를 끌어모아 제 움막에 불을 질렀다. 처음엔 꺼질 듯 말 듯 타오르던 불꽃이 바람에 점점 세기를 더해가는 것을 확인하고 나서 해승은 곧장 해동의 집으로 달려갔다.

불길이 타오르면 움막으로 먼저 멸화군이 출동할 테고, 그들이 거기서 불길을 잡는 사이 나는 해동의 집에 불을 지르면 된다. 불을 끄고 멸화군이 이 집으로 오기까진 제법 시간이 걸리겠지. 그사이 일남과 순례는 화마 속에서 목숨을 잃을 것이고, 나는 불길 속에서 겨우 홀로 탈출한 것처럼 꾸미면 문제 될 게 없다. 모두 해동과 똑같이 생긴 내 말을 믿어줄 것이다.

제법 큰 도박이긴 했지만, 해승으로선 딱히 밑질 것도 없었다. 일남과 순례가 잠들어 있는 처소 근처에 불을 질렀을 때도 별로 거리낄 게 없었다. 그들은 자신을 한갓 소모품으로 대했을 뿐이니까. 그들이 자신에게 아무런 애정이 없듯 해승 역시 마찬가지였다.

하지만 불길 속에서 아버지, 어머니를 구해야 한다며 울부짖을 때 해승이 흘렸던 눈물은 연기가 아닌 진짜였다. 어째서인지는 알 수 없지만, 그들이 자기 손에 죽는다고 생각하니 저도 모르게 눈물이 났다. 본인도 알아차리지 못했지만 어쩌면 마음 밑바닥에 아주 조금은 그들에게 연민이나 애정 같은 것이 남아 있었던 건지도 몰랐다.

해동의 부모가 세상을 떠난 뒤 해승은 포목점을 물려받았고, 화재로 허물어진 집 대신 새집을 지었다. 남들은 눈치채지 못했겠지만, '너희가 일군 모든 것이 너희 손을 떠날 것'이라던 구렁이의 저주는 절묘하게 실현됐다고 해승은 이따금 생각했다. 결국 해동네 집안은 해동의 대에서 맥이 끊겼고, 그들이 일군 가게는 생판 남인 제 손에 넘어왔으니까. 게다가 구렁이를 죽여가며 증축했던 집마저 화재로 소실됐으니 구렁이의 복수는 완벽한 셈이었다.

해동이 된 해승의 삶은 대체로 평탄하게 흘러갔다. 이따금 죽은 이들에 대한 죄책감으로 잠 못 이루는 날도 있었지만, 그 정도면 손에 넣은 행운에 비해 대수롭지 않은 대가라고 생각했다. 그런데 그렇게 평온하던 일상이 쌍둥이 아들이 태어나면서 완전히 변했다.

꿈에서 구렁이를 봤을 때 해승은 자신이 지은 죄를 전부 알고 있는 구렁이가 제게 벌을 주려 한 게 아닌가 생각했다. 비록 자신을 죽인 해동 일가에 벌을 내리긴 했지만, 구렁이는 한때 그 집안을 지켰던 수호신이니까. 그런 영물이 살인이라는 큰 죄를 저지른 자신을 그냥 눈 감아줄 수 있을까.

필복의 등 뒤에 한때 제 등 뒤에 있던 것과 똑같이 생긴 핏자국을 발견한 이후 해승의 불안감은 더욱 커졌다.

'어쩌면 이 아이 역시 저주받이 운명을 타고난 거라면….'

그렇게 생각하니 아이의 작은 행동 하나 그냥 허투루 넘길 수 없었다. 만약 필복이 저주받이의 운명을 타고났다면 아이가 너무나 안쓰럽다. 제 어릴 적 모습이 겹쳐질 때마다 해승은 마음이 괴로운 한편, 자신에게 그런 괴로움을 안겨준 아이를 거부하고 싶었다. 동질감을 느끼면서도 저주를 타고났을지도 모를 아이가 불길하게 느껴졌고, 그 아이가 자신의 암울했던 과거와 감춰야만 하는 죄를 들춰내는 것 같아 눈에 거슬리기까지 했다. 필복을 대할 때 해승은 애정과 혐오가 뒤섞인 복잡한 감정을 느꼈다. 그건 승복을 대할 때의 오직 애정뿐인 감정과 사뭇 달랐다.

어느 순간 해승은 자신이 두 아들을 편애하고 있다는 사실을 발견하고 깜짝 놀랐다. 하지만 그런 제 감정을 어떻게 할 도리가 없었다.

똑같이 예쁜 일을 해도 승복이 하면 더 예뻐 보이는 한편, 필복이 하면 뭔가 못마땅했다. 같은 실수라도 승복이 저지르면 그냥 넘어갈 수 있는 일을 필복이 하면 눈살부터 찌푸려졌다.

아직 어린아이라도 아비의 사랑이 다르다는 걸 느낀 탓인지 필복은 해승을 거북해했다. 해승 앞에만 서면 주눅이 든 것처럼 움츠러들었고, 눈치를 보며 절절매다 또다시 실수를 저질러 꾸지람을 듣곤 했다. 그런 악순환이 반복됐다. 승복과 함께 자라면서 쌍둥이 형제에게 끊임없이 비교당해야 했던 필복은 어느새 승복의 저주받이가 되어 있었다.

'구렁이가 내게 내린 벌은 이것이었나.'

저주받이로 자란 자신이 제 자식을 또 다른 저주받이로 만들다니. 어쩌면 저주란 것은 저주받이를 통해 해소되는 게 아니라 오히려 누군가를 저주받이로 만듦으로써 발생하는 것일지도 모른다는 사실을 해승은 비로소 깨달았다.

'이 부적이 그 저주를 깨뜨려줄 수 있으면 좋으련만.'

물끄러미 부적을 내려다보던 해승은 품에 단단히 넣은 다음 집으로 무거운 걸음을 옮겼다.

5 · 아비 잡아먹는 아들

추적추적 내리던 비가 그치고 햇빛이 쨍하게 비쳐들었다.

먼지도 말끔히 씻겨 내려가 유난히 상쾌했다. 빗물을 머금은 꽃나무도 푸릇푸릇 생명력을 띠고, 햇빛을 받은 초록색 잎사귀는 반짝반짝 빛이 났다. 모든 게 선명해 보이는 맑은 날씨였다.

하지만 선노미는 이런 쾌청한 날씨가 마냥 즐겁지만은 않았다. 작은 근심거리가 생겼기 때문이다. 다름 아니라 금실과 복이가 자신을 은근히 따돌린다는 거였다. 선노미한테서 거절당한 뒤 금실은 선노미를 슬슬 피했다. 실연의 상처가 컸는지, 아직도 민망한 것인지 잘 모르겠지만.

그런가 하면 복이는 완전히 금실의 편이었다.

"도대체 오라버니는 뭐가 문제야? 금실이 정도 되는 애가 어딨다고? 심성 좋아, 싹싹해, 부지런해, 살림 잘해…."

오라비에게 잔소리를 늘어놓던 복이는 한숨만 폭폭 내쉬었다.

"설마 금실이가 오라버니 때문에 나가겠다고 하진 않겠지?"

주막을 떠나봤자 딱히 갈 곳도 없겠다 싶었는지 다행히 금실은 일을 관두진 않았다. 하지만 복이는 전전긍긍하는 눈치였고, 행여나 금실의 기분을 거스를까 봐 언제 터질지 모르는 종기 보듯 조심스럽게 대했다. 결과적으로 집안에서 두 여자가 한편을 먹고, 선노미는 혼자가 됐다.

그날도 선노미는 화기애애한 복이, 금실과 멀찍이 떨어진 구석에서 마당을 쓸고 있었다. 어쩐 일로 아침부터 다산이 싸리문을 열고 주막에 들어섰다.

"오셨어요?"

복이는 다산을 다정하게 맞았지만 선노미는 본 척 만 척하며 눈길도 주지 않았다.

"분위기가 왜 이렇지?"

눈치 없는 다산마저 묘한 냉기류를 읽어낸 것 같았다.

"말도 마세요."

선노미가 그간 있었던 일을 간략하게 들려주었다.

"저런."

이야기를 다 듣곤 다산은 무신경하게 대꾸했다.

"'저런'이라니, 너무 남의 일처럼 반응하시는 거 아닙니까?"

"남의 일이잖나."

선노미가 발끈하는데도 다산은 태연했다.

"선비님 조언대로 했다가 이렇게 됐잖아요. 여인의 마음을 잘 아신다면서요?"

"자네보다는 잘 안다고 했지. 여인의 마음은 내게도 미지의 세계일세."

다산이 마치 처음 보는 사람처럼 선노미를 아래위로 찬찬히 훑어보았다.

"그런데 지금 입고 있는 것보다 좀 좋은 옷은 없나?"

선노미는 제 옷을 내려다보았다. 지은 지 3년쯤 지났는데, 매일 같이 입다 보니 낡고 해져 군데군데 기운 흔적이 남았다. 그래도 딱히 불편한 적은 없었다. 자주 빨아 입으니 더럽지도 않았다.

"제 옷에 무슨 문제라도?"

선노미가 심드렁하게 대꾸했다.

"문제가, 좀 있을 것 같은데."

"왜요? 어디 기방이라도 데려가시게요?"

아침부터 찾아와 남의 옷 트집을 잡는 게 못마땅해 괜히 비아냥거렸다.

"그건 아니지만, 그… 자네가 내 형님으로 아는 분이 오늘 밤에 오라고 부르셔서 말이야."

"아, 그 술 잘하신다는 형님 말인가요?"

다산이 고개를 끄덕였다.

"그분이랑 제 옷이랑 무슨 상관입니까? 선비님을 부르셨으니 갈지 말지 알아서 결정하시면 되겠네요."

"자네도 데려오라셔서 말이야."

난데없는 말에 선노미는 깜짝 놀랐다.

"저를요? 저를 왜요?"

"글쎄, 그건 나도 잘 모르겠네. 뭔가 긴히 하실 말씀이 있는 모양이야."

팔짱을 끼고 잠시 생각에 잠겼던 다산이 다시 옷을 물고 늘어졌다.

"그러니 어디서 빌리든지 해서라도 지금보단 좋은 옷을 입게."

"이렇게 입고 가면 뭐 곤장이라도 맞는답니까?"

얼마나 높은 양반 나리인지 모르겠지만, 오밤중에 찾아오란 것도 모자라 이렇게 옷차림까지 신경 써야 하나 싶어 선노미는 조금 퉁명스럽게 말했다.

"그럴지도."

선노미는 그냥 해본 말이었는데 다산은 의외로 진지했다.

"그래도 궁에 입궐하는데 이런 누더기 차림으로 갈 수야 없지 않겠나."

"어딜 간다고요?"

선노미는 잘못 들었나, 제 귀를 의심했다.

"아직 나이도 젊은데 벌써 귀를 먹은 건 아닐 테고. 궁이라고 했네."

"궁이라니… 임금님이 사시는 궁궐요? 대체 궁엔 어쩐 일로 갑니까? 설마 임금님을 뵙는 것도 아닐 텐데."

"설마가 아니라 임금님을 뵈러 가는 걸세."

선노미가 놀라 절로 입이 딱 벌어졌다.

"지금 농담하시는 거죠?"

"나도 바쁜 사람일세. 아침부터 주막엘 찾아와서 쓸데없는 농담이나 하고 있겠나."

거기까지 말한 다산이 좌우를 둘러보곤 목소리를 낮춰 속삭였다.

"그 술 잘하는 형님이 바로 주상 전하일세."

선노미는 맥이 탁 풀렸다. 들고 있던 빗자루가 땅바닥에 툭 떨어졌다.

선노미가 듣자 하니 다산은 임금과 꽤 가까운 사이인 모양이었다. 학문을 좋아하는 임금은 성균관 유생들에게 관심이 많다고 했다. 그중에서 특히 다산이 눈에 들었고, 종종 궁궐에 불려가 임금 앞에서 시를 짓거나 경서를 논한다는 것이다.

임금이 직접 책과 종이를 하사하기도 하고, 한밤중에 불러내 술을 마신 적도 여러 번이었단다. 그때마다 술이 약한 다산은 실신 직전까지 마셔 휘청거리며 돌아가야 했다.

그런데 며칠 전 다산이 불려가 술을 마실 때 우연히 선노미 이야기가 나왔다. '주막에서 기담을 모으는 청년이 있다'는 말에 임금도 호기심을 보였다. 한 발 더 나가 '다음번에 그 아이도 데리고 오라'고

했다 한다. 임금이 기담 같은 데 관심을 보인 적이 없어서 다산도 의외였다는 것이다.

어쨌든 그런 연유로 선노미는 다산을 따라 태어나 처음으로 궁궐에 발을 디디게 됐다. 만득이가 혼례 때 지은 옷을 빌려 입고서.

이번 방문은 비밀에 부쳐진 모양인지, 다산은 작은 쪽문을 통해 선노미를 궁 안으로 데려갔다. 미로 같은 꼬불꼬불한 통로를 거치는 동안 경비 군관들에게 세 차례나 몸수색을 받았다.

"과연 궁궐이라 다르네요."

선노미가 감탄했다.

"정유년에 위험한 일도 있고 했으니 조심하시는 게지. 임금이라는 자리는 항상 위험에 노출돼 있으니까."

"그렇게 힘든 자리인지는 생각도 못 했습니다."

"그렇지."

다산이 고개를 끄덕였다.

"특히 전하는…."

듣는 사람이 없나 주위를 둘러보더니 말을 이었다.

"적도, 슬픔도 많은 분일세."

선노미도 무슨 뜻인지 조금은 이해할 수 있을 것 같았다. 임금이 어릴 적, 아버지가 그 아버지의 명령에 따라 뒤주에 갇혀 죽었다는 건 선노미도 알고 있었다. 자신은 태어나기도 전인 임오년에 일어난 사건이지만, 세자의 죽음으로 한동안 세상이 시끌벅적했으니 조선 땅 백성이라면 모를 수가 없는 일이었다.

그 때문에 지금 임금도 우여곡절 끝에 왕위에 올랐다고 어디선가 들은 적이 있다. 하지만 선노미의 관심사는 그게 아니었다.

"임금님은 어떤 분이십니까? 혹시 입을 잘못 놀렸다가 쥐도 새도 모르게 죽는 건 아니겠지요?"

"왜, 겁이 나나?"

"그럼 겁나지 안 나겠어요? 저 같은 백성이 말 한마디 잘못했다가 목이 달아날 수도 있는 분을 뵙는 건데."

"이럴 줄 알았으면 미리 식구들한테 작별 인사라도 하고 오랄 걸 잘못했네. 마지막이 될 수도 있는데 말이야."

"지금 그걸 말씀이라고 하세요?"

다산이 긴장을 풀어주려고 농담한 거란 건 알지만, 선노미는 오히려 더 긴장했다.

어느새 연못 앞에 이르렀다. 달빛이 아직 꽃이 피지 않은 연꽃잎을 은은하게 비췄다.

연못 한쪽 구석엔 작은 정자 하나가 달빛을 받으며 홀로 외로이 서 있었다. 정자의 네 개 다리 중 두 개는 연못에 발을 담그고 있었다. 임금을 뵙기로 예정된 택수재(澤水齋: 현재의 부용정)였다.

정자에 오른 다산은 어둠 속에서 혼자 술잔을 기울이는 남자를 보더니 그대로 바닥에 엎드려 고개를 숙였다.

"기다리시게 해서 송구하옵니다, 전하."

전하라는 말에 기겁한 선노미도 바닥에 납작 엎드렸다. 각오하긴 했지만 꿈에도 보기 힘든 높으신 나라님을 직접 마주한다고 생각하니 내내 가슴이 두근두근 뛰었다.

"괜찮다. 달빛을 보며 혼자 술을 하는 것도 나쁘진 않구나."

전하라고 불린 남자가 말했다. 낮고 굵은 목소리였다. 어둠 속에서 힐끗 본 게 전부지만, 제법 풍채도 좋은 것 같았다.

"고개를 들라."

잔뜩 긴장한 선노미는 머뭇거리며 고개를 들었다. 시선을 어디로 둬야 할지 몰랐는데 임금이 입고 있는 곤룡포 위로는 올라가지 못했다. 두려워 차마 임금의 얼굴을 똑바로 마주 볼 수가 없었다.

"초록은 동색이요, 가재는 게 편이라더니 옥동자가 자기보다 더 예쁜 옥동자를 데려왔구나."

찬찬히 선노미를 뜯어보던 임금이 허허, 웃었다. 칭찬인지 뭔지 알 수 없는 말에 선노미는 잠자코 시선을 내리깔고만 있었다.

"술은 좀 하느냐."

"잘 못합니다."

선노미가 솔직하게 대답했다.

"재미라곤 하나도 없는 점도 너랑 똑같구나."

임금이 다산을 보며 말했다. 자주 듣는 책망인지 다산은 아무런 대꾸도 하지 않았다.

"내 오늘 너희를 부른 데는 이유가 있다."

"말씀하십시오."

다산이 대답했다.

"최근에 내가 몇 가지 기이한 일을 겪었기 때문이다."

기이한 일? 그제야 선노미는 눈을 들어 임금의 얼굴을 보았다. 어둠 때문에 눈코입이 명확하게 보이진 않지만, 임금은 꽤 선이 굵은 얼굴이었다. 커다란 입에 콧날이 우뚝하고 옆으로 길게 찢어진 눈은 눈두덩이 펑퍼짐했다. 깎아놓은 조각 같은 단정함과는 거리가 멀지만, 남자답다는 말을 들을 법한 외모였다.

다산보다 나이가 열 살이 많다고 했으니 임금은 올해 서른다섯이다. 하지만 고민거리가 많아서인지 실제보다 조금 더 나이가 들어 보였다.

"나는 소설 같은 허무맹랑한 이야기는 믿지 않는다."

넋 놓고 바라보던 선노미가 머리 위에서 들리는 목소리에 퍼뜩 정신이 들었다.

"하지만 희한한 일들을 여러 번 겪으니 거기에 뭔가 이유가 있는 게 아닌가, 그런 생각이 들었다. 그러던 차에."

임금이 선노미를 보며 말했다.

"기담이라는 걸 모으는 청년이 있다기에 불러오라 했다. 기이한 일을 자주 보고 겪었다니 해줄 말이 있을 듯해서."

"저같이 천한 게 전하께 드릴 말이 있다니, 당치 않사옵니다."

너무 당황해 선노미는 말을 더듬었다.

"물고기 잡는 법을 배우려면 어부에게 물어야지. 소를 잡는 법이 알고 싶다면 백정에게 가야 하고. 나는 기이한 일에 대해 묻고 싶어 너를 불렀다. 각 분야에 전문가가 있는 법인데 거기에 굳이 왜 귀천을 따지겠느냐."

그렇게 말하며 임금은 술잔에 술을 따랐다.

"그러니 네게 내 고민을 얘기해도 되겠느냐."

"여부가 있겠습니까."

선노미가 고개를 조아렸다.

"대신 여기서 오간 말을 한마디라도 밖에 옮겼다간 네 머리가 지금처럼 무사히 목에 붙어 있지 못할 것이다."

별안간 임금의 목소리에 날이 섰다. 선노미는 침을 꿀꺽 삼켰다.

"심려치 마십시오. 제가 봐온 바로는 그 정도 분별은 있는 자입니다."

다산이 슬며시 끼어들었다.

"그래, 약용 네가 보증하는 자라면 믿을 만하지."

임금의 말투가 조금 누그러졌다. 선노미는 그제야 안도의 한숨을 가늘게 내쉬었다.

"한 달쯤 전에 일어난 일이다."

임금이 앞에 놓인 술잔을 한 번에 쭉 들이켠 다음 입을 열었다.

사방이 온통 칠흑 같은 어둠에 둘러싸인 밤이었다. 달은커녕 점점이 흩어진 별들조차 보이지 않았다. 이따금 먼 곳에서 부엉이 우는 소리도 그치고 고요한 적막만이 감돌았다.

모두가 잠든 시각, 임금은 대전에 홀로 남아 업무를 보고 있었다. 처리해야 할 일은 많았고, 호젓한 한밤중은 혼자서 조용히 생각을 정리하기 좋았다.

일에 골몰해 있던 그는 문득 서늘한 한기를 느꼈다. 밤이라곤 하나 초여름 온도가 이리 낮진 않을 텐데 희한하군. 문밖에 대기 중인 내관에게 담요라도 가져오라 하려는데, 어디선가 휘익, 한 줄기 바람이 불어왔다.

책상 위를 밝히던 촛불이 금방이라도 꺼질 듯이 일렁거렸다. 그게 마치 신호라도 된 듯 대전의 실내를 밝히던 촛불들이 차례대로 꺼지기 시작했다. 누가 일부러 초를 불어 끄고 있는 것 같았다.

겨우 눈을 두세 번 깜빡거릴 만큼 짧은 시간에 책상 앞에 있는 초만 빼고 모조리 꺼졌다. 임금은 어둠에 에워싸인 것처럼 갑갑해졌다.

그리고 등골이 서늘해졌다. 이게 우연일 리는 없다. 이 공간에 자신 말고 다른 누군가 더 있다는 걸 직감했다. 공포가 가슴속으로 스멀스멀 치밀고 올라왔다. 대체 누굴까. 혹시 이번에도 내 목숨을 뺏으러 온 자객인가.

휘리릭, 다시 들려온 기분 나쁜 소리는 바람 소리 같기도 했고, 숨결로 나오는 소리처럼도 들렸다. 임금은 그쪽으로 귀를 기울였다.

휘리릭, 소리는 이번엔 조금 더 가까운 데서 더 똑똑히 들렸다. 바람 소리가 아니었다. 누군가 근처에서 휘파람을 부는 소리였다.

"무엄하구나. 어느 안전이라고 감히 휘파람 따위를 부는 게냐!"

보이지 않는 누군가를 향해 임금은 준엄하게 꾸짖었다. 누군가 목숨을 노리고 있다 해도 두려움에 떠는 모습은 보여주고 싶지 않았다.

갑자기 휘파람 소리가 뚝 그쳤다. 고요한 적막만이 도드라지게 남았다. 소리마저 사라진 캄캄한 내전엔 오싹한 분위기가 감돌았다.

어이어이어이어이.

별안간 근처에서 나지막한 곡소리가 들렸다.

어이어이어이어이.

한 사람의 소리가 아니었다. 남자의 목소리도, 여자의 목소리도 있었다. 남녀의 음성이 한데 뒤섞인 곡소리는 마치 세상을 떠난 제 신세를 한탄하는 것처럼 끊어질 듯 끊어질 듯하면서 구슬프게 이어졌다.

'이, 이게 대체 어찌 된 일이란 말인가!'

심상찮은 일이 일어나고 있는 게 분명해 내관을 부르려 했다. 그때 한 남자가 불쑥 나타났다. 정확히 말하자면 남자의 형상을 한 '무엇'이라고 해야 했다.

책상 위에서 일렁거리는 촛불이 그의 형상을 똑똑히 비추었다. 그가 살아있는 사람이 아니라는 건 한눈에도 명확했다. 목 위에 있어야 할 머리가 없었으니까.

머리는 원래 있어야 할 곳이 아니라 남자의 품 안에 들려 있었다. 품속에 있는 머리는 무언가에 놀랐는지 눈을 위로 부릅뜨고 비명을 지르듯 입을 딱 벌리고 있었다. 표정이 뒤틀리고 일그러진 것이 목에서 머리가 떨어져 나갔던 순간의 고통을 그대로 얼굴에 간직한 것 같았다.

남자의 옷은 온통 피투성이였다. 특히 목 주위는 마치 목걸이라도 한 듯 목에서 뿜어져 나왔을 피가 번져 둥그렇게 얼룩이 져 있었다. 얼룩덜룩한 오래된 핏자국이 곳곳에 남은 걸 보니 마지막 순간에 유혈이 낭자했음을 짐작할 수 있었다.

임금은 온몸에 소름이 쭉 끼쳤다. 이게 꿈인가. 아니, 꿈은 아니다. 꿈이라기엔 이 서늘한 냉기가, 죽은 남자가 뿜어내는 섬뜩한 적대감이 너무나 생생했다.

스읏.

남자가 임금에게 다가왔다. 얼음 위를 미끄러지듯이.

"넌 대체 누구냐!"

임금이 위협적으로 말을 걸었다. 의연하려 했지만 이미 등에선 식은땀이 흘렀다.

잘린 머리의 눈동자가 임금을 향해 또르르 움직였다. 마치 목소리를 알아들었다는 듯이.

실핏줄이 터져 흰자위가 붉게 물든 두 눈동자가 임금을 똑바로 보았다. 입가의 근육도 실룩거리며 움직였다. 일그러진 표정 탓인지 그게 마치 임금을 비웃기라도 하는 것 같았다.

넌, 아들을 갖지 못할 것이다.

잘린 머리가 말했다. 섬뜩할 정도로 낮은 목소리였다.

"…뭐라고?"

넌, 아들을 갖지 못할 것이다.

으스스한 목소리는 같은 말을 했다.

무슨 말이냐고 따지려는데, 책상 위의 촛불이 훅 꺼지며 동시에 대전 양옆에 늘어선 초에 일제히 다시 불이 켜졌다. 갑자기 주위가 환하게 밝아진 바람에 눈이 부셔 임금은 눈을 감았다. 다시 눈을 떴을 때 목 잘린 남자는 사라지고 없었다.

"그 이상한 자를 목격한 건 전하뿐이셨습니까?"

다산이 물었다. 임금은 고개를 끄덕였다.

"내관도 안에서 무슨 일이 벌어지고 있음을 알아챘나 싶어 부리나케 나가봤다. 그랬더니 선 채로 꾸벅꾸벅 졸고 있더군."

잠이 들었던 내관은 혼비백산해서 죽을죄를 지었노라며 빌었다. 혹시 뭔가를 보았는지 추궁했지만 아무것도 보지 못했노라 했다. 허탈했지만 내관을 꾸짖는 것 말곤 별 도리가 없었다.

"참으로 놀라운 광경이었다."

목 잘린 남자가 떠오르는지 임금이 진저리를 쳤다.

"하지만 그자의 모습보다 그자가 한 말이 더 놀라웠지. 아들을 갖지 못할 거라는 말."

"이 나라 종묘사직을 뒤흔들 수도 있는 얘기니까요."

다산 역시 표정이 심각해졌다.

"하지만 꿈이었을 가능성도 있지 않습니까? 그 내관처럼 깜빡 잠이 드신 걸 수도 있고요."

넌지시 의문을 제기하자 임금은 고개를 저었다.

"나도 그랬으면 좋겠다. 하지만 꿈이 아니야. 안타깝게도."

잔이 빈 걸 확인한 임금은 또 술을 따랐다.

"한 번이었다면 내가 착각한 걸 수도 있지. 하지만 똑같은 말을 여러 번 듣는다면, 그건 내 착각이라고 할 수 없어."

"그자가 또 나타난 겁니까?"

다산이 물었다.

"아닐세."

임금이 다시 고개를 저었다.

"이번에 나타난 건 다른 원혼이야."

머리가 잘린 남자가 나타난 지 보름 가까이 지난 날이었다.

후궁의 침소에 들러 잠을 자던 임금은 서늘한 한기를 느껴 깨어났다. 후궁은 세상모르고 곤히 잠들어 있었다. 아까 삼경이 조금 지나 잠자리에 들었으니 지금쯤 밤이 깊었을 것이다.

이리저리 뒤척이던 임금은 이불을 끌어당겨 다시 잠을 청하려 했다. 그때 귓전에 묘한 소리가 들렸다.

흑흑.

여인의 울음소리였다. 후궁이 소리 죽여 우나 싶어 임금은 얼른 곁을 돌아봤다. 하지만 후궁은 쌕쌕 얕은 숨소리까지 내며 잠에 빠져 있었다.

'잠결에 잘못 들었나?'

임금이 고개를 갸웃거렸다.

흑흑, 서럽게 흐느끼는 소리가 다시 들렸다. 나지막한 여인의 울음소리 같은데, 어쩐지 깊은 한이 느껴졌다. 구슬픈 울음소리가 긴 여운을 남기며 임금의 귓전을 맴돌았다.

'대체 이번엔 또 무엇이냐. 정체를 밝혀라.'

임금이 마음속으로 중얼거렸다. 지금 이 여인이 이승에 발을 디딘 자가 아니라는 걸 임금은 본능적으로 알았다. 그러니 내관이나 호위무사를 불러본들 소용없다. 누구의 원혼인지는 몰라도 자신에게 할 말이 있어 찾아왔을 테니 대면하는 수밖에 없다고 생각했다.

휘이익 휘이익.

낮고 가느다란 휘파람 소리가 들렸다. 임금의 귀에는 그 소리가 마치 이승을 떠도는 혼령을 불러내는 주문처럼 들렸다.

드디어 여인이 모습을 드러냈다. 여염집 여인은 아니다. 꽃과 글자 문양을 금박으로 넣은 폭넓은 스란치마를 입고 화려한 나비잠을 머리에 거꾸로 꽂은 것으로 보아 생전에 궁 안에서 살았을 것이다. 그렇다면 알아볼 수도 있지 않을까 싶어 어둠 속에서 여인의 얼굴을 살피다 임금은 헉, 하고 숨을 들이켰다.

형편없이 찌그러진 여인의 얼굴엔 형체랄 게 남아 있지 않았다. 코뼈가 무너져 얼굴 한가운데가 움푹 들어가 있고, 눈이 있어야 할 곳 역시 안구가 뒤로 돌아갔는지 함몰돼 있었다. 치아도 강한 충격을 받았는지 배열이 뒤틀렸다. 그마저도 이빨이 듬성듬성 빠져나가 벌린 입안이 휑하니 비어 있는 것처럼 보였다.

마치 무거운 절구 같은 걸로 여러 번 얼굴을 찧은 것처럼 말 그대로 곤죽이 돼 있었다. 살점이 짓이겨지고 눈코입의 흔적만이 어렴풋이 남아 있을 뿐이었다.

가만 보니 여인은 몸도 어디 하나 성한 곳이 없었다. 뼈가 부러졌는지 기이한 각도로 뒤틀린 한쪽 팔이 힘없이 축 늘어져 있었다. 노란 비단 저고리와 스란치마의 금박에도 튀긴 핏자국이 붉은 장식처럼 점점이 박혀 있었다.

"다, 당신은…."

너무도 참혹한 광경에 임금은 말을 더듬었다.

여인이 가느다란 손가락을 들어 입이 있어야 할 자리의 뭉개진 살덩이에 가져다 댔다. 조용히 하라는 듯이.

스윽.

여인이 얼음 위를 미끄러지듯 임금의 베갯머리로 다가왔다. 베갯잇에 살포시 내려앉은 치맛자락의 경쾌한 움직임이 참혹한 외양과 대조를 이뤄 더욱 섬뜩하게 느껴졌다.

넌, 아들을 갖지 못할 것이다.

여인의 열린 구멍 같은 입에서 섬뜩한 목소리가 새어 나왔다.

"뭐라고? 방금 뭐라 하였느냐?"

임금이 다그치듯 물었다.

뭉개진 여인의 얼굴이 실룩거렸다. 표정을 읽을 수는 없지만, 움직이는 살덩이가 마치 차가운 미소를 짓는 것처럼 보였다.

넌, 아들을 갖지 못할 것이다.

얼음장처럼 차가운 목소리가 했던 말을 또 했다.

사르륵, 치맛자락 끄는 소리가 들리더니 여인의 모습이 순식간에 자취를 감췄다. 등골까지 스며들 정도로 서늘했던 냉기도 온데간데없이 사라졌다.

"전하, 허공을 왜 그리 멍하니 보고 계세요?"

잠에서 깬 후궁의 목소리가 들렸다. 하지만 임금은 아무런 대꾸를 할 수 없었다.

넌, 아들을 갖지 못할 것이다.

얼마 전 목이 잘린 남자가 자신에게 했던, 그리고 방금 얼굴이 뭉개진 여인이 남기고 간 그 말만이 불길한 주문처럼 귓전을 계속 맴돌았다.

임금이 여기까지 얘기하고 나자 정자에는 무거운 침묵이 내려앉았다. 임금을 처음 대면하는 선노미는 물론이고, 다산도 감히 뭐라 해야 할지 난감한 표정이었다.

"이번에도 그 불가사의한 존재는 내 눈에만 보였다."

꿀 먹은 벙어리가 된 둘을 향해 임금이 말했다.

"그들이 나타날 때마다 내 가까이 있던 자들은 희한하게 잠들어 있었어. 아니, 잠들지 않았다 하더라도 그들은 혼령인지, 귀신인지 모를 존재를 알아차리지 못했을 것이야. 불가사의한 존재는 내게만 볼일이 있는 듯했으니까."

"볼일이라 하심은?"

"불길한 예언을 전해주는 것."

임금이 짧게 대답했다. 마치 입에 올리기도 싫다는 듯이.

"양이 죽은 후 지금 세자 자리는 비어 있다."

양은 지난해 세상을 뜬 임금의 어린 아들이었다. 가슴에 묻은 죽은 자식 이야기를 다시 들추는 게 힘이 든지 말이 간신히 나오는 것 같았다.

"하늘의 도우심인지 중전이 드디어 태기가 생겨 산실청까지 섰는데, 산달이 지나도록 감감무소식이야. 내 나이 벌써 마흔을 향해 가는데 이대로 이 나라 후계자를 보지 못한다면…."

임금이 말꼬리를 흐렸다.

"일반 여염집에서도 대가 끊길까 봐 아들을 바라는데 하물며 나는 어떠하겠느냐."

"이게 전부는 아니지요? 이다음에도 또 뭔가 이상한 일을 겪으신 것 아닙니까?"

임금이 한탄하며 말을 끝맺자 다산이 기다렸다는 듯 물었다.

"네가 그걸 어찌 아느냐?"

임금은 놀란 얼굴이었다.

"아까 전하께선 희한한 일을 여러 번 겪었다고 하셨습니다. 일반적으로 한두 번을 여러 번으로 치지는 않습니다. 적어도 세 번은 돼야 여러 번이라고 하지 않겠습니까."

침울한 기색이던 임금은 너털웃음을 터뜨렸다.

"과연 넌 한마디도 허투루 듣질 않는구나."

임금은 다시 잔에 술을 따랐다. 아까부터 쉬지 않고 마시는 모양새가 아닌 게 아니라 술이 정말 센 모양이라며 선노미는 긴장한 와중에도 감탄했다.

"이번엔 바로 사흘 전 일이다."

술을 한입에 털어 넣은 뒤 임금이 이야기를 이었다.

임금이 창덕궁 후원 춘당대에서 활을 쏘고 있을 때였다. 임금은 활쏘기를 좋아했다. 허공을 거침없이 가로지르는 화살을 보며 자신도 화살이 된 듯 해방감을 만끽하곤 했다. 활을 쏘는 시간은 골치 아픈 일들을 잠시 잊고 긴장을 푸는 유일한 시간이었다.

그날 임금은 좌우를 물리고 홀로 활을 쐈다. 그 짧은 시간만이라도 간섭 없이 혼자 있고 싶어서였다. 수족처럼 부리는 신하가 가까이 없으니 불편해도 이따금 직접 몸을 움직이는 것도 나쁘진 않았다.

세손 시절부터 암살 위협에 시달려온 터라 언제나 삼엄하게 호위를 세웠지만, 활터에서라면 그런 긴장도 조금 늦출 수 있었다. 활이 손에 들려 있을 때면 두려울 게 없었기 때문이다.

임금은 명사수였다. 100발을 쏘면 99발이 과녁 정중앙에 맞았다. 그나마 빗나간 한 발도 군주가 자신의 재주를 자랑해선 곤란하기에 일부러 빗맞히는 것이다. 신궁이 따로 없다고 추켜세우지 않더라도 임금은 제 활 솜씨에 자부심을 갖고 있었다.

그날도 임금이 쏘는 화살은 백발백중 과녁 정중앙을 꿰뚫었다. 화살을 다 쏜 뒤 내관에게 과녁에 꽂힌 화살을 거둬오라 이르려다 자신이 주변을 모두 물렸다는 사실을 깨달았다. 하는 수 없이 직접 과녁 쪽으로 걸어갔다.

활을 쏘는 곳에서 과녁까지는 제법 거리가 있었다. 중간쯤까지 걸어왔을 무렵이었다.

휘이이익.

등 뒤에서 바람을 스치고 날아가는 소리가 들렸다. 놀라 돌아보니 어디선가 화살 하나가 날아와 뒤편의 나무에 박혀 있었다.

'뭐지? 날 노린 건가?'

정신이 번쩍 들었다. 하필 화살이 손에서 다 떨어진 상황이다. 지금을 노린 거라면 화살을 쏜 자는 어디선가 계속 지켜보고 있었을 게 틀림없다.

무방비 상태인 임금은 어디서 다시 날아올지 모를 화살을 피하려고 바짝 몸을 낮췄다. 하지만 더는 그런 일이 없었다.

'만약 죽이려 했다면 지금이 절호의 기회일 텐데.'

계속 우물쭈물하고 있을 순 없었다. 임금은 과녁을 향해 뛰어가 화살을 뽑은 다음, 자신을 노린 화살이 날아왔을 것이라 짐작되는 곳을 향해 몇 발을 날렸다. 하지만 어디서도 기척이 느껴지지는 않았다.

임금은 나무에 꽂힌 화살에 조심스레 다가갔다. 가만 보니 화살대엔 종이가 묶여 있었다.

불길하도다. 이번에 태어날 아들은 아비를 잡아먹을지니.

종이엔 일부러 흘려 쓴 글씨체로 그런 글이 적혀 있었다. 임금은 울컥 화가 치밀었다. 대체 누가 이리 못된 짓을 한단 말인가! 왕실을 능멸하는 작태가 아닌가. 하지만 화가 가라앉고 나자 불안감과 두려움이 밀려왔다.

지금 왕실에서 출산을 앞둔 여자는 중전밖에 없다. 이 글에 적힌 대로라면 중전은 조만간 아들을 낳는단 말인가? 그런데 그 아들이 아비를 잡아먹는다고? 대체 무슨 뜻이지?

화살을 쏜 자는 자신을 죽일 의도는 없는 게 분명했다. 다만 잘못 입을 놀렸다간 목이 달아날지도 모를 이 중대한 사실을 임금에게 알려주려 했다. 이런 무모한 방법을 통해서라도.

혹은 화살을 쏜 자는 자신과 왕실에 억하심정이 있어 저주를 퍼부으려 했던 것일지도 모른다. 그렇다면 화살에 묶인 이 종이도, 화살을 쏜 행위도 저주를 현실로 만들기 위한 의식이었던 걸까?

그러고 보니 오래전 할아버지로부터 어떤 무당이 종이에 적힌 내용과 비슷한 예언을 했다고 들은 적이 있다. 미쳐 날뛰는 아들 때문에 골머리를 앓던 할아버지가 용하다는 무당까지 불렀을 때 무당은 이렇게 말했다는 것이다. 사약을 받고 죽은 희빈 장씨의 원혼이 제 아들을 독살하고 왕위에 오른 당신에게 저주를 내렸다고. 그래서 당신이 낳은 아들은 당신을 잡아먹고, 그 아들의 아들은 또 제 아비를 잡아먹을 거라고. 그렇게 악순환이 계속 이어질 거라고.

괴팍하기 짝이 없던 할아버지 성격으로 미루어 보아 그따위 말을 지껄인 무당은 죽어도 곱게 죽지 못했을 것이다. 게다가 '형을 독살하고 왕위에 올랐다'는 헛소문은 평생 할아버지를 괴롭힌 약점이었으니 그 얘기를 듣자마자 할아버지는 펄펄 뛰었을 게 틀림없다. 하지만 자신의 아비이기도 한 할아버지의 아들이 역모를 꾸몄다가 발각되자 할아버지는 '아비 잡아먹는 아들을 낳을 것'이라는 무당의 말을 진지하게 곱씹었던 모양이다.

할아버지가 무슨 생각으로 자신에게 그런 얘기를 하였는지 그 연유는 알 길이 없지만, 들으면서 어쩌면 자신도 아비를 잡아먹은 아들이었을지 모르겠다고 생각했다. 돌아가신 할아버지는 유달리 자기를 편애했으니까. 아버지에게 정신병이 발병하기 훨씬 전부터 마음에 안 차는 아들 대신 손자가 왕위에 올랐으면 좋겠다고 내심 원하고 있었다면 말이다.

내가 태어나지 않았으면 아버지는 그렇게 비참하게 죽지 않았을지도 모른다. 그러니 나 역시 아비를 잡아먹은 아들이다.

임금은 그렇게 생각했다. 그런데 만약 그 저주가 이번엔 내게 내려온 것이라면…. 편지를 든 임금의 손이 저도 모르게 가늘게 떨렸다.

넌, 아들을 갖지 못할 것이다.

문득 이 세상 것들이 아닌 존재가 자신에게 했던 말도 머리를 스쳤다. 비록 그들이 한 말과 종이에 적힌 말이 똑같지는 않지만, 임금은 그 둘이 연관돼 있으리라는 막연한 예감이 들었다. 저주든 예언이든 간에 그들이 한 말은 모두 아직 태어나지 않은 아들을 가리키고 있었다.

후계자와 관련된 일이니 이젠 그냥 손 놓고 있을 수는 없었다. 하지만 원혼인지 뭔지 모를 것들을 조사하라고 의금부에 명령을 내릴 수도 없는 노릇이었다. 게다가 이 일엔 왕실 내부자들까지 연루돼 있을지 모른다. 그러니 조사를 하더라도 비밀리에 진행해야 한다.

"그래서 너희를 부른 것이다."

임금이 거기까지 말하고 나서 다산과 선노미를 번갈아 보았다.

"약용, 나는 네 지성과 판단력을 높게 평가한다."

다산이 황송하다는 얼굴로 고개를 조아렸다.

"게다가 처음 봤을 때부터 너와 나는 인연이 있다 느꼈다. 그러니 너라면 믿어도 좋을 테지."

첫 대면에서 임금은 다산에게 나이가 몇이냐고 물었다. 임오년생이라는 대답을 듣고서 임금은 저도 모르게 다산을 다시 돌아봤다. 임

오년이면 아버지가 뒤주에 갇혀 세상을 뜬 해다. 그러니 임금에겐 평생토록 잊을 수 없는 해이기도 하다. 어쩐지 발밑에 엎드린 용모 단정한 청년이 보이지 않는 운명의 실로 자신과 연결된 것 같다고 임금은 생각했다.

"그런 네가 추천한 기담 전문가 역시 영 맹탕은 아닐 테고."

임금이 이번엔 선노미를 돌아봤다. 선노미 역시 허둥지둥 시선을 내리깔았다.

"그래서 너희들 생각은 어떠하냐?"

"제가 보기에는."

다산이 먼저 입을 열었다.

"첫 번째, 두 번째 사건과 세 번째 사건은 달리 접근해야 한다고 봅니다. 비록 그들 모두가 아직 태어나지 않은 아기씨를 언급하긴 했으나, 앞의 두 사건은 영(靈)과 관련된 일인 반면, 세 번째 사건은 화살과 종이라는 분명한 실체가 있고, 따라서 인간이 한 일이 확실하기 때문입니다."

임금이 고개를 끄덕였다.

"계속 말해보거라."

"앞선 두 사건의 경우엔 저도 뭐라 드릴 말씀이 없습니다. 하지만 세 번째 사건의 경우엔 종이에 적힌 내용으로 보건대 조만간 출산을 앞둔 중전마마께서 아들을 낳는 걸 두려워하는 자들의 소행이 아닐지요?"

"중전이 아들을 낳는 걸 두려워하는 자들이라."

임금이 피식 웃었다.

"그런 자가 어디 한둘이겠느냐. 중전이 아들을 낳는다면 세자가 되겠지. 그러니 제 여식을 후궁으로 궁에 들여보내 놓고 아들을 생산하기만을 목 빠지게 기다리는 권문세가거나."

임금이 다소 자조적인 목소리로 말을 이었다.

"나 말고 다른 누군가를 왕으로 밀려는 세력이겠지."

실제로 임금이 왕위에 오른 이후 그런 움직임은 이미 여러 차례 있었다. 그때마다 자의로든 타의로든 역모 논의에 거론된 임금의 피붙이들이 죽어 나가곤 했다.

아직도 임금을 진정한 왕으로 인정하지 않는 자들이 완전히 사라졌다고 장담할 수는 없다. 그들의 시각으로 보자면 태어날 세자는 성가신 존재다. 왕 말고도 처리해야 할 존재가 더 늘어난다는 얘기니까. 게다가 세자를 세우면 왕권도 더 든든해진다. 그러니 임금에게 아들이 생기는 게 반가울 리 없다.

"어느 쪽이든 그들은 전하의 최측근일 것이옵니다."

다산이 의미심장하게 말했다.

"그러니 물증이 될 만한 종이와 화살을 계속 간직하시어 은밀히 상대의 정체를 파악하는 게 옳을 줄로 아뢰옵니다."

"은밀히 파악한다?"

"그렇사옵니다. 대신들과 활터에서 활을 쏘다가 전하께서 발견하신 화살과 비슷한 걸 발견한다거나, 상소문에서 편지에 적힌 글씨체와 닮은 글씨체를 본다거나 할 수도 있지 않겠습니까? 그때 의심이 가는 자를 불러 엄중히 문책하시지요."

"일리 있는 말이군."

임금이 고개를 끄덕였다.

"그렇다면 네 의견은 어떠하냐?"

임금이 이번엔 선노미를 향해 고개를 돌렸다.

"약용은 불가사의한 존재에 대해선 아무런 견해를 낼 수 없다고 했다. 그런데 그건 네가 잘 아는 분야가 아니더냐?"

찌를 듯한 임금의 눈빛이 부담스러워 선노미는 등에 땀이 솟았다. 여기서 입 한번 잘못 놀렸다간 다신 집에 돌아가지 못하고 쥐도 새도 모르게 죽을 수도 있다. 선노미는 오래전 연암과 첫 기담회를 열었을 때 긴장을 풀기 위해 둘러앉은 선비들을 숲속 동물로 상상했던 기억을 떠올렸다. 여우, 올빼미, 노루…. 그들을 높은 양반 나리가 아닌 숲속 동물들로 상상하니 잔뜩 위축됐던 마음이 얼마간 누그러졌었다.

그렇다면 지금 마주하고 있는 임금은 동물로 비유하자면 과연 뭘까. 고민해볼 것도 없이 바로 답이 나왔다. 범이다. 위풍당당한 체구뿐 아니라 저 위압적인 자세며 거칠 것 없는 태도 역시 백수의 왕 호랑이를 닮았다. 눈앞에 범이 버티고 있다고 생각하니 긴장이 풀리긴커녕 선노미는 오히려 더욱 몸이 움츠러들었다. 하지만 저 범은 지금 곤경에 처해 도움을 요청하고 있다. 여우나 오소리는커녕 다람쥐 정도밖에 안 될 나에게.

“제가 경험한 바로는 원혼이 나타나는 이유는 세 가지입니다.”

떨리는 가슴을 진정시키며 선노미가 고했다.

“그게 무엇이냐?”

“첫째는 복수하기 위해서입니다.”

행여 임금이 무엄하다고 버럭 화를 내지 않을까 걱정하면서도 선노미는 솔직하게 말했다.

“복수라?”

임금이 눈썹을 치켜떴다. 선노미는 가슴이 덜컥 내려앉았지만, ‘에라, 모르겠다’ 하는 심정으로 내질렀다.

“혹시 전하께 모습을 드러낸 자들의 정체를 짐작하십니까? 만약 그렇다고 한다면 그들이 전하께 복수하러 왔을 가능성은 없을지요?”

“흠….”

임금은 생각에 잠긴 표정이었다.

“짐작이 아예 안 가는 바는 아니다.”

팔짱을 낀 채 고개를 숙였던 임금이 대답했다.

아마도 머리가 잘린 남자는 내관 김한채일 것이다. 아버지가 정신병이 도졌을 때 이성을 잃고 살해한 남자. 아버지가 그자의 머리를 들고 궁궐을 돌아다니는 바람에 궐 안 사람들이 다들 기겁했다는 이야기를 임금도 들은 적이 있다.

한편 얼굴이 뭉개진 여자는 아마도 아버지의 애첩이었던 경빈 박

씨일 거라고 임금은 짐작했다. 한때 '이 여자를 가질 수 없다면 차라리 죽겠다'며, 아버지가 자살 소동까지 벌였을 정도로 총애한 여인. 하지만 나중에 정신이 온전치 못한 아버지를 말리려다 그 손에 맞아 죽은 불쌍한 여인이기도 하다.

"내 추측이 맞는다면 둘 다 내게 원한을 품었을 가능성도 배제할 순 없다."

자신을 죽인 이의 아들이니까. 차마 입 밖으로 내진 못했지만, 임금은 그렇게 생각했다.

"만일 그렇다고 한다면."

선노미가 침을 꿀꺽 삼킨 뒤 대답했다.

"제가 할 수 있는 일은 아무것도 없습니다."

"할 수 있는 일이 없다?"

임금의 목소리가 조금 높아진 것 같아 선노미는 오금이 저렸다. 하지만 할 수 없는 일을 할 수 있다고 거짓을 고할 수도 없는 노릇이었다. 그저 황송하다는 듯 납작 엎드리고 있을 수밖에 없었다.

"일단 계속 들어보시지요."

곁에서 보기 딱했던지 다산이 한마디 거들었다. 그 말에 용기를 얻어 선노미가 말을 이었다.

"두 번째 이유는 상대에게 깨달음을 주기 위해서입니다."

마음속 이정표를 찾지 못해 헤매는 이들에게 이따금 생전에 그들과 가까웠던 사람들의 혼령이 나타나 방향을 알려줄 때가 있다. 네가 지금 가고 있는 길은 잘못됐다고. 그러니 나와 똑같은 실수를 저지르지 말라고.

"마지막으로는 제 마음이 귀신을 불러내기도 합니다."

"마음이 귀신을 불러낸다?"

임금은 의아한 표정이었다.

"살인자 앞에 자신이 죽인 자의 원혼이 나타난다는 말이 있지 않습니까? 그건 아마도 살인자의 죄책감이 원혼을 불러낸 것일 겁니다."

평범한 인간이라면 자신이 저지른 죄에 대한 양심의 가책에서 벗어날 수 없다. 제 마음을 괴롭히는 죄책감 그리고 언제까지고 그 죄책감에서 벗어날 수 없다는 두려움이 쌓이고 쌓여 귀신이라는 환영을 만들어내는 게 아닐까. 자신이 만춘의 환영을 본 것처럼.

설령 그게 환영이 아니라 진짜 존재한다 할지라도 그런 불가사의한 존재를 이승으로 불러오는 건 인간의 감정이라고 선노미는 생각했다.

물론 귀신을 이 세상으로 불러오는 감정이 죄책감만은 아닐 것이다. 때로는 그리움, 때로는 억울함, 때로는 마음 밑바닥 깊숙이 깔린 어떤 감정이 그와 관련된 누군가의 혼을 불러오곤 한다. 그런 의미에서 보자면, 귀신은 대체로 사람들의 마음이 만들어낸 존재라는 다산의 주장에 선노미도 동의하는 바였다.

"만약 원혼이 나타나는 이유가 두 번째나 세 번째라면 어떻게 해야 좋겠느냐?"

"모르겠습니다."

선노미가 솔직히 대답했다.

"둘 다 마음에 관련된 일이라 타인이 어떻게 해결해줄 수 있는 게 아니라고 생각합니다. 그런 건 귀신을 본 당사자가 스스로 깨달아야 하니까요."

"전부 다 나더러 알아서 하라니. 기껏 불러왔는데 아무짝에도 쓸모가 없구나."

임금이 말했다. 하지만 냉담한 말과 달리 표정은 어딘지 모르게 유쾌한 기색이었다. 입에 발린 말을 주워섬기기보다 솔직한 선노미의 답변이 오히려 마음에 들었을지도 몰랐다.

"송구스럽사옵니다."

선노미가 이마로 바닥을 치듯 고개를 조아렸다.

"그래, 전부 내게 달린 일이라 하니 어쩔 수 없다만, 하나만 묻겠다. 혹시라도 내게 조언해줄 게 없느냐?"

"조언이라니 제가 감히…."

몸 둘 바를 몰라 하던 선노미는 자신을 빤히 내려다보는 임금의 표정이 더없이 진지하다는 사실을 깨닫고 목소리를 가다듬었다.

"귀신도 한때는 사람이었습니다. 그러니 너무 두려워만 마십시오. 그리고."

임금이 선노미를 내려다보며 다음 말을 기다렸다.

"제가 본 바에 따르면, 귀신은 자신이 뜻한 바를 이루기 전까진 사라지지 않습니다. 그러니 만약 두 번째나 세 번째 이유로 불가사의한 존재가 나타났다고 생각하신다면 마음을 속이려 하지 마십시오."

"마음을 속이려 하지 말라?"

"그렇습니다. 그게 제가 전하께 감히 고할 수 있는 유일한 말입니다."

대답을 마친 뒤에도 선노미는 가슴이 콩닥콩닥 뛰었다. 임금이 제 말에 수긍했는지 어떤지는 알 수 없다. 하지만 저로선 최선을 다했고 달리 뭔가를 더 할 수도 없다. 그저 임금의 처분을 기다리는 수밖에.

"너희들의 말은 잘 들었다."

골똘히 생각에 잠겼던 임금이 입을 열었다.

"이후의 일은 내가 잘 생각해서 결정하도록 하겠다. 오늘은 이걸로 됐으니 너희는 이만 물러가 보도록 하라. 내관들이 가는 길을 안내해 줄 것이다."

다산과 선노미는 절을 올리고 자리에서 일어섰다.

돌아서는 길에 선노미가 힐끗 임금이 있던 자리를 돌아보았다. 임금은 홀로 달빛을 받으며 다시 제 술잔에 술을 따르고 있었다. 그 뒷모습이 한없이 쓸쓸해 보였다.

다산과 선노미를 물린 후 임금은 한동안 물끄러미 무심한 달빛만 바라보았다.

가슴이 답답했다. 자신에게 아무런 책임이 없는 과거와 얼마간은 책임이 있는 과거가 한꺼번에 현실에 들이닥쳐 미래의 발목을 잡아끄는 것만 같았다. 이럴 때 누군가 자신의 속마음을 읽고 답답한 가슴을 어루만져줄 사람이 주위에 하나라도 있었으면 좋겠다고 임금은 생각했다.

'의빈이 곁에 있었더라면….'

지난해 세상을 떠난 의빈 성씨가 떠올라 임금은 새삼 가슴이 아렸다. 빈에 봉해지기 전, 한때 '덕임'이라는 이름으로 불렸던 성씨를 임금은 오랫동안 마음에 두고 있었다. 하지만 그녀를 쉽사리 품에 안을 수는 없었다. 자신이 세손이었던 시절, 덕임은 세손빈이 아직 회임을 못 했는데 자신이 먼저 아기를 가질 수 없다며 승은을 두 차례나 거절했다.

그렇게 당차고 충직했던 그녀는 의빈 자리에 오른 후 기다리고 기다렸던 세자를 품에 안겨줬다. 하지만 기쁨도 잠시, 세자는 지난해 고작 세 살이라는 어린 나이에 사망했다. 그 슬픔을 못 이겨서인지 의빈 역시 아들이 죽은 지 삼 개월 만에 그 뒤를 따르듯 세상을 떴다.

그러고 보니 자신과 가까운 사람들 대부분 이 세상 사람이 아니었다. 의빈, 세자, 이복동생 그리고 할아버지와 아버지까지. 이러니 이승에 발을 붙이지 않은 존재가 제 앞에 나타나는 게 그리 이상한 일이 아닐지도 몰랐다.

'마음이 답답해도 하소연할 사람이 없으니 왕 노릇은 참으로 외롭구나.'

임금은 깊은 한숨을 내쉬었다.

하지만 언제까지고 한탄만 하고 있을 수는 없었다. 최근에 겪은 해괴한 일들이 모두 태어나지 않은 후계자와 관련 있는 이상, 한시라도 빨리 그 원인과 배후를 밝혀내야 한다.

고민을 거듭하던 임금은 어쩐지 오래전 세상을 뜬 아버지가 이 일련의 사태에서 중요한 연결 고리라는 생각이 들었다. 자신에게 나타난 혼령은 모두 아버지 손에 죽임을 당한 자들이다. 그런 그들이 자신을 죽인 자의 아들인 내게 나타나 아들을 갖지 못할 거라 악담했다. 그런가 하면 익명의 편지는 내 아들이 아비인 나를 잡아먹을 것이라 한다. 아마도 자신이 경험한 세 사건을 관통하는 주제는 아버지와 아들인 모양이라고 임금은 결론 내렸다.

아직 태어나지도 않은 아들에게 악감정을 품을 이는 아무도 없을 것이다. 설령 제거해야 할 성가신 존재라고 생각할지언정. 하지만 죽은 아버지에게 원한을 품은 사람은 제법 있을 것이다. 그들을 찾아가 허심탄회하게 심사를 나눠보는 건 어떨까. 물론 그런다고 뾰족한 수가 나올 리는 없을 것이다. 하지만 갈피조차 잡을 수 없는 이 기괴한 일을 바로잡을 실마리를 발견할 수는 있을지 모른다.

거기까지 생각이 미쳤을 때, 문득 임금의 머리에 한 사람이 떠올랐다. 아버지와 자신 때문에 제 혈육을 잃어버린 사람. 하지만 동시에 아버지랑도, 나랑도 핏줄로 이어져 있는 사람.

그는 아마도 우리 부자(父子)를 죽도록 원망하겠지만, 차마 완전히 저버릴 수는 없을 것이다. 증오의 밑바닥에 가족으로서의 애정이 얼마간은 남아 있을 테니까. 이 사람을 내가 왜 이제야 떠올렸을까.

임금은 자리를 떨치고 일어섰다. 밤늦은 시간이긴 하지만, 임금이 방문하기에 너무 늦은 시간 같은 건 없었다. 지금이 바로 그자를 만나러 가야 할 때였다.

밤늦게 집으로 들이닥친 임금을 보고 청근 현주(세자의 서녀)는 소스라치게 놀랐다.

"이 시간에 어쩐 일이십니까?"

행여나 궁에 심상치 않은 일이 생긴 게 아닌가 짐작했는지 현주는 심각한 얼굴로 물었다.

"꿈에 네 어머니를 뵈었다."

임금은 사실을 조금 비틀어 얘기했다. 차마 현주의 어머니가 생을 마감한 마지막 순간의 비참한 몰골로 나타났다는 말을 할 수는 없었다.

"그랬더니 네 생각이 나서."

현주는 변고가 난 게 아니라 안심한 눈치였지만, 그렇다고 꽤 오랜만에 만나는 이복 오라비가 반가울 리는 없을 것이다. 야심한 시각에 불쑥 찾아와서가 아니었다. 내 아버지가 저 아이의 어머니를 때려죽였고, 내가 저 아이의 친동생에게 사약을 내렸으니.

임금이 즉위한 이듬해 그를 왕좌에서 끌어내리려 했던 이들이 모반을 일으켰다. 그때 역모를 꾸민 자들이 새 임금으로 추대하려 했던 이가 바로 임금의 이복동생이자, 현주의 친동생인 은전군이었다.

은전군이 역모에 가담했다거나, 그들과 내통했다는 증거는 없었다. 아마도 대역죄를 저지르려 했던 이들은 새 임금으로 내세울 왕실의 누군가가 필요했고, 그게 어리고 만만한 은전군이었을 것이다.

은전군은 자신은 모르는 일이라며 억울함을 강변했다. 임금 역시 배다른 동생을 살려주고 싶었다. 하지만 신하들은 강경하게 나왔다. 은전군을 살려둔다면 두고두고 후환이 될 거라고 임금을 밀어붙였다. 결국 몇 번이나 망설이던 끝에 임금은 은전군에게 사약을 내릴 수밖에 없었다. 죽을 때 은전군의 나이는 고작 열아홉이었다.

당시 현주는 그 몇 해 전 혼례를 올려 궁 밖에서 살고 있었다. 그러니 현주가 한 살 아래 남동생의 죽음을 어떻게 받아들였는지는 본 바도, 들은 바도 없다. 하지만 어릴 때 아버지 손에 어머니를 잃고, 이듬해 아버지까지 잃은 뒤 상궁들 손에 자라야 했던 현주로서는 같은 처지여서 서로 의지하며 자랐을 남동생까지 잃는다는 게 이루 말할 수 없이 큰 상심이었을 게 틀림없었다.

"그 일로 인하여 네가 마음에 앙금이 남았을까 염려돼 찾아와봤다."

'그 일'을 구체적으로 언급하진 않았지만, 그것이 남동생의 죽음을 의미한다는 걸 현주는 바로 이해한 눈치였다.

"참으로 빨리도 물어보시는군요. 이미 9년 전 일인데."

감정이 실리지 않은 목소리였다. 딱히 비난하려는 기색은 없었지만, 임금은 속으로 뜨끔했다. 하긴 9년이나 흘렀지. 그렇게 시간이 흘렀음에도 임금은 좀처럼 현주의 사저를 들를 수가 없었다. 미안함 때문에, 죄책감 때문에.

"그동안 어찌 지냈느냐."

화제를 돌리기 위해 임금이 물었다.

"잘 지냈습니다."

현주가 대답했다.

"궁을 나왔으니까요."

의미심장한 대답이었다. 현주에게 궁궐 생활이 어떠했는지 임금은 그 대답 하나만으로도 대충 짐작할 수 있었다.

"그곳에서 그리 행복하지 않았던 모양이구나."

"행복할 수 있었겠습니까."

씁쓸하게 웃으며 현주가 대답했다.

"어머니는 끔찍하게 돌아가셨고, 어머니를 그렇게 만든 아버지도 죄인이 되어 끔찍하게 돌아가셨는데요. 불쌍한 고아에다 죄인의 자식이니 다들 동정하거나 꺼렸습니다. 둘 다 달갑지 않았죠."

자신과도 어떤 면에서는 겹치는 경험인지라 고개를 끄덕이는데, 현주가 느닷없이 한 마디 덧붙였다.

"그러니 거기서 의지할 대상은 은전군밖에 없었습니다."

은전군이 입에 오르자 방안의 공기가 무겁게 가라앉았다. 그 무게에 눌려 먼저 말을 내뱉은 현주도, 은전군의 죽음에 책임이 있는 임금도 쉽사리 다음 말을 잇지 못했다.

"나를 원망했느냐?"

마침내 임금이 입을 열었다. 현주가 조용히 고개를 끄덕였다.

"원망했습니다."

"아버지도 원망했느냐?"

이번에도 현주는 고개를 끄덕였다.

"미안하다. 네 어머니 일도 그리고 은전군 일도."

임금이 고개를 숙였다.

"괜찮다는 말은 못 하겠네요. 사실 괜찮지 않으니까요."

현주가 담담하게 말했다.

"하지만 과거에 연연하며 살고 싶진 않습니다. 이미 일어난 일은 손에서 놓아버려야죠."

"그게 그리 쉽게 되는 일이더냐?"

"쉽지 않았습니다."

현주가 탄식하듯 대답했다.

"하지만 아버지나 전하를 원망해봤자 죽은 사람이 살아 돌아오는 것도 아니지 않습니까. 게다가…."

생각하듯 말을 멈췄던 현주가 다시 말을 이었다.

"가장 원망스러운 건 아버지나 전하가 아니라 왕실이니까요."

임금은 현주를 물끄러미 바라봤다.

"절 키워준 상궁들 말에 따르면, 아버지가 광증 때문에 난폭하게

굴 때면 어머니는 아버지보다 아버지를 미치게 만든 아버지의 아버지를 원망하셨다고 했습니다. 하지만 그분 역시 어찌 보면 피해자죠. 형을 독살하고 왕위에 오른 비천한 자라는 쑥덕거림에 내내 시달려야 했으니까요. 그럼 그분을 그렇게 만든 윗분들이라고 이유가 없었을까요? 아닐 겁니다. 왕실이라는 게 사람을 탐욕스럽고 미치게 만드는 곳이니까요."

현주가 깊은 한숨을 내쉬었다.

"그렇게 원망의 뿌리를 찾아 거슬러 올라가다 보면 끝도 없을 것입니다. 따지고 보면 다들 가해자인 동시에 희생자였지 않습니까? 전하도, 아버지도."

현주의 말이 옳다고 임금은 생각했다. 정쟁에 휘말려 이복동생을 죽여야만 했던 자신은 정쟁에 휘말려 아비를 잃었다. 미쳐서 현주의 어머니를 비롯한 수많은 사람을 죽였던 아버지 역시 피해자였다. 결국엔 당신의 아버지 손에 목숨을 잃었으니까.

"원망이 깊어지면 한이 되고, 한은 자기 대에서 끝나지 않고 계속 대물림됩니다. 그러니 저는 원한의 고리를 제 선에서 끝내야겠다고 결심했습니다. 그랬더니 마음이 좀 편안해졌습니다."

혼례를 올려 궁을 나갔을 당시 현주는 열다섯 살이었다. 임금의 기억 속엔 현주가 철없는 어린애로 남아 있는데, 세월이 훌쩍 흘러 여섯 살 아래 이복 여동생은 이제 서른을 바라보는 성숙한 여인이 돼 있었다. 그 세월 동안 겪었던 고난들이 현주를 너그럽고 단단하게 만들어준 걸까.

"이제 전 아무도 원망하지 않습니다. 과거의 삶은 이미 지나갔고, 지금 제게 소중한 건 제 가족들, 그리고 현재의 삶이니까요."

현주가 임금을 올려다보며 말했다. 담담한 표정을 보니 현주는 진심인 것 같았다.

"그렇게 말해주니 고맙구나."

임금 역시 진심을 담아 대답했다.

그 뒤 둘은 그간의 안부와 소식을 주고받았다. 한동안 대화를 이어가다 이야깃거리가 떨어져 임금은 자리에서 일어섰다. 현주가 임금이 궁으로 돌아가는 길을 배웅했다.

"전하께선 제 마음에 앙금이 남아 있을까 걱정이 돼서 오셨다 하셨지요."

작별 인사를 한 뒤 현주가 말했다.

"하지만 제가 보기엔 전하의 마음에 걸리는 게 있는 건 전하신 것 같습니다."

정곡을 찔린 임금이 할 말을 찾는 사이, 현주는 이렇게 물었다.

"전하께서 지고 계신 마음의 짐은 대체 무엇입니까?"

현주의 눈엔 측은한 감정이 어려 있었다. 아마 임금이 현주를 바라보는 눈에도 같은 감정이 어려 있었을 것이다.

짧은 작별 인사를 마치자, 임금이 탄 가마가 궁으로 출발했다. 흔들리는 가마 안에서 임금은 어쩌면 현주를 만나는 것이 이번이 마지막

일지도 모르겠다고, 그렇지 않더라도 다시 꽤 오랜 세월이 지난 후일 거라고 예감했다.

궁으로 돌아왔을 때는 밤이 새벽으로 향할 무렵이었다. 절정을 지난 어둠이 조만간 찾아올 일출에 미리 자리를 내주듯 조금씩 열어지고 있었다.

"문정전으로 가자."

임금이 가마꾼들에게 말했다. 가마꾼들은 이 시간에 왜 거기로 가자는 건지 의아한 눈치였지만, 임금의 분부이니 말없이 명령에 따랐다.

"너희는 잠깐 여기서 쉬고 있거라. 한동안 근처를 거닐다 올 터이니."

임금이 그렇게 지시하며 가마에서 내렸다.

간밤에 한숨도 못 자 이때다, 하고 잠시 눈을 붙이려는 가마꾼들을 뒤로하고 임금은 홀로 문정전 안마당을 둘러보았다.

임금이 이곳을 들른 이유는 단 하나였다. 죽은 아버지를 떠올리게 되는 장소니까. 정성왕후의 신주가 모셔져 있어 한때 휘령전이라 불렸던 이곳에서 아버지는 할아버지의 명령에 따라 억지로 좁은 뒤주 안으로 들어갔다.

당시 열 살 소년이었던 임금은 관과 포까지 벗고 울며불며 아비를 살려달라고 할아버지의 발치에 엎드려 빌었지만, 아무런 소용이 없었다.

과거의 기억이 한꺼번에 밀려오면서 임금은 가슴속에서 잊고 있던 회한과 울분이 치밀어 오르는 것 같았다. 갑자기 청근 현주가 부럽다는 생각마저 들었다.

제 어머니가 아버지에게 맞아 죽은 대참사가 벌어졌을 때 현주는 고작 세 살에 불과했다. 이듬해 임오년에 아버지가 세상을 떴을 때도 네 살. 부모의 죽음을 명확히 이해할 수 있는 나이도, 제대로 기억할 수 있는 나이도 아니었다. 그랬기에 현주는 비교적 쉽게 과거의 상처에서 벗어날 수 있었던 게 아닐까.

반면 자신은 그 끔찍한 광경을 모조리 기억에 아로새겼다. 살려달라 울부짖는 아버지의 모습도, 뒤주 속에서 들려오던 아버지의 고통스러운 신음도.

임금의 발걸음이 어느새 나무숲을 지나 선인문 쪽을 향했다. 아버지가 갇힌 뒤주는 얼마 후 휘령전에서 선인문으로 옮겨졌다. 굳이 죽은 자의 신주를 모신 자리에서 살생하고 싶지 않아서였을까, 아니면 생전에 아버지를 예뻐했던 정성왕후의 혼이 참혹한 모습을 보지 못하게 하기 위함이었을까.

할아버지가 무슨 심경에서 그런 결정을 내렸는지 임금은 그 이유를 모른다. 다만 아버지의 숨이 끊긴 곳이 선인문이라는 것만 알고 있을 뿐이다. 마치 아버지의 뒤를 쫓아가듯 발길을 옮기는 동안 주위를 둘러싼 회화나무 잎들이 바람에 가늘게 떨리며 바스락거리는 소리를 냈다.

회화나무 아래 희끄무레한 사람의 형체가 보였다. 어둠이 제법 많이 엷어진 덕분이기도 했지만, 한밤중이었더라도 그 모습은 제법 눈에 띄었을 것이다. 어둠 속에서 빛나는 눈처럼 하얀 수의를 입고 있었으니까.

사내는 키가 크고 덩치도 컸다. 등을 돌리고 섰던 그가 발소리를 들은 것처럼 임금이 가까이 다가가자 스르르 몸을 돌렸다.

사내와 눈이 마주친 순간 임금은 그대로 얼어붙고 말았다. 그가 이 세상 사람이 아니라는 사실을 임금은 한눈에 알아차렸다. 그는 분명 오래전 세상을 떠난 누군가의 혼령이었다. 그것도 임금이 아주 잘 아는 사람의.

산아.

사내가 임금의 어린 시절 이름을 불렀다. 잊을 수 없는 다정한 목소리로.

"아, 아버지!"

임금은 저도 모르게 오랫동안 입에 올리지 않았던 단어를 내뱉었다. 아버지를 '아바마마'가 아닌 '아버지'라는 호칭으로 부른 건 기억도 나지 않을 만큼 까마득한 어린 시절 이후 처음이었다.

임금이 다가가자 사내는 얼음 위를 미끄러지듯 스르르 뒤로 물러났다. 마치 그만큼이 산 자와 죽은 자의 거리라는 듯. 하지만 사내의 얼굴엔 오랫동안 보지 못했던 잔잔한 미소가 어려 있었다. 아버지가 미치기 전 맨정신이었을 때 자신을 향해 자주 지어주곤 했던 미소였다.

산아.

사내가 다시 임금의 이름을 불렀다. 갑자기 어린애처럼 울컥 울음이 터져 나와 임금은 급히 옷소매로 눈물을 닦았다.

네 탓이 아니다.

그런 임금을 보며 사내는 말했다. 마치 등을 쓸어주거나 머리를 쓰다듬어주듯 부드럽게 위로하는 목소리였다.

"제 탓이 아니라고요?"

그래, 네 탓이 아니야.

사내는 대답했다. 부드럽고 조용하지만 힘이 실린 어조로.

아무런 설명을 하지 않았지만, 임금은 남자가 하는 말이 무슨 뜻인지 곧바로 알아차렸다. 오랫동안 그 생각 때문에 마음이 괴로웠으니까. 나 때문에 아버지가 돌아가셨다. 내가 아니었더라면 할아버지는 아버지를 살려뒀을지도 모른다. 그러니 내가 아버지를 죽였다. 나는 아버지를 죽인 죄인이다. 현주가 대체 뭐냐고 물었던, 임금이 마음에 짊어지고 있던 짐은 바로 이것이었다. 아비를 잡아먹은 아들이라는 죄책감.

어쩌면 그 때문에 임금은 내심 두려워하고 있었던 것인지도 몰랐다. 자신이 아들을 둔 아버지가 되는 것을.

얼치기 무당이 했던 예언처럼 제 아들이 자기를 잡아먹을까 봐 두려워했던 것은 아니다. 다만 아비를 잡아먹은 자신이 아들을 가질 자격이 있는지 의심스러웠고, 때로는 죄인으로서 너무 큰 것을 바란다는 죄책감에 괴로웠다.

하지만 한편으로는 다른 아버지들처럼 제 아들과 부자지간의 정을 나눠보고 싶었다. 갖고 싶었지만 결코 가지지 못했던 것이기에. 길을 가다가도 평범한 아버지와 아들을 보면 그들이 그렇게 부러울 수가 없었다. 나도 저렇게 되고 싶다. 그런데 그런 마음이 들 때면 그게 가능할까, 하는 의문이 뒤따랐다. 아들을 뒤주에 가둬 죽였던 할아버지의 냉담한 얼굴이 떠오르기에.

그 피를 이어받은 자신 역시 할아버지와 닮은 아비가 될까 봐 두려웠다. 자신은 이미 아버지를 죽음에 몰고 간 전력이 있으니 태어날 아들에게도 인륜에 어긋난 죄를 짓지 말란 법은 없었다.

갈팡질팡하는 임금의 속마음을 알 턱 없는 신하들은 왕실 후계자를 계승해야 한다며 시시각각 숨통을 조여왔다. 자신이 이 나라 종묘사직을 지켜야 할 의무가 있다는 사실을 임금은 누구보다 잘 알고 있다. 그러니 반드시 아들을 낳아야 한다. 하지만 한 나라의 왕으로서 후계자를 봐야 한다는 의무감과 아들의 아비가 되어보고 싶다는 개인적 소망이 크면 클수록 마치 그 반작용처럼 아버지를 죽였다는 죄책감과 나는 좋은 아버지가 될 수 없을 거라는 두려움이 마음을 무겁게 짓눌렀다.

오랫동안 태기가 없던 중전이 마침내 임신해 궁에 산실청이 들어서자, 임금의 죄책감과 두려움은 절정에 달했다. 마치 곧 아기가 태어나리라는 기쁨과 기대가 커진 것에 비례한 것 같았다. 그러니 어쩌면 이전에 자신이 봤던 원혼들은 자신조차 갈피를 잡기 어려울 정도로 어지러운 제 마음이 불러낸 귀신일지도 모르겠다는 사실을 임금은 제 아비의 혼령을 마주한 지금에야 비로소 깨달았다. 다산과 함께 왔던, 사람의 마음이 귀신을 불러낸다고 했던 예쁘장한 청년의 말은 결국 옳았던 것이다.

네 탓이 아니다.

사내가 세 번째로 똑같은 말을 했다.

목구멍에 뜨거운 것이 치밀고 올라오면서 임금의 시야가 부옇게 흐려졌다. 아버지의 모습을 한 혼령이 자신 앞에 나타난 이유 역시 이제는 알 수 있었다. 아버지는 마음의 이정표를 잃고 헤매는 자신에게 얘기해주고 싶었던 것이다. 당신의 죽음이 내 탓이 아니라고, 그러니 너는 그 죄책감에서 벗어나라고.

내가 지은 업에 대해선 이미 대가를 치렀다. 그리고 미처 치르지 못한 대가도 다 내가 짊어지고 갈 것이다.

사내가 서글픈 미소를 지으며 말을 이었다.

그러니 너는 아무 걱정 말고 자유로워지거라.

사내의 흰 수의 옷자락이 안개처럼 열어졌다. 뒤이어 형체도, 얼굴도, 마지막엔 잔잔한 미소까지 하얀 안개 뒤에 가려진 듯 사라져버렸다. 눈 깜짝할 사이에 벌어진 일이었다.

"아버지? 아버지!"

임금은 사내가 서 있던 곳으로 뛰어가 소리쳤다. 하지만 이미 사라지고 난 뒤였다. 홀연히 나타났을 때와 마찬가지로 그는 수수께끼처럼 홀연히 자취를 감춰버렸다.

하지만 임금은 분명히 알 수 있었다. 이게 꿈이 아니라는 것을. 제 마음이 불러낸 아버지의 혼령이 자신에게 길을 알려주고 떠났다는 것을. 임금은 그 자리에 서서 오랫동안 누구를 위한 것인지 알 수 없는 뜨거운 눈물을 흘렸다.

어둠이 걷힌 동녘 하늘에서 서서히 해가 떠오르고 있었다.

다산이 삼개주막을 찾은 것은 선노미가 궁궐을 방문한 날로부터 사흘 후였다. 사람들 눈을 피해 주막 뒤로 선노미를 조용히 불러낸 다산이 아무 말 없이 보따리 하나를 건넸다.

"이게 뭡니까?"

"전하께서 하사하신 걸세."

"전하께서요?"

저도 모르게 목소리가 높아지자 다산이 조용히 하라는 듯 손가락을 입술에 가져다댔다.

"전에 자네가 전하를 뵀을 때 한 말이 꽤 도움이 됐다고 하시더군."

선노미는 그 자리에서 보따리를 풀어보았다. 안에서 눈처럼 하얀 종이 두루마리가 나왔다.

"자네가 기담을 기록한단 걸 들으시고서 나한테 전해주라 하셨네. 이제껏 썼던 종이와는 많이 다를 거라면서."

별반 감식안이 없는 선노미 눈에도 종이는 상당한 고급품으로 보였다. 선노미는 감개무량했다. 예전에 연암의 지인으로부터 필기구를 선물 받은 기억이 났다. 그런데 이번엔 무려 임금에게 종이를 선물 받다니. 그때도, 지금도 평소라면 언감생심 인연이 닿을 거라 생각도 못 했던 사람들과 자신을 이어준 것이 바로 기담이었다.

"전하의 고민은 다 해결됐습니까?"

"대충은."

다산은 느긋하게 고개를 끄덕였다. 아직 정체불명의 화살과 관련한 의문은 해소되지 않았지만, 임금은 시간을 두고 찬찬히 살펴보겠노라고 했다.

"전하께서 다른 말씀은 없으셨고요?"

"없었네."

사실은 종이를 주면서 임금은 이렇게 말했다. 기담 같은 걸 기록하느라 낭비하기엔 아까운 종이라고. 하지만 그 아이에게 신세를 졌으니 특별히 허하는 거라고. 그러면서 '예쁘장한 사내는 성실하지 않아. 네가 네 형 약전보다 덜 성실한 것처럼. 기생 빰치게 생긴 그 아이는 한량이 되기 딱 좋지. 그러니 얼굴값 하느라 이상한 길로 엇나가지 말고 열심히 글이나 쓰라고 주는 거야'라고 다소 심술궂게 덧붙였다. 하지만 굳이 그 말을 선노미에게 옮길 필요까지야 없다고 다산은 생각했다.

"참으로 잘됐네요. 나중에 전하를 뵙거든 감사하다고 꼭 전해주십시오."

"그러겠네."

다산이 오늘은 노닥거릴 시간이 없는지 서둘러 주막을 나섰다.

떠나는 그의 뒷모습을 지켜보던 선노미는 갑자기 곁에서 정체 모를 한기를 느끼고 돌아봤다가 깜짝 놀라 저도 모르게 뒷걸음질 쳤다. 피가 싸늘하게 식는 것 같았다. 만춘이 무서운 표정으로 자신을 노려보고 있었기 때문이다. 죽은 만춘이 눈앞에 나타난 건 이번이 벌써 두 번째였다.

"당신이, 여기 어떻게…."

용기를 내 말을 걸려고 하자 만춘은 연기처럼 홀연히 사라져버렸다.

선노미는 옴짝달싹 못 하고 그가 사라진 자리만 쳐다보았다. 하지만 자기 말고는 누구도 그 모습을 보지 못한 것 같았다.

'그자는 왜 또 여기 나타났을까.'

자신의 죄책감이 불러낸 것일까. 그렇지 않다면 만춘이 내게 무슨 할 말이 있었던 걸까.

심란한 마음을 억누르며 선노미가 싸리문에서 등을 돌렸다.

멀어져가는 다산의 뒷모습이 잠시 시야에 들어왔다. 다산의 등 뒤로 그 전엔 보지 못했던 어둠의 그림자가 길게 드리워져 있었다. 마치 그의 암울한 앞날을 예고하는 듯한 꼬리가 긴 그림자를 선노미는 불길한 마음으로 한참 동안 쳐다보았다.

밤하늘에 둥근 보름달이 떠 있었다. 어디 하나 모난 곳 없이 둥그렇게 부푼 몸집이 탐스러워 보이는 달이었다.

달밤에 하염없이 하늘을 올려다보던 왕비는 한 번이라도 좋으니 저런 보름달같이 탐스러운 아기를 품에 안아봤으면 좋겠다고 생각했다.

얼마 전까지 자신의 배도 저 달처럼 둥글게 부풀어 있었다. 하지만 이젠 아니다. 임신한 게 아니라는 사실을 깨달은 순간 커다랗던 배가 거짓말처럼 원래대로 돌아왔다. 홀쭉하게 쭈그러드는 배를 보며 왕비는 마치 헛된 악몽을 꾼 것 같았다.

아홉 살에 당시 세손이던 지금의 임금과 혼례를 올리고 궁에 들어온 지 이제 어언 25년이 넘었다. 하지만 왕비는 아직도 아기를 낳지 못했다. 왕실 어른들이 조바심을 내며 대체 언제 아기를 생산할 거냐고 보채고, 남편의 다른 여인들이 번갈아 아기를 가질 때도 왕비는 그저 입을 다물고 고개를 조아릴 수밖에 없었다. 자신은 후손을 낳아야 하는 막중한 임무를 저버린 왕실의 죄인이므로. 그래서 후궁이 낳은 아들이 세자로 책봉될 때도 질투보다 안도감이 앞섰다. 그렇게 해서라도 임금이 그토록 원하던 아들을 품에 안았으니 다행이라고 생각했다.

하지만 왕실의 유일한 희망이었던 그 아기가 작년에 갑자기 죽고, 아기의 생모인 의빈 성씨마저 아들을 뒤따라가듯 세상을 떠버리자 임금은 씻을 수 없는 깊은 시름에 빠진 것 같았다.

겉으론 강해 보이는 임금이 사실은 여리고 상처가 많은 사람이라는 걸 어릴 적부터 궁에서 함께 크다시피 한 왕비는 누구보다 잘 알았다. 남편이 후손을 봐야 한다는 압박감에 억눌려 있다는 사실 역시도.

저 사람에게 기쁨을 주고 싶다. 원하는 아들을 안겨주고 싶다. 근심 어린 임금의 얼굴을 볼 때마다 왕비는 속으로 그렇게 되뇌었다.

그런데 거짓말같이 아기가 들어섰다. 슬픈 일만 이어지던 궁궐에 드디어 잠시 웃음꽃이 피었다. 만일 후궁이 아닌 왕비가 아들을 낳는다면 이번에야말로 명실상부한 세자가 되어 이 나라 기틀이 탄탄해질 것이라고 궁궐 안 사람들은 기대감에 들떠 있었다.

그런데 산달이 지났음에도 세상에 나와야 할 아기는 좀처럼 배 밖으로 나올 기미가 없었다. 산기도 전혀 느낄 수 없었다. 걱정스러워진 왕비는 친정을 통해 밖에서 산파 한 명을 몰래 궁에 불러들여 고민을 털어놓았다. 혹시나 배 속의 아기가 잘못되기라도 했다면, 어의에게 털어놓는 순간 곧바로 소문이 퍼지게 될 게 불 보듯 뻔했기 때문이다.

"상상으로 회임을 하신 듯하옵니다."

경험 많은 늙수그레한 산파는 몹시도 송구스러운 표정으로 왕비에게 고했다.

"그럴 리가. 달거리도 끊기고, 배도 나왔는데?"

왕비는 도저히 산파의 말을 믿을 수 없었다.

"그게… 아기를 가졌다고 굳게 믿으면 몸이 착각해서 그렇게 되는 경우도 간혹 있사옵니다."

그런 여인들을 제법 많이 봤다고 산파는 덧붙였다. 사실 왕비에게도 상상임신은 낯선 단어가 아니었다. 오래전, 임금의 후궁이었던 화빈 윤씨가 상상임신을 해서 산실청이 섰다가 아기가 태어나지 않아 3년간이나 철거되지 않았던 적이 있으니까. 그때 화빈의 가짜 임신 소동으로 궁궐 안엔 한바탕 소란이 일었다.

산파의 말을 들은 왕비는 가슴이 무너졌다. 서른 중반의 늦은 나이에 어렵게 가진 줄 알았던 아기가 알고 보니 제 상상의 산물이었다니. 임금은 이번엔 드디어 세자를 보지 않을까 이제나저제나 기대하고 있는데.

자신보다 한 살 많은 임금은 이제 불혹을 향해 가는 반면, 이 나라의 후계자 자리는 여전히 비어 있다. 그렇지 않아도 대를 이어야 한다는 막대한 부담감을 짊어진 임금에게, 더욱이 작년에 사랑하던 아들을 잃은 그에게 이런 망극한 소식을 전해야 한다니.

게다가 임금에게 상상임신 소동은 이번이 처음도 아니다. 왕실에서 한 번도 일어나기 힘들 법한 일이 두 번이나 같은 임금 대에서 일어난다면 남편의 체면도 말이 아닐 것이다. 왕비는 자신이 아끼는 사람이 그런 일을 두 번 겪게 하고 싶지 않았다.

만약 임신이 사실이 아닌 것으로 밝혀진 이후, 궁궐 안에서의 제 입지도 왕비는 걱정스러웠다. 자신이 오랫동안 아기를 낳지 못하자 임금의 후사를 잇기 위한 목적으로 입궁한 화빈은 한때는 궐내에서 기세등등했다. 하지만 결국엔 아들을 낳지 못한 데다 상상임신 소동까지 겹치자, 화빈은 빈에서 일개 궁녀로 강등될지 모른다는 소문이

돌 정도로 입지가 쪼그라들었다. 물론 세자를 생산한 의빈 성씨를 향한 화빈의 강렬한 질투심이 임금의 애정이 급격히 시든 결정적 요인이었겠지만, 만약 자신의 임신이 진짜가 아니라는 사실이 밝혀진다면 자신 역시 화빈의 전철을 밟지 말라는 보장도 없었다. 그렇지 않아도 '아기를 낳지 못하는 왕비'라는 꼬리표가 따라다니는 판이니.

이 일을 어떻게 해결해야 하나 왕비는 밤낮으로 고민에 고민을 거듭했다. 생기지도 않은 아이를 산달에 맞춰 갑자기 낳을 수는 없는 일이다. 외부에서 사내아이를 데려오는 것도 고려하지 않은 건 아니지만 너무 위험 부담이 큰 데다 그런 짓까지 저지를 순 없었다. 그건 이 나라 왕실의 대를 끊어버리고, 다른 핏줄에게 왕위를 넘기는 반역이나 마찬가지니까.

고민 끝에 왕비는 아기가 뱃속에서 죽어버렸다고 선언하는 게 최선이라고 결론 내렸다. 없는 아기를 만들어내라는 것도 아니고 그 정도라면 의원들도 자신의 부탁을 들어줄 것이다. 하지만 그런 방법까지 동원해 태어날 수 없는 아기의 출산 문제를 해결한다 쳐도 임금이 느낄 실망과 슬픔, 허탈함까지 덜어줄 순 없을 것이다.

그러니 배 속에서 죽은 아이가 사실은 저주받은 아이라고, 태어나선 안 될 아이라고 믿도록 하는 게 최선일 것 같았다. 만약 배 속에 있던 아기가 아비를 해칠 모진 운명을 안고 있다면, 임금은 아기가 차라리 태어나지 않은 게 다행이라고 생각할 것이다. 바로 자신이 아비를 잡아먹은 아들이라 생각하는 임금이니 제 아들에게까지 그런 운명의 굴레를 씌우고 싶지 않을 게 분명했다.

그래서 임금이 활터에 있는 동안 왕비는 심복을 시켜 '이번에 태어날 아이는 아비를 잡아먹을 아들'이라는 저주의 글귀를 화살로 쏘게 했다. 제법 위험이 따르는 일이었지만, 하늘의 도움이었는지 계획은 성공적이었다.

지금쯤 임금은 분명 심적으로 크게 동요하고 있으리라고 왕비는 짐작했다. 이 틈을 타 조만간 아기가 태중에서 죽었다고 하자. 그러면 문제는 조용히 해결되겠지.

하지만 그렇게 애써 자신을 안심시키면서도 왕비는 씁쓸한 마음을 억누를 길이 없었다.

'이번엔 꼭 전하께 아들을 안겨드리고 싶었는데….'

원망스러운 눈빛으로 둥근 달을 쳐다보며 왕비는 깊은 한숨을 내쉬었다.

6 · 과거와의 재회

요즘 한양 어딜 가나 단연 화젯거리는 강도 떼 얘기다. 얼마 전부터 한양에 출몰한 강도 떼는 4인조인데, 이들은 복면을 쓰고 다니며 선량한 백성들의 돈을 뺏고 여자들에게 몹쓸 짓을 했다.

처음엔 한밤중에만 활보했는데, 최근엔 대담하게 낮에도 아무 집에나 침입하고, 인적 드문 길을 골라 마주친 사람을 덮쳐 돈을 뺏기 시작했다고 한다. 범죄가 잇따르자 조정에선 현상 수배까지 했지만, 범인의 인상착의를 모르니 체포하는 데 애를 먹고 있었다.

"이거야 원. 무서워서 살 수가 있어야지. 높으신 분들은 다들 뭣들 하신대요? 강도 하나 제때 못 잡고. 양반 나리들, 똑바로 좀 하시라고요!"

복이가 국밥을 먹는 다산의 곁에 붙어앉아 들으라는 듯 투덜거렸다. 근래 들어 주막에 들르는 다산의 발길이 더 잦아졌다. 제법 가까워진 선노미를 자주 만나러 오는 것이다. 덕분에 다산은 이제 명실상부한 단골이 됐다.

다산이 올 때마다 복이는 잘생긴 청년을 구경하는 게 좋은지 얼굴에 화색이 돌았다. 그런데 지금처럼 대놓고 볼멘소리를 한 적은 한 번도 없었다.

"주모, 일개 서생인 나한테 화를 내봤자…."

졸지에 꾸중을 들은 다산은 난감한 얼굴을 했다.

"일개 서생이라도 언젠가는 관직에 나가실 거 아니에요? 그때 백성들 발 좀 뻗고 살게 만들어주시라고요. 우리 같은 사람들이 얼마나 먹고살기 힘든 줄 아세요?"

복이는 불평을 늘어놓다 뚝 그쳤다. 주막에 들어서는 은비를 보았기 때문이다.

선노미도 은비를 보았다. 그녀가 주막에 들른 건 오랜만이었다. 이따금 이렇게 주막을 찾는 은비를 기다리던 상상을 하곤 했던 선노미는 가슴이 두근거렸다.

"어쩐 일로 오셨어요?"

복이가 반색을 하며 맞았다.

"아버지가 술 좀 받아오라고 하셔서요. 한동안 못 오셔서 여기 술이 그리우셨나 봐요."

은비가 또랑또랑한 목소리로 대답했다.

"그렇게 그리우면 의원님도 좀 들르시지. 요새 통 발길을 안 하시네요?"

"저번에 사고를 친 게 아직도 부끄러우신가 봐요. 게다가 요새 환자들이 늘어 자리를 비우기도 힘들거든요."

은비는 아버지 대신 변명하듯 말했다.

"그래도 강도 떼 때문에 불안한데, 혼자 밖엘 나다니게 하면 쓰나. 의원님도 너무하시네."

"아버지는 세상 돌아가는 일에 통 무관심하셔서 강도 떼 얘기는 전혀 모르세요."

은비가 괜히 하하, 웃으며 대답했다.

"게다가 지금은 훤한 낮인데요, 뭐."

선노미는 먼발치에서 귀를 쫑긋 세우고 둘의 대화를 엿들었다. 자꾸만 은비에게 마음이 가니 정신이 온통 그리로 쏠렸다. 그 바람에 아까부터 다산이 자기를 묘한 눈초리로 쳐다보고 있다는 사실도 깨닫지 못했다.

"왜 그런 눈으로 보십니까?"

다산의 시선을 의식하고 선노미가 물었다.

"자네, 혹시 저 여자한테 마음이 있는 거 아닌가?"

선노미는 귀밑이 화끈 달아오르는 것 같았다. 얼굴까지 빨개졌으면 어쩌나 싶어 당혹스러웠다. 그게 대답이나 마찬가지로 보인 다산은 짓궂게 미소를 지으며 느물거렸다.

"그렇게 좋으면 속마음을 고백해보지 그러나. 자네도 슬슬 장가가야 할 거 아닌가. 아니, 슬슬이 아니라 이미 늦었지."

"그런 건 관심 없습니다."

정신이 번쩍 든 선노미는 딱 잘라 대답했다. 구중궁궐에 핀 꽃이 아무리 아름다워도 멋대로 꺾을 순 없다. 제 손에 넣을 수 있는 게 아니니까. 은비 역시 마찬가지다. 먼발치서 바라보며 가슴 설렐 순 있어도 언감생심 닿을 수 있는 대상은 아니다. 난 그럴 자격이 없으니까.

"전부터 물어보고 싶었는데."

다산의 표정이 별안간 진지해졌다.

"자네는 왜 가정을 안 꾸리려는 거지? 혹시 말 못 할 사연이라도 있는 겐가?"

선노미는 말문이 막혔다. 부쩍 가까워졌다고 하나 다산에게 제 과거를 털어놓을 순 없었다.

할 말을 찾는 사이, 별안간 와장창 그릇 깨지는 소리가 들렸다. 부엌에서 반찬을 들고 나오던 금실이 손에서 쟁반을 놓친 모양이었다. 흘린 음식물과 깨진 그릇 조각들이 어지럽게 나뒹굴었다.

그런데 그게 문제가 아니었다. 금실이 입을 딱 벌린 채 싸리문 쪽을 보고 있었다. 끔찍한 걸 본 것처럼 미동도 하지 않았다. 주막 안의 모든 이가 금실의 반응과 다르지 않았다.

"모두들 꼼짝 말고 그대로 있어!"

검은 복면을 쓴 사내 넷이 주막에 들이닥친 것이다.

셋은 주막 안으로 뛰어들었고, 나머지 하나는 싸리문 밖에서 망을 보았다. 복면을 쓴 세 사내의 손에는 시퍼렇게 날이 선 칼이 번뜩였다.

"꺄아악!"

복이가 칼을 보고 비명을 질렀다.

"조용히 해! 한 번만 더 소리 지르면 황천길로 보내버릴 테니."

셋 중 대장으로 보이는 복면이 으르렁거렸다. 겁에 질린 복이는 입을 꾹 다물었다.

"여긴 우리가 맡고 있을 테니 넌 방들을 털어."

대장이 키가 훌쩍 큰 복면에게 지시했다.

키 큰 복면이 객실을 하나씩 열어보더니 대장을 향해 고개를 절레절레 저었다. 딱히 건질 게 없다는 뜻이었다. 다행히 숙박객들은 다 떠나고 지금 주막에 묵는 손님은 하나도 없었다.

"젠장, 재수가 없으려니."

대장이 투덜거렸다.

"보아하니 돈 될 것도 없어 보이고."

주막 안을 휘휘 둘러보던 대장이 겁에 질려 떨고 있는 은비를 발견하곤 눈을 반짝 빛냈다.

"그래도 허탕 치고 갈 순 없으니 재미라도 볼까?"

대장은 가느다란 은비의 목에 칼을 겨눴다. 칼끝을 힐끗 바라본 은비는 얼굴이 새하얗게 질렸다. 다들 뭐라도 해보려 움찔거렸으나 세 개나 되는 칼끝이 코앞에서 흔들리자 함부로 움직이지 못했다.

"사, 살려주세요."

떨리는 목소리로 은비가 말했다.

"살려주지, 살려주고 말고."

대장이 능글맞은 목소리로 말했다.

"형님, 재미는 혼자만 볼 생각이오?"

키 작은 복면이 불퉁스럽게 물었다. 대장이 은비를 희롱하는 동안 두 복면은 복이와 금실, 선노미와 다산을 향해 칼을 겨누고 있던 참이었다.

"그럴 리가 있나."

형님이라 불린 복면이 음흉스럽게 대답했다.

"일단 너희는 저 여자들이랑 샌님들이나 잘 감시하고 있어."

대장이 은비를 질질 끌고 방 안으로 들어가려 했다. 겁에 질린 은비는 발을 땅에 딱 붙이고 있는 힘을 다해 버텼다.

"그 여자한테서 손 떼!"

더는 못 참겠는지 선노미가 와락 소리쳤다. 칼끝이 거의 이마에 닿을 정도였지만 용기를 내야 했다. 은비가 끔찍한 사고를 당하는 걸 두 눈 멀쩡히 뜨고 지켜볼 순 없었다. 무슨 수를 써서라도 막아야 했다.

"건넌방 장롱 바닥에 종이가 있어. 귀한 종이니 내다 팔면 돈이 꽤 될 거야. 그걸 가져가! 대신 누구에게도 손대지 마."

귀한 종이란 임금이 다산을 시켜 선노미에게 전해주라 했던 종이였다. 손대는 것도 아까워서 아직 한 번도 써본 적 없지만, 지금은 그거라도 있어 다행이었다.

대장이 은비를 두고 건넌방으로 들어갔다. 방을 뒤져 종이를 찾아낸 그는 호탕하게 웃었다.

"이건 정말 꽤 값나가 보이는데? 이런 허접한 주막에 이런 귀한 물건이 있다니."

"원하는 걸 가졌으니 이젠 그만 가시오. 여기 사람들은 건드리지 말고."

선노미의 말에 대장은 피식 코웃음을 쳤다.

"이건 이거고, 또 저건 저거지."

대장이 칼로 종이를 가리켰다 은비를 가리켰다 했다.

이런 나쁜 놈들…. 선노미는 얼이 빠져 중얼거렸다.

대장은 은비를 포기할 생각이 없어 보였다. 그가 은비의 손목을 확 낚아챘다. 동시에 제 허벅지를 감싸며 으악, 외마디 비명을 질렀다. 그의 허벅지에서 붉은 피가 새어나왔다.

"내, 내 몸에 손대지 마!"

은비가 비틀거리며 몸을 뒤로 뺐다. 그녀의 손엔 은장도가 들려 있었다. 대장이 방을 뒤지는 틈에 지녔던 은장도를 몰래 꺼낸 모양이었다.

은장도의 칼끝은 대장의 피로 번들거렸다. 하지만 여인네의 호신용에 불과한 작은 은장도는 깊은 상처를 내긴 어려웠다.

"이 계집년이 진짜!"

대장이 절뚝거리며 은비를 향해 달려들었다. 상처를 입고 눈이 뒤집힌 대장이 은비를 향해 칼을 높이 치켜들었다.

"안 돼!"

선노미가 득달같이 몸을 날렸다. 저 칼이 은비의 몸에 닿아선 안 된다는 생각뿐이었다. 날카로운 칼끝이 선노미의 옆구리를 파고들었다. 격렬한 통증에 눈앞이 하얗게 변하면서 세상이 흐릿해졌다. 선노미는 그대로 정신을 잃어버렸다.

눈을 떴을 때 사방은 온통 희뿌연 안개에 휩싸여 있었다. 시야가 부옇게 흐렸다. 어디선가 찰랑찰랑 물소리가 들렸다. 자세히 보니 눈앞에 강이 흐르는 것 같았다. 강어귀엔 작은 배 한 척이 물결에 흔들리고 있었다.

'여긴 어디지?'

선노미는 어리둥절했다. 조금 전 강도 떼가 주막을 습격했던 기억이 되살아났다. 그중 하나가 칼을 들이대며 은비를 위협했던 것도. 그걸 보고 강도에게 덤벼들었는데?

거기까지 생각나자 선노미는 뜨겁고 격렬한 통증이 떠올라 온몸이 오싹해졌다.

'혹시 내가 죽은 건가?'

그다음은 어떻게 됐는지 기억이 나질 않았다. 정신을 차리고 눈을 떠보니 어딘지 모를 이상한 곳에 와 있었다. 그렇다면 여긴 혹시 저승인 걸까? 눈앞에 흐르는 저 강이 말로만 듣던, 저승으로 향하는 황천이고.

"탈 거니, 안 탈 거니?"

누군가 말을 걸어 선노미는 소리가 들린 곳을 돌아봤다.

한 남자가 배 옆에 서 있었다. 나이를 가늠할 수 없는 얼굴이었다. 스물이라고 해도 맞을 것 같고 서른이라고 해도 맞을 것 같았다. 남자는 '칠흑같다'는 표현이 어울리게 새카만 옷을 걸치고 있었다. 의복만 검은 게 아니었다. 신고 있는 짚신과 버선까지 모조리 까맸다. 다만 얼굴만 백지장처럼 하얬다.

상투를 틀지 않은 새카만 머리를 어깨까지 아무렇게나 풀어 내린 남자의 얼굴은 검은 의복과 대조돼 더욱 창백해 보였다. 남자가 섬뜩한 눈초리로 선노미를 노려보았다.

어쩐지 남자는 낯이 익었다. 어디서 봤더라…. 기억을 더듬던 선노미는 저도 모르게 아, 하고 중얼거렸다. 눈앞에 서 있는 남자는 두란이었다.

7년 전 연암을 따라 청나라 가던 길에 압록강 뱃사공 주매가 들려줬던 기담 속 두란.

두란은 이승과 저승을 건너는 강에서 안내인 역할을 한다는 자였다. 뱃사공에게 들은 두란은 선노미에게 마치 만난 적 있는 사람처럼 강한 인상을 남겼었다.

"탈 거니, 안 탈 거니?"

배를 가리키며 냉랭한 목소리로 두란이 물었다.

"이걸 타면 왔던 곳으로 돌아갈 수 있나요?"

선노미가 간절하게 물었다. 귀에 들린 제 목소리가 어딘지 평소와 다른 것 같았지만, 지금은 그런 걸 신경 쓸 때가 아니었다. 선노미의 머릿속은 돌아가야 한다는 생각뿐이었다.

"그건 나도 모른다. 네가 어디서 왔는지, 어디로 가고 싶은지 모르니까."

두란이 무심하게 대답했다.

"만약 안 타면 어떻게 되나요?"

"그러면 오도 가도 못하겠지. 계속 이 자리에 머물러 있을 거야. 언제까지나."

"언제까지나요?"

선노미는 절망해서 눈을 질끈 감았다. 어딘지도 모를 이 음산한 곳에서 기약 없이 있어야 한다는 건 상상만 해도 끔찍했다. 그러느니 차라리 이 배를 타고 어디로든 가는 게 나을 것 같았다. 운이 좋으면 집으로 돌아갈 수도 있으니.

"탈게요."

선노미가 순순히 대답했다.

"그럼 꾸물거리지 말고 어서 배에 오르거라."

두란이 재촉했다.

이미 결심했어도 막상 그렇게 하려니 선노미는 자꾸만 망설여졌다. 혹시나 실수를 하는 게 아닐까 하고. 하지만 여기 있는다고 달라질 건 없었다. 마음을 굳히고 배에 오르던 선노미는 물에 비친 제 얼굴을 보고 깜짝 놀랐다. 자신이 매일 보던 얼굴이 아니었다. 수면 위에서 자신을 보고 놀란 건 너무도 익숙한 소년이었다. 7년 전 연암을 따라 청나라로 향할 때의 제 모습이었다.

'이, 이건!'

놀란 선노미가 제 손발을 내려다봤다. 역시 아직 덜 자란 소년의 것이었다. 그제야 비로소 선노미는 목소리가 낯설게 들렸던 이유를 알 수 있었다. 목소리와 말투 역시 7년 전으로 돌아갔기 때문이다.

'이게 대체 어떻게 된 거지?'

선노미가 혼란스러워하는 사이 두란은 어느새 노를 저어 배를 출발시켰다.

배가 칠흑같이 검은 강물 위를 미끄러지듯 움직였다. 수면에 은은하게 내려앉는 달빛을 제외하면 주위는 온통 어둠에 둘러싸여 있었다. 거울처럼 잔잔한 수면이 달빛을 튕겨내며 반짝반짝 빛을 냈다.

휘이익, 별안간 두란이 노를 저으며 낮게 휘파람을 불었다. 그러자 깊이를 알 수 없는 고요한 강물 밑바닥이 훤히 드러났다. 마치 하늘의 달빛이 수면을 투과해 밑바닥까지 뚜렷하게 비추는 것 같았다.

검푸른 물결과 달리 깊디깊은 강물 안은 화창하게 갠 맑은 하늘 같았다. 투명한 강 밑에서 무언가 동그랗고 희끄무레한 것들이 드문드문 모습을 드러냈다. 한참을 바라본 후에야 선노미는 그게 이미 살점이 떨어져 나간 백골들이라는 사실을 알아차렸다.

휘이익, 두란이 다시 휘파람을 불자 이미 뼈만 남은 하얀 백골들이 마치 소리에 반응이라도 하듯 이를 딱딱 부딪치고 머리를 달그락거렸다. 이미 구멍만 휑하게 남은 눈으로 소리가 들린 곳을 좇는 것 같았다.

"이 세상과 저 세상 사이에 끼인 넋이야."

선노미가 묻지도 않았는데 두란은 혼잣말처럼 그렇게 알려줬다.

사실 두란이 말하지 않아도 선노미는 이미 알고 있었다. 예전에 뱃사공 주매한테서 들었기 때문이다.

자신이 누구인지 잊어먹어 제 이름을 불러도 알아차리지 못한다고 했다. 저 강바닥 아래 넋들은. 무사히 저승으로 건너간 망자나 풀지 못한 원이 있어 이승을 떠도는 원혼들과 달리 이승도, 저승도 아닌 세계에 머물러 있는 존재였다.

그들이 왜 저런 신세가 됐냐고 묻는 주매에게 두란은 이렇게 답했다고 했다. 구천을 떠도는 넋이 어디로도 가지 못하고 헤매는 건 제 마음이 무엇을 원하는지 모르기 때문이라고. 그러니 저승으로 무사히 가는 건 망자의 마음에 달린 거라고.

'그렇다면 내가 무사히 집으로 돌아가는 것 역시 내 마음에 달린 걸까.'

선노미는 백골들을 내려다보며 속으로 중얼거렸다.

쇄아아아.

강 주변에 갈대밭이라도 있는지 마침 불어온 바람에 보이지 않는 갈대가 스스스, 흔들리는 소리가 들렸다. 배는 달빛을 받은 검은 수면 위를 미끄러지며 조용히 움직였다.

"다 왔으니 내리렴."

두란이 반대편 기슭에 배를 멈추고 말했다.

조심스레 배에서 내려 선노미는 주위를 두리번거렸다. 여기도 건너온 곳과 마찬가지로 온통 자욱한 안개가 껴 있었다. 한 치 앞도 보이지 않았다. 기껏 강을 건넜는데, 이래서야 여기나 저기나 마찬가지 같아 선노미는 가슴이 답답해졌다.

"여긴 어디예요?"

다시 배를 출발시키려는 두란에게 선노미가 물었다.

"그건 네가 알아내야겠지."

두란은 무뚝뚝하게 대꾸하고는 다시 노를 저었다. 고요한 물살을 가르며 배가 멀어졌다. 어둠 속으로 더 이상 배가 보이지 않을 때까지 선노미는 눈을 떼지 못했다.

이제부터 뭘 어떻게 해야 하나. 두란은 여기가 어딘지 나더러 알아내라 했다. 대체 어떻게 알아낸단 말인가. 이러다 영영 집에 못 돌아가는 게 아닐까. 열다섯으로 돌아간 선노미는 자리에 주저앉아 울고 싶었다.

후드득.

그때 하늘에서 무언가 떨어지기 시작했다. 처음엔 비라도 내리나 보다고 생각했다. 하지만 아닌 것 같았다. 하늘에서 떨어지는 것에서 뜨거운 열기가 느껴졌다.

후드득.

무언가 선노미의 발치에 툭 떨어졌다. 뜨거운 열감이 발치 주위를 서서히 번져나갔다. 불이라도 난 것처럼 매캐한 연기 냄새도 났다.

'이, 이건?'

선노미는 정신이 번쩍 들었다. 하늘에서 떨어지는 비의 정체를 비로소 알았다. 그건 불비였다. 마치 비가 내리듯 하늘에서 불똥이 떨어지고 있었다.

만춘을 죽이고 괴로워하며 전국을 방랑할 때 어느 암자에서 들었던 이야기 속 불비.

그 암자에 걸려 있던 지옥도에는 하늘에서 불비가 내려 타락한 마을 사람들을 모조리 태워죽이는 장면이 생생하게 묘사돼 있었다.

후드득 후드득.

불비가 더 빨리 떨어지기 시작했다. 앞이 잘 보이지 않았지만 불똥이 떨어지며 화르르 타오르는 소리는 선명하게 들렸다. 매캐한 냄새가 연기와 함께 피어올랐다. 그렇지 않아도 짙은 안개에 흐린 시야가 더욱 꽉 막히는 것 같았다.

어쩔 줄 몰라 하며 선노미가 두리번거렸다. 불비가 금방이라도 제게 떨어져 살점을 태우고 뼈를 녹일 것 같았다. 앞도 보이지 않는데 어디로 피해야 할지도 몰랐다. 온몸에서 식은땀이 나고, 심장이 가슴 밖으로 튀어나올 것처럼 쿵쾅거렸다.

"두려워하지 마."

자욱한 안개 속에서 목소리가 들렸다. 어느새 낯익은 소녀가 선노미 앞에 서 있었다.

오랫동안 못 봤지만, 소녀의 얼굴을 선노미는 똑똑히 기억했다. 청나라로 떠나기 전 그가 짝사랑했던 소녀.

이름도 모르는 그 소녀가 이 세상 사람이 아니라는 사실은 알고 있었다. 그래도 그 당시 선노미는 소녀에게 자꾸만 마음이 끌렸었다. 하지만 그 뒤로 오랫동안 잊고 있었는데.

"여긴 어떻게 왔어?"

선노미가 소녀에게 물었다.

"이곳은 네 마음속 세계야."

소녀가 대답했다.

"그러니 나도 여기에 있을 수 있는 거고."

"내 마음속 세계?"

무슨 뜻인지 알 수 없어 소녀의 말을 따라 중얼거리는데, 다시 하늘에서 후드득 불비가 떨어졌다.

"앗 뜨거!"

이번엔 바로 옆에 떨어진 불비에서 불똥이 튀어 선노미는 화들짝 놀랐다.

소녀가 겁에 질린 선노미를 보며 말했다.

"저 비는 진짜가 아니야."

"그게 무슨 소리야? 이렇게 뜨거운데 진짜가 아니라니."

"이건 네 마음이 불러낸 비야. 그러니 두려워하지 않으면 너한테 아무런 해도 입힐 수 없어."

소녀가 하는 말이 무슨 뜻인지 선노미는 이해할 수 없었다.

"하지만 난 이런 비를 부른 적이 없는데?"

"네가 깨닫지 못했을 뿐이야."

못 알아들어 답답한지 소녀가 목소리를 높였다.

"지옥도 속 불비는 죄인을 벌하려고 내린 비였어. 너도 줄곧 너 자신을 벌주려고 했잖아."

그제야 무슨 뜻인지 알 것 같았다. 평범한 삶으로부터 거리를 두는 동안 선노미는 자신을 괴롭히고 있었다. 그렇게 스스로 형벌을 짊어졌다. 그러니 저 비를 불러온 게 다름 아닌 자신이라는 소녀의 말은 틀린 게 아니었다.

후드득.

다시 가까이 불비가 떨어졌다. 불비가 떨어진 자리에서 뜨거운 열기를 내뿜자 선노미는 연신 움찔거렸다.

"이대로 불비가 널 태워버리도록 놔둘 거야?"

소녀가 다급하게 물었다.

"하, 하지만 난 비를 어떻게 그치게 하는지 몰라."

금방이라도 불똥이 머리 위에 떨어질 것만 같아 선노미는 머리를 감싸며 말했다.

"간단해. 두려워하지 말고 받아들여. 그러면 비는 널 태울 수 없어."

"저걸… 두려워하지 말라고?"

"그래, 저건 네 마음이 만들어낸 허상이니까."

내 마음이 만들어낸 허상. 선노미는 소녀가 한 말을 속으로 중얼거렸다. 그러자 차츰 두려움이 걷히기 시작했다. 사람의 마음에 얼마나 큰 힘이 있는지 선노미는 알고 있다. 그건 사람을 살리기도 하고 죽이기도 하고 때로는 이승에 속하지 않은 어떤 불가사의한 존재를 불러오기도 한다. 이 비를 만들어낸 게 내 마음이라면 비를 그치게 할 수 있는 것도 내 마음뿐이다.

'저건 진짜가 아니야.'

불비를 피해 무작정 달아나고픈 마음을 억누르고 자신에게 되뇌었다. 저건 진짜가 아니야. 저건 진짜가 아니야. 저건 날 해칠 수 없어. 이 비는 내 마음이 만든 거니까!

툭, 화롯불처럼 뜨거운 열기가 한순간 머리 위를 스치는가 싶더니 차가운 빗방울이 이마 위로 떨어져 내렸다. 질끈 감았던 눈을 뜨고 선노미는 이마 위의 빗방울을 닦아냈다.

툭툭.

지면에 떨어진 빗방울의 습기가 불비로 달궈진 땅을 서늘하게 식혔다.

"결국엔 불비를 그치게 했구나."

소녀가 대견하다는 듯 미소 지었다.

"다 네 덕분이야."

선노미도 그제야 겨우 안도의 한숨을 내쉬었다. 아직까지 놀란 가슴이 벌렁거렸다. 이 소녀가 곁에 없었더라면 지금쯤 어떤 꼴이 됐을지 상상하니 그것만으로도 오금이 저렸다.

"언제까지 그러고 있을 거야? 따라와, 내가 안내해줄게."

다리 힘이 풀려 퍼질러 앉은 선노미에게 소녀가 말했다.

선노미는 주섬주섬 일어나 소녀를 따라갔다. 뿌옇던 안개가 조금 옅어졌지만, 여전히 사방은 어디가 어딘지 알 수 없었다. 하지만 소녀는 거침없이 안개를 걷어내며 나아갔다.

"여긴 내 마음속 세계라고 했지?"

소녀가 했던 말이 생각나 선노미가 물었다.

"그런데 난 왜 여기 온 거야?"

"글쎄."

소녀가 고개를 갸웃했다.

"해결하지 않으면 안 될 게 있어서 그렇지 않을까."

"그걸 해결하면 난 왔던 곳으로 돌아갈 수 있어?"

소녀는 입을 다물었다. 선노미가 곁눈질로 힐끗 보니 소녀는 조금 슬픈 표정을 짓고 있었다.

"그렇게 되길 바랄게."

뜸을 들이다 소녀가 대답했다.

둘은 한동안 말없이 안개 속을 걸어갔다. 안개는 무슨 영문인지 조금 전부터 다시 짙어졌다. 어쩐지 구름 속을 걷는 기분이기도 했다.

"그런데 난 왜 지금 열다섯 살 때 모습을 하고 있어?"

선노미가 다시 물었다.

"이곳은 열다섯 살의 네 마음이 만든 세계니까."

소녀가 대답했다.

선노미는 알 것 같았다. 자신이 열다섯 소년으로 돌아간 것뿐 아니라, 열다섯 살 때 짝사랑했던 소녀가 갑자기 자신에게 다시 나타난 것까지도.

하지만 저 소녀는 어떻게 나에 대해 이렇게 잘 알고 있는 걸까. 그것만큼은 알 수 없었다.

어디선가 희미한 소리가 들렸다.

탁탁탁.

땅바닥을 나무 같은 걸로 때리는 소리였다. 선노미는 소리 나는 쪽으로 고개를 돌렸다. 하지만 자욱한 안개에 가려 아무것도 보이지 않았다.

탁탁탁.

소리는 또다시 들렸다. 어디선가 들어본 적 있었다. 어디서였더라…. 마치 지팡이로 땅을 내리치는 듯한 저 소리를?

선노미는 헉, 하고 숨을 들이켰다. 소리의 정체를 알아챘다. 저건 눈먼 자들이 앞을 확인하느라 지팡이로 땅을 두들기는 소리다. 언젠가 눈먼 자들이 모여 사는 마을에서 들은 적이 있는 소리. 두 번 다시 듣고 싶지 않은 소리.

저 소리는 떠올리기 싫은 기억과 연결돼 있었다. 바로 그 마을에서 선노미는 만나선 안 될 만춘이라는 자를 만났고, 해서는 안 될 짓을 저질러버렸다.

'그런데 왜 여기서 저 소리가 들리지?'

선노미는 화들짝 놀라 주위를 둘러보았다. 저 소리가 들린다는 건 자신이 눈먼 자들의 마을에 와 있다는 얘기였다. 두 번 다시 밟고 싶지 않은 그 땅에. 등줄기에 식은땀이 흘렀다.

"여기서부터는 너 혼자 가야 해."

소녀가 걸음을 멈추고 선노미를 돌아봤다.

"왜? 같이 가주면 안 돼?"

겁에 질린 선노미가 소녀에게 매달렸다. 이곳에 혼자 있고 싶지 않았다.

"안 돼."

소녀가 가만히 고개를 저었다.

"넌 네 과거와 아직 화해하지 못했어. 그래서 네 마음에 남은 응어리가 널 여기로 부른 거야."

"내 마음에 남은 응어리?"

선노미가 그 말을 따라 중얼거리는 순간, 소녀는 이미 사라져버렸다. 아까 불비가 내릴 때 홀연히 나타났던 것처럼.

자신을 도와준 소녀마저 사라지고 나니 안개가 자욱한 이곳이 더

욱더 막막하게 느껴졌다.

탁탁탁.

잠시 멈췄던 지팡이 소리가 근처에서 울려 퍼졌다. 마치 오라고 신호를 보내는 것처럼. 선노미는 소리 나는 곳으로 발길을 옮겼다.

탁탁탁.

소리는 점점 더 가깝게, 뚜렷하게 들렸다. 처음엔 지팡이로 땅을 두들기는 사람이 하나였지만, 짙은 안개 속으로 갈수록 사람들 수가 하나둘씩 늘어나는 것 같았다.

탁탁탁탁.

급기야 눈먼 자들의 마을에서 사람들이 모두 몰려나온 것처럼 사방에서 지팡이로 땅을 두들기는 소리가 높고 격렬하게 울려 퍼졌다. 그 소리는 마치 이곳에 온 선노미를 환영하는 것 같았다. 그러다 갑자기 소리가 멎고 사방이 조용해졌다.

소리가 일제히 뚝 그치자 음울한 적막이 찾아왔다.

"오랜만이군."

한 남자의 목소리가 적막을 깼다. 희뿌연 안개 속에 만춘이 서 있었다. 7년 전 선노미에게 씻을 수 없는 죄책감을 안겨준 남자.

선노미는 그때 눈먼 자의 마을에서 만춘을 죽였다. 자신과 연암을 지키기 위해. 눈먼 자들의 마을에서 탈출하기 위해. 어쩔 수 없는 상황에서 벌어진 일이지만, 그 뒤로 선노미는 끔찍한 죄책감에 시달려야 했다. 아마도 그 충격으로 마음속 시간은 여전히 열다섯 살에 멈춰져 있었던 것인지도 몰랐다.

아직도 과거와 화해하지 못했다던 소녀의 말이 떠올랐다. 그래서 일까. 내가 지금 이자와 얼굴을 마주한 이유가. 하지만 이런다고 어떻게 과거를 풀 수 있지? 과거는 되돌릴 수 없는데.

"드디어 만나게 됐네."

만춘이 씩 웃었다. 입꼬리는 비죽 올라갔지만, 눈은 여전히 싸늘하게 선노미를 쏘아보고 있었다.

"당신이야? 나를 이곳에 불러온 게?"

선노미가 떨리는 목소리로 물었다. 만춘은 최근에 두 번이나 모습을 드러냈다. 그때도 선노미는 막연하게 불길한 느낌이 들었다.

"널 이리로 불렀다고?"

만춘이 비아냥거리는 투로 말했다.

"여긴 네 마음속 세계야. 내가 원한다고 널 여기로 불러올 순 없어. 오히려 네가 날 부른 거지."

가식적인 미소가 사라지자 만춘의 얼굴에 떠오른 감정은 적대심과 증오밖에 없었다.

"난 한시도 널 잊은 적이 없어. 너한테 목숨을 빼겼으니까."

만춘이 이글거리는 눈으로 선노미를 노려보았다.

"그런데 넌 왜 날 못 잊은 거지?"

선노미는 침을 꿀꺽 삼켰다.

사실 오랫동안 이 순간을 머릿속으로 그려보곤 했다. 언젠가 저승에서 그를 다시 만난다면, 하는 상상을 했던 것이다. 그럴 때마다 가장 먼저 솟구친 감정은 두려워서 회피하고 싶다는 거였다. 하지만 한편으로는 이 말을 꼭 전하고 싶었다.

"미안해."

선노미가 바닥에 무릎을 꿇고 고개를 푹 숙였다.

"죽일 생각까진 없었어. 그냥 거기서 벗어나야겠다고 생각했는데, 그게 그만…."

목이 메는 바람에 선노미는 말을 잇지 못했다.

"용서해 달라곤 안 할게. 하지만 이것만은 알아줬으면 좋겠어. 한순간도 내 잘못을 잊은 적이 없어. 당신한테 씻을 수 없는 죄를 지었어. 미안해, 정말 미안해…."

꾹 참으려고 했지만, 결국 선노미는 울음을 터뜨렸다.

만춘은 냉담한 눈길로 물끄러미 내려다보고 있었다.

"그렇게 용서를 빈다고 내가 살아나는 것도 아닌데."

선노미의 머리 위에서 만춘의 차가운 목소리가 들렸다. 선노미가 고개를 들어 만춘을 보았다.

"내가 원하는 게 뭔지 알아?"

그렇게 묻는 만춘의 눈이 섬뜩하게 빛났다.

"네가 이곳에서 떠도는 거야. 영원히."

"그럴 순 없어!"

다급해진 선노미가 만춘에게 매달렸다. 지난 7년간 괴로움 속에서 하루하루를 보냈다. 아마 앞으로도 그 괴로움은 사라지지 않을 것이다. 평생 만춘에게 속죄하며 살아가야 할 거라고 생각했다. 하지만 그렇다 해도 돌아가고 싶었다. 자신이 왔던 곳으로.

"돌려 보내줘, 제발!"

만춘은 선노미를 거칠게 뿌리쳤다.

"왜지? 네가 돌아가야 할 이유가 뭔데?"

"…뭐?"

눈물 젖은 얼굴로 선노미가 중얼거렸다.

"그렇잖아. 나는 목숨을 잃었는데 넌 대체 뭣 때문에 돌아가야 하는 거냐고."

만춘이 이번엔 코웃음을 쳤다.

"살고 싶어서? 그건 나도 나도 마찬가지야. 나도 살고 싶었어. 살고자 하는 건 본능이니까."

선노미는 할 말을 잃었다. 어쩌면 만춘의 말대로였다. 그나 나나 목숨은 똑같이 중요하다. 그런데 그를 죽여 구천을 떠돌게 한 주제에 나는 뭐가 그리 대단하다고 돌아가려 하나.

이제껏 만춘을 죽인 죗값을 치르겠다고 했는데 그건 모두 말뿐이었다. 정말 죗값을 치르려 한다면 이승도 저승도 아닌 이 세계를 떠돌아야 하는 게 아닐까. 만춘과 마찬가지로.

"만날 인연은 어떻게든 만나게 된다고 하지. 그 말이 맞았어. 서로를 향한 강렬한 감정이 너를 여기까지 이끈 거야."

선노미를 내려다보던 만춘이 말을 이었다.

"하지만 딱 여기까지야. 네가 여기까지 온 데는 내 힘도 얼마간은 작용했겠지만, 난 널 여기 계속 붙들어둘 수 없어. 유감스럽게도."

"그럼 난 돌아갈 수 있는 거야?"

선노미가 물었다.

"그건 전적으로 너한테 달렸어. 이곳에서 계속 떠돌지, 아니면 원래 있던 곳으로 돌아갈지는 네가 선택할 문제야."

"…내가 선택할 문제?"

"그래, 난 널 붙잡아둘 순 없어."

만춘은 했던 말을 되풀이했다.

"하지만 널 시험할 수는 있지."

어리둥절한 선노미에게 만춘이 무언가를 건넸다. 열쇠고리였다. 동그란 고리에 모양이 똑같은 황동 열쇠 세 개가 걸려 있었다. 모양은 똑같아도 크기는 각각 달랐다. 작은 것, 큰 것 그리고 중간 크기.

"왔던 곳으로 돌아가고 싶다고 했지? 그럼 돌아가야만 하는 이유를 세 가지 발견해내. 그리고 그걸 발견할 때마다 크기가 작은 열쇠부터 하나씩 문을 열어. 모두 진심에서 우러난 이유라면 문은 열릴 거야."

"문을 열라고?"

선노미는 손에 들린 열쇠뭉치를 내려다보며 중얼거렸다. 무슨 말인지 알 수 없었다. 만춘은 개의치 않고 덧붙였다.

"하지만 만약 틀린 답을 낸다면 넌 이곳을 영원히 떠돌아야 해."

그 말에 소름이 끼쳐 선노미가 퍼뜩 만춘을 올려다봤다. 그의 얼굴에 냉담한 미소가 떠올랐다. 마치 구렁이가 먹잇감을 노릴 때 지을 법한 표정이었다.

"그러니 돌아가고 싶다면 잘 생각해보라고."

"문이라니? 그건 대체 어디 있는데?"

선노미가 다그쳐 묻자 갑자기 희뿌연 안개가 눈앞을 가렸다. 어느새 한 치 앞도 안 보였다. 안개가 다시 열어졌을 때 만춘은 이미 사라지고 없었다.

'이걸로 문을 열라고?'

여전히 안개가 사방을 가렸지만 시야는 조금 더 넓어졌다. 더듬거리며 몇 걸음 걸어 나가자, 커다란 문 하나가 보였다. 높이와 길이를 가늠할 수 없을 정도로 커다란 문엔 눈높이 정도 위치에 황동 자물쇠가 달려 있었다.

'아, 이 문이었구나.'

문을 찾았다 한들 그걸 여는 것과는 별개였다. 이 문을 열려면 만춘이 낸 문제에 대한 답을 찾아야 하니까. 자신이 왔던 곳으로 돌아가야만 하는 세 가지 이유를.

'내가 돌아가야 할 이유….'

만춘은 그저 '돌아가고 싶다'는 욕망만으로는 부족하다고 했다. 하지만 그걸 빼면 원래 있던 곳으로 가야 할 이유가 과연 뭐가 있을까. 그곳에서 나는 없어선 안 될 인재도 아니었고, 부양해야 할 처자식이 있는 것도 아닌데.

결국 여기서 영원히 떠도는 게 내가 받아야 할 합당한 벌인 걸까. 그렇게 생각하면 할수록 머릿속이 부옇게 흐려졌다. 다른 생각은 아무것도 떠오르지 않았다.

얼마나 지쳤는지 저도 모르게 졸음이 쏟아졌다. '이래선 안 돼'라고 생각하면서도 서서히 무거워지는 눈꺼풀을 견딜 수 없어 선노미는 깜빡 잠이 들었다.

눈을 떠보니 예닐곱 먹은 사내아이가 쪼그리고 앉아 저를 가만히 지켜보고 있었다.

어디선가 본 기억이 나는 아이였다. 동그란 얼굴에 토끼처럼 앞으로 조금 톡 튀어나온 앞니가 귀염성 있는 인상이다.

"너, 차돌이 맞지? 날 기억하니?"

차돌이 수줍은 표정으로 고개를 끄덕였다.

선노미는 아이를 찬찬히 훑어보았다. 자신이 방황하던 시절에 만났던 차돌은 계모한테서 학대를 받다 어린 나이에 목숨을 잃었다. 그때 아이가 부모에게 괴롭힘 당한다는 사실을 눈치채지 못했던 선노미는 조금만 더 빨리 알았더라면 살릴 수 있었을지 모른다고 자책했다.

하지만 지금 눈앞의 차돌은 그때처럼 작고 깡마른 모습이 아니었다. 팔목에 난 화상 자국도 사라지고 없었다. 적당히 살이 오르고 건

강해 보이는 데다 깨끗한 옷을 입었고, 얼굴도 평온해 보였다.

"형, 여기서 뭐해?"

차돌이 의아한 표정으로 물었다.

여긴 내 마음속 세계야, 그러니 내가 여기서 뭘 하는지가 아니라 네가 여기서 뭘 하는지 물어야 해. 그렇게 대답하려다 선노미는 고개를 저었다. 그런 말을 해봤자 아직 어린 차돌은 알아듣지 못할 것이다. 대신 차돌에게 줄곧 하고 싶었던 말을 건넸다.

"미안해."

"뭐가?"

눈을 동그랗게 뜬 걸 보니 놀란 얼굴이었다.

"네 처지를 빨리 눈치채지 못해서."

차돌은 고개를 갸웃했다. 물끄러미 선노미를 바라보다 이렇게 말했다.

"난 형한테 고맙단 말을 하려고 왔는데."

"내가 고맙다고?"

이번엔 선노미가 놀랐다.

"내가 왜 고마운데?"

"날 기억해줬잖아."

"기억해줬다고…?"

선노미가 중얼거리자 차돌이 고개를 힘차게 끄덕였다.

"내 이야기를 써줬으니까."

차돌의 말이 뭔 줄 알았다. 선노미는 아이의 짧은 생을 기록으로 남겼다. 아이가 얼마나 부당한 일을 당했는지, 그런 상황에서 아이가 얼마나 힘겹게 현실과 싸웠는지 그리고 아이를 죽음으로 몰아넣은 어른이 어떤 결말을 맞았는지를.

차돌은 계모가 자신을 때리고 부지깽이로 지질 때마다 현실과 다른 세상을 상상하며 현실의 고통을 잊었다. 차돌에게 이야기는 살아갈 힘이자, 유일한 위안이었다. 그런 차돌의 가여운 넋을 위로하려면 그가 생전에 좋아했던 이야기로 남기는 길밖에 없겠다고 선노미는 생각했다. 그 안에서 차돌은 계속 살아있을 수 있을 테니.

이야기의 힘은 생각보다 크다. 사람을 웃기고, 울리고, 때로는 죽이거나, 살릴 수도 있어.

차돌의 죽음을 괴로워할 때 자신에게 언문을 가르쳐줬던 선비 종훈은 이렇게 말했다. 그때는 크게 와닿지 않던 종훈의 말을 비로소 생생하게 실감할 수 있었다.

그러고 보니 한양으로 과거 보러 가던 길에 가족의 끔찍한 비밀을 알게 돼 과거 속에 갇히고 만 선비 세진도 선노미에게 비슷한 말을 했다.

앞으로도 이야기의 힘으로 나를 그리고 다른 사람들을 기억해주겠니?

'이야기의 힘이라고….'

선노미는 속으로 중얼거렸다. 그래, 어쩌면 지금까지 그래왔던 것처럼 기이한 이야기를 모으는 게 자신에게 주어진 사명일지도 모른다. 기이하지만 사람들의 사연과 애환이 녹아 있는 이야기를. 비록 그게 남들이 우러러보는 일은 아닐지라도 이야기를 수집하고, 정리하는 그 일은 어떤 이들에게는 작은 도움이 될지도 모른다. 차돌에게 그랬던 것처럼.

"고마워, 형."

차돌이 다시 말했다. 선노미는 고개를 저었다.

"아니, 내가 고마워."

돌아가야 할 이유를 알려줬으니까, 하고 선노미는 생각했다.

좋든 싫든 간에 나는 기담과 연을 맺었다. 덕분에 다양한 사람을 만나 넓은 세상을 알 수 있었고, 스치고 지나간 사람들에게 도움을 줄 수도 있었다. 그러니 나는 이야기를 모으고, 정리하는 일을 계속해야 한다. 그게 내게 주어진 업이고, 숙명이니까.

'이게 내가 돌아가야 할 첫 번째 이유야.'

거대한 문 앞에 서서 한 번 심호흡을 한 뒤 선노미가 작은 열쇠를 자물쇠에 집어넣었다.

달칵. 스르르.

자물쇠 안에서 열쇠가 돌아가는 소리가 들리더니 황동 문이 열렸다.

차돌이 작은 손을 흔들며 선노미에게 작별 인사를 했다.

선노미도 마주 손을 흔드는 사이 스르르 문이 닫혔다. 등 뒤로 닫힌 문이 하얀 연기에 싸여 자취를 감추자 눈앞엔 다시 거대한 문이

나타났다. 아까 봤던 것과 똑같이 생긴 문이었다. 높이도, 넓이도 가늠하기 어려울 만큼 거대한 황동 문이 벽처럼 떡하니 가로막고 섰다.

선노미는 두 번째 문을 향해 다가갔다.

"왔구나."

곁에서 익숙한 목소리가 들리더니 아까 만난 소녀가 희뿌연 안개 속에서 걸어나왔다.

"기다리고 있었어."

"날 기다렸다고?"

소녀는 아무 말도 하지 않았다.

선노미는 소녀가 왜 제 앞에 계속 나타나는지 이유를 알지 못했다. 물어본 적이 없으니까. 하지만 이렇게 위기 때마다 나타나 도와주는 걸 보니 분명 소녀에겐 사연이 있는 것 같았다.

"넌 도대체 누구야?"

마침내 선노미는 오랫동안 가슴에 담아만 두었던 질문을 입 밖으로 냈다.

"내 이름은 분이야."

소녀가 대답했다.

"분이?"

어디선가 들은 적 있는 이름이었다. 곧 그 이름을 기억해냈다. 예전에 주막에 들른 타내가 들려줬던 이야기 속 소녀. 노비였던 분이는 대감마님 때문에 강제로 아기를 뱄고, 이를 질투한 안방마님 손에서 벗어나고자 갓 태어난 아기를 안고 무작정 도망치다 삼개주막 인근 삼개 나루터에서 강물에 몸을 던졌다. 타내는 사모했던 분이의 시신을 제 눈으로 확인했지만 아기의 행방만은 끝끝내 알 수 없었노라고 했다.

"그랬구나. 네가 분이였구나."

그렇다면 분이가 자신에게 나타난 게 그리 이상한 일은 아닌 것 같았다. 삼개나루터와 주막은 그리 멀지 않으니까. 아마도 분이의 억울한 넋은 나루터를 떠돌다 우연히 주막에까지 찾아왔고, 그곳에서 기이한 이야기를 모으는 자신을 발견한 모양이었다.

"그런 이유도 있지. 하지만 네 눈에 내가 보이는 건 그 때문만은 아니야."

마치 선노미의 속마음을 읽은 것처럼 분이가 말했다.

"그럼 뭣 때문인데?"

"내가 네 엄마니까."

분이가 대답했다.

"뭐? 그게 무슨 소리야?"

선노미는 온몸에서 힘이 쭉 빠져나가는 기분이었다. 열다섯 살 때 남몰래 좋아했던 이 소녀가 내 엄마라니. 어떻게 이런 일이.

"하, 하지만 내 어머니는 따로 있는데?"

분이는 슬픈 미소를 지어 보였다. 선노미를 볼 때마다 자주 짓곤 했던 미소였다.

예전에도 선노미는 그런 얼굴을 어디선가 본 것 같다고 생각했다. 전에는 미처 몰랐지만, 지금 분이의 말을 듣고서야 확실히 깨달았다. 분이와 닮은 얼굴은 바로 거울 속에 있었다. 분이를 짝사랑했던 열다섯 살의 봄, 그때 거울 속에 비친 제 모습은 지금 눈앞에 있는 분이와 찍어낸 듯 똑같았다.

문득 자신을 처음 봤을 때 타내가 흠칫 놀랐던 기억이 떠올랐다. 다른 사람들을 다 물리고 굳이 자신을 불러 분이에 얽힌 이야기를 들려줬던 것도. 어쩌면 타내 역시 그때 제 얼굴에서 분이의 모습을 발견했기 때문이 아니었을까.

"내 엄마… 라고?"

선노미는 찬찬히 방금 들은 말들을 머릿속으로 되짚었다. 강물에 투신한 이 소녀에겐 갓난아기가 있었다. 아기의 시신은 발견되지 않았다. 그렇다면….

"그래, 갓난아기였던 널 네 어머니가 거둬 키워주셨어."

이번에도 선노미의 생각을 읽은 것처럼 분이가 앞질러 대답했다.

"아…."

선노미는 자신도 모르게 탄식인지 뭔지 모를 신음을 내뱉었다. 분이의 말을 듣고 보니 자신이 왜 가족 중 아무와도 닮지 않았는지 알 것 같았다. 갑자기 너무 많은 사실을 한꺼번에 알게 돼 머리가 지끈거렸다.

"그런데 넌 왜 죽은 거야? 그것 말고는 방법이 없었어?"

"너무 나약했고 사는 데 지쳤으니까."

다시 슬픈 미소를 지으며 분이가 대답했다.

"그때는 그것 말고는 할 수 있는 게 없다고 생각했어. 현실이 지긋지긋하기도 했고."

뭐라 대답해야 할지 몰라 선노미는 분이를 물끄러미 바라보았다. 자신과 꼭 닮은 얼굴을.

"목숨을 끊은 게 아쉽다고 후회는 안 해봤어?"

"글쎄."

분이는 한참 동안 생각에 잠겼다가 고개를 들었다.

"그랬었는지도 모르지만, 내가 죽어서 적어도 좋은 점이 하나는 있다고 생각해."

"그게 뭔데?"

선노미가 물었다.

"너를 살린 것."

예상치 못했던 대답에 선노미는 말문이 막혔다.

"널 데리고 계속 도망쳤더라면 아마도 언젠가는 주인집에 붙잡혔을 거야. 그러면 넌 죽임을 당했거나, 운 좋게 살아남았더라도 종살이를 면치 못했겠지."

분이의 목소리는 담담했지만, 선노미는 가슴이 뜨거워졌다. 연신 뜨거운 게 치밀어 오르는 것 같았다. 그게 슬픔인지, 연민인지, 혹은 무슨 다른 감정인지 몰랐지만 다만 그것이 파도처럼 자신을 휩쓸고 가버리지 않게 간신히 버티고 있었다.

"하지만 넌 잘 살아남아 어엿한 어른이 됐잖니? 내 목숨과 바꿔도 전혀 아깝지 않아."

선노미는 결국 참았던 울음을 터뜨리고 말았다. 한 번 터진 울음은 쉽게 가라앉지 않았다. 마치 안간힘을 다해 막아보려 했던 감정의 파도가 둑을 무너뜨리고 자신을 휩쓸고 지나간 것 같았다.

슬픔을 주체하지 못하는 선노미에게 분이가 다가와 손을 잡았다.

"그러니 넌 살아야 해. 내 몫까지."

분이의 손은 따뜻했다. 부드러운 목소리와 마찬가지로.

선노미는 울면서 고개를 끄덕였다. 이제껏 제 목숨은 저 혼자만의 것이라 생각했다. 하지만 분이 말을 듣고 보니 그렇지 않았다. 그 안엔 자신을 이 세상에 데려왔고, 자신을 위해 희생한 분이의 몫까지 들어 있었다. 그러니 어렵게 얻은 삶을 함부로 허비할 순 없었다. 어린 나이에 한 많은 생을 마감한 분이를 위해서라도.

"언제나 먼발치서 널 지켜보고 있었어."

분이가 말을 이었다. 선노미가 우는 모습을 보며 분이도 울먹이고 있었다.

"앞으로도 널 지켜볼 거야. 네가 그곳으로 돌아간다면."

선노미가 흐르는 눈물을 옷자락으로 닦았다. 빨갛게 부은 눈으로 분이를 쳐다보니 그녀 역시 눈시울이 젖은 채 자신을 바라보고 있었다. 선노미는 천천히 고개를 끄덕이곤 중간 크기 열쇠를 집어 들고

문으로 걸어갔다.

커다란 문이 시험하듯 앞길을 가로막고 있었다.

'난 돌아가야 해. 나를 낳아주고, 자신의 죽음으로 내게 새 삶을 준 분이를 위해서라도.'

달칵. 스르르.

자물쇠 안에서 열쇠 돌아가는 소리가 열리며 커다란 문이 열렸다. 선노미는 문밖으로 걸어나갔다.

문을 통과해 돌아보니 분이가 미소 지으며 서 있었다. 슬픔과 기쁨이 한데 어린 그 얼굴을 바라보며 선노미는 마지막 작별 인사를 했다.

"잘 있어요, 엄마."

두 번째 문이 닫히고 나자, 이번엔 등을 돌리기도 전에 세 번째 문 앞에서 자신을 기다리는 사람이 누구인지 알 수 있었다. 가슴으로 키워준 엄마. 자신에게 생명을 준 두 번째 엄마.

문 앞엔 지난해 세상을 뜬 삼개주막의 초대 주모 김씨가 선노미를 기다리고 있었다.

"어머니!"

선노미가 달려가 김씨의 품에 안겼다. 오랜만에 안겨보는 어머니의 품은 따뜻했다.

"선노미야!"

김씨도 선노미를 꽉 부둥켜 안았다.

"어머니, 어머니."

김씨의 품에 안긴 선노미는 그저 그 말밖에 할 수 없었다. 사실은 하고픈 말이 너무나 많았지만.

어머니가 자신을 사랑했다는 걸 선노미는 잘 알고 있다. 하지만 이제까진 그걸 너무 당연하게 받아들였다. 부모가 자식을 어여삐 여기는 건 자연스러운 일이니까. 하지만 제 출생과 관련된 비밀을 알게 되니 어머니가 한층 더 고맙게 느껴졌다.

피 한 방울 섞이지 않았지만 어머니는 제 배로 낳은 다른 자식들과 똑같이 키워줬다. 여태껏 내가 친자식이 아닐지도 모른다는 의심 한 번 한 적 없을 만큼.

풍족하지 않은 형편에 아이 하나를 더 먹여 살린다는 게 얼마나 힘든 일인지 선노미는 잘 알고 있다. 더구나 아버지가 일찍 돌아가시고 어머니는 여자 혼자 힘으로 억척스럽게 자신까지 포함해 자식 셋을 키웠다.

그런데도 선노미는 그 은혜가 얼마나 큰지 이제껏 깨닫지 못했다. 그러기는커녕 청나라에 갔다 돌아오는 길에 죄를 짓고 일 년 가까이 집으로 돌아오지 않고 방황했다. 그사이 어머니 속이 얼마나 썩어들어갔을까.

문득 집에 돌아오던 날 어머니의 모습이 떠올랐다. 거지꼴을 한 아들을 보고 어머니는 한동안 멍하니 서서 눈만 껌벅였다. 가까이 다가가 '어머니'라고 불렀을 때야 김씨는 지금처럼 아무 말 없이 선노미를 와락 끌어안았다. 간신히 집에 돌아온 아들을 두 번 다시 놓치지 않겠다는 듯이.

어머니의 품 안에서 선노미는 어머니가 그간 살이 많이 내렸음을 알아차렸다. 집 떠나기 전보다 많이 여위고 흰머리가 늘어난 어머니 모습에서 그간 얼마나 마음고생을 했을지 짐작할 수 있었다.

"죄송해요, 어머니."

선노미가 품 안에서 고개를 들어 어머니를 바라보았다. 지금 자신이 여기에 와 있는 걸 어머니가 기뻐하지 않을 것 같아서였다. 사실 그 말은 선노미가 이승을 하직하는 어머니에게 건넨 마지막 말이기도 했다.

어머니가 돌아가셨을 때도 상여를 뒤따르며 죄송하다는 말을 수없이 했었다. 그런데 여기서도 첫 마디가 고작 '죄송해요'라니. 어머니 생전에도, 돌아가신 후에도 끊임없이 속을 썩이는 아들이구나 싶어 선노미는 죄송한 마음을 억누를 길이 없었다.

김씨는 말없이 아들의 머리를 쓰다듬었다. 몸은 열다섯으로 돌아왔지만, 사실은 스물이 넘은 다 큰 아들을 마치 어린아이처럼.

"그리고… 감사해요."

목이 멘 바람에 선노미는 겨우 다음 말을 이었다. 자신을 무한한 사랑으로 키워준 어머니에게 그 어떤 말로도 보답할 수는 없을 것 같았다. 겨우 흔하디 흔한 이 말로 제 마음을 전하는 게 고작이었다.

"너는 누가 뭐래도 자랑스러운 내 새끼야."

김씨가 선노미의 등을 어루만지며 말했다.

"나는 네 어미고. 세상이 두 쪽 나도 그 사실만큼은 변하지 않을 거란다."

투박한 듯하면서도 정이 뚝뚝 묻어 나는 말투에 선노미는 저도 모르게 슬쩍 웃음이 나왔다. 살아 있을 때의 어머니를 보는 것 같아서.

더는 살아있는 사람이 아니라는 사실에 선노미는 곁에 있음에도 어머니가 그리웠다.

"보고 싶었어요, 어머니."

김씨도 눈물을 글썽이며 고개를 끄덕였다.

"어머니가 절 그렇게 정성으로 키워주셨는데, 전 고작 이렇게…."

'이렇게밖에 안 됐네요'라고 하려니 다시 죄송한 마음이 들어 선노미는 고개를 푹 숙였다.

김씨가 선노미의 등을 토닥였다.

"저, 이제 다 알아요. 어머니가 잘 키워주신 걸요. 어머니 은혜를 어떻게 다 갚을 수 있을까요?"

김씨는 천천히 고개를 저었다.

"난 너한테 은혜를 베푼 게 없어."

선노미가 고개를 들고 김씨를 보았다.

"널 키워서 참 좋았으니까. 네가 있어 행복했어. 그러니 넌 나한테 아무것도 갚을 필요가 없단다."

"어머니…."

다시 눈물이 흐를 것 같아 선노미가 제 발치를 내려다보며 코를 훌쩍였다. 김씨가 그런 선노미의 머리를 부드럽게 쓰다듬었다.

"그래도 정 갚아야겠다고 생각한다면, 돌아가 다른 사람들에게 갚거라. 세상엔 네 도움이 필요할 사람들도 있지 않겠니?"

그래, 그럴지도 모른다고 선노미는 생각했다. 자신은 지위 높은 양반도, 많이 배우지도, 돈이 많지도 않지만, 세상엔 더 어려운 사람도 얼마든지 있다. 게다가 넉넉한 사람만이 베풀 수 있는 건 아니라는 걸 누구보다 잘 알고 있다. 지금 눈앞에 있는 어머니가 그 증거였다.

"하지만 그 전에."

김씨가 문득 생각난 것처럼 힘주어 말했다.

"너부터 먼저 행복해져야 한다."

그렇게 말하는 김씨의 눈시울은 빨갛게 젖어 있었다. 금방이라도 울음을 터뜨릴 것만 같았다.억척스러웠던 어머니가 저에게 눈물을 보인 건 자신이 집 나갔다 돌아왔을 때가 처음이자 마지막이었다.

"더는 너를 자책하지 마라. 넌 행복해질 자격이 있어."

선노미는 어머니를 물끄러미 쳐다보았다. 정말 그럴까. 내게도 그런 자격이 있을까.

마치 선노미의 마음속 의문을 읽은 것처럼 김씨가 고개를 끄덕여주었다. 선노미를 바라보는 따스한 김씨의 눈은 말하고 있었다. 과거에서 벗어나라고, 네 삶을 살아가라고. 그리고 너 자신을 용서하라고.

김씨는 눈물을 훔치고 아들의 어깨를 툭툭 쳐주었다.

"이제 그만 가거라. 여기 너무 오래 있으면 돌아가기 힘들어져."

선노미도 김씨를 따라 일어났다.

앞을 가로막은 거대한 문 앞으로 다가간 선노미는 열쇠 꾸러미에서 가장 큰 열쇠를 들어 자물쇠에 집어넣었다.

'난 돌아가야 해. 어머니가 베푼 은혜를 갚기 위해서. 날 사랑으로 키워준 어머니를 저버리지 않기 위해서.'

열쇠를 돌리며 선노미가 속으로 중얼거렸다.

달칵. 스르르.

커다란 황동색 문이 스르르 열렸다. 마지막 관문을 통과했다는 증거였다. 그러니 이제 왔던 곳으로 돌아갈 때였다.

"안녕히 계세요, 어머니."

문 뒤에서 손을 흔드는 김씨에게 선노미는 마지막 작별 인사를 했다. 김씨의 주위로 안개가 걷히며 환하게 밝아지고 있었다.

선노미가 문밖으로 한 걸음 내딛는 순간, 마치 거울처럼 투명해진 구릿빛 문에 제 모습이 비쳤다. 그 문에 비친 선노미는 다시 스물두 살 청년으로 돌아와 있었다. 성인이 된 선노미가 본래의 세상으로 한 발을 성큼 내디뎠다.

"오라버니, 오라버니!"

정신을 차리자, 복이와 옥이의 목소리가 먼저 들렸다. 무거운 눈꺼풀을 간신히 들어 올려보니 얼굴이 눈물 콧물로 범벅이 된 여동생들이 보였다.

"아, 살았어. 살았어. 정말 다행이야."

자신이 깨어나는 걸 확인하고 복이와 옥이가 서로를 얼싸안았다.

"야, 이 나쁜 놈아! 네가 죽은 줄 알고 가슴이 철렁한 게 이번이 벌써 두 번째라고!"

버럭 소리를 지르곤 뒤돌아 눈가를 훔치는 만득이가 보였다. 그 곁에서 울먹울먹하며 어쩔줄 모르고 서 있는 금실이도.

"하늘이 도왔어. 조금만 늦었더라도 큰일 날 뻔했네. 이런 걸 보고 천운이라고 하는 모양일세. 자네는 참 운이 좋아. 이제 죽을 고비를 넘겼으니 다 좋아질 거라고."

여느 때와 달리 다다다다 말을 쏟아뱉는 다산도 보였다. 머리가 멍한 와중에도 선노미는 '저 느릿느릿한 양반도 마음만 먹으면 이렇게 말을 빨리할 수도 있구나' 하는 생각이 들었다. 곁에서 누가 흑, 하고 울음을 터뜨리는 소리가 들렸다. 고개를 돌려보니 은비였다.

"죄송해요. 괜히 저 때문에…. 만약 잘못 됐더라면 정말이지…."

은비가 울먹이며 말을 이었다.

아, 은비가 살아있었구나. 다행이다. 정말 다행이다. 선노미는 비로소 마음을 놓았다.

'그런데 나를 아끼고 걱정해주는 사람이 이렇게도 많았던가.'

제 베갯머리를 지키는 사람들을 보니 문득 그런 생각이 들어 선노미는 괜히 눈물이 나오려고 했다. 눈물을 삼키기 위해 선노미는 다시 눈을 꼭 감았다.

은비를 지키기 위해 몸을 날린 선노미는 결국 옆구리에 칼을 맞았다.

강도 떼는 속전속결로 물건만 털어가는 데 도통해 그동안 쉽게 잡히지 않았다. 그런데 주막에서는 너무 지체하는 바람에 도망갈 시간을 놓쳤다. 야간에 경비가 삼엄해지면서 낮에도 도둑질을 나선 것인데, 주막을 물색한 것도 객방 손님들 물건을 한꺼번에 털려는 수작이었다고 했다. 그런데 뜻대로 되지 않았고, 어느새 들이닥친 포졸들에게 모조리 체포되었다.

포졸은 주막 단골인 목수 다복이 신고해서 출동한 거라 했다. 다복은 주막으로 향하던 길에 먼발치서 심상치 않은 일이 벌어지는 것 같아 그 길로 관아로 달려가 포졸들을 불러왔다고 했다.

길에서 다복이 뛰어가는 걸 본 팔순 넘은 동네 어르신 길순 말에 따르면, 만사가 느긋한 다복이 그렇게 잽싸게 움직이는 걸 본 건 다복의 아내가 난산으로 고생했던 때를 제외하곤 처음이었다고 한다.

강도 건은 이렇듯 비교적 쉽게 해결됐지만, 칼을 맞고 쓰러진 선노미는 만 하루 동안 의식을 찾지 못했다. 다행히 은비가 응급처치를 했고, 그사이 금실이 의원 재광을 빨리 데려왔기에 망정이지 그렇지 않았으면 목숨을 잃었을지도 모를 만큼 선노미의 상처는 깊었다. 선노미를 살펴본 재광은 강도의 칼날이 아슬아슬하게 주요 장기를 모두 비껴갔다며 하늘이 도왔다고 감탄했다.

선노미는 다산에게서 이 같은 그간의 사정들을 모두 전해 들었다. 혹시나 선노미가 잘못될까 봐 복이와 금실이 번갈아 가며 밤을 지새웠고, 옥이와 만득이까지 수시로 찾아왔다. 선노미가 이렇게 된 게 전부 자기 잘못이라 생각한 은비도 줄곧 마음을 졸이며 곁에 있었노라고 했다.

"하여간 대책 없는 사람이야. 어쩌자고 그런 위험한 짓을 했나."

전후 사정을 다 전한 다음 다산은 그렇게 선노미를 책망했다.

누워 있은 지 사흘째 되던 날, 금실이 따뜻한 죽을 쒀서 들고 왔다. 금실은 선노미가 끙끙거리며 어렵게 몸을 일으켜 죽을 몇 숟갈 뜨는 걸 말없이 지켜보다가 문득 생각났다는 듯 물었다.

"오라버니, 은비 언니 좋아하시죠?"

마침 뜨거운 죽을 입에 넣던 선노미는 하마터면 입안을 델 뻔했다. 말도 안 했는데 그걸 어떻게 알았을까 싶어 쳐다보자, 금실은 '오라버니가 강도한테 뛰어드실 때 알아차렸어요'라고 혼잣말처럼 중얼거렸다.

선노미는 부인하지 않았다. 어차피 이미 들켜버린 걸 아니라고 해도 별 소용 없을 테니까.

"이렇게 속으로 끙끙 앓지 말고 차라리 고백하는 게 어때요?"

금실이 이번에도 불쑥 말을 꺼냈다. 선노미는 이번에야말로 진짜로 입안을 데었다.

"뭐?"

놀라 돌아보니 금실은 의외로 덤덤한 표정을 하고 있었다.

"나 같으면 그냥 고백해버리고 말 것 같은데."

용기를 내지 못하는 선노미가 한심하다는 듯이 금실이 혼잣말처럼 궁얼거렸다.

"넌… 그래도 괜찮아?"

"괜찮아요."

선노미의 걱정이 무색할 정도로 금실이 태연한 표정으로 대답했다.

"나 싫다는 사람한테 계속 매달릴 필요는 없잖아요."

선노미는 안도감이 드는 한편 어쩐지 시원섭섭했다. 그래도 뭔가 변명해야 할 것 같은 마음에 입을 열려는데, 금실이 됐다는 얼굴로 말을 가로막았다.

"괜찮아요. 저는 이 다음에 절 위해 칼에 뛰어드는 사람을 만나려고요."

선노미가 할 말을 잃고 멍하니 쳐다보는 사이, 금실은 어느새 씩씩하게 방을 나섰다.

다음 날 은비가 선노미를 찾아왔다. 회복을 돕는 약이라며 이것저것 지어온 약 꾸러미를 들고서.

"상처가 잘 아무는 것 같아 다행이에요."

칼에 찔린 곳을 살펴보곤 은비가 말했다. 선노미는 은비가 제 윗옷을 들춰볼 때 가슴이 콩닥거렸다. 괜스레 얼굴도 달아오른 것 같았다.

'그냥 고백해버릴까.'

금실이, 그리고 예전에 다산이 했던 충고가 머리를 스쳤다. 그래, 그냥 해보는 거지 뭐. 안 될 게 뭐가 있겠어? 아냐, 그랬다가 괜히 서로 불편해지면 어떡해?

마음속으로 생각들이 오락가락했다. 갈등하던 선노미는 은비가 약을 달여오겠다며 방을 나가려 할 때 저도 모르게 불쑥 말을 꺼냈다.

"좋아해요."

막 방문을 나서려던 은비가 선노미를 돌아보았다. 커다란 눈이 더 커다래진 걸 보니 은비는 많이 놀란 것 같았다.

"그게 무슨…."

"좋아한다고요, 당신을."

용기를 내 다시 말하고 나서 선노미는 크게 한숨을 내쉬었다. 드디어 말해버렸다. 가슴속에만 두고 있었던 말을. 막상 마음을 꺼내놓는 게 생각했던 것만큼 어렵지도, 두렵지도 않았다.

선노미가 방금 용기를 낸 건 비단 금실과 다산의 조언 때문만은 아니었다. 사경을 헤매면서 선노미는 그동안 오랫동안 힘들게 지고 다녔던 무거운 짐을 내려놓은 것 같았다. 그건 자신이 과거와 조금은 화해를 했기 때문인지도 몰랐다.

앞으로도 자신이 죄인이라는 사실엔 변함이 없다. 하지만 이제는 스스로 옭아맸던 과거의 어둠에서 벗어나자고 선노미는 결심했다.

그러기 위해서라도 예전보다 더 열심히, 더 부단히 살아야 한다. 한 번뿐인 삶이니 내 감정에 충실하면서 살아가자. 그리고 어머니가 말한 것처럼 행복해지기 위해 노력하자. 나는 그럴 자격이 있으니까. 내게 생명을 주고, 키워준 두 어머니를 위해서라도 나는 그렇게 돼야 하니까.

"하지만 나는 혼인할 생각이…."

"알고 있어요."

선노미가 먼저 대답했다.

"알고 있지만, 처음 봤을 때부터 당신을 줄곧 좋아했어요."

잠시 말을 멈췄다가 덧붙였다.

"이 말만은 꼭 전하고 싶었어요."

선노미의 고백에 은비는 얼굴이 빨개졌다. 선노미 역시 제 얼굴이 화끈 달아오르는 걸 느꼈다. 붉어진 얼굴을 감추기 위해 선노미가 아래로 시선을 내리깔았다.

축축한 바닥에서 올라오는 냉기에 엉덩이가 뼛속까지 시렸다. 밖이 초여름인데 이 정도면 한겨울 감옥 안은 얼마나 더 추울지 돌쇠는 상상조차 하기 싫었다.

'그전까지는 반드시 여기를 나가야겠어.'

으슬으슬 퍼지는 한기에 옷깃을 단단히 여미며 다짐했다.

휘적휘적 홀로 가는 성균관 유생의 뒤를 밟자고 산적 동료들에게 제안했던 건 바로 자신이었다. 생긴 게 귀티 나는 데다, 성균관에서 공부할 정도면 있는 집 자제가 분명했다. 게다가 한눈에도 비실비실한 것이 평생 책보다 무거운 건 들어본 적도 없어 보였다. 인적 드문 데로만 들어서면 덮치기에 안성맞춤이었다.

그런데 유생은 외길이 아닌 나루터 인근의 주막 안으로 쑥 들어가 버렸다. 돌쇠와 동료들은 당황했다. 다른 목표물을 찾거나 유생이 주막을 나와 다시 혼자가 될 때까지 기다리는 수밖에 없었다. 하지만 두목 봉두는 기왕 이렇게 된 바에야 아예 주막을 덮치자고 했다. 거기 객방 나그네들까지 모두 털자는 것이었다.

돌쇠는 대낮이라 너무 위험하다고 반대했지만, 봉두는 막무가내였다. 수배자로 얼굴이 벽보에 나붙으면서 산적 짓을 더는 못하게 되자 복면 강도로 그동안 재미를 보았는데, 쉽게 훔쳐내니 대낮에도 강도질에 나섰고, 점점 대담해진 것이다. 그러다 주막까지 털려 했던 것인데 일을 그르치는 통에 다들 관가에 붙들려 독방에 갇히는 신세가 되고 말았다.

'그때 어떻게든 봉두를 막았어야 했는데.'

후회와 분한 마음에 돌쇠는 입술을 꾹 깨물었다. 하지만 이미 엎질러진 물이니 어쩔 수 없는 노릇이다. 그보다 이 구질구질한 곳을 나갈 방법을 찾아내는 게 먼저였다.

돌쇠는 품에서 비장의 무기로 숨겨둔 물건을 몰래 꺼내 보았다. 젓가락처럼 가늘고 긴 놋쇠 조각을 가로 세로로 포개 얹은 형상 위에

헐벗은 젊은 남자가 양손과 발에 못이 박힌 채 매달려 있었다.

대체 무슨 짓을 저질렀기에 저렇게 끔찍한 벌을 받고 있을까. 아무리 씻을 수 없는 중죄를 저지른 자라 해도 이런 참혹한 모습을 새겨 놓다니, 이걸 만든 자는 심사가 배배 꼬인 작자일 게 틀림없었다.

'하긴 내가 이런 말을 하는 것도 우습긴 하지만.'

도적질을 하다 감옥에 갇힌 처지를 떠올리니 쓴웃음이 나왔다. 그러나 그것도 잠시, 돌쇠는 절레절레 고개를 저었다. 그래도 내 죄는 그자들에 비하면 가벼운 편이야. 나라님을 배신하고 역모를 꾸미려는 자들에 비하면.

돌쇠가 이 물건을 본 건 처음이 아니다. 산적 떼에 합류하기 전에도 우연히 이것과 똑같이 생긴 걸 본 적이 있었다. 머슴살이하던 주인집을 도망쳐 나와 떠돌았는데, 한양 인근 천진암이라는 암자에 잠시 머물렀던 때였다.

암자엔 양반 나리 대여섯 명이 이레에 한 번 꼴로 들렀다 가곤 했다. 행동거지를 보아하니 서로 잘 아는 사이로 보였다.

양반 나리들은 절이나 불교를 멀리한다던데…. 호기심이 동한 돌쇠는 그들이 모일 때마다 먼발치서 행적을 지켜봤다. 나리들은 조심하는 기색이 역력했고, 암자 구석진 방에 모여 한참 동안 쑥덕거리다 자리를 뜨곤 했다. 무언가 꿍꿍이가 있는 게 분명했다.

미심쩍은 마음에 돌쇠는 한 번은 방 앞까지 가서 몰래 귀를 대고 엿들었다.

“하늘과 땅에 주인은 오로지 단 하나, 천주(天主)밖에 없소.”

“우리 천주를 위해 기도드립시다.”

돌쇠는 하마터면 비명이 터져 나오려는 입을 급히 틀어막았다.

이 땅의 주인이 임금님이 아닌 천주라니, 저자들은 역도들이구나! 지금 임금을 몰아내고 천주라는 새 임금을 세우려고 일부러 이 외진 암자까지 와서 역모를 꾸미고 있구나!

돌쇠가 충격에 얼어붙은 사이 모임이 끝났는지 역도들이 주섬주섬 자리를 파하고 일어섰다.

돌쇠는 재빨리 담벼락 뒤로 몸을 숨겼다. 방에서 나온 역도들은 재빨리 어둠에 몸을 숨기고 뿔뿔이 흩어졌다. 하지만 눈썰미 좋은 돌쇠는 놓치지 않았다. 역도 중 한 명이 이상한 물건을 가슴에 꼭 품고 있는 것을. 그 물건은 지금 자기 손에 들린 것과 똑같은 형상이었다.

당시엔 그게 뭔지 전혀 몰랐다. 하지만 성균관 유생의 품에서 떨어진 똑같이 생긴 물건을 발견하고서야 돌쇠는 비로소 깨달았다. 역모를 꾸미는 무리가 자기편을 인지하기 위해 나눠 가진 표식이라는 것을. 설마하니 유생이 대담하게도 역모에 가담했을 줄이야.

유생은 어수선한 틈에 표식을 떨어트렸다는 걸 눈치채지 못했다. 주막 주인으로 보이는 자가 봉두의 칼을 맞고 난리가 난 와중이라 그럴 만도 했다. 돌쇠는 잽싸게 바닥에 떨어진 표식을 제 품에 넣었다. 그걸로 딱히 뭘 하겠다는 생각은 없었다. 그저 몸이 자동으로 반응했을 뿐이다.

그런데 지금 와 곰곰이 생각해보니 어쩌면 이 물건이 자신을 구해 줄 생명줄이 될 수도 있을 것 같았다. 이걸 관리들에게 보여주고 역모를 낱낱이 고하면 어쩌면 풀려날 수 있을지도 모른다. 설령 그렇지 않더라도 감형은 받을 수 있을 것이다. 나라를 훔치려는 죄에 비하면 주막을 터는 것 따위는 죄로도 칠 수 없는 가벼운 죄니까.

끼이익.

별안간 감옥 문이 열리며 옥리가 옥졸을 데리고 안으로 저벅저벅 안으로 들어왔다.

"네 죄를 이실직고할 준비가 됐느냐."

돌쇠는 고개를 들어 옥리를 똑바로 쳐다봤다.

"그 전에 나리, 드릴 말씀이 있습니다."

돌쇠는 손에 움켜쥔 물건을 천천히 내밀었다.

그게 대체 어디로 갔지?

깊은 밤, 방에 홀로 서성거리며 다산은 불안한 마음을 감출 수 없었다. 항상 품에 꼭 지니고 다니던 십자가가 온데간데없이 사라졌기 때문이다. 저도 모르는 사이 땅에 떨어뜨린 게 아닐까? 만약 그게 누군가의 눈에 띄기라도 하면…. 그때 벌어질 대참사를 생각하니 덥지도 않은데 등줄기에 땀이 흘렀다.

'아냐, 아닐 거야. 행여 누가 주웠다 치더라도 그게 내 물건일지 어떻게 알고.'

다산은 술렁거리는 마음을 가라앉히려고 연신 심호흡을 했다. 하지만 엄습하는 불안감을 쉽사리 떨칠 수 없었다.

같은 시각, 의외의 물건을 손에 넣은 관리는 저도 모르게 얼굴에 번지는 웃음을 지울 수 없었다. 관리는 옥리를 통해 이 물건을 입수했다. 옥리가 보고한 바에 따르면, 옥에 갇힌 복면 강도가 제 죄를 덜려는 심산에 이 물건을 고해바쳤다고 한다.

이 물건의 임자가 누구인지는 돌쇠가 설명한 인상착의와 사전에 이미 조사한 바를 통해 대략 추측할 수 있었다. 사실 그는 관리가 원래부터 알고 있던 자이기도 했다.

은근히 눈에 거슬렸는데, 그자를 이 물건만 있으면 나락으로 보내버릴 수 있다 생각하니 이게 웬 횡재인가 싶었다.

'하지만 지금 당장은 아니야. 때가 무르익기를 기다려야지. 한 방에 보낼 그때를!'

그가 언젠가 세상을 향해 날아오를 준비가 됐을 때, 이걸로 그자의 날개를 꺾어야겠다고 생각하며 관리는 흡족한 미소를 지었다.

그날 밤 선노미는 악몽에 시달리다 잠을 깼다. 꿈에선 깊은 어둠에 갇힌 다산이 허우적거리며 자신에게 구해달라고 소리치고 있었다. 언젠가 그의 등 뒤에 도사린 듯한 어둠이 이제는 다산을 집어삼키려 하고 있었다.

선노미는 팔을 뻗어 그를 어둠에서 꺼내려 했지만 속수무책이었다.

'선비님, 선비님' 소리치다 잠을 깨니 온몸은 땀으로 흠뻑 젖어 있었다.

'휴, 꿈이었구나!'

선노미는 방을 둘러보며 안도의 한숨을 내쉬었다. 하지만 가슴을 짓누르는 기분 나쁜 예감은 좀처럼 떨쳐버릴 수 없었다.

그때까지만 해도 선노미는 알지 못했다. 어떤 기담보다도 기이하고 종잡을 수 없는 미래가 자신들을 기다리고 있다는 사실을.